Der HERR hat's gegeben,

der HERR hat's genommen;

der Name des HERRN sei gelobt!

Hiob 1,21

Kapitel 1

An den meisten Tagen liebte Clint Rollins seine Arbeit.

An den meisten Tagen. Aber nicht heute.

Er lehnte sich auf seinem Drehstuhl zurück und hörte sich das Stimmengewirr, das Klappern der Computertasten und die ausführliche Erklärung seines Partners zu einem neuen Fall an. Er war erst seit einer Woche zurück an der Arbeit und wünschte sich schon wieder ein ruhiges Wochenende zum Ausruhen.

„Hörst du mir eigentlich zu, Rollins, oder bist du in Gedanken immer noch im Urlaub? Vielleicht ist es auch einfach zu früh für einen Freitagmorgen."

Steven Kesslers stichelnde Bemerkung holte Clint in die Realität und zu seiner Arbeit in der FBI-Abteilung *Gewaltverbrechen gegen Kinder* zurück. Wieder war ein Kind entführt worden.

„Natürlich höre ich dir zu." Clint rieb sich den Nacken.

Es war wirklich schlimm, dass Verbrecher nicht danach fragten, ob Polizisten fit und gesund waren oder nicht. Er hatte immer noch lästige Kopfschmerzen und eine hartnäckige Erkältung, die ihn seit Wochen plagte. Seine Frau, die Ärztin war, meinte, er brauche Urlaub, um sich von seinem zweiwöchigen Traumurlaub zu erholen. Aber in Washington D. C. blieb niemand nur wegen einer Erkältung zu Hause. Und so saß er jetzt, mitten im Januar, im Büro und versuchte, sich auf das zu konzentrieren, was er am zweitliebsten machte:

Verbrecher hinter Gitter zu bringen.

Trotzdem würde er sich die Zeit natürlich immer noch viel lieber mit Sara und den Kindern vertreiben.

„Einer der besten Leute, die sie in Baltimore haben, ist zu uns unterwegs – der leitende Ermittler in dem Entführungsfall." Steven reichte ihm die nächste Akte. „Der Verdächtige wurde mit dem Kind vor weniger als einer Stunde in einem Hotel bei Blacksburg gesehen. Seine Autonummer stimmt mit der in der Suchmeldung überein. Die Polizei vor Ort riegelt das Gelände ab. Ein Learjet ist startklar. Wir brechen auf, sobald Sergeant Moore hier ist."

Clint blätterte die Computerausdrucke durch und verabschiedete sich im Stillen von seinem ruhigen Wochenende. „Warum kümmern sich nicht die FBI-Außenstellen in Baltimore oder Virginia um diese Sache?“

„Weil wir die Besten sind.“ Steven schnappte sich den Papierstapel und bedeutete Clint, ihm zu folgen.

Clint überprüfte seinen Revolver und stand auf. „Schön. Mehr Details. Aber echte.“

„Wir sind die Besten. Aber du hast recht. Die Gründe gehen tiefer. Die Mutter des Jungen ist Ben Dicksons Freundin.“

„Dickson?“ Clint runzelte die Stirn. „Der Polizeichef von Baltimore?“

„Ja. Dickson ist ein alter Freund von Maxwell, unserem Abteilungsleiter.“

„Interessante Zusammenhänge. Was wissen wir noch?“

„Der kleine Junge, Wes Standish, wird seit gestern Nachmittag, als er nach der Schule auf dem Spielplatz war, vermisst. Die Babysitterin rief Dicksons Freundin an und sagte, dass sie ihn verloren habe. Es wurde sofort eine Suchmeldung herausgegeben. Alle Polizisten in Baltimore arbeiten seitdem rund um die Uhr an dem Fall, und Dickson sitzt den Leuten in Quantico im Nacken und macht ihnen Druck, dass sie ihre Daten so schnell wie möglich eingeben und analysieren sollen.“

Clint blätterte im Gehen noch einmal die Akte durch. „Weiß man, wer Wes entführt hat?“

„Die Mutter sagt, es sei der Exmann. Ein Professor aus Christiansburg namens Ed Standish.“

„Die Mutter und der Polizeichef wollen also uns einschalten, damit der Kerl auf Bundesebene verurteilt wird, wenn wir ihn schnappen?“

Steven zuckte die Achseln. „Wahrscheinlich. Aber laut Augenzeugenberichten ist der Vater nicht der Entführer. Einige Leute sahen Wes mit einem großen, jung aussehenden, blonden Mann weggehen. Der Vater aber ist über vierzig, hat eine Halbglatze und ist von durchschnittlicher Statur und Größe.“ Steven blieb stehen und hielt Clint eine zweite Akte hin, die viel dicker war. „Was diesem Fall für uns höchste Priorität gibt, ist, dass das ViCAP[1] drei ungeklärte Fälle mit ähnlicher Vorgehensweise und ähnlichem Opferprofil meldet.“

---

[1] Violent Criminal Apprehension Program, ein landesweit eingesetztes Computerprogramm des FBI, in dem alle Informationen über aufgeklärte und unaufgeklärte Serien-Mordfälle zusammenlaufen.

Clint nahm die Akte und spürte, wie sich sein Adrenalinspiegel schlagartig erhöhte. „Ein Serientäter?"

„Könnte sein."

Clint überflog die Informationen aus der Verbrechensdatenbank des FBI. „Wir haben also Entführungen aus Parks, alle im Januar, Jungen zwischen fünf und sechs Jahren, braune Haare, blaue Augen. Keine Lösegeldforderungen und keine Leichen. Aber dieser aktuelle Fall sieht für mich eher wie ein Familienstreit aus: ein Vater, der das Sorgerecht verloren hat und unbedingt seinen Sohn haben will."

„Egal, ob es der Vater ist oder nicht, wir müssen Wes Standish nach Hause bringen und diesen Verdächtigen dingfest machen", erwiderte Steven.

Clint blieb abrupt stehen und starrte die Bilder in der Akte an. „Jeder von diesen Jungen könnte James' Zwillingsbruder sein."

Stevens Kinn wurde hart. „Das hätte ich jetzt nicht gebraucht."

„Entschuldige. Ich hätte den Mund halten sollen."

Sie gingen schweigend weiter. Stevens sechsjähriger Sohn James war im Oktober bei einer Schießerei an seiner Schule verletzt worden. Stevens Freundin, Gracie, war im November entführt worden. Und im letzten Sommer waren sie zu spät gekommen, um einen kleinen Jungen namens Ryan und ein siebzehnjähriges Mädchen namens Olivia zu retten. Diese beiden tragischen Fälle quälten Steven noch immer.

Sie brauchten beide mehr Zeit, um sich davon zu erholen. Aber ihr Beruf gönnte ihnen keine Verschnaufpause. Wes Standish musste nach Hause kommen. Heute.

Stevens Telefon summte. Er meldete sich sofort. „Bleiben Sie, wo Sie sind. Wir holen Sie bei Ihrem Auto ab und fahren gleich weiter zur Startbahn."

Steven blieb an der Tür kurz stehen und schaute Clint mit zusammengekniffenen Augen an. „Wir bringen Wes nach Hause, bevor er so endet wie Ryan. Ich will nicht, dass noch mehr befreite Kinder das Krankenhaus nicht mehr lebend verlassen."

Damit war alles gesagt. Für sie beide.

* * *

Der arrogante Polizist, der ihm gegenübersaß, reizte Clint aufs Äußerste. Nicht einmal das luxuriöse Flugzeug konnte diesen Flug angenehm machen.

Es gelang ihm normalerweise, sich von den Egotrips der Orts- und der Bundespolizisten nicht beeindrucken zu lassen. Aber dieser Mann war ein besonderes Kaliber. Er saß neben ihnen und begutachtete zynisch die elegante Flugzeugeinrichtung, die einem kleinen Konferenzraum entsprach, und benahm sich so, als hätte seine Abteilung jedes Recht, den Ruhm einzuheimsen, wenn Wes sicher nach Hause käme.

„Da wir Standish so schnell als Täter identifiziert haben, war uns der Erfolg schon sicher, lange bevor ihr vom FBI eingeschaltet worden seid.“ Der Beamte, der schon über vierzig sein musste, verschränkte seine fleischigen Arme vor dem Bauch und bedachte Clint und Steven mit einem selbstsicheren Lächeln.

Steven verschränkte ebenfalls die Arme. „Klären Sie uns doch bitte auf, wie Sie zu dieser Schlussfolgerung kommen.“

Clint lehnte seinen pochenden Kopf an den Ledersitz des Learjets zurück und rieb sich die Schläfen, während Steven und dieser Polizist sich angriffslustig gegenübersaßen. Er versuchte zu beten, aber die Temperatur im Flugzeug, die so hoch war wie ein Sommertag in Texas, beeinträchtigte seine Konzentrationsfähigkeit gewaltig.

„Können Sie mir folgen, Rollins?“ Moores knappe Frage reizte ihn. „Sie sehen nicht gerade fit aus!“

Steven verkniff sich ein Schmunzeln.

Alles in Clint wollte diesem Angeber an den Kopf werfen, dass sie vor Kurzem einen internationalen Entführer gefasst hatten und einen alten Mordfall mit drei Todesopfern aufgedeckt hatten. Ganz zu schweigen davon, dass von diesen ganzen Ereignissen Menschen betroffen gewesen waren, die er wie seine eigene Familie liebte. Aber er beherrschte sich. „Ich komme schon klar.“

Moore räusperte sich. „Nachdem wir das mit den ungeklärten Fällen herausfanden, hakte Chief Dickson eine Liste mit den Glücksspielorten ab, an denen sich der alte Standish am liebsten aufhält. Dickson sagte, seine Freundin hätte ihren Exmann nach den Feiertagen immer hinausgeworfen, und dann sei er jedes Mal wochenlang fort gewesen. Das war auch der Grund, warum er letztes Jahr seine Stelle an der Universität von Maryland verlor. Danach haben sie sich getrennt, und er zog wieder nach Christiansburg und arbeitete dort am College. In diesem Januar wurde die Scheidung rechtskräftig. Das war offensichtlich für Standish der Auslöser, den Jungen zu entführen.“

Steven zuckte die Achseln. „Das kann alles Zufall sein. Es gibt andere …“

„Hören Sie zu, dieser Kerl ist ein Verlierertyp, wie er im Buche steht. Ein Widerling mit Doktortitel. Sein Sohn kann sich nichts Besseres wünschen, als dass der Vater im Gefängnis verrottet. Aber da Sie die logische Verbindung nicht herstellen können, erkläre ich es Ihnen gern ausführlicher: Standish hielt an einem College in der Nähe von Blacksburg, wo sein Bruder lebt, Vorlesungen über frühkindliche Entwicklung. Die ganzen vermissten Kinder, die in das gleiche Fallschema passen, haben eine unverwechselbare Ähnlichkeit mit Wes, und sie verschwanden alle im Januar, wenn Standish auf Tour war. Und wie Chief Dickson dem Agenten vom NCAVC, dem nationalen Zentrum für die Analyse von Gewaltverbrechen, schon erzählt hat, saß Standish immer in einem dunklen Zimmer und beobachtete das Kind jede Nacht im Schlaf. Der Kerl ist pervers. Der Fall ist glasklar.“

„Wohl kaum.“

Selbst wenn die Leute vom NCAVC zustimmten, dass Standish in das Profil eines pädophilen Gewaltverbrechers passte – wovon Clint ganz und gar nicht überzeugt war –, klangen Moores Worte eher nach dem Wunsch nach Beförderung als nach guter Ermittlungsarbeit. Es war nur gut, dass *sie* die Bundesgerichtsbarkeit hinter sich hatten und nicht dieser Mann aus Baltimore. Gott sei Dank waren nicht alle Polizisten, mit denen sie zusammenarbeiteten, so wie Moore.

Die Polizei in Baltimore hatte sich vorschnell auf Standish als Täter festgelegt. Allein der Gedanke an die anderen Möglichkeiten verstärkte Clints Kopfschmerzen um tausend Punkte auf der Richterskala. Er klappte im Geiste diese Akte zu und beobachtete, wie das Flugzeug zur Landung ansetzte.

Stevens leichter Stoß mit dem Ellenbogen riss Clint aus seinen Gedanken. „Was ist?“

„Bist du im Bilde?“

„Immer.“ Clint klopfte auf das Jackett unter seinem Wintermantel. „Willst du den Beweis auf dem Weihnachtsbild meiner Familie sehen?“

Steven grinste. „Ich habe meines auch dabei.“ Steven war zwar der

Chefkoordinator der Abteilung *Gewaltverbrechen gegen Kinder*, aber trotzdem war er, wie schon damals in ihrer gemeinsamen Zeit in Quantico, dankbar für Clints Ratschläge. Wenigstens in den meisten Bereichen.

Ein Polizist aus Blacksburg wartete mit einem Auto am Flughafen auf sie. Moore setzte sich auf den Beifahrersitz. „Gibt es etwas Neues?"

„Mein Sergeant hat sich gemeldet, als Sie gerade landeten. Es fielen Schüsse. Der Verdächtige versuchte zu fliehen, eröffnete aber das Feuer, als er unsere Männer sah."

„Ist er fort?"

„Nein. Er sitzt fest und schießt um sich. Meine Männer können nicht an das Auto herankommen."

Clint erwiderte Stevens harten Blick. „Wir müssen schnell und vorsichtig vorgehen, wenn wir vor Mitternacht nach Hause kommen wollen."

Wenige Minuten später bogen sie auf den Parkplatz eines heruntergekommenen Hotels und blieben hinter zwei Streifenwagen stehen. Sie zückten ihre Revolver, stiegen aus dem Auto und gingen hinter dem nächsten Fahrzeug in Deckung.

Clint zeigte seine Dienstmarke, und der Polizist nickte. „Der Hotelmanager rief uns an und gab uns den Hinweis. Er sagte, unser Verdächtiger habe heute am frühen Morgen Zimmer 102 bezogen. Als er versuchte zu fliehen, wurden wir aktiv. Er lud das Kind einfach im Wagen ab und rannte in den Wald. Seitdem schießt er auf uns."

Gewehrfeuer unterstrich seinen Bericht.

Zwei Polizisten erwiderten das Feuer.

Die Adern in Moores Nacken traten hervor. „Ist der Junge noch am Leben?"

„Das wissen wir nicht. Er hat sich nicht bewegt, und wir können nicht an ihn herankommen. Die Verstärkung lässt noch auf sich warten."

Moores Augen hefteten sich auf den offenen Kofferraum des hellbraunen Autos und wurden vor Entsetzen ganz groß, während gleichzeitig sein Gesicht rot anlief. „Ihr habt das Auto aufgeschossen?"

„Nein." Der Polizist blieb in Schussposition, hielt die Waffe auf den Wald gerichtet und war zu beschäftigt, um zu bemerken, dass er soeben von einem Großstadtpolizisten beleidigt worden war. „Der Verdächtige hat selbst den Kofferraum aufgeschossen, bevor Sie alle hier ankamen."

Clint betrachtete das Auto. Das verbeulte Kofferraummetall und die angeschossenen Heckscheinwerfer verrieten, dass ihr Entführer kein Scharfschütze war. Clint bewegte sich zur Vorderseite des Streifenwagens. „Ich sehe nach dem Jungen." Er sah Steven ernst in die Augen. „Bete. Und gib mir Deckung."

Mit laut pochendem Herzen kroch Clint schneller über den schwarzen Asphalt, als er es jemals in Quantico gemacht hatte. Als er den Chevrolet erreichte, blieb er kurz liegen und lauschte. Nichts. Vorsichtig hob er die Hand an den Türgriff.

Er öffnete die Tür einen Spaltbreit und tastete in das Innere des Autos.

Seine Hand berührte eine schwere Daunenjacke. Der Junge lag regungslos auf der Rückbank, seine Hände waren mit einem Klebeband gefesselt, und eine schwarze Haube war über seinen Kopf gezogen. Clint zog ihm die Haube vom Kopf und fühlte feuchte Haut und einen schwachen Puls.

Dieser Junge brauchte ärztliche Hilfe. Sofort.

Mit zitternden Händen zog Clint den Jungen aus dem Auto, hob ihn auf seinen Schoß und nahm ihn in die Arme.

In den Wagen schlugen Schüsse ein. Aber er musste es wagen. Noch drei Meter, und er wäre in Sicherheit.

Er hielt den Jungen fest und machte einen Satz auf Steven zu.

Ein stechender Schmerz bohrte sich in seinen linken Arm.

Dann wurde alles schwarz.

Kapitel 2

„Frau Dr. Rollins, wir sind Ihnen ja so dankbar, dass Sie sich alles angehört haben, was wir bei unseren Nachforschungen herausgefunden haben."

Sara Rollins lächelte und schob sich eine Strähne ihrer ungezähmten, roten Locken hinters Ohr. Auf der anderen Seite ihres Schreibtisches aus Kirschbaumholz saßen Joseph Holmes und seine Mutter, Claudia, und warteten auf ihre Meinung über ein vermeintliches Wunderheilmittel. Für Josephs Rhabdomyosarkom, einen bösartigen Weichteiltumor, gab es kein Heilmittel, aber das konnte sie nicht so offen sagen. Mit seinen dreizehn Jahren verkörperte Joseph Entschlossenheit und Mut. Es widerstrebte Sara zutiefst, ihm das zu rauben. Aber Claudia musste es schaffen, das Stadium, in dem man seine Krebsängste mit hohen Stapeln von Computerausdrucken zu bekämpfen versucht, zu überwinden. Es war Zeit, den nächsten Schritt zu gehen und erprobte klinische Verfahren zu akzeptieren und Gott den Verlauf und Ausgang der Krankheit zu überlassen.

„Ich finde es gut, dass Sie sich über Josephs Behandlung Gedanken machen, und ich gebe Ihnen recht, dass naturheilkundliche Methoden wertvolle Ergänzungen zu unserem Behandlungsplan sein können." Solange sie am Ende der empfohlenen Vorgehensweise folgten. „Ich werde Dr. Silverman, unseren Experten für alternative Heilmethoden, um seine Meinung zum indianischen Kräutertee bitten. Wir können darüber sprechen, bevor Sie heute Nachmittag die Klinik verlassen."

Ein Klopfen an der Tür riss sie aus ihren Gedanken.

„Entschuldigen Sie die Störung, Frau Dr. Rollins, aber Steven Kessler ist am Telefon. Er sagt, es sei dringend."

„Ich rufe ihn zurück, wenn ich fertig bin. Danke, Laurie."

Die allseits beliebte Verwaltungschefin des Benefield-Krebszentrums ließ nicht locker. „Er hat Ihnen auf Ihrem Handy mehrere Nachrichten hinterlassen und schon dreimal hier angerufen. Es geht um Ihren Mann."

Saras Kehle fühlte sich plötzlich wie zugeschnürt an. Sie schaute auf ihre Armbanduhr. „Claudia, Joseph, es gefällt mir überhaupt nicht, dass ich so schnell wegmuss, bevor wir miteinander beten konnten, aber ich muss diesen Anruf entgegennehmen."

Joseph räusperte sich. „Das macht nichts, Frau Dr. Rollins. Wir beten dafür dann nächstes Mal am Anfang und am Ende." Er und seine Mutter standen auf, um zu gehen. „Dann bis in drei Wochen."

„Ich werde für dich beten, Joseph."

Laurie begleitete die beiden hinaus und schloss die Tür hinter ihnen. Sara nahm eilig das Telefon und drückte auf den leuchtenden Knopf. „Sag mir, dass es ihm gut geht, Steven."

Laute, zischende Geräusche antworteten ihr. „Sara? Bist du dran?"

„Lass mich mit ihm sprechen."

„Das geht nicht. Er ist bewusstlos. Es ist etwas … passiert."

Das hatte Sara sich schon gedacht. Solche Anrufe hatte sie früher schon bekommen. Aber wie schlecht ging es ihrem Mann wirklich? Ihre Zähne taten weh, weil sie sie so fest zusammenbiss. Sie musste sich anstrengen, um Steven zu verstehen. Nur vereinzelte Wortfetzen drangen durchs Telefon.

„… sagten, außer der Schusswunde eine Gehirnerschütterung … Rettungshubschrauber ins Alexandria Community Hospital. Landung in fünf Minuten."

Ihr Magen zog sich zusammen. Clint hatte wieder eine Schusswunde. „Wir treffen uns in der Notaufnahme." Sara trennte die Verbindung und beeilte sich, zur Toilette zu kommen. Sie fürchtete, sich übergeben zu müssen, bevor sie das angrenzende Krankenhaus erreichte.

Dr. Marilynn Richards kam ihr vor dem Arztzimmer entgegen. Die sanft gebräunte Hand ihrer besten Freundin legte sich um Saras Oberarm und bremste sie in ihrem Vorwärtsdrang. „Warte einen Moment."

„Ich kann jetzt nicht reden." Sara versuchte, ihrer Freundin auszuweichen. „Clint ist … ihm ist etwas passiert."

„Ich weiß." Marilynn versperrte ihr mit ihrem stämmigen Körper immer noch den Weg. „Die Notaufnahme hat angerufen. Er ist hier. Aber das Personal dort wird dich nicht als Ärztin hineinmarschieren lassen oder sich deinem irischen Temperament beugen. Das ist dir klar, ja?"

Sara konnte nur wortlos nicken, während sie eilig aus dem Benefield-Krebszentrum marschierten und über den Gehweg ins Hauptgebäude des Krankenhauses liefen. Zwischen ihren Rollen als Onkologin, Frau eines FBI-Agenten und Mutter ihrer zwei Kinder, Susannah und Jonathan, hin- und herzuschalten war immer eine Herausforderung. Das geschah nie nahtlos. Aber Marilynn hatte recht. Wenn sie dort hineinstürmte und Befehle erteilte, würde sie Clint damit überhaupt nicht helfen. „Hat man dir gesagt, wer ihn behandelt?"

„Ich glaube, es ist Peter Greer." Marilynn lächelte, als sie den Aufzug erreichten. „Dein Mann ist ein Held, Sara. Sag ihm das. Ich bete für euch."

Saras Füße schalteten auf Autopilot um, als sie sich vor dem Aufzug von ihrer Freundin trennte. Sie erreichte die Notaufnahme, ohne zu einem klaren Gedanken fähig zu sein.

Eine größere Menge Menschen füllte den Wartebereich. Sara bahnte sich einen Weg hindurch und schritt geradewegs auf die Tür zur Notaufnahme zu. Die Schwester an der Aufnahmetheke unterbrach ihr Telefongespräch und hielt sie auf. „Kann ich Ihnen helfen?"

Sara zeigte ihren Arztausweis. „Mein Mann, Clint Rollins, wurde mit dem Rettungshubschrauber hierhergebracht."

„Dieser gut aussehende Texaner mit den schokoladenbraunen Augen?"

„Ja."

„Er wird gerade untersucht. Er hat sich richtig aufgeregt, weil er nicht zu Fuß hier hereinmarschieren durfte." Die junge Schwester schmunzelte und blätterte die Papiere auf ihrer Theke durch. „Sie haben wirklich einen starken Mann, auch wenn er nicht so hereinstolzieren durfte, wie er das gern getan hätte."

Sara spielte mit ihrem Ring und lächelte. Dass Clint sich so benahm, war ein gutes Zeichen.

Die Schwester suchte in ihren Papieren und warf noch einmal einen Blick auf Saras Ausweis. „Sie arbeiten im Krebszentrum?" Sie wies Sara auf die Tür hin, die zur Notaufnahme führte. „Sie können hineingehen. Vierte Tür rechts."

Während Sara durch die Tür eilte, schossen ihr alle möglichen Szenarien durch den Kopf. Clint war früher schon angeschossen worden, hatte dabei aber nie das Bewusstsein verloren. Eine Männerstimme hinter ihr hielt sie davon ab, Clints Zimmer zu betreten.

„Sara? Einen Moment bitte."

Sie blickte auf und schaute in ein bekanntes Paar graublauer Augen.

Peter Greer. Einer der besten Ärzte, die sie in der Notaufnahme je erlebt hatte.

„Hallo, Peter." Es war seltsam unwirklich, plötzlich auf der Patientenseite eines solchen Gesprächs zu stehen.

Peter deutete zu dem kleinen Bereich hinter Clints Tür, der nur für Ärzte bestimmt war, und winkte ihr, ihm zu folgen. „Ich bin froh, dass ich dich erwischt habe, bevor du zu ihm gehst."

Ihr Herz hämmerte gegen ihre Rippen. „Geht es Clint gut?"

„Seine Schusswunde ist relativ ungefährlich. Es hätte viel schlimmer ausgehen können, wenn er nicht so schnell medizinisch versorgt worden wäre." Peter fuhr mit der Hand über die schwarzen Stoppeln auf seinem schmalen Kinn.

Sara kniff die Augen zusammen. Etwas an Dr. Greers Miene beunruhigte sie. „Erschwert seine Gehirnerschütterung die Sache?"

„Ja. Er musste sich immer noch übergeben, als er hier war." Er holte tief Luft. „Wir hatten ihn schnell stabilisiert, aber ich wollte dich um deine Hilfe bitten. Wir sollten ihn überreden, über Nacht zur Beobachtung hierzubleiben, damit ich einige zusätzliche Untersuchungen durchführen kann."

„Meinst du …?"

Dr. Greer hob die Hand. „Ein Röntgenbild, ein genaues Blutbild und eine Computertomographie des Schädels werden uns mehr sagen, aber es dauert eine Weile, bis wir das alles haben." Er deutete zum Gang. „Komm, besuchen wir deinen Mann."

Sie gingen schweigend durch den geschäftigen Flur zurück. Dann hielt ihr Dr. Greer die Tür zum Schockraum auf.

„Hallo, Schatz, ich bin vor Mitternacht zu Hause." Clint versuchte aufzustehen, lehnte sich aber schnell wieder auf das Untersuchungsbett zurück.

„Es freut mich, dass du deine Manieren nicht vergessen hast, Cowboy." Das vertraute Geplänkel tröstete Sara, als sie und Peter ihrem Mann wieder auf das Bett zurückhalfen.

„Ich fülle die Papiere aus und kümmere mich darum, dass er ein Zimmer bekommt." Mit diesen Worten verschwand Dr. Greer aus dem Zimmer.

„Was ist los, Clint?"

„Mir geht es gut. Mir ist nach dem Sturz nur ein wenig schwindelig."

„Eine Gehirnerschütterung mit ständigem Brechreiz hört sich ernster an."

„Ich glaube, ich bin mit dem Kopf auf dem Asphalt aufgeschlagen. An mehr erinnere ich mich nicht. Steven sagt, ich bin ihm etwas schuldig wegen der Sauerei, die er im Hubschrauber wegputzen musste." Clint schmunzelte.

Sara war nicht nach Lachen zumute.

Ein Klopfen an der Tür verhinderte weitere Fragen. „Herein!"

Steven steckte den Kopf zur Tür herein und sah aus wie ein kleiner Junge, der mit seinem Ball das teure Fenster seines Nachbarn eingeschlagen hatte. „Wie groß sind die Probleme, die ich bekomme, Dr. Sara?"

„Du hast gesagt, dass du auf ihn aufpasst." Sie verschränkte seufzend die Arme vor sich. „Aber ich weiß, dass das Teil des Berufes ist. Komm endlich herein. Ich werde dir schon nicht den Kopf abreißen."

„Ich war mir da nicht so sicher." Steven umarmte sie herzlich und fuhr sich dann mit der Hand durch seine hellbraunen Haare. „Du weißt ja, dass er immer ein Held sein will. Er hat ein Kind befreit und es fast geschafft, sich mit ihm in Sicherheit zu bringen, bevor irgendjemand wusste, was geschah."

Clint grinste. „Als ob du nicht selbst daran gedacht hättest, den großen Helden zu mimen!"

„Du hast mir gesagt, dass ich dir Deckung geben soll."

„Du gibst also zu, dass ich trotz meines Alters schneller bin als du." Clint lehnte sich an die Wand hinter seinem Bett und gähnte.

Sara konnte sich ein Lachen nicht verkneifen, als die beiden sich wieder einmal gegenseitig beweisen mussten, wie gut sie waren. Dieses Spiel trieben sie schon, seit Sara sie kannte – seit fast elf Jahren. In diesem Moment war sie für ihre freundschaftliche Rivalität dankbar. Das Geplänkel hielt Clint wach, was ihr Gelegenheit gab, seine Vitalwerte zu beobachten und ihm in die Augen zu schauen.

Sie stimmte Dr. Greer zu. Ihr Instinkt sagte, dass es keine schlechte Idee sei, wenn Clint über Nacht hierbliebe.

„Ich bin nicht dein Patient, Sara."

Saras Wangen begannen zu glühen. Erwischt. Sie wandte sich an Steven. „Geht es dem Kind gut?"

„Der Junge wird wieder werden. Er muss sich vor allem psychisch erholen.“ Stevens Gesicht verdüsterte sich. „Clint hat den Jungen unverletzt in Sicherheit gebracht. Er kommt aber erst jetzt langsam zu sich.“

„Wurde er betäubt?“

„Ja. Es wird eine Weile dauern, bis wir wissen, was der Täter ihm gegeben hat.“

Die Männer tauschten vielsagende Blicke aus.

Sara wusste, dass sie nicht fragen sollte, aber sie wollte es unbedingt wissen. „Habt ihr den Kerl erwischt?“ Sie musste hören, dass die Person, die ein Kind mit Medikamenten betäubt und ihren Mann angeschossen hatte, hinter Gittern war.

„Natürlich.“

Clint mischte sich ein. „Hatte Moore recht, dass es Standish war?“

„Ja und nein.“

Sara lehnte sich an das Bett. Sie versuchte erst gar nicht, die Fachsimpelei der beiden Männer zu verstehen.

Clint richtete sich auf. „Das heißt?“

„Der eigentliche Entführer war ein Student namens Billy Raeford, aber er hat zugegeben, dass Standish das Geld und das Hirn hinter dem Plan war. Das sind alle Informationen, die ich im Moment habe.“

Das bedeutete so viel wie: Sie würden später weiter darüber sprechen, wenn Sara nicht zuhörte.

Eine grauhaarige Krankenschwester steckte den Kopf zur Tür herein. „Das Röntgengerät ist unterwegs, und danach ist ein Zimmer für Mr Rollins fertig.“

Sara legte beruhigend die Hand auf Clints Knie. „Danke.“

Steven umarmte sie zum Abschied und sagte dann, zu Clint gewandt: „Ich komme dich morgen besuchen.“ Er schlüpfte hinaus und schloss die Tür. Clints Schultern sackten nach unten. Die Müdigkeit übermannte ihn.

„Ein schwerer Fall?“ Sara beobachtete seine Augen.

„Gut möglich. Deshalb muss ich aus diesem Weißkittelhaus hinaus und Steven helfen, einige Spuren zu verfolgen.“

„Vorher musst du gesund werden. Auch die besten Polizisten brauchen Erholungszeiten.“

„Ich muss einen gefährlichen Verbrecher hinter Gitter bringen. Möglicherweise ist er ein Serienmörder. Das bedeutet, dass auch andere Kinder in Gefahr sein könnten.“

Sara seufzte. Ein Streit würde zu nichts führen. Viel früher, als sie es für vernünftig hielt, würde Clint wieder an seinem Schreibtisch sitzen. Wenigstens hatte er nun eine Nacht Zwangspause, sodass Sara ihre Visite machen und ihre noch ausstehenden Patiententermine einhalten konnte.

Was danach geschehen würde, lag nicht in ihrer Hand.

Kapitel 3

Es verblüffte ihn immer wieder, wie jemand, der so klein war, so schwer sein konnte.

Die braunen Haare des Kindes wehten bei jedem Schritt hin und her, als er den leblosen Körper am frühen Montagmorgen durch den Wald schleppte. Der Regen der letzten Tage stellte kein Hindernis dar, im Gegenteil, er würde die anstrengende Knochenarbeit, die vor ihm lag, angenehm verkürzen. Außerdem liebte er den frischen Geruch von nasser Erde, der sich mit der kalten Luft vor Tagesanbruch vermischte.

Jetzt, da der starke Drang wieder einmal gestillt war, konnte er die Endorphine, die durch seinen Körper flossen, genießen. Das Gefühl von Macht und Glück war viel stärker als jeder Kasinoglanz und alle Spielgewinne.

Sie würden ihn nicht erwischen.

Niemand würde je seinen geheimen Ort entdecken.

Es war für ihn zu einem Spiel geworden, seine gewohnte Stelle im Park zu finden. Zehn langsame, rutschende Schritte den Hang hinab, fünfzig Schritte nach Osten, dann ungefähr eine Meile nach Süden.

Das Gewicht in seinen Armen wurde schwerer als die Lieblingsschaufel, die er auch noch mit sich schleppte. Als er die nun friedlichen Gesichtszüge des Kindes anschaute, kamen die Erinnerungen zurück. Sein erster Mord war irgendwie ein Unfall gewesen. Und eine Offenbarung. Er war zu einem Mann geworden, vor dem Eltern ihre Kinder warnten. Nur klüger und stärker, weil er den Drang zähmen konnte. Bis das Leben wieder außer Kontrolle geriet und er den Trieb befriedigen musste, um sich Erleichterung zu verschaffen

Das schnelle Knacken, wenn er einem Jungen das Genick brach, löste immer das Problem.

Einmal im Jahr – mehr brauchte es nicht.

Doch wenn alles nach Plan lief, würde sein Leben bald wieder in Ordnung kommen.

Er holte tief Luft und genoss es, dass er durch dieses Erlebnis eine alte Wunde mit neuen Augen sehen konnte. Jetzt hatte er die ganze Macht in seiner Hand. Er bestimmte den Zeitpunkt. Seltsam, wie leicht und routiniert das ganze Unterfangen geworden war. Keine Zornausbrüche mehr. Keine schlaflosen Nächte danach. Er erledigte einfach seine Sache, damit er sich wieder auf die wirklich wichtigen Dinge im Leben konzentrieren konnte.

Es faszinierte ihn, dass niemand auch nur die geringste Ahnung von seinen verborgenen Machenschaften hatte.

Er blieb stehen, um sich auszuruhen, und lauschte den Geräuschen des Waldes. Eulen heulten und suchten eine Mahlzeit, die sie vor Tagesanbruch verschlingen könnten. Ein Blick auf seine Armbanduhr verriet ihm, dass ihm nur noch wenige Stunden im Schutz der Dunkelheit blieben.

„Ah, da sind wir ja endlich."

Er legte das Kind ins feuchte Gras und ging an die Arbeit.

Schaufeln. Werfen. Die nächste Schaufelladung feuchter Erde und kleiner Steine landete auf dem Erdreich über ihm. Das vertraute Geräusch erfüllte ihn mit großer Befriedigung. Dieser Teil seiner Arbeit erinnerte ihn immer daran, wie er den alten Hund eines Mitschülers, der ihn oft demütigte, im Garten vergraben hatte. Wie süß seine Kindheitsrache damals geschmeckt hatte! Der dumme Hund war ihm nach Hause gefolgt, ohne dass jemand die beiden beobachtet hätte. Der einzige Makel war die Behauptung seiner Nachbarn gewesen, sie wären mitten in der Nacht von einem Jaulen geweckt worden.

Aber sie hatten ihn nicht erwischt. Und danach hatte er seine Fertigkeiten verfeinert.

Er war mit dem Graben fertig geworden und kletterte aus der tiefen Erdgrube. Ohne jegliche Zeremonie warf er den kleinen Jungen in das schwarze Loch und begann, Erde hineinzuschaufeln.

Ein Objekt mehr in seiner Sammlung.

Kapitel 4

„Es ist nicht das, was du denkst. Vertrau mir."

Mit einer tiefen Verbeugung servierte Steven Clint sein Mittagessen auf einem Krankenhaustablett mit grauer Abdeckung. Agent Michael Parker und Agent Lee Branson schmunzelten und zogen ihre Wintermäntel aus. Steven warf seinen Mantel auf den nächsten Stuhl.

„Warum tröstet mich das nicht?" Clint runzelte die Stirn, während er sich im Bett aufsetzte und einen Stoß Papiere unter seine Decke steckte. Steven verfolgte diese unauffällige Bewegung mit Interesse. Es war nicht die Art seines besten Freundes, Dinge zu verstecken. Aber sechs Tage im Krankenhaus konnten Menschen zu sonderbaren Verhaltensweisen veranlassen.

„Seit wann versteckt man denn Sachen vor seinen Freunden?" Lee wollte das weiße Krankenhauslaken wegziehen.

Clint packte Lees dunklen Arm und hielt ihn fest. „Nein."

„Ist ja gut." Lee trat zurück und hob entschuldigend die Hände. „Das Krankenhausleben tut deiner Frohnatur nicht gut."

Steven betrachtete seinen Partner. Er würde dieses Thema später ansprechen, aber im Moment mussten sie sich auf ihre dienstlichen Fragen konzentrieren. Er nickte Michael und Lee zu, und alle drei zogen sich braune Krankenhausstühle ans Bett heran.

Clint schloss einen Moment die Augen und murmelte dann eine Entschuldigung. „Sie lassen einen hier nicht viel schlafen, und behalten mich sowieso schon fünf Tage zu lang hier."

Michael beugte sich vor und strich sich über seine kurzen, blonden Haare. „Wegen einer Schusswunde? Ist das nicht ein bisschen arg übertrieben?"

„Komplikationen bei der Schusswunde. Eine Infektion und noch irgendetwas anderes." Clint deutete zu seiner Infusionsflasche. „Sie pumpen mich mit Antibiotika voll. Und es hilft mir auch nicht, dass Sara alles befürwortet, was sie mit mir machen." Dann hob er mit fragend hochgezogenen Brauen das Tablett mit dem Essen auf seinen Schoß. „Verratet ihr mir, warum mir das FBI heute mein Mittagessen bringt?"

„Kann man denn keine einzige gute Tat mehr tun?" Grinsend klopfte Steven auf den grauen Plastikcontainer.

„Eine gute Tat?"

„Heb einfach den Deckel hoch. Dann siehst du, was ich meine. Außerdem haben wir Arbeit dabei und brauchen deinen unverzichtbaren Rat."

Clint hob mit langsamer Präzision den grauen Deckel hoch … der Geruch von frisch gebackener Pizza erfüllte sofort den Raum. Sein Magen knurrte ein lautes Danke.

„Deine persönliche Lieblingspizza mit extra Käse, Hackfleisch und schwarzen Oliven." Steven verbeugte sich wieder. „Direkt aus Gracies Küche, damit du bald wieder gesund wirst."

„Richte Gracie meinen herzlichsten Dank aus und sag ihr, wie froh ich bin, dass sie die Pizza gebacken hat und nicht du. Diese Frau ist Gold wert. Nur gut, dass du ihr bald einen Heiratsantrag machst."

„Das ist der Plan. Und einer von vielen Gründen, warum du schleunigst aus diesem Krankenhaus herauskommen musst."

Clint beugte schnell den Kopf und betete, dann machte er sich über seine Pizza her. Während er aß, reichte Steven den anderen beiden Agenten die Akten von verschiedenen Fällen. „Unter den gegebenen Umständen hielt ich es für besser, die Besprechung hier und nicht im Büro anzusetzen. Heute Nachmittag hat Lee eine Videokonferenz mit Chief Dicksons Team. Es geht dabei um Ed Standishs Telefonverbindungen und Kreditkartenspuren. Sie kümmern sich um die nötigen richterlichen Anordnungen und halten uns auf dem Laufenden, während sie die Datenmassen auswerten."

„Das ist auch gut so", murmelte Lee, während er die Papiere durchblätterte. „Ich hatte schon genug Arbeit, bevor dieser Fall dazukam. Ich habe einen familiären Entführungsalptraum und einen Fall, bei dem es um Unterhaltsstreitigkeiten geht. Den hat mir der Staatsanwalt unserer Abteilung aufgedrückt."

Steven hätte gern mit ihm getauscht. Aber das hätte Lees wohlbekanntes Jammern auch nicht abgestellt.

„In Christiansburg läuft alles unerträglich langsam. Das liegt an den Zuständigkeitsfragen und der ganzen Bürokratie, die nötig ist, bis man eine richterliche Anordnung bekommt." Michael gab etwas in seinen Laptop ein. „Die Ortspolizei kann auch Jim Standish nicht finden."

„Das ist der Bruder, nicht wahr?" Clint wischte sich die Hände an einer Serviette ab. „Der Bruder, der in Blacksburg wohnt?"

Michael nickte. „Es heißt, er wäre bei einem Jagdausflug. Beide Wohnungen werden beobachtet, obwohl die vorläufigen Untersuchungen nichts gebracht haben. Sobald die Kerle auftauchen, werden sie erst mal anständig von mir verhört."

Clint legte den Kopf schief, sagte aber nichts.

„Wir müssen Standish so schnell wie möglich finden. Er erschien am fünfzehnten Januar nicht zur Arbeit, das war nur wenige Tage, bevor Wes entführt wurde. Seitdem ist er vom Radar verschwunden. Und schau dir das an." Steven reichte Clint die Akte zu ihrem neuesten Fall. „Ein weinroter Van, der auf Jim Standish angemeldet ist, wurde in der Nähe des Parks gesehen, in dem Mattie Reynolds am Sonntag entführt wurde. Augenzeugen berichten, dass sie einen Mann mit Halbglatze und Babygesicht allein im Park gesehen haben, bevor Mattie verschwand. Die Ortspolizei koordiniert die Suche mit unserer Außenstelle in Virginia."

Lee schüttelte den Kopf. „Dazu kommen noch die drei ungeklärten Fälle. Das macht zusammen fünf Entführungen. Ein Kind gerettet, drei wahrscheinlich tot, und eines, dessen Chancen mit jedem Tag schrumpfen."

Clint schob sich in eine sitzende Position. Dabei stützte er sich mit dem Arm ab, an dem sein Infusionsschlauch hing. Seine Bewegungen waren langsam und schwach. Das sah nicht gut aus. Steven nahm sich vor, Sara auf dem Rückweg zur FBI-Zentrale, dem J. Edgar-Hoover-Gebäude, anzurufen.

„Ihr werft diese Fälle alle in einen Topf, obwohl außer der Vorgehensweise nicht viel Ähnlichkeit besteht. Es gibt zwei unterschiedliche Täterbeschreibungen und kein gemeinsames Motiv." Clint zuckte die Achseln. „Ich muss etwas verpasst haben."

„Ich hoffe, du kannst uns helfen, ein Motiv zu erkennen. Auf den Entführer, den Standish angeheuert hat, passt die Täterbeschreibung in den alten Fällen jedenfalls. Und er selbst hat Standish genannt. Wir wissen also, dass Standish in die Entführung von Wes auf jeden Fall verwickelt ist." Steven ging zu dem großen Fenster hinüber und betrachtete die dicken, grauen Wolken am Himmel. „Der Umstand, dass Standish jemanden dafür bezahlt hat, seine Drecksarbeit zu erledigen, erhöht sein Bedrohungspotenzial. Dann haben wir eine mögliche Verbindung zwischen Standish und Matties Entführung. Damit fällt er aus der bloßen Kategorie ‚Entführung durch den geschiedenen Vater' heraus und wird auch für die anderen Fälle zum Verdächtigen."

„Alle vier vermissten Jungen sehen Wes sehr ähnlich. Braune Haare, blaue Augen, ungefähr das gleiche Alter." Michael schaute von seinem Laptop auf. „Das deutet alles auf einen Serientäter hin."

Clint schüttelte den Kopf und verzog das Gesicht. „Aber warum sollte er nicht mehr nur fremde Kinder entführen, sondern plötzlich auch seinen eigenen Sohn?"

„Vielleicht ist er krank, wie die Polizei in Baltimore vermutet, und er hat anderen Kindern etwas angetan, um sein eigenes zu schonen. So etwas kommt vor. Dann wird er geschieden, verliert das Sorgerecht, und seine Sicherungen brennen durch. Also lässt er seinen Partner nicht mehr nur andere Jungen entführen, die Wes ähnlich sehen, sondern versucht, seinen Sohn zurückzubekommen."

„Warum hat er dann Mattie selbst entführt?"

„Sein Partner ist im Gefängnis, und Standish muss sich seine ‚Dinge' selbst beschaffen." Lee schlüpfte in seinen Mantel. „Ich muss wieder ins Büro. Aber ich würde eines sagen: Perverse lieben Computer. Wenn wir also erst einmal in Standishs Computer hineinkommen, wissen wir bald, ob er wirklich pädophil ist, so wie Chief Dickson vermutet. Und wenn wir Billy Raeford zum Reden bringen, könnten wir diese Ermittlungen mit einer Zeugenaussage und greifbaren Beweisen untermauern."

„Ich muss mit Lee ins Büro zurück." Michael packte seinen Laptop ein und nahm ebenfalls seinen Mantel. „Ich muss mich darum kümmern, dass die Computerdaten bald ausgewertet werden." Er wandte sich an Clint. „Ich versteife mich nicht darauf, dass Standish der Täter bei unseren ungeklärten Fällen ist, aber ich denke, wir haben genug Anhaltspunkte, um der Sache nachzugehen. Wenn wir Standish finden, können wir möglicherweise vielen trauernden Eltern endlich eine Antwort geben."

„Erhol dich gut, Mann. Wir brauchen dich im Büro", sagte Lee grinsend, bevor er mit Michael das Zimmer verließ.

Steven setzte sich wieder. „Sprich mit mir, Clint. Ich brauche deinen weisen Rat."

„Das heißt viel aus dem Mund eines Mannes, der nur zwei Jahre jünger ist als ich." Clint legte den Kopf aufs Bett zurück. „Aber mein

Bauchgefühl sagt mir, dass ihr alle ein wenig zu viele Spekulationen anstellt. Ich bin natürlich dafür, ungeklärte alte Fälle zu lösen, aber was sagt Wes selbst über seinen Vater? Und wie geht es ihm eigentlich?"

„So gut, wie man es unter den gegebenen Umständen erwarten kann. Er ist ein starkes Kind. Klug wie James und genauso umgänglich. Er wird darüber hinwegkommen. Sein Psychologe sagt, der Junge hat eine natürliche Bewunderung für seinen Vater und sieht ihn als Held, aber es gibt nichts, was auf Missbrauch hindeuten würde. Es gab viel körperlichen Kontakt und diese komische Sache, dass Standish ihn jede Nacht im Schlaf beobachtet hat, aber sonst nichts wirklich Verdächtiges."

„Was die Theorie mit dem pädophilen Täter …"

Eine junge Krankenschwester kam mit einem breiten Lächeln ins Zimmer, um Clints Vitalwerte zu messen. Steven nutzte diese Gelegenheit, um seine Papiere wieder in seine Aktentasche zu packen und dabei verstohlen die Messwerte der Krankenschwester zu verfolgen.

„Sind Sie bereit für den großen Tag morgen, Mr Rollins?"

Clint knirschte mit den Zähnen, als hätte die Frau ihn beschuldigt, Medikamente gestohlen zu haben. „Mir geht es gut. Danke, Lauren." Er schaute der Schwester nicht einmal in die Augen, sondern starrte stur durch sie hindurch zu den Topfpflanzen und Luftballons im Zimmer.

Auf ihrem Gesicht machte sich Verwirrung breit. Sie beendete ihre Arbeit und verschwand dann mit einem schnellen Nicken aus dem Zimmer.

„Es sieht dir gar nicht ähnlich, Leute so anzufauchen. Was ist los mit dir?"

„Nichts. Ich will einfach raus hier. Ich war nur ein einziges Mal wirklich gern im Krankenhaus. Das war in der Notaufnahme in Houston, als mich eine junge Ärztin mit roten Locken und grünen Augen mein gebrochenes Handgelenk vergessen ließ."

„Sag nicht, das hast du Sara damals gesagt, um mit ihr ins Gespräch zu kommen!?" Steven rückte seine Krawatte mit dem Emblem der Basketballmannschaft seiner Universität von Louisville zurecht.

„Ich habe wahrscheinlich völlig wirres Zeug geredet."

Sie lachten beide.

„Und was sagt Sara dazu, dass du hier so lange verhätschelt wirst?"

„Dass ich bald nach Hause komme."

„Gut. Ich brauche dich so schnell wie möglich wieder im Büro."

Clint wich seinem Blick aus. „Halt mich auf dem Laufenden. Es wäre schön, wenn diese ganzen Spekulationen durch ein paar Beweise gestützt würden."

„Werd doch einfach gesund und zeig uns anderen, wie es geht! Und lass dich nicht gleich wieder anschießen."

„Guter Witz."

Steven schlüpfte in seinen Mantel. „Im Ernst, ich habe seit unserer Zeit im Geiselbefreiungsteam nie länger ohne dich gearbeitet. Und ich habe auch nicht vor, das jetzt zu tun."

„Ja, seitdem hängst du an meinem Rockzipfel. Auf dem ganzen Weg bis zur Abteilung *Gewaltverbrechen gegen Kinder*."

„Ich kam *vor* dir in die Abteilung." Steven ging zur Tür. „Auf uns wartet viel Arbeit. Also genieße deine Ruhepause, so gut du kannst."

„Wird gemacht." Steven sah, wie sich Clints Miene verfinsterte, und seine Schultern verkrampften sich. Sein Partner wollte offensichtlich so schnell wie möglich wieder an den Ermittlungsarbeiten teilnehmen, aber hinter Clints schlechter Laune steckte mehr. Etwas, was mit den Papieren zu tun hatte, die er unter seine Bettdecke geschoben hatte.

Steven hatte keine Ahnung, was drinstand. Aber er würde es herausfinden. Bald.

* * *

Einige Ärzte benahmen sich ihren Patienten gegenüber so gefühllos wie ein Eisklotz.

Clints erster Onkologe war dafür ein hervorragendes Beispiel. Er konnte die teilnahmslosen, nüchternen Worte des jungen Arztes immer noch deutlich hören. *„Die Biopsie zeigt diffuse, große B-Zellen-Lymphome. Stadium vier. Bestenfalls vierzig bis fünfzig Prozent Überlebenschance."*

Clint legte die unzähligen Seiten mit Informationen aus dem Internet, die ihm eine der Krankenschwestern ausgedruckt hatte, weg. Sein Kopf schmerzte angesichts der ganzen möglichen Nebenwirkungen, die auf ihn zukamen. Sara wich seinen Versuchen, mit ihr über seine Krankheit zu sprechen, beharrlich aus. Wahrscheinlich hatte sie

Schuldgefühle, weil sie seine Symptome nicht diagnostiziert hatte, als sie vor zwei Monaten das erste Mal aufgetaucht waren. Aber er hatte ihr nie von der erhöhten Temperatur und den Schweißausbrüchen in der Nacht oder den Schwellungen in seinem Hals erzählt. Er hatte einfach angenommen, es wäre eine Grippe.

Wenn also jemand Schuld hatte, dann er selbst. Er nahm die ausgedruckten Seiten und begann wieder zu lesen, wie sich der Krebs und seine Behandlung auf den Mund, die Haare, den Schlaf und sogar das Gehirn auswirkte. Er las von Gedächtnisverlust und schlechten Blutbildern, und studierte die Beschreibungen der vielen Untersuchungen, die er in den nächsten fünf Monaten über sich ergehen lassen müsste.

Er wollte sein Kissen an die Wand werfen. Oder mit den Fäusten auf einen Sandsack einboxen. Aber das verhinderte seine Schusswunde. Eines Tages müsste er sich wahrscheinlich bei Wes Standish bedanken. Dadurch, dass er diesem Kind das Leben gerettet hatte, konnte vielleicht auch sein eigenes Leben gerettet werden … solange er eine Kleinigkeit namens Chemotherapie überlebte.

Er hatte keine Ahnung, wie sich diese Behandlung auf ihn auswirken würde.

Er musste kämpfen. Den Krebs bekämpfen.

Kämpfen, um zu überleben.

Die Ärzte hatten gesagt, dass er Ende Februar wieder zur Arbeit gehen könnte. Fünf Wochen. Viel zu lange. Aber wenigstens war er so lange krank geschrieben, dass er Steven mit seiner Krebsdiagnose bis nach dem Valentinstag aus dem Weg gehen konnte. Steven hatte große Pläne, Gracie am vierzehnten Februar im Haus ihrer Eltern in Georgia einen Heiratsantrag zu machen. Auf keinen Fall wollte Clint ihm diesen Tag verderben.

Er schaute die Infusionsflasche an und bemühte sich nach Kräften, sich die positiven Dinge bewusst zu machen, für die er dankbar sein konnte. Sein CT-Bild war normal. Die Kopfschmerzen waren weg. Seine Kinder liebten ihn. Seine Freunde vertrauten ihm. Er hatte sogar Gelegenheit gehabt, mit einigen Krankenschwestern über Jesus zu sprechen.

Aber von morgen an könnten alle möglichen Schreckensszenarien ablaufen. Stimmungsschwankungen. Übelkeit mit Erbrechen. Mehr Besuche in der Notaufnahme. Ärzte, Nadeln und noch mehr Ärzte.

Den schrecklichen Port, den ihm die Ärzte direkt unter das Schlüsselbein implantiert hatten, um die Infusionen zu erleichtern, hasste er jetzt schon. Wen interessierte es, dass sie die giftigen Chemikalien durch das Port-System besser in seinen Körper pumpen konnten? Er hatte den Anschluss nun seit zwei Tagen und konnte das Ding immer noch nicht anschauen.

„Mr Rollins? Ich muss Ihre Vitalwerte noch einmal messen." Lauren trat mit hängendem Kopf an sein Bett.

Clint holte tief Luft. „Entschuldigen Sie bitte, dass ich Sie vorhin so angefahren habe. Ich … ich bin noch nicht so weit, meinen Partner wissen zu lassen, dass ich Krebs habe."

Auf Laurens Gesicht kehrte ihr gewohntes Lächeln zurück. „Ich dachte, ich hätte etwas wirklich Schlimmes angestellt." Sie zog die Blutdruckmanschette um seinen rechten Arm. „Aber ich kann sehr gut verstehen, dass Sie nicht wollen, dass es jeder weiß. Ich habe Patienten erzählen hören, welche furchtbaren Ratschläge sie von allen Seiten bekamen."

„Dann kann ich mich ja auf einiges gefasst machen."

„Oh." Laurens Gesicht lief glühend rot an. „Entschuldigung, Mr Rollins. Ich sollte lieber den Mund halten." Sie konzentrierte sich auf ihre Messung. „Aber es wird alles gut werden. Sie werden schon sehen. Die Ärzte im Krebszentrum sind sehr gut. Besonders Ihre Frau."

„Ich weiß nicht, ob ich Ärzte noch mag."

„Ich hoffe, das gilt nicht für *alle* Ärzte."

Clint drehte sich zu der vertrauten Stimme herum und schaute in die schönen grünen Augen seiner Frau. Er schob seine Decke zurück und versuchte aufzustehen.

„Hallo, Frau Dr. Rollins." Lauren verließ das Zimmer, nachdem Saras Lächeln ihr Gesicht zum Strahlen gebracht hatte.

„Bleib liegen, Cowboy." Saras beruhigende Stimme lockerte die eiserne Schraubzwinge, die sich um seinen Brustkorb gelegt hatte, ein wenig. „Ich gebe mich mit einem Lächeln und einem Kuss zufrieden."

Clint zog seine Frau nahe an sich heran und küsste sie mit verzweifelter Leidenschaft. Er wollte sie nie wieder loslassen.

Sara zog den Kopf zurück, um Luft zu holen. „Langsam, nicht so stürmisch. Sonst muss ich die Tür zusperren."

„Das ist eine sehr gute Idee." Er schob ihren weißen Arztkittel aus dem Weg und küsste ihren Nacken, bevor sie vom Bett rutschte. Eine Woche ohne ungestörte Zeit als Ehepaar war viel zu lang.

Er sah wieder ihre rot unterlaufenen Augen und die kleinen Falten, die über Nacht aufgetaucht waren, nachdem sie erfahren hatten, dass die Biopsiebefunde positiv waren und er tatsächlich Krebs hatte. Die psychische Belastung war ihr deutlich anzusehen. Sie hatte völlig die Beherrschung verloren, als sein erster Onkologe, ein neuer Arzt im Benefield-Krebszentrum, Clint mitten ins Gesicht gesagt hatte, dass er ohne eine sofortige Behandlung in drei Monaten tot wäre. Nachdem sie dem armen Kerl gehörig den Kopf gewaschen hatte, hatte sie verlangt, dass Dr. Silverman Clints Fall übernehmen sollte.

Er hielt ihr den Stapel Papiere hin. „Willst du jetzt darüber sprechen?"

Nach einem schnellen Blick darauf, warf sie die Papiere in den Mülleimer. „Hör bitte auf, dir die ganzen Nebenwirkungen durchzulesen. Du hast mit Dr. Silverman über alles gesprochen und hast alle Informationen, die du brauchst. Wenn du zu sehr auf das Negative schaust, raubt dir das nur die Hoffnung." Sie konnte nicht weitersprechen und trat ans Fenster.

„Sagst du das deinen Patienten auch?"

„Ich sage ihnen, dass Gott die Gebete seines Volkes erhört und dass er immer noch Wunder wirkt." Ihre Worte waren knapp und tonlos.

Clint fuhr sich mit der Hand durch seine dichten, dunklen Haare. Bald wären sie verschwunden. „Glaubst du das nicht?"

Sara schaute ihn an, blieb aber außerhalb seiner Reichweite am Fenster stehen. Er wollte sie festhalten, die Angst in ihren Augen wegküssen. Aber das würde nicht helfen.

Sie kannte die Statistik.

Sie hatte Patienten sterben sehen.

„Ich will glauben, Clint. Ich will dich zu Hause haben. Ich will sogar, dass du wieder zur Arbeit gehst und Verbrecher jagst." Sie legte ihre schlanken Arme um ihre Taille. „Aber ich weiß nicht mehr, was ich denken oder glauben soll."

„Die Wahrheit."

Als er sah, wie seine Frau sich vor ihm verschloss, verstärkte das seine Entschlossenheit. Er würde ihr zeigen, dass er es schaffen konnte. Sie würden ihre goldenen Jahre genau so verbringen, wie sie das geplant hatten … und eines Tages mit ihren Enkelkindern wandern und angeln gehen.

„Werde ich morgen ein paar von deinen Patienten kennenlernen?“ Er schob sich ein Stück im Bett hoch.

Saras Stimme und Augen wurden weicher. „Ja. Frank Wells wird dort sein. Er betet immer noch für jeden, mit dem er spricht. Dieser Mann hat ein großes Pastorenherz.“

„Ich freue mich, dass ich ihn endlich kennenlerne. Ich weiß, dass er und seine Frau viel dazu beigetragen haben, dass du in den letzten Jahren nicht den Mut verloren und deine Stelle gekündigt hast.“ Er hielt ihr bittend die Hand hin, und sie kam zu ihm. „Du hast eine Gabe, Sara. Du liebst deine Patienten. Du gibst ihnen Hoffnung. Du darfst das meinetwegen nicht verlieren. Wir werden es schaffen. Ich weiß, dass wir das können. Besonders wenn wir wieder anfangen, miteinander zu beten.“

Ein Nicken war ihre einzige Antwort. Sie überprüfte seinen Infusionsbeutel. „Nach der Visite bringe ich die Kinder zu dir.“

„Gut.“ Es gefiel ihm überhaupt nicht, dass die Kinder ihn im Krankenhaus sahen. Aber sie gar nicht zu sehen gefiel ihm noch weniger.

„Erica bringt sie nach dem Essen in mein Büro. Dann kommen wir direkt zu dir.“

Ohne Saras rechte Hand loszulassen, nahm er das Bild, das auf seinem Nachttisch stand. Er fuhr mit dem Daumen über das Weihnachtsfoto, das sie erst vor einem Monat aufgenommen hatten. Vor vier Wochen hatten sie noch keine Ahnung gehabt, was der Januar bringen würde. Das Lächeln der sechsjährigen Susannah und die großen Grübchen des zweijährigen Jonathan waren voll Energie und Freude. „Erica hat uns in der letzten Woche sehr geholfen.“

„Ja. Sie ist ein Geschenk des Himmels.“

Clint drückte dreimal kurz Saras Hand.

Sie lächelte und drückte als Antwort viermal seine Hand. „Ich liebe dich auch. Sehr.“

„Wir schaffen es, Sara. Du wirst schon sehen.“

Sie holte tief Luft. „Ich muss jetzt zur Visite. Bis heute Abend.“ Damit flüchtete sie aus dem Zimmer. Er hatte ihre Tränen trotzdem gesehen.

Er musste diese Krankheit besiegen. Es stand viel zu viel auf dem Spiel.

Kapitel 5

Michael trank einen Schluck aus dem Kaffeebecher, den er sich an der letzten Tankstelle gekauft hatte, und hörte zu, wie Kessler mit seiner Schwester telefonierte.

„Die Verlobungsvorbereitungen laufen bestens." Kessler lehnte sich auf dem Beifahrersitz zurück.

„Du willst nach der Verlobungsfeier *was* machen?", fragte Michael.

Es war zwar eine gewisse Ablenkung, aus diesem Telefonat, von dem er nur Stevens Seite hörte, schlau werden zu wollen, aber trotzdem hatte Michael von der langen Autofahrt allmählich genug. Sie hatten heute Vormittag schon einmal angehalten, um aus dem langweiligen, schwarzen Dienstwagen auszusteigen und sich einen Kaffee zu gönnen. Er war reif für die nächste Pause. Noch lieber wäre ihm sein einstündiger Dauerlauf, den er heute ausfallen lassen musste.

An einem kalten Donnerstag im Januar im Dienstwagen nach Charleston in West Virginia zu fahren war nicht seine Lieblingsbeschäftigung, aber die Learjets wurden alle für wichtigere Aufgaben gebraucht. Sie mussten mit Mattie Reynolds' Mutter sprechen und dazu wie Berufsanfänger zehn Stunden im Auto sitzen, um am selben Tag hin- und wieder zurückzufahren. Aber auf der Straße zu sein war immer noch besser, als Papiere zu wälzen. Und so sehr Michael Clints diplomatische Art an der Arbeit auch vermisste – wäre Clint gesund, säße er jetzt nicht neben Kessler im Auto, sondern würde in Bürokram ersticken.

„Aber ich verstehe immer noch nicht ...", Kessler hielt das Telefon jetzt an sein anderes Ohr, „... warum du es ausgerechnet jetzt machen willst, nachdem wir jahrelang auf dich eingeredet und dich gebeten haben zu kommen. Es ist nicht so, dass wir dich nicht gern in Alexandria hätten. James wird Freudensprünge machen, und Dad und Sue werden begeistert sein, wenn du hier wohnst und sie dich verhätscheln können. Aber irgendetwas stimmt bei dieser impulsiven Entscheidung nicht. Würdest du mir das Ganze bitte erklären? Und zwar mit ein paar echten Fakten."

Michael schüttelte schmunzelnd den Kopf. Es gab doch nichts Köstlicheres als einen FBI-Agenten, der seine Familie ins Verhör nahm!

Clint hatte erzählt, wie nahe Steven und seine Schwester Hanna sich standen, und dass Steven immer den großen Bruder spielte. Auf den Bildern in Kesslers Haus hatte er gesehen, dass Hanna eine attraktive, junge Frau war. Er konnte Stevens Beschützerinstinkt gut verstehen. Leider hatte Steven Michaels wilde Vergangenheit noch zu deutlich in Erinnerung. Es bestand also nicht die geringste Chance, dass sein Boss ihm erlauben würde, mit Hanna auszugehen.

Wenigstens glaubte Kessler Michael, dass er sich geändert hatte. Im Gegensatz zu seinem eigenen Vater, der nicht einmal versuchte, seine Skepsis in Bezug auf Michaels neuerliches Interesse am christlichen Glauben zu verbergen. Das überraschte ihn nicht. Nichts, was er tat, fand das Lob seines Vaters. Das war schon immer so gewesen. Die Ablehnung seines Vaters hatte ihn jahrelang in die Arme schöner Frauen getrieben, bei denen er sich angenommen gefühlt hatte.

Aber das war jetzt vorbei.

Er hatte seit Silvester, als er mit Erica, der Babysitterin von Clints Kindern, zu einer kleinen Party gegangen war, nicht einmal mehr eine Verabredung gehabt. Die Party war für ihn nicht besonders gut gelaufen, da sie bei der Feier ganz allein unter Paaren gewesen waren. Nach dem Abend, an dem sich beide nicht ganz wohl in ihrer Haut gefühlt hatten, waren sie sich einig gewesen, dass eine Beziehung für sie nicht in Frage kam. Seine letzte wirkliche Verabredung hatte er damit bei Kesslers Geburtstagsfeier vor mehreren Monaten gehabt.

An Tagen wie heute vermisste er sein altes Leben. Jedes Wochenende eine neue Freundin zu haben, hatte den Schmerz der Einsamkeit betäubt. Und es hatte ihm Fragen vom Leib gehalten, ob er eine feste Beziehung aufbauen und eine Familie gründen wolle. Fragen, mit denen ihn zweifellos bald alle löchern würden, wenn Kessler verlobt war und er der einzige Single im Team blieb.

„Was ist mit deinem Freund? Craig irgendwas?“, hörte er Kessler fragen.

Dass Hanna einen Freund hatte, hätte er sich ja denken können.

„Warum soll ich ihn vergessen? Nein, ich halte mich da nicht raus! Okay. Ja, ich weiß, dass du zur Arbeit musst. Dads Café müsste schließen, wenn du ein paar Minuten zu spät kämst.“

Michael hätte einiges dafür gegeben, Hannas Antwort zu hören. Sie hatte ihren großen Bruder offenbar wütend gemacht.

Kessler sagte ein schnelles „Pass auf dich auf, Kleine!" und warf Michael einen warnenden Blick zu. „Kein Kommentar."

„Wozu, Boss? Ich fahre doch bloß Auto und kümmere mich um meine eigenen Angelegenheiten. Ich denke über unsere Fälle nach und kann es nicht erwarten, die richtige Spur zu finden, die uns direkt zu Mattie Reynolds führt." Okay, das stimmte vielleicht nicht ganz, aber es klang besser als die Richtung, die seine Gedanken gerade eingeschlagen hatten.

Michael betätigte den Blinker und wechselte auf die linke Spur, um mehr Gas geben zu können. Auch wenn es ein Dienstwagen war, konnte er es nicht ertragen, wie ein Opa zu fahren.

„Meine Schwester hat beschlossen, nach Alexandria zu ziehen."

„Und das ist schlecht?"

„Nein. Es wäre großartig, sie in der Nähe zu haben. Sie kann wunderbar mit James umgehen, und ich weiß, dass Gracie sich über ihre Gesellschaft freuen würde. Hanna würde bestimmt gern mit Gracie und ihrem Hund, Jake, laufen. Auch die berufliche Seite stellt kein Problem dar. Sie leitet jetzt ein Café unseres Vaters in Louisville und würde dann sein neues Café in der Union Station leiten."

„Und wo ist das Problem?"

„Meine Schwester hasst Veränderungen. Ein großer Umzug passt nicht zu ihr. Und sie will mir keinen triftigen Grund dafür nennen. Zuerst Clint und jetzt Hanna. Ich habe es satt, dass Leute mir etwas verheimlichen."

„Ich könnte mit ihr sprechen."

„Nur über meine Leiche, Parker."

Damit war das Thema erledigt. Es hatte keinen Sinn, sich mit Kessler anzulegen. Im Moment hatten sie sowieso andere Sorgen und mussten sich erst einmal entscheiden, ob sie zuerst mit Samantha Reynolds oder mit der Polizei vor Ort sprechen wollten. Er tendierte zu Mrs Reynolds. Sie könnte ihnen vielleicht einen Hinweis geben, der im Polizeibericht nicht erwähnt worden war.

Sie brauchten jede Hilfe, die sie bekommen konnten. Jede Minute, die verging, verringerte die Wahrscheinlichkeit, den Jungen lebend zu finden.

***

Wieder lag ein Tag, an dem ihre Gefühle Achterbahn fuhren, vor ihr. Keiner fragte, ob sie dazu bereit war oder nicht.

Sara schaute an ihren salbeifarbenen Vorhängen vorbei in die Dunkelheit hinein. Sie wollte am liebsten die Sonne daran hindern, aufzugehen, damit dieser Tag nicht beginnen konnte.

Clints erster Chemotherapie-Tag.

Da sie nicht bereit war, sich dieser Realität zu stellen, konzentrierte sie sich auf andere Dinge. Sie putzte sich die Zähne. Im Badezimmer lenkte sie sich mit Dekorationsideen ab. Neue Möbel. Neue Farben. Vielleicht neue Kirschbaummöbel im Schlafzimmer mit Ozeanblau an den Wänden und weißen und gelben Akzenten. Sie würde mit Clint darüber sprechen, dass sie sich das zu ihrem neunten Hochzeitstag schenken könnten.

Sara schaute auf ihre Armbanduhr. Es war Zeit, alle aufzuwecken.

Der Tag brach an, ob sie wollte oder nicht.

„Susannah. Komm, Schatz. Erica wird bald hier sein, um euch zur Schule zu bringen." Sie schob ihre Tochter an dem „Wunderland"-Puppenhaus vorbei, das Clint gebaut hatte, als Susannah noch kleiner gewesen war, hinein in ihr Badezimmer, das sie mit fröhlichen rosa Blümchen und sonnengelben Streifen begrüßte.

„Der Kleinmädchentraum einer Mutter mit ein wenig Hilfe von ihrem kleinen Mädchen." So hatte Sara das Zimmer ihrer Tochter vorgestellt, als sie ihrer neuen Freundin Gracie zum ersten Mal das Haus gezeigt hatte. Das lag erst vier Monate zurück, aber es kam ihr vor wie eine Ewigkeit.

Susannah wusch sich wortlos das Gesicht und zog sich an.

Clint lag wahrscheinlich wach in seinem Bett im Krankenhaus und fragte sich, ob Sara überhaupt auftauchen würde. Alles in ihr sehnte sich danach, ihren Mann festzuhalten und zu ihrem normalen Leben zurückzukehren. Zu einem Leben ohne Krebs. Oder wenigstens ohne einen Krebs, der ihre Familie berührte. Ihr Beruf als Onkologin forderte seinen Tribut, aber sie hatte vor Jahren gelernt, die Sorgen um ihre Patienten im Krankenhaus zu lassen und sie nicht mit nach Hause zu nehmen.

Mit Clints Schusswunde und seiner Krebsdiagnose hatte sich das alles geändert.

Dazu kamen quälende Schuldgefühle, wie sie sie noch nie gekannt hatte.

Ihr Leben wäre nie wieder normal. Das Leben mit einem FBI-Agenten war natürlich nie ganz normal. Zuzuschauen, wie er seine kugelsichere Weste anzog, und zu wissen, dass er tagelang fortfahren würde, und nicht zu erfahren, wohin – das hatte sich am Anfang ihrer Ehe als große Herausforderung erwiesen. Aber sie hatten sich damit abgefunden.

Könnte sie das noch einmal? Wenn Clint diese kugelsichere Weste nie wieder vor ihren Augen anzöge?

Wenn er Susannah und Jonathan nicht aufwachsen sähe?

Was wäre gewesen, wenn sie den Krebs früher diagnostiziert hätte? Zwei Monate konnten einen großen Unterschied machen.

Sie verdrängte diese Gedanken in eine kleine Ecke in ihrem Hinterkopf. An die Stelle, an die auch alle Todesanzeigen früherer Patienten wanderten und die Erinnerung an das ganze Morphium, das sie hatte bestellen müssen, weil die Schmerzen auch den stärksten Willen gebrochen hatten.

An diese Stelle verdrängte sie auch die ganzen Krebsstatistiken.

In über zehn Jahren als Onkologin hatte sie jedoch die Angst nie als so bedrückend erlebt.

„Mama, kannst du mir dieses Lied über Jesus vorsingen, das du früher immer gesungen hast?"

Susannah schaute sie mit ihren hellwachen, grünen Augen an. Ihre unschuldige Bitte sprach genau Saras Problem an. Sie hatte die einfachste Wahrheit vergessen. Jesus liebte sie. Egal, welche Stürme über sie hereinbrachen, diese Wahrheit sollte ein Anker sein.

Heute war das nicht so. Wissen und Glauben waren zwei sehr verschiedene Dinge. Aber das durfte sie Susannah nicht sehen lassen.

„Ja, mein kleiner Schatz. Ich kann dir dieses Lied vorsingen. Es wird mir auch guttun, es zu hören." Sara nahm die gelbe Haarbürste und entwirrte gekonnt Susannahs dichte, rote Haare.

„Ich denke, Daddy wird heute einen guten Tag haben und bald nach Hause kommen.

„Wirklich?" Sie hatte Clints Behandlungsplan vor den Kindern nicht erwähnt. Sie wussten nichts von dem Krebs. Sie wussten nur, dass Daddy bei der Arbeit verletzt worden war und dass er aus dem Krankenhaus nach Hause käme, wenn seine Kopfschmerzen weg waren.

„Ja. Daddy hat gesagt, dass ich in ein paar Tagen auf seinem Schoss sitzen darf und dass er mich dann mit seinem guten Arm festhält. Und Jonathan hat er versprochen, dass er bald auf ihm reiten kann."

Sara flocht die Haare ihrer Tochter, so schnell ihre Finger sich bewegen konnten. Sie brauchte wirklich eine Ablenkung.

„Singst du jetzt, Mama?"

Tief Luft holen. Sie konnte das. Sie musste es einfach können. *„Ich weiß, dass Jesus mich liebt. Er starb, um mich von der Sünde zu erlösen. Er ist mein Heiland."*

„Mama!" Jonathans fröhliche Stimme drang ins Zimmer. Er hatte zwei Lautstärken: laut und schlafend. Sein Ruf entlockte ihr ein dringend benötigtes Lächeln.

Zwanzig Minuten später eilten sie nach unten und verspeisten ihren Bio-Orangensaft und ihre Vollkornbrötchen. Diese ganze gesunde Ernährung hatte Clint auch nicht geholfen.

Sara kniete vor ihren Kindern nieder, um ihnen die Mäntel zuzuknöpfen und jedem einen Schal um den Hals zu wickeln. Sie atmete den Vanillegeruch tief ein, der in der Luft lag. Aber das genügte nicht, um sich zu entspannen. Erica würde jeden Augenblick klopfen. Sara rappelte sich schnell auf und holte noch Susannahs Rucksack.

„Beten, Mama! Wie Daddy." Jonathans unschuldige Bitte ließ sie in ihren schnellen Bewegungen innehalten. Clint hatte immer der FBI-Tradition getrotzt und viel Zeit mit seiner Familie verbracht. Jeden Tag, an dem er zu Hause war, betete er für die Kinder, bevor sie zur Schule und zum Kindergarten aufbrachen.

Sara wich Jonathans Bitte aus, indem sie aus dem großen Fenster schaute und nach Ericas Auto Ausschau hielt. Die Studentin liebte Susannah und Jonathan und hatte Clints Nachforschungen über ihren Hintergrund problemlos bestanden. Gott sei Dank ließ Ericas Vorlesungsplan viel Zeit, um auf die Kinder aufzupassen. Ihr Auto bog pünktlich in die Einfahrt.

„Erica ist da." Susannah hüpfte auf und nieder. „Bete schnell, bitte!"

Sara hatte keine Chance, sich zu drücken, ohne eine Szene heraufzubeschwören. Sie ergriff zwei Hände, die schon in warmen Fäustlingen steckten, und sprach ihr erstes Gebet seit Tagen. „Herr, wir bitten dich, über uns zu wachen und uns bei allem, was wir heute tun, zu beschützen. Stell deine Engel um uns und führ uns wieder sicher nach Hause

…" Die Worte blieben ihr fast im Halse stecken. „Bring uns alle bald wieder zusammen. Amen."

Sie öffnete die Haustür und zwang sich zu einem Lächeln.

„Hallo, Erica! Tschüss, Mama!" Bevor Susannah aus der Tür eilte, umarmte sie Sara noch schnell.

Jonathan drückte ihr einen nassen Kuss auf den Mund und ergriff dann Ericas Hand. „Tschüss, Mama. Ich hab dich lieb."

„Guten Morgen, Frau Dr. Rollins." Erica stupste Jonathan freundschaftlich auf die Nase. „Bis heute Nachmittag."

„Nochmals danke, dass du auch noch das Schultaxi übernommen hast." Sie schaute den Kindern nach und winkte, bis Ericas rotes Auto auf der Northern Spruce Lane verschwand.

Sie warf wieder einen Blick auf ihre Armbanduhr. Wenn sie nicht schnell losfuhr, käme sie zu spät zu ihrem Termin mit Frank um halb neun. Und zu spät zu Clints erster Chemo.

Die Idee, sich wieder im Bett zu verkriechen, erschien ihr viel reizvoller.

* * *

Sie parkten vor dem alten viktorianischen Gebäude. Steven stieg aus und streckte sich. Die kalte Luft in West Virginia tat gut. Aber er wäre viel lieber mit guten Nachrichten gekommen. Und nicht mit noch mehr Fragen.

Mit Schreibtischarbeit konnte er notgedrungen leben. Gelegentliche Geiselbefreiungen machten die zehn Prozent seiner Arbeit aus, bei denen ihm das Adrenalin durch die Adern schoss. Aber Gespräche mit Eltern – oder in diesem Fall mit der Mutter – eines vermissten Kindes gehörten zu den unangenehmsten Aspekten der Arbeit in der FBI-Abteilung *Gewaltverbrechen gegen Kinder*. Doch kein noch so detaillierter Polizeibericht konnte das persönliche Gespräch mit den Betroffenen ersetzen. Dabei konnte Steven ihre Körpersprache beobachten und auf die kleinsten Andeutungen mit zusätzlichen Fragen reagieren. Jedes kleine Detail konnte hilfreich sein.

Er schickte ein schnelles Gebet zum Himmel.

Eine weißhaarige Frau mit abweisender Miene öffnete die Tür, noch bevor er Zeit hatte zu klopfen. „Special Agent Kessler?"

Sie eilten die Stufen hinauf, um sie zu begrüßen. „Ja, Madam. Und das ist Agent Michael Parker."

„Ich muss Ihnen beiden sagen, dass meine Tochter sehr mitgenommen ist. Die Beamten von der Polizei in Charleston und vom FBI in Virginia, die in den letzten vier Tagen unsere ungebetenen Gäste waren, haben sie nur noch mehr aufgeregt." Die alte Dame trat zur Seite und deutete in ein formelles Wohnzimmer, das aussah, als stamme es aus den Dreharbeiten von *Vom Winde verweht.*

„Ich bin Ihnen dankbar, dass Sie sich bereit erklärt haben, mit uns zu sprechen." Steven wartete, bis die Frau Platz genommen hatte. „Unser Ziel ist es, Mattie so bald wie möglich wieder nach Hause zu bringen. Jeder noch so kleine Hinweis kann dabei hilfreich sein, Madam."

Die Augen der älteren Dame wurden weicher, als sie den Namen ihres Enkels hörte. „Bitte, nehmen Sie doch Platz. Ich hole meine Tochter."

Während Steven den Schnee betrachtete, der draußen um das Haus geweht wurde, wuchs seine Dankbarkeit für das knisternde Feuer in dem kunstvoll verzierten Kamin. Gracie verabscheute es jetzt schon, dass er so viel unterwegs war, aber die Aussicht auf einen gemeinsamen Urlaub in drei Wochen hatte die Anspannung ein wenig aus ihren braunen Augen vertrieben. Besonders, da die Details unter höchster Geheimhaltung standen und seine schöne Freundin Überraschungen liebte.

Okay, sie vielleicht nicht, aber er liebte Überraschungen.

„Agent Kessler?" Eine junge, zierliche, brünette Frau kam fast lautlos ins Zimmer.

Er stand auf. „Ja. Guten Tag. Das ist mein Kollege, Michael Parker."

„Ich bin Samantha", sagte sie, als Parker zuerst ihre Hand ergriff. Sie setzte sich auf ein dunkelgrün gemustertes Sofa im Empire-Stil und richtete ihre wasserblauen Augen auf Steven, als er und Michael wieder auf ihren Stühlen Platz genommen hatten. „Gibt es etwas Neues über Mattie?"

„Nein, Mrs Reynolds. Leider nicht. Aber wir tun, was wir können, um ihn nach Hause zu bringen." Er beugte sich vor. „Was können Sie mir über den Montag erzählen?"

Sie schaute auf den Holzboden. „Ich … wir waren nach der Schule im Park. Mattie wollte zur Toilette gehen." Sie blickte auf. „Seit er in die erste Klasse gekommen ist, will er ein großer Junge sein und allein gehen. Ich dachte, dass ihm auf dem kurzen Weg nichts passieren würde ..."

Steven musste unwillkürlich an seinen eigenen, sechsjährigen Sohn denken.

„Er hat keinen Vater und ich wollte seine Selbständigkeit fördern."

Steven nickte. „Das verstehe ich. Mein Sohn ist in Matties Alter, und er würde auch allein gehen wollen." Steven würde das natürlich nicht erlauben, aber James würde fragen, genauso wie Samanthas Sohn gefragt hatte.

„Mattie war nur eine oder zwei Minuten weg. Als ich ihm folgte, um zu schauen, ob alles in Ordnung ist, war niemand mehr auf der Toilette." Sie nahm ein Papiertaschentuch von einem kleinen Tisch und schluchzte.

Michael räusperte sich. „Haben Sie irgendjemanden in der Nähe der Toilette gesehen, als Ihr Sohn hineinging?"

„Nein." Sie atmete stockend ein. „Aber im Park war dieser Mann. Ich habe ihn mit keinem der Kinder sprechen sehen. Er ging nur herum und beobachtete sie." Samantha errötete. „Ich dachte, er würde mich ansprechen und einladen oder so etwas."

„Haben Sie mit ihm gesprochen?"

„Er sagte Hallo und machte eine Bemerkung über das Wetter."

„Sprach er mit einem Akzent?"

„Nein. Na ja, er sprach ein bisschen wie die Leute in den Bergen. Aber viele hier in der Gegend sprechen so." Sie stand auf, ging zum Fenster und legte die Arme um ihre Taille.

Steven schaute Michael kopfschüttelnd an. Schnelle Fragen waren hier nicht die beste Vorgehensweise. „Können Sie mir noch einmal beschreiben, wie er aussah? Vielleicht, was er anhatte?"

Samantha erschauderte, als sie sich umdrehte. „Ich sehe ihn die ganze Zeit in meinen Alpträumen. Er war kleiner als Sie. Sie sind wie groß? Ungefähr eins fünfundachtzig?"

„Ja. Gut geschätzt." Steven lächelte und hoffte, ihr dadurch die Erinnerung leichter zu machen.

„Danke. Er war zwischen eins siebzig und eins fünfundsiebzig groß."

„Sie haben den ersten Polizisten gesagt, dass Sie dachten, er sei jung, aber dann änderten Sie diese Angabe und sagten, er sei älter."

„Aus der Ferne dachte ich, er könnte ungefähr in meinem Alter sein, dreiundzwanzig. Er hatte nicht viele Haare, aber er hatte irgendwie ein kindliches Gesicht. Als er dann aber mit mir sprach … ich weiß auch nicht. Er wirkte älter, hatte mehr Falten. Als die anderen Polizisten mich fragten, konnte ich mich nicht daran erinnern, was er anhatte. Aber als ich heute Morgen einen Katalog durchblätterte, fiel mir wieder ein, dass der Mann eine zugeknöpfte Strickweste unter seinem Mantel trug."

Steven schrieb ein paar Notizen in seinen kleinen Block. Das, was Samantha ihnen gerade gesagt hatte, passte zu dem, was sie in Ed Standishs Haus gefunden hatten. Er hatte eine Vorliebe für langweilige Strickwesten. Und er besaß literweise Produkte gegen Haarausfall.

Bis jetzt deutete alles auf Standish als ihren Hauptverdächtigen hin.

Das war eine schlechte Nachricht für Mattie und seine Familie. Denn ein berechnender Serientäter war viel gefährlicher als ein verzweifelter Vater in einem Sorgerechtsstreit.

* * *

Der Verkehr auf den Straßen war zum Glück nicht sehr dicht, und so kam Sara etwas früher in ihr Büro und hatte noch fünf Minuten Zeit, bis Frank und June Wells kamen. Sie ließ den Blick durch das Zimmer schweifen und weigerte sich, noch einmal in Franks Akte zu schauen. Dreißig war einfach zu jung, um zu …

Sie verwarf diesen Gedanken und trat ans Fenster. Es gab Momente, in denen sie immer noch die frische Farbe von ihrem ersten Arbeitstag hier im Krankenhaus riechen konnte. Alexandrias neu gebautes, modernes Benefield-Krebszentrum hatte ihre idealistischen Träume verkörpert. Es waren naive Träume gewesen. Die Welt zu verbessern. Zu helfen, dass der Krebs nicht mehr so schmerzhaft wäre wie damals für ihre Großmutter.

Sie verfolgte diesen Traum schon seit sechs Jahren hier in Alexandria, wo sie Patienten aus aller Welt behandelte.

Heute musste sie zusehen, wie ein Patient, der ihr ans Herz gewachsen war, seinen letzten Kampf gegen den Krebs antrat, und sie musste zuschauen, wie ihr Mann gerade diesen Kampf begann. Das alles innerhalb einer einzigen Stunde.

Sie blieb am Fenster stehen und wünschte wieder, sie könnte die Zeit um zwei Monate zurückdrehen und Clints Symptome rechtzeitig erkennen. Und sie wünschte, sie könnte immer noch Gottes Gegenwart so fühlen wie früher. „Gott, wo bist du?"

„Er ist auf seinem Thron, Frau Dr. Rollins. Dort, wo er immer ist."

Sara fuhr herum und wurde von Franks breitem Lächeln begrüßt. Dem Lächeln, das ihr seit vier Jahren zu Herzen ging. Auch wenn sein Gesicht als eine Nebenwirkung der Interleukin-2-Injektionen angeschwollen war, rührte sein Lächeln ihr Herz an.

Frank und June nahmen ihre gewohnten Plätze auf dem smaragdgrünen und rotbraunen Sofa ein. Sara setzte sich zu ihnen. Frank und June nahmen nie in den bequemen Sesseln vor dem Kirschholzschreibtisch Platz. Sie saßen lieber in der kleinen Sitzecke mit einer Tasse Tee wie alte Freunde, die miteinander plauderten.

Sara wünschte sich so sehr, sie könnten heute wirklich nur gemütlich plaudern.

„Bevor Sie anfangen, will ich Ihnen sagen, dass wir die Ergebnisse gehört haben." Frank drückte Junes Hand. „Ich weiß, was Sie uns sagen werden."

Sara hatte sich mit Dr. Richards und Dr. Silverman über den besten Behandlungsplan für Frank beraten. Ihre Vorschläge waren alles, was sie ihm noch anbieten konnte. Aber sie konnte sich nicht überwinden, die Worte auszusprechen.

„Frank, June ... ich ... ich denke, wir sollten uns noch einmal mit naturheilkundlichen Möglichkeiten befassen und über eine weitere Operation sprechen, um zu versuchen, den Oberschenkeltumor ganz zu erwischen."

„Wir haben Frieden, Sara. Uns ist bewusst, was der nächste Schritt ist, und wir sind bereit, ihn zu gehen." Der Friede in Franks Gesicht war ihr unbegreiflich. In seinen dreißig Jahre alten Augen, die aussahen, als wäre er achtzig, lagen mehr Weisheit und Glaube, als sie je gehabt hatte.

Mit zittrigen Händen reichte ihm Sara die Broschüren, die Marilynn ihr gegeben hatte. „Hier bekommt Frank die beste Pflege. Du wirst sehen." Sara hatte sich dagegen gesträubt, aber trotzdem die Prospekte in unerträglich fröhlichen Farben in Franks Akte gelegt.

„Ja, ein Hospiz ist das, worüber wir gebetet haben." Frank reichte seiner Frau die Informationen. „Ich denke, das ist die perfekte Lösung."

June brach in Tränen aus. „Ich kann das nicht, Frank! Ich kann nicht zuschauen, wie du so aufgibst. Ich weiß, dass ich gesagt habe, ich komme damit klar, aber es geht einfach nicht." Sie lief aus dem Zimmer.

Franks Lächeln verschwand zum ersten Mal, seit sie gekommen waren. „Entschuldigung. Ich gehe und spreche mit ihr. Wir sind gleich zurück."

Sara schaute ihnen benommen nach. June wäre in weniger als einem Monat Witwe. Es war unmöglich, mit dieser Tatsache gelassen umzugehen. Sie räumte ihre Fachtexte wieder in das Bücherregal hinter ihrem Schreibtisch und war durch ihre eigene Situation zu benommen, um für die beiden zu beten. Einige Minuten später kam Frank zurück. Ohne June.

„Sie will in der Kapelle bleiben. Es ist … es ist nicht immer leicht, mit dieser Realität zu leben. Aber das wissen Sie wahrscheinlich."

Sie konnte ihm nicht in die Augen schauen. „Bitte sagen Sie June, dass sie jederzeit zu mir kommen kann, wenn sie jemanden zum Reden braucht. Ich kann ihr auch Telefonnummern von Selbsthilfegruppen geben."

„Danke. Unsere Gemeinde ist großartig und steht uns wirklich sehr bei. Aber Menschen, die in einer ähnlichen Situation sind wie wir, können June vielleicht besser helfen zu erkennen, dass sie nicht allein ist mit ihren Gefühlen. Wir sind Ihnen für Ihre Gebete sehr dankbar …"

Eine neue Welle von Schuldgefühlen überrollte Sara. Jahrelang war sie zutiefst dankbar für ihre Arbeit in einem Krebszentrum gewesen, in dem das Gebet erlaubt war und täglich praktiziert wurde. Jetzt konnte sie nicht einmal ein einfaches Gebet für ihren Lieblingspatienten über die Lippen bringen.

Sie wollte sich nur irgendwo verkriechen und so tun, als gäbe es den heutigen Tag nicht. In Saras Träumen hatten Frank und June die Kinder, die sie vor Jahren geplant hatten. Clint würde sie bald wach küssen und dann zur Arbeit fahren und die Welt verbessern. Und alle ihre Patienten würden dieses Ungeheuer Krebs besiegen.

Dieser Tag war nur ein Alptraum, aus dem sie aufwachen und den sie bald vergessen würde.

Wenn es doch nur so wäre!

Kapitel 6

Ein persönlicher Besuch vom großen Chef war kein guter Tagesanfang. „Rollins, ich habe diese Krankmeldung wegen der Gehirnerschütterung und der Schusswunde akzeptiert." Maxwell schritt am Fußende von Clints Krankenbett auf und ab. „Aber heute ist Donnerstag. Sie sollten schon längst nicht mehr im Krankenhaus liegen. Sie gehen nicht ans Telefon, wenn ich anrufe. Und wenn ich Sie so ansehe, frage ich mich, ob Sie überhaupt wieder zur Arbeit kommen. Ich will alles wissen. Jetzt!"

Der kurz gewachsene, fast kahlköpfige Leiter der Abteilung *Gewaltverbrechen gegen Kinder* legte seine fleischigen Hände aufs Bettgestell, beugte sich vor und schaute Clint mit einem durchdringenden Blick an.

„Ich wollte erst die Chemotherapie heute überstehen, bevor ich mit Ihnen spreche." Als er die Worte aussprach, begannen Clints Hände zu zittern. Er ballte sie unter der Bettdecke zu Fäusten und wartete.

„Chemo? Sie haben Krebs?"

„Ja."

Maxwells Augen wurden groß, aber er verschränkte die Arme vor seiner Brust und nahm seine Verhörhaltung an. „Wie ist die Prognose? Was sagen die Ärzte – wann können Sie wieder zur Arbeit kommen?"

„Heilungschancen fünfzig Prozent. Aber ich habe die besten Ärzte im Land. Deshalb hoffe ich, dass ich bis Ende Februar wieder Schreibtischarbeit machen kann."

„Ziemlich unwahrscheinlich." Maxwell kniff die Augen zusammen. „Nur gut, dass wir Ihren Revolver haben! Viele Agenten an Ihrer Stelle würden die Sache schnell beenden."

Seine Worte trafen Clint schwer. Das war brutal, sogar für Maxwell. Clint hatte Agenten gekannt, die einen solchen schnellen Ausweg gesucht hatten. Er wusste, dass die Versuchung kommen würde. Aber diese Worte von seinem gefühllosen Vorgesetzten waren für ihn wie ein Schlag ins Gesicht.

Maxwell hustete seinen tiefen Raucherhusten. „Ich weiß, dass Ihre Religion Sie von so etwas abhält. Das ist gut so. Kessler und die anderen ersticken fast unter den vielen Fällen, die in letzter Zeit über sie hereingebrochen sind, und ich brauche Sie wieder an der Arbeit. Auch Schreibtischarbeit hilft Ihren Kollegen. Sie sagen diesen besten Ärzten, dass sie ihre Arbeit gut machen sollen, und besiegen diese Krankheit, verstanden?"

Clint nickte.

Maxwell ging zur Tür, drehte sich dann aber noch einmal um. „Weiß es Kessler?"

„Nein." Clint lehnte sich auf seinem Bett zurück.

„Dann schlage ich vor, dass Sie zu Ihrem Gott beten und schnellstmöglich wieder an die Arbeit kommen. Oder ich muss mir überlegen, einen anderen Agenten in die Abteilung zu holen." Maxwell nickte Clint zu und verschwand durch die schwere, braune Tür.

Keine Streicheleinheiten und kein Mitleid. Nicht dass Clint das von seinem Chef erwartet hätte. Sein Magen verkrampfte sich noch mehr. Gehirnerschütterung. Schusswunde. Chemo. Und jetzt waren auch noch sein Arbeitsplatz und sein Gott in die Schusslinie geraten.

Vater, ich könnte ein paar große Wunder gebrauchen. Heile mich! Hilf mir, meine Arbeit zu machen und den Mann zu erwischen, der diese Kinder entführt hat. Mach, dass Mattie Reynolds am Leben bleibt! Im Moment sieht überhaupt nichts gut aus, aber ich vertraue dir. Hilf mir, an dir festzuhalten.

Es kam nicht direkt eine Antwort. Eher eine sanfte Erinnerung. Gott hatte ihm eine Arbeit gegeben, die er erledigen musste, eine Familie, um die er sich kümmern musste. Tausend Gründe, um den Krebs zu bekämpfen und ihn zu besiegen.

Im Moment war das Antwort genug.

Er würde diese Krankheit besiegen … oder beim Versuch, sie zu besiegen, sterben.

* * *

Clints Träume ließen ihm keine Ruhe. Verschwommene Bilder von kleinen, braunhaarigen Jungen wie Jonathan und Bilder aus der Akte ihres aktuellen Falles vermischten sich miteinander. Dann sah er plötzlich Leichensäcke. Bilder aus seiner Zeit in der Armee. Das alles ergab überhaupt keinen Sinn.

Während er auf seinen ersten Chemotermin wartete, schwankte er zwischen Wachen und Schlafen und hatte immer wieder Alpträume. Ryans ausgemergelter und todgeweihter Körper. Das Rascheln von Blättern unter seinen Füßen. Winzige Skelette. Susannah, die weinte. Seine Beerdigung.

Clint zwang sich, wach zu werden. Das Leben eines FBI-Agenten bot reichlich Nahrung für Alpträume. Aber er hatte es immer geschafft, sich durch Beten von ihnen zu befreien. Beten für die Familien. Beten für Weisheit. Beten für Frieden. Aber jetzt gerieten sogar seine wachen Gedanken mehr und mehr zu Alpträumen.

Er wollte gerade seine Schläfen reiben, als ein junger Krankenpflegehelfer ins Zimmer marschierte. „Ich soll Sie zur Chemo bringen."

Clint schaute mit zusammengekniffenen Augen den Rollstuhl an. „Ich kann selbst gehen."

„Tut mir leid, Mann. Krankenhausregeln. Und wir müssen sofort los, sonst geht es mir an den Kragen." Der junge Mann sah aus, als arbeite er seit Tagen rund um die Uhr.

„Ihr Tag läuft heute wohl nicht gut?" Clint setzte sich in den Rollstuhl.

„Wahrscheinlich immer noch besser als Ihrer." Der Junge schob ihn mit halsbrecherischer Geschwindigkeit zu den Aufzügen.

Unter normalen Umständen hätte Clint sich zu seiner vollen Größe aufgebaut und diesen Teenager daran erinnert, was das Wort *Manieren* bedeutete. Das tat er seit Jahren in seiner Gemeinde. Allein schon seine Körpergröße verschaffte ihm bei den Jugendlichen Respekt. Aber jetzt saß er in einem Rollstuhl unterwegs zur Chemotherapie und war alles andere als der „FBI-Star", wie ihn Steven gern scherzhaft bezeichnete.

Eine lächelnde, gut gekleidete Frau begrüßte ihn, als die Aufzugtüren aufgingen. „Willkommen im Benefield-Krebszentrum, Mr Rollins. Ich bin Laurie Denny. Ich leite hier die Verwaltung. Ich wollte Sie persönlich begrüßen und Ihnen unser Haus zeigen. Aber wahrscheinlich kennen Sie es schon. Marc, könntest du …?"

Doch der Krankenpflegehelfer war bereits verschwunden, ohne ein Wort zu sagen, und hatte Clint in seinem Rollstuhl einfach stehen gelassen.

„Die Jugend von heute", murmelte sie kopfschüttelnd. Clint lächelte. Laurie Denny sah selbst noch wie eine Jugendliche aus, obwohl sie gut fünfzehn Zentimeter größer sein musste als Sara.

„Ist er neu hier?"

„Nein, Marc ist schon eine ganze Weile hier." Laurie trat hinter den Rollstuhl und schob ihn schnell durch den Gang. Clint war von ihrer Kraft beeindruckt, obwohl es ihn gewaltig störte, dass er nicht viel tun konnte, um ihr zu helfen. Er konnte nur zuschauen, wie die weißen Krankenhauskorridore vorüberflogen und sich dann in die erdfarbenen Töne eleganter Büroräume verwandelten. Das Krebszentrum roch nicht einmal mehr wie ein Krankenhaus. Das war ihm nie aufgefallen, wenn er Sara an ihrer Arbeit besucht hatte.

Laurie spulte ihre Informationen über die Geschichte des Krebszentrums herunter. Er hörte kaum hin, obwohl er sich zwang, höflich und aufmerksam zu bleiben. Sie kamen durch einen langen Gang und rollten an der Cafeteria vorbei, in der einige Leute lächelten und winkten. Omelettes und Kartoffelpuffer – alles aus biologisch angebauten Zutaten, wie Sara ihm erklärt hatte – sorgten dafür, dass es wie in einer gesunden Landhausküche roch.

Den nächsten Flur zierten einige Pflanzen und eine große Uhr an der Wand. Er stellte fest, dass sie zehn Minuten zu früh waren. Wahrscheinlich bekam er diese Besichtigungsrunde, um ihn von dem, was heute mit ihm passieren würde, abzulenken. Aber davon konnte ihn nichts ablenken.

„So, hier ist Dr. Silvermans Büro. Er wird gleich zu Ihnen kommen." Laurie legte ihm eine Hand auf die Schulter und lächelte, nachdem sie ihn vor das riesige Fenster im Büro seines neuen Arztes geschoben hatte. Sie ließ ihn allein, und er konnte die kahlen Bäume, den grauen Himmel und die gewundenen Gehwege draußen betrachten.

Dieser Anblick war nicht besonders ermutigend.

Wo war Sara? Sie hatte gesagt, dass sie hier wäre, um mit Dr. Silverman zu sprechen, bevor er den ganzen Tag an den Tropf gehängt würde.

„Clint. Es ist schön, Sie außerhalb Ihres Krankenzimmers zu sehen." Dr. Paul Silverman durchquerte mit fünf schnellen Schritten sein Büro und schüttelte Clint die Hand. Der Onkologe war gut eins fünfundachtzig groß. Er hatte eine Glatze, sah aber trotzdem eher wie ein Baseballspieler als wie ein alter Mann aus. Ihm stand der kahle Kopf besser, als er Clint stehen würde.

„Es ist ein gutes Gefühl, hin und wieder herauszukommen." Clint weigerte sich, sich über seine Schmerzen zu beklagen. Er wollte seine Chemo so schnell wie möglich hinter sich bringen. Wenn alles gut lief, wäre er noch vor dem Wochenende zu Hause.

„Sara müsste jeden Moment hier sein. Sie hat einen Patiententermin und sagte, sie käme, sobald sie fertig ist." Dr. Silverman schob einen altmodischen Schaukelstuhl neben Clints Rollstuhl.

Clint zog die Brauen in die Höhe.

Der Arzt schmunzelte. „Das war ein Geschenk von einer Patientin. Sie sagte, sie bräuchte einen Schaukelstuhl, um darin ihre Enkelkinder zu schaukeln, wenn sie zu Besuch kommt."

Clint nickte. Dieses Zentrum war ganz anders als die anderen Krebszentren, von denen er im Internet gelesen hatte. Wenn man schon Krebs haben musste, war hier eindeutig der beste Ort dafür.

„In ein paar Minuten nehmen wir Ihnen Blut ab, bestimmen Ihre Blutwerte und fangen dann mit der Chemo an." Dr. Silverman nickte Sara zu, als sie die Tür öffnete und eintrat. „Ich wollte mich mit Ihnen beiden zusammensetzen, um zu erfahren, ob es noch Fragen oder Bedenken gibt."

Sara gab Clint einen Kuss auf die Wange und lehnte sich dann ans Fensterbrett. Er hätte sie am liebsten auf seinen Schoß gezogen und die ganze Welt ausgesperrt. Aber sie hatte ihre stoische Arztmiene aufgesetzt. Selbst der braune Rock, den er an Sara so gerne sah, weil er ihre Kurven perfekt betonte, konnte die Realität, mit der sie konfrontiert wurden, nicht auslöschen.

„Sie wissen, dass sie heute viel Wasser trinken müssen. Bitte versuchen Sie, auch etwas zu essen. Das macht die Sache leichter." Dr. Silverman deutete zu seinem Schreibtisch hinüber. „Eine Patientin von Sara hat einen Korb Muffins mitgebracht, gesunde Kräcker und ein paar andere Snacks."

Clint versuchte, Sara in die Augen zu schauen, aber ihr Blick war starr auf Dr. Silvermans Krawatte gerichtet.

„Du hast dein Prednison zum Frühstück genommen, ja?" Sara schaute an ihm vorbei auf seine Schulter.

„Ja."

Sein Onkologe beugte sich vor. „Gibt es noch irgendetwas, was Sie wissen wollen, bevor wir anfangen?"

„Nein." Er wollte die Sache lieber schnell hinter sich bringen.

* * *

Erstaunlich, wie kalt seine Augen geworden waren.

Am frühen Donnerstagmorgen verriet der Badezimmerspiegel, wie viel Tribut dieser Monat gefordert hatte. Er hatte einen weiteren Schlag gegen seine präzisen und perfekten Pläne wegstecken müssen. Das hatte er davon, dass er sich auf jemanden verlassen hatte, der seiner Arbeit nicht gewachsen war. Wegen dieses einen Fehlers wurde das Leben für ihn nun zur Hölle.

Bis jetzt schaffte er es noch, die Fassade aufrechtzuerhalten, und alles zu kontrollieren.

Aber nach und nach fing alles wieder von vorne an.

Der Druck, der sich gelegt hatte, nachdem er den Jungen am Montag begraben hatte, setzte wieder ein und wurde immer stärker.

Es war zu riskant, eine weitere Entführung so kurz nach der letzten zu versuchen. Nein. Es musste eine andere Möglichkeit geben.

Er spritzte sich eiskaltes Leitungswasser ins Gesicht. Nach drei Jahren auf der Flucht hätte er diesen Januar mit einer größeren Befriedigung, mit mehr Stolz auf seine gut gemachte Arbeit beenden sollen. Aber dieser ärgerliche Rückschlag raubte ihm jede Freude.

Seine Wut wurde größer und sein innerer Drang ebenfalls. Er konzentrierte sich auf die Zukunft, um wieder die Kontrolle zu gewinnen. Zuerst musste er seine Spuren verwischen und noch einmal über seinen nächsten Schachzug nachdenken.

Er musste der Polizei immer einen Schritt voraus sein, während er seine Arbeit erledigte.

Wenn überhaupt jemand seine Pläne verwirklichen konnte, dann war er das.

Er hatte schon vor langer Zeit gelernt, den äußeren Schein zu wahren. Diese Fähigkeit müsste er sich wieder zunutze machen.

Er hoffte, dass nichts Unvorhergesehenes dazwischenkam und seine Pläne durchkreuzte.

Er drehte den Wasserhahn zu und hörte auf die Geräusche im Zimmer nebenan. Ein Comicfilm mit sinnlosen, gestelzten Dialogen. Kindliches Gelächter.

Sein innerer Drang wurde wieder stärker. Er umklammerte das Waschbecken, schaute sich im Spiegel in die Augen und zwang sich, stark zu sein.

Nicht jetzt.

Noch nicht.

***

Nichts hätte Clint auf seine erste Chemotherapie vorbereiten können.

Die Szene vor ihm sah aus wie ein schlechter Ausschnitt aus einem Science-Fiction-Film: medizinisch-technische Assistenten in Handschuhen und Kitteln, die giftige Chemikalien zusammenmischten, Nadeln, die dieses Zeug durch seinen Port, der aus seinen Brustmuskeln herausragte, in seinen Körper injizierten.

Um ihn herum waren Menschen, die an ähnliche Schläuche angeschlossen waren und lasen oder schliefen oder sich mit Brettspielen die Zeit vertrieben. Wie bei einer Party im Drogenmilieu, dachte sich Clint, nur dass die Leute bei dieser Party hier viel weniger Haare hatten. Der Anblick von so vielen kahlen Köpfen störte ihn mehr als die Fernsehnachrichten über Entführungsfälle, an deren Aufklärung er nicht mitwirken konnte. Und das hieß schon viel.

Er sehnte sich nach einer kalten Überwachungsnacht im Auto oder sogar nach dem harten Ausbildungsprogramm in Quantico. Er wollte überall sein nur nicht hier.

Aber vor allem wollte er einfach auf irgendetwas einschlagen.

Er schluckte die Galle, die sich in seiner Kehle ansammelte, hinunter und schloss die Augen. Zorn auf einen Täter, der ein Kind misshandelt hatte, war nichts Neues. Aber das hier war etwas ganz anderes. Er konnte die Wurzel der Gefühle, die sich in seinem Bauch regten, nicht beim Namen nennen. Er konnte nicht klar denken. Seine schweren Augenlider gewannen den Kampf, und er schlummerte wieder ein.

Einige Zeit später fuhr er aus dem Schlaf hoch.

„Ein kleines Nickerchen kann nie schaden, nicht wahr?" Ein älterer Mann schleppte sich langsam herüber und setzte sich in den Sessel neben ihn.

„Ja." Clint wischte sich über den Mund und verabscheute den Anblick, den er bieten musste. Kein Anzug mit Krawatte, kein Revolvergurt, keine kugelsichere Weste, nur eine alte Jogginghose und ein Hemd. Er konnte sich nicht einmal zu seinen ein Meter fünfundneunzig aufrichten.

Das gefiel ihm überhaupt nicht.

„Ich heiße Ted. Haben Sie Lust zu einem Kartenspiel oder einer Partie Schach? Ich bin den ganzen Tag hier, genauso wie Sie." Der Mann deutete zu einer Tür. „Wir können Sie ins andere Zimmer bringen lassen. Dort drinnen halten sich die meisten auf, die den ganzen Tag hier sind. Es ist viel gemütlicher." Er warf Clint einen verschlagenen Blick zu. „Die alten Damen werden begeistert sein, wenn sie Ihren durchtrainierten, muskulösen Oberkörper sehen."

Clint lachte schallend. Wenn Sara diesen Mann nur hören könnte! Nicht viele Menschen konnten ihn in letzter Zeit zum Lachen bringen. Und gewiss nicht mit einer Bemerkung über seinen Brustkorb. Es störte ihn, dass seine Muskeln schon nicht mehr so gut definiert waren, nachdem er eine Woche nicht trainiert hatte. Außerdem war da die lästige Entstellung durch den Port. Er musste schlichtweg furchtbar aussehen.

Eitelkeit tat ihm nicht gut. Aber es gefiel ihm überhaupt nicht, dass er die Kontrolle über seinen Körper verloren hatte. Er konnte nicht trainieren, und er konnte nicht einmal seine Stiefel, seine Jeans und seinen geliebten Stetson tragen.

Er seufzte. „Klar, Ted. Schach ist eine gute Idee, um die Zeit zu vertreiben."

Ted ging so schnell, wie seine Großvaterbeine ihn tragen konnten. Er holte eine Schwester, die ihnen beiden half, ins andere Zimmer zu kommen. Der andere Raum sah aus wie eine Hotellobby. Es roch sogar wie in einem Hotel und es gab Pflanzen, viele Bücher und einen Tisch, auf dem ein Teller mit Knabbereien stand. Das Benefield-Krebszentrum verstand es wirklich, die Leute vergessen zu lassen, dass sie in einem Krankenhaus waren. Fast jedenfalls.

Ted stellte das Schachbrett und die Figuren auf und hatte nach nur wenigen Zügen Clints eingerostete Schachkünste entblößt.

„Hallo, Schatz. Schön, dass du wach bist!" Als Clint Saras Stimme hörte, versuchte er, aufzustehen. Mit einer leichten Berührung bedeutete sie ihm, sich wieder zu setzen.

„Ich habe vor einer Weile nach dir geschaut. Du hast tief und fest geschlafen. Ist alles in Ordnung?" Sie schaute ihn mit dem bewundernden Blick einer Ehefrau an. Es fühlte sich gut an. So, als wäre er wieder ein Mensch und nicht irgendein medizinisches Versuchskaninchen. Vielleicht sah sein Brustkorb doch nicht so schrecklich aus.

„Wenn du hier bist, geht es mir gleich viel besser. Ich habe dich vermisst!" Seine Stimme klang rau. Er nahm seinen großen Wasserbecher und trank einen Schluck.

„Frau Dr. Rollins ist Ihre Frau?" Ted nickte Sara freundlich zu und bewegte seinen Turm. Clint war mit diesem Zug schachmatt gesetzt. „Da haben Sie aber ein unverschämtes Glück, was?"

Nur ein Großvater konnte mit dem bewundernden Funkeln, das Clint in Teds Augen sah, ungeschoren davonkommen. Obwohl er ein paar Jahre Reife besaß, reagierte Clint alles andere als freundlich, wenn fremde Männer mit seiner Frau flirteten. Aber Saras Lachen machte ihm Ted noch sympathischer.

„Ich denke, es ist eher die Güte Gottes, meinen Sie nicht?" Ein junger Mann trat in ihre Gruppe und hielt Clint die Hand hin. „Ich bin Frank Wells." Sein Kentuckyakzent war noch ausgeprägter als Stevens undefinierbare Louisviller Aussprache. „Es ist schön, Sie endlich kennenzulernen, Clint!"

Clint deutete auf einen Stuhl neben Ted. „Wollen Sie sich nicht zu uns setzen?"

Saras Augen bewölkten sich, und sie wirkte aufgewühlt. Clints Magen zog sich zusammen. Wenn sie diesen speziellen Blick aufsetzte, gab es immer Schwierigkeiten. Das hatte er in acht Jahren Ehe gelernt.

„Sara?" Er legte eine Hand um ihre Taille und zog sie zu seinem Stuhl. Sie wurde steif. Dann schaute sie ihm direkt in die Augen.

„Ich liebe dich. Ich komme bald wieder." Sie küsste ihn auf die Wange und winkte den anderen Patienten im Behandlungszimmer zu. Dann verschwand sie schnell aus dem Raum.

„Clint." Franks leise Stimme riss ihn aus seinen Gedanken. „Sie musste mit mir heute über Sterbebegleitung sprechen."

Diese Worte waren wie ein Fausthieb in seinen Magen.

„Ich weiß nicht, was ich sagen soll. Das tut mir so leid. Für Sie und für June. Und für Sara. Sie liebt Sie beide sehr."

Andere Patienten im Zimmer hatten ihre Beschäftigung eingestellt und hörten ihnen zu, einige mit feuchten Augen. Frank war unübersehbar sehr beliebt. Sein Glaube und seine Freundlichkeit waren deutlich zu spüren. Sara hatte ihm erzählt, dass dieser Mann ein Pastor war, der eine kleine, ums Überleben kämpfende Kirche in eine blühende, lebendige Gemeinde verwandelt hatte. Das hatte er offensichtlich nicht dadurch erreicht, dass er trockene Theologiebücher gelesen hatte.

„Sprechen Sie nicht so, als wäre der Mann bereits tot." Teds Worte klangen grob, aber seine Augen waren feucht. „Er ist zu jung, um jetzt schon zu sterben."

Frank lächelte. „Ted hat recht. Ich bin noch nicht tot." Er knetete Teds Schulter wie ein langjähriger Freund. „Aber ich werde sterben. Ich werde bald bei Jesus sein. Und ich bin bereit."

Frank begrüßte andere Leute im Raum und erkundigte sich nach ihren Familien und ihren Gebetsanliegen. Einige wollten nichts mit ihm zu tun haben. Aber das entmutigte Frank nicht. Clint war bei Weitem nicht so offen, was seinen Glauben anging. Vielleicht sollte er seine Zeit hier besser nutzen.

„Sind Sie noch da, Clint?" Franks fröhliche Frage holte ihn in die Gegenwart zurück.

„Entschuldigung. Ich habe nur nachgedacht."

Ein paar Frauen schoben ihre Stühle zu der immer größer werdenden Gruppe herüber. „Sind Sie nicht der FBI-Mann, über den die Krankenschwestern getuschelt haben?"

Er unterdrückte ein Schmunzeln. Auch wenn er nicht eitel sein wollte, konnte sein Ego eine kleine Aufmunterung gut vertragen. Steven würde sich auch amüsieren, wenn er das gehört hätte.

„Ja, das bin ich. Aber ich lasse immer meinen Partner die guten Geschichten erzählen. Er ist ein bisschen theatralischer als ich. Ich werde ihn einmal mitbringen." Sein Lächeln verschwand. Dazu müsste er seinem Partner erklären, warum er auf der Chemostation war.

Stevens Besuch würde warten müssen.

Er wollte sowieso keine FBI-Geschichten erzählen. Er wollte mit Frank sprechen und ihn fragen, wie er angesichts des Todes so zuversichtlich sein konnte. Und was er getan hatte, um für June vorzusorgen. Clint müsste sich mit solchen Fragen bald befassen.

„Sie haben nur eine fünfzigprozentige Chance, diese Krankheit zu besiegen. Selbst mit Ihrer überdurchschnittlich guten körperlichen Konstitu-

tion." Sein erster Onkologe war anscheinend erpicht darauf gewesen, alles so schwarz wie möglich zu malen. Das hatte Sara wütend gemacht. Sie hatte gesagt, er sei auf Clint eifersüchtig. Sie hatte noch einiges mehr gesagt. Zwar hatte sie vor Jahren gelernt, ihr irisches Temperament zu zügeln, aber hin und wieder ging es doch noch mit ihr durch. Sie hatte nicht ohne Grund rote Haare.

Im Aufenthaltsraum prasselten nun die verschiedensten Fragen auf ihn ein. Er bemühte sich nach Kräften, die Antworten kurz zu halten, um zu Frank und Ted und dem Schachspiel zurückkommen zu können.

„Nein, zu diesem Fernsehbericht kann ich nichts sagen."

„Das weiß ich nicht genau, aber Sie können jede Menge Informationen auf der Internetseite des FBI finden."

„Ich bin seit fast elf Jahren beim FBI und seit acht Jahren glücklich verheiratet." Er verkniff sich ein Grinsen, als er das enttäuschte Gesicht der vielleicht dreißigjährigen Frau sah, die diese Frage gestellt hatte. Sie schauten immer als Erstes, ob er einen Ehering trug.

„Fast neun Jahre, nicht wahr?", mischte sich Frank in das Gespräch ein. „Sara hat erwähnt, dass Sie bald Hochzeitstag haben. Eine Hochzeit am Valentinstag muss Ihnen einige Pluspunkte eingebracht haben."

„Sie kennen meine Frau. Sie ist eine hoffnungslose Romantikerin." Er musste daran denken, Geschenke zu bestellen. Er wäre dieses Jahr nicht in der Lage, selbst einkaufen zu gehen.

Er zwang sich, mehr Wasser zu trinken, und nahm einen der Muffins, die Frank ihm anbot. Bei der Vorstellung, dass er sich später vielleicht übergeben müsste, überlegte er es sich jedoch beinahe anders.

„Essen Sie. Das hilft", forderten ihn mehrere Stimmen im Chor auf. Diese Leute waren Chemoveteranen, und er sollte ihren Rat befolgen.

Clint nickte zum Dank, zog das Papier zurück und wagte einige vorsichtige Bissen. Der Muffin schmeckte wie Metall. Das war eine der Nebenwirkungen, von denen er gelesen hatte. Aber er aß ihn trotzdem. Sara wäre stolz auf ihn.

„Geht es Ihnen gut, Frank?" Die Augenlider seines neuen Freundes senkten sich langsam. Vor Müdigkeit? Vielleicht betete er aber auch.

Frank schlug die Augen wieder auf. „Mein Akku wird immer schneller leer. Ich muss mich ausruhen. Die Untersuchungen und Arzttermine schlauchen mich sehr. June hat gesagt, dass sie mich um drei wieder abholt.“ Er schaute auf seine Armbanduhr. „Es ist schon nach drei, aber ich nehme an, sie ist in der Kapelle und betet. Ich sollte zu ihr gehen.“

Aber Frank blieb auf seinem Stuhl sitzen. Er sah zu, wie Clint wieder schachmatt gesetzt wurde, und schaute ihm dann direkt in die Augen. Clint wand sich innerlich, als er das Feuer in Franks Blick bemerkte. Frank beugte sich vor und sprach mit leiser Stimme. „Clint, bevor ich gehe, möchte ich Ihnen noch einen Rat geben.“

Clint neigte sich ebenfalls zu ihm hin.

„Lassen Sie nicht zu, dass die Angst gewinnt. Erinnern Sie Sara an Gottes Verheißungen. Sie werden Ihnen beiden helfen, die Wahrheit im Blick zu behalten.“ Frank stand auf und legte Clint eine Hand auf die Schulter. „Gott ist gut. Immer. Vergessen Sie das nicht.“

Frank winkte schwach zum Abschied und verschwand müde aus dem Zimmer.

Clint konnte das Gefühl nicht abschütteln, dass dies sein letztes Gespräch mit Frank gewesen war. Sein neuer Freund, der Saras Lieblingspatient war, ging in eine Zukunft, deren Tage sehr begrenzt waren.

Aber Frank hielt den Kopf hoch. Das bewunderte Clint. Er wollte Franks Beispiel folgen.

Denn er wusste nicht, wie viele Tage ihm noch bleiben würden.

Kapitel 7

„Hallo, Sara. Ist Clint wach?“ Steven lehnte sich an den Türrahmen und spähte über ihre Schulter ins Haus. Von Clint war nichts zu sehen. Sein bester Freund hatte ihn nicht angerufen, seit er letzten Montag nach Hause gekommen war. Eine Woche Schweigen war ein triftiger Grund für Steven, auf seinem Weg aus der Stadt an Clints Tür zu klingeln.

Sara blieb im Türrahmen stehen. „Er schläft, Steven. Und er ist nicht in der Verfassung, Besuch zu bekommen.“

„Warum? Hat er eine Grippe?“

„So etwas Ähnliches.“ Sie schaute auf ihre Tennisschuhe hinab und zupfte an ihrer Jogginghose. Eine sonderbare Kleidung für einen Arbeitstag, fand Steven. „Ich habe mir ein paar Tage frei genommen und spiele Krankenschwester. Du willst dir doch sicher nichts einfangen. Immerhin sind es bis zu deinen großen Verlobungsplänen nur noch anderthalb Wochen.“

Steven betrachtete die trübe Februarlandschaft. Kahle Äste und Zweige ächzten im kalten Wind. Er zog seinen Mantel enger um sich und schaute auf seine Armbanduhr. Er musste los. Sara hatte recht. Er hatte keine Zeit, krank zu werden. Zu viel Arbeit musste vor seinem bevorstehenden Urlaub erledigt werden.

„Sag ihm bitte, dass ich für ein paar Tage nach Kentucky fahre und ein wenig in unserem ältesten ungeklärten Fall herumstochere.“

„Wirst du auch Hanna sehen?“

„Natürlich. Ich gehe heute Abend mit ihr essen, wenn ich das Dienstliche erledigt habe. Wir wollen die letzten Details der Verlobungsfeier besprechen.“

„Steven, wegen der Feier.“ Sie schluckte schwer und biss die Zähne zusammen. „Du weißt, dass Clint und ich gern dabei wären. Aber … ich glaube, wir werden es nicht schaffen, zu Gracies Familie nach Georgia zu fahren.“

„Ist Clints Grippe so schlimm?“

„Er ist von der Schusswunde und der Infektion noch geschwächt. Wir müssen einfach besonders vorsichtig sein.“

Irgendetwas stimmte hier nicht. Er würde wieder anrufen und versuchen, Clint vor dem Wochenende zu besuchen. Vielleicht könnte er ihn sogar ein wenig anstacheln, Sara zu überreden, ihre Meinung in Bezug auf einen Kurzurlaub in Georgia zu ändern.

„O.K. Du hast gewonnen, Dr. Rollins! Sag ihm einfach, dass ich bald wieder vorbeikomme."

„Tschüs, Steven." Sie schloss die Tür, bevor er sich verabschieden konnte.

Steven ließ den Motor seines Dienstwagens an. Je früher er in Richtung Lexington aufbrach, umso besser. Aber sein bevorstehendes Gespräch mit der Familie Davis wartete wie eine aufziehende Gewitterfront auf ihn. Er hatte keine Antworten für sie, nur noch mehr Fragen. Und die vage Möglichkeit, dass sie ihm vielleicht helfen könnten, den Entführer ihres Kindes zu finden. Aber nicht ihr Kind.

Wenigstens nicht lebend. Nach drei Jahren bestand kaum noch Hoffnung.

Er wünschte sich wieder, Clint wäre bei ihm. Sein Partner war in solchen Gesprächen viel besser als er. Aber er war auf sich allein gestellt. Er schickte ein schnelles Gebet für Clint und die Familie, mit der er bald sprechen würde, zum Himmel.

Doch er konnte das Gefühl nicht loswerden, dass seine Gebete für Clint viel dringender waren als dieser Fall.

* * *

Michael saß am späten Montagnachmittag auf dem Metalltisch im Verhörzimmer der Blacksburger Polizei. Ihm gegenüber wand sich ein kurz gewachsener, drahtiger Mann auf seinem Stuhl.

„Verraten Sie mir jetzt, wie sich der Besitzer einer Autowerkstatt einen zweieinhalbwöchigen Jagdurlaub leisten kann?"

„Das Geschäft im letzten Vierteljahr lief gut." Jim Standish pulte den Schmutz unter seinen Fingernägeln hervor. Es war nur schwer zu glauben, dass der Bruder dieses ungepflegten Mechanikers ein Professor war.

„Haben Sie oder Ihre Freunde etwas erlegt?"

„Nein. Es gab nicht viel Wild."

„Verstehe. Kommen wir zu Ihrem Wagen zurück. Er wurde angeblich gestohlen, während Sie verreist waren, aber Sie haben ihn erst heute Morgen als gestohlen gemeldet."

„Ich kam spät am Abend zurück und dachte, dass ich ihn sowieso nicht mehr zurückbekomme, da ich so lange fort war. Wozu hätte ich mich beeilen sollen?"

Michael beugte sich näher zu ihm vor. „Wussten Sie, dass der Partner Ihres Bruders im Gefängnis gestorben ist? Sein sonnengebräuntes Surferimage und die Anklage als Entführer eines kleinen Jungen haben ihn anscheinend schnell zur Zielscheibe gemacht. Die Gefängnisjustiz schlägt bei solchen Tätern in Rekordzeit zu."

Jim wurde bleich. „Billy ist tot?"

„Ja."

„Billy war kein Partner oder Täter. Er war nur ein Freund von Ed und vor langer Zeit ein Student von ihm. Er ist meinem Bruder hierhergefolgt. Sie waren viel zusammen und unternahmen verschiedene Sachen miteinander."

„Sachen wie Glücksspiele?"

Standish betrachtete seine schmutzigen Stiefel. „Keine Ahnung."

„Ich habe Kreditkartenbelege, die beweisen, dass Ed vor drei Jahren im Januar auf der Keeneland-Rennbahn in Lexington und vor zwei Jahren im Januar im Argosy-Kasino bei Cincinnati war. In diesen Städten verschwanden genau zu der Zeit, in der Ihr Bruder dort war, kleine Kinder."

Außerdem gab es Augenzeugenberichte von einem blonden Entführer, der Raeford gewesen sein könnte. Aber Billy hatte nur gestanden, dass Standish ihn dafür bezahlt hatte, Wes zu entführen, und dass er ihn in Spielkasinos und zu Jagdausflügen mitgenommen hatte.

Jim blinzelte schnell. „Ed spielt also hin und wieder ganz gern. Das ist kein Verbrechen."

„Aber Entführung ist ein Verbrechen."

„So etwas macht Ed nicht. Ja, er hatte mehrere Frauen, bevor seine Scheidung rechtskräftig wurde, und er liebt Pferdewetten und Glücksspiele. Aber Sie haben trotzdem keine Beweise, dass er etwas Illegales gemacht hätte."

„Ihr Wagen wurde in der Nähe der Stelle gesehen, an der ein kleiner Junge in Charleston, West Virginia, entführt wurde. Ein Kind, das sehr viel Ähnlichkeit mit Eds Sohn hat."

Jim zuckte die Achseln.

„Sie sind mit dem Gesetz schon früher in Konflikt geraten, nicht wahr?"

„Das war nichts Großes. Marihuana und ein paar Schlägereien. Warum?"

„Ihr großer Bruder hat Sie immer herausgeholt."

„Na und? Unsere Eltern starben, als ich noch zur Schule ging. Ed hat sich um mich gekümmert."

Michael stand auf und überflog seine Notizen. Wenn nur Eds Computerfestplatte schon analysiert wäre! Dann hätte er bestimmt mehr in der Hand, um Edy's Pädophilie zu beweisen. Einiges dauerte einfach viel zu lange.

„Erzählen Sie mir von Eds Freundinnen."

Jim zuckte wieder die Achseln. „Er mag sie jung und hübsch."

„Hatte eine von ihnen Kinder?"

„Ja, ich glaube die letzten zwei oder drei hatten welche. Meistens Jungen."

Michael setzte sich Standish gegenüber auf den Stuhl. „Finden Sie das nicht ein wenig seltsam, wenn man bedenkt, dass Ihr Bruder der Hauptverdächtige bei der Entführung seines Sohnes und eines anderen Jungen ist?"

„Er ist keiner, der auf kleine Jungen steht, wenn Sie das meinen."

„Woher wissen Sie das?"

„Er hat Wes nie etwas getan, oder?"

Damit hatte Standish recht. Laut den Psychotherapeuten und Wes' eigenen Aussagen hatte sein Vater sich nie sexuell an seinem Sohn vergangen. Genauso wenig hatte er die Kinder seiner früheren Freundinnen belästigt, wenigstens nicht die Kinder der zwei Frauen, mit denen Michael an diesem Nachmittag gesprochen hatte. Trotzdem waren Pädophile dafür bekannt, dass sie jahrelang auf der Lauer lagen, ohne etwas zu tun. Bis es irgendeinen Auslöser gab. Ein Auslöser wie der Verlust des Arbeitsplatzes. Oder eine Scheidung.

Diese Spekulation wurde dadurch gestützt, dass Ed Standish bewiesenermaßen an der Entführung seines Sohnes beteiligt war, und dass er sich in der Nähe von zwei Tatorten früherer Entführungen aufgehalten hatte. Jims Auto brachte Ed mit dem Verschwinden von Mattie Reynolds in Verbindung. Das alles zusammen wies auf eine ernsthafte

Bedrohung hin … und verringerte die Möglichkeit, dass sie Mattie lebend finden könnten.

Was sie jetzt brauchten, war ein weiterer Hinweis aus der Bevölkerung, jemanden, der den Jungen gesehen hatte. Dann würden sie Standish finden. Vielleicht auch Mattie. Solange keine Leichen mit diesem Fall in Verbindung gebracht werden konnten, bestand immer noch die Hoffnung, dass Standish bzw. der Entführer die Kinder für längere Zeit am Leben ließ. Vielleicht sogar wie in jenem Fall in Missouri, wo ein Pädophiler ein Kind, das er fünf Jahre vorher entführt hatte, am Leben gelassen hatte.

„Kann ich jetzt gehen?“ Standish strich seine dünnen Haare zurück. „Sie haben nichts in der Hand, das Ihnen das Recht gäbe, mich festzuhalten.“

Michael verließ den Raum, um nachzudenken. Er musste in seinem Computer nachschauen, ob es inzwischen neue Informationen zu dem Fall gab. Wenn nicht bald etwas auftauchte, blieb ihnen nur, Jim zu beobachten und zu beten, dass Standish bald Kontakt zu seinem Bruder aufnehmen würde.

Bis jetzt wies nichts in den Telefonverbindungen darauf hin, dass Jim in Bezug auf Standishs Aufenthaltsort gelogen hätte.

Michael konnte jetzt eine Fahrt in seinem Mustang vertragen, um wieder einen klaren Kopf zu bekommen. Aber leider stand sein Auto in Washington und er saß hier in Podunk, Virginia, fest.

Jims Verhör hatte überhaupt keine neuen Informationen gebracht. Sie brauchten einen Durchbruch. Sonst müssten sie bald jede Hoffnung, Mattie Reynolds lebend zu finden, aufgeben.

* * *

Steven verabschiedete sich nach seinem Gespräch mit pochenden Kopfschmerzen von der Familie Davis. Bevor er nach Louisville weiterfuhr, hielt er im Starbucks in Versailles an, um sich einen doppelten Espresso zu gönnen, und noch einmal seine handgeschriebenen Notizen zu überfliegen.

Der fünfjährige Luke Davis wurde seit drei Jahren vermisst. Steven hatte schmerzliche Familienerinnerungen heraufbeschwören und Bilder von einem Kind anschauen müssen, das so alt war wie sein eigener

Sohn. Der Junge war wahrscheinlich längst tot. Das alles war einfach niederschmetternd.

Ein Nachteil seiner Beziehung zu Gott war es, dass das Leid anderer Menschen ihn nicht mehr kaltließ. Er konnte zwar nicht offen zeigen, was er fühlte. Aber er konnte seine Gefühle auch nicht abschütteln.

Bis er betete.

In seinem Dienstwagen auf dem Parkplatz vor Starbucks begann Stehen zu beten. Für die Familie, der er versprochen hatte, sie auf dem Laufenden zu halten. Für Clint. Und für die Zeit mit seiner Schwester heute Abend, bevor er morgen Früh nach Washington zurückfahren würde.

Das war der einzige Teil dieser Fahrt, auf den er sich gefreut hatte. Nicht auf die schwierigen dienstlichen Gespräche. Oder den grauen Himmel und das eiskalte Wetter. Oder gar seinen notwendigen Besuch auf dem Friedhof.

Das Abendessen mit Hanna und die Pläne für ihren Umzug nach Alexandria gaben ihm den nötigen Antrieb, den Motor anzulassen und weiterzufahren.

Eine knappe Stunde später bog er in Louisville vom Waterson Expressway auf den Dixie Highway ab. Er blieb noch einmal stehen, um ein Rosengesteck zu kaufen, bevor er zum Louisville Memorial Gardens Friedhof fuhr. Steven brauchte nicht lang, um die alte Eiche zu finden, unter deren Schatten sich der Grabstein seiner Mutter befand.

Er war seit Jahren nicht mehr hier gewesen, auch wenn er seine Mutter immer noch schmerzlich vermisste. Er war nicht der Typ, der auf den Friedhof ging und weinte. Und heute war sowieso kein Tag für Tränen.

Er hatte allen Grund, sich zu freuen.

Er würde heiraten. Zum zweiten Mal. Dieses Mal wäre Cynthia Kessler mit seiner Wahl bestimmt einverstanden. Sie würde Gracie wie eine eigene Tochter lieben. Leider hatte der Krebs ihm seine Mutter schon vor Jahren geraubt.

„Es ist fast neun Jahre her, Mama. Ich vermisse dich immer noch sehr." Steven beugte sich herunter und berührte den Namen seiner Mutter auf dem Grabstein. Er zwang sich zu einem Lächeln, um die Tränen zurückzuhalten. „Ich wünschte, du könntest James kennenlernen. Und auch Gracie. Sie ist seine Grundschullehrerin und hoffentlich auch bald meine Frau.“ Er stellte das Rosengesteck auf das Grab und wischte die Spinnweben und das abgestorbene Gras weg. „Ich weiß nicht, warum ich dir das erzähle. Vermutlich weißt du es schon längst. Ich bin mir sogar ziemlich sicher, dass du es weißt. In manchen Momenten spüre ich, dass du für mich betest, genauso wie damals, als ich noch klein war.“

Bei der Erinnerung an die Abende, an denen seine Mutter neben seinem Bett gekniet und gebetet hatte, stiegen ihm Tränen in die Augen. Sogar in seinen Teenagerjahren hatten sie noch miteinander gebetet. Die Liebe seiner Eltern zu ihm war auch dann unerschütterlich gewesen, als die Eltern seiner Freunde ihre aufmüpfigen Teenager schon längst aufgegeben hatten.

Nicht so seine Mutter und sein Vater.

Doch dann hatte er allem, was sie ihn gelehrt hatten, den Rücken gekehrt und Angela geheiratet.

Diese Ehe war eine einzige Katastrophe gewesen. Aber es wurde allmählich besser. Wenigstens hatte er den Sorgerechtsstreit hinter sich und Angela suchte weiterhin Hilfe wegen ihrer Alkoholsucht. Bei den Besuchszeiten, auf die sie sich geeinigt hatten, hatte sie keinen einzigen Tropfen Alkohol getrunken. Die frostige Atmosphäre zwischen ihnen hatte sich so weit angewärmt, dass sie mittlerweile ganz passabel miteinander umgehen konnten. Solange Angelas jetziger Mann – der Mann, dessentwegen sie Steven verlassen hatte – sich im Hintergrund hielt.

Steven konnte sich immer noch nicht erklären, was dieser schmächtige Juraprofessor hatte, das er nicht hatte. Vielleicht beeinflusste Angelas neuer Mann seine instinktive Abneigung gegen Ed Standish. Falls das stimmte, müsste er sein Privatleben und seinen Beruf deutlicher voneinander abgrenzen.

„Ich vermisse dich so sehr, Mutter.“

Er schluckte den Rest seiner Worte hinunter, und ein paar Tränen liefen ihm über die Wangen. „Hanna hilft mir bei der Vorbereitung der Verlobungsfeier.“ Er zog seine Brieftasche mit ihrem Bild heraus und betrachtete Gracies haselnussbraune Augen. Clint hatte recht. Es hatte ihn schwer erwischt. „Ich mache ihr am Valentinstag im Haus ihrer Eltern in Georgia einen Heiratsantrag. Gracie denkt, es wäre nur ein normaler Kurzurlaub. Aber alle werden da sein.“

Alle außer Clint.

Der Gedanke an die Krankheit seines Partners und die nicht beantworteten Telefonanrufe verstärkten die Verspannung in seinen Schultern. Er konnte nichts anderes tun, als beten. Aber auch das half nicht immer. Gott hatte nicht den Krebs seiner Mutter geheilt, sosehr Steven damals auch gebetet hatte. Aber Gott hatte dennoch geheilt. Allerdings auf eine Weise, die für Steven nicht leicht zu verstehen gewesen war.

Er lenkte seine Gedanken in die Gegenwart zurück und betete, dass Clint bald gesund würde und schnell wieder zur Arbeit käme. Die Arbeit wäre eine gute Therapie für seinen Freund. Clint lebte dafür, Gott und seine Familie zu lieben, und er lebte dafür, Kinder zu ihren Eltern zurückzubringen.

Und widerliche Typen hinter Gitter zu bringen.

Eine leichte Unruhe zwang Steven, seinen letzten Gedanken kritisch zu hinterfragen. Er erhob sich vom Grab seiner Mutter, zog seinen Mantel enger um sich und ging auf dem stillen Friedhofsweg auf und ab. Seine Kollegen hätten, ohne mit der Wimper zu zucken, noch viel Schlimmeres gesagt. Aber andere Menschen abzustempeln half nicht weiter. Die Männer und Frauen, die durch Stevens Team ins Gefängnis wanderten, mussten die Konsequenzen für ihre Verbrechen tragen. Es war wichtig, dass die Täter hinter Gitter gebracht wurden und keinem Kind mehr etwas antun konnten. Aber er hatte kein Recht, sie zu verurteilen. Er steckte nicht in ihrer Haut.

Nicht dass er das gewollt hätte! Er konnte ihr Profil studieren, ihren Hintergrund herausfinden und versuchen, ihre Motivation zu verstehen. Aber nur deshalb, um sie aufspüren und verhaften zu können. Er durfte sich nicht von ihren Gedanken in Besitz nehmen lassen. Denn das konnte FBI-Agenten zum Wahnsinn treiben. Und es half nicht.

Steven hatte auch überhaupt nicht den Wunsch, in die wirren Gedankengänge von Verdächtigen wie Ed Standish weiter als nötig vorzudringen.

Alles im Täterbericht stimmte mit dem überein, was sie über Serienmörder wussten. Mittleres Alter. Intelligent. Gerissen. Ausgestattet mit den entsprechenden finanziellen Mitteln, um es sich leisten zu können, Kindern aufzulauern und sie zu zerstören. Steven hatte Verhaltensmuster, Zeitlinien und Theorien, aber keine Leichen. Sehr wenige greifbare Beweise. Und kein belegbares Motiv. Selbst das, was sie beweisen konnten, ergab wenig Sinn. Nur weil jemand als Kind missbraucht worden war, seine Eltern jung gestorben waren oder er aus schwierigen Verhältnissen stammte, tat er nicht automatisch einem Kind etwas zuleide.

Oder Kindern. Vier bis jetzt, Wes Standish nicht mitgezählt. Wahrscheinlich mehr. Alle waren fünf- oder sechsjährige Jungen mit braunen Haaren und blauen Augen. Wie sein eigener Sohn.

Steven versuchte, die Erinnerung an Verbrechensszenarien und Entführungsakten von sich abzuschütteln. Er wollte nicht an Tote denken. Noch nicht. Erst wollte er Standish finden. Und hoffentlich Mattie. Lebend. Dann würden sie sowohl ein Geständnis als auch die hieb- und stichfesten Beweise bekommen, die sie brauchten, um diesen Kerl hinter Gitter zu bringen. Wenn der Täter überführt war, bekämen die Familien endlich eine Antwort auf ihre quälenden Fragen.

Aber nach seinen heutigen Gesprächen mit der Polizei in Lexington und der Familie Davis zu urteilen, könnte es noch lange dauern, bis es zu einer Verhaftung käme. Es gab nur wenige Spuren und diese wenigen Spuren wurden mit jedem Tag kälter. Ihr Verdächtiger müsste einen entscheidenden Fehler machen. Nur einen.

Steven blieb am Grab seiner Mutter stehen und schaute sich um, um sich zu vergewissern, dass niemand unbemerkt näher gekommen war. Es war sogar für ihn selbst merkwürdig, dass er auf einem Friedhof auf und ab ging und in Gedanken an seinem Fall arbeitete.

Ein Blick auf seine Armbanduhr verriet ihm, dass Hanna bald hier sein musste.

Er setzte sich auf die kalte Erde und stützte den Kopf auf seine Knie. Details zu dem Fall, Erinnerungen an seine Mutter, Sorgen um Clint und die Pläne für den Valentinstag rangen in seinem Kopf um die Vorherrschaft.

„Wenn der Valentinstag nur endlich käme!“

„Du bist wirklich ein köstlicher Anblick, während du so sehnsüchtig auf den vierzehnten Februar wartest, weißt du das?“ Als er die Stimme seiner Schwester hörte, fuhr er hoch. Sie schlüpfte um ein paar Grabsteine herum und machte mit der Kamera, die ihr ständiger Begleiter war, einen Schnappschuss. Ihre blonden Haare wehten im Wind.

„Dieses Bild bekommt den Titel ‚Liebessehnsucht‘. Ich hänge es in Dads neues Café. Deine FBI-Kollegen werden begeistert sein.“

Er umarmte Hanna. „Haha. Nein zu dem Bild. Und hör auf, dich so anzuschleichen. Es wirft kein gutes Licht auf einen FBI-Agenten, wenn seine kleine Schwester ihn so einfach überrumpeln kann."

„Das konnte ich schon immer und das werde ich immer können. Deine FBI-Marke ändert daran gar nichts." Hanna stieß ihn in die Rippen. „Gehen wir jetzt essen, großer Bruder? Dein Magen hört sich an, als könnte er ein gutes Steak mit Kartoffeln vertragen."

Er lächelte. Für seine kleine Schwester wäre er immer der große Bruder. Immer ein Held, auch wenn er versagte.

Je älter er wurde, umso mehr begriff er, wie wichtig ihm seine Familie war. Dad, Sue, Hanna und James. Gracie. Vor einigen Monaten hatte er kurz davor gestanden, das alles wegzuwerfen, nur um den Mann zur Strecke zu bringen, der versucht hatte, Gracie zu töten. Ein Schaudern lief ihm über den Rücken.

Er drückte seine Schwester ein wenig fester an sich und schob alle anderen Gedanken beiseite. „Du bist also sicher, dass du nach Alexandria ziehen und dir von mir einen guten Ehemann suchen lassen willst? In meiner Gemeinde gibt es viele gute Männer."

„Was? *Du* willst mir einen Freund suchen?" Hanna trat von ihm zurück und bückte sich, um die weißen Rosen auf dem Grab ihrer Mutter zu berühren. „Du warst doch derjenige, der jeden möglichen Kandidaten vertrieben hat, als ich noch zur Schule ging. Ändere jetzt, wo ich dich endlich durchschaut habe, nicht deine Taktik."

Sie drehte an der Linse ihrer Kamera und nickte zum Auto. „Komm, gehen wir. Ich will mit meinem lästigen großen Bruder ein gemütliches Abendessen genießen."

„Ja. Ich höre schon, wie dein Magen nach diesem winzigen Salat lechzt, den du eine Mahlzeit nennst."

Sie schlenderten zu Hannas Chevrolet und neckten sich unterwegs so verspielt wie zwei Kinder im Park. Steven hielt seiner Schwester die Beifahrertür auf. „Wir fahren nach dem Essen wieder hierher und holen meinen Dienstwagen. Sie sperren den Friedhof erst um acht Uhr zu, glaube ich."

„Das ist mein Auto."

Er lächelte. „Ja. Und ich fahre. Wie immer."

Sie verließen schweigend den Friedhof. Als sie durch das Tor fuhren, wurde Steven wieder an den Tag erinnert, an dem seine Mutter hier beigesetzt worden war. Nur schwer konnte er den Kloß in seiner Kehle herunterschlucken.

„Du hilfst mir, eine Wohnung in deiner Nähe zu finden, ja?" Hanna strich sich die Haare aus dem Gesicht.

„Du weißt, dass ich das mache. Obwohl ich immer noch finde, dass diese ganze Sache ein wenig plötzlich kommt."

„Es ist hier ziemlich einsam, seit du, Dad und Sue in Alexandria wohnt. Und alle meine Freundinnen haben Babys und sind viel zu sehr mit ihren Familien beschäftigt, um Zeit für mich zu haben." Sie drehte sich auf ihrem Sitz herum und schaute ihn an. „Fotografieren kann ich überall. Und Dads neues Café soll nächsten Monat eröffnet werden. Der Zeitpunkt ist ideal."

„Das klingt nach einem guten Plan, Schwesterherz. Natürlich werde ich dir helfen." Trotzdem ließ ihm etwas an der ganzen Sache keine Ruhe. Aber es klang sinnvoll, dass sie näher bei ihrer Familie wohnen wollte. Er sah die Sehnsucht in den Augen seiner Schwester. Er kannte diese Sehnsucht gut. „Bist du sicher, dass du bereit bist, so bald schon umzuziehen?"

„Ich bin mit dem Packen fast fertig und habe hier schon das meiste geregelt. Das bedeutet, dass ich nach dem Valentinstag umziehen werde, genau wie ich es dir am Telefon erklärt habe. Dad hat versprochen, dass ich bei ihnen wohnen kann, bis ich eine eigene Wohnung gefunden habe. Ich bin dir also nicht im Weg."

Er blieb an einer roten Ampel stehen und schaute seine Schwester forschend an. „Willst du mich aufklären, was zwischen dir und Craig vorgefallen ist?"

Sie vermied seinen Blick.

„Hanna?" Er umklammerte das Lenkrad. Wenn dieser Kerl seiner Schwester irgendetwas angetan hatte …

Sie schüttelte den Kopf und berührte seinen Arm. „Ich will nicht darüber sprechen. Das ist vorbei. Ich bin einfach reif für etwas Neues und will näher bei meiner Familie sein."

Seine Schultermuskeln entspannten sich. Ein wenig. Ihre Erklärung, beziehungsweise ihre fehlende Erklärung beantwortete seine Fragen nicht. Aber es war bestimmt schön, sie in Alexandria zu haben. Dann wäre es leichter, sie vor Menschen wie Craig zu beschützen. „Glaubst du, du kannst damit leben, dass zwei große Brüder in deiner Nähe sind?"

Sie musste laut lachen. „Du meinst Clint? Ja. Wenn ich mit dir fertig werde, kann ich auch mit ihm fertig werden."

Das stimmte natürlich.

Es war wirklich schade, dass Hanna ihm nicht helfen konnte, Mattie oder Standish zu finden. Selbst wenn er nicht im Dienst war, ließen ihm seine Fälle keine Ruhe.

Leider hatte seine Fahrt nach Kentucky keine hilfreiche Spur gebracht. Sie hatten immer mehr Hinweise, die auf Standish hindeuteten, aber keine Beweise, und einen immer größer werdenden Berg an anderen wichtigen Fällen. Ein brauchbarer Hinweis könnte die entscheidende Wende bringen. Falls sie ihn noch rechtzeitig bekamen.

Herr, hilf, dass Mattie noch lebt. Bitte.

Kapitel 8

Saras Magen rebellierte bei jeder Bewegung. Das war ein weiterer Beweis dafür, dass der Stress seinen Tribut forderte.

Um unter der Last nicht ganz zusammenzubrechen, nahm sie sich freitags frei, um mehr Zeit für ihre Familie zu haben. Aber statt sich zu entspannen, kümmerte sie sich um Clint, nahm Anrufe für ihn entgegen, schickte Besucher weg und sorgte dafür, dass er sich so viel wie möglich ausruhte.

Sie nahm das nächste Desinfektionstuch. Sie musste noch so viel putzen, bevor die Kinder nach Hause kamen. Sie folgte den vorgeschriebenen Ratschlägen wie eine gute Patientenehefrau und putzte das Erdgeschoss in ihrem Haus. Türgriffe, Lichtschalter und Computertastaturen wurden desinfiziert und abgewischt.

„Musst du das alles machen? Ich bin jetzt seit fast zwei Wochen zu Hause, und ich sehe dich die ganze Zeit nur putzen. Du hast eine zwanghafte Angst vor Keimen." Clint zupfte an seinem zu locker sitzenden, blauen Pullover und wartete auf eine Antwort.

Sara zwang sich, tief einzuatmen und zu lächeln. „Was hältst du davon, wenn wir unseren gemeinsamen Abend heute damit verbringen, in Dekorationsbüchern zu blättern und dann ein wenig Basketball zu schauen? Wir müssen uns auf die Ausscheidungsspiele im März vorbereiten."

„Meinetwegen. Aber du hast meine Frage nicht beantwortet."

Sie warf das letzte Putztuch in den Abfalleimer und setzte sich zu Clint aufs Sofa. „Ich tue nur das, was ich meinen Patienten auch immer rate. Es ist wirklich sinnvoll, alles zu desinfizieren, besonders wenn kleine Kinder im Haus sind."

Er lehnte den Kopf zurück und schloss die Augen. Ihr Mann war in den letzten drei Wochen um zehn Jahre gealtert. Er hatte jeden Tag mehr Falten in seinem immer dünner werdenden Gesicht. Und seine Arme hatten viel von ihrer gut definierten Muskulatur eingebüßt.

Sara wandte den Kopf ab. Sogar den Kindern waren die Veränderungen an ihm aufgefallen. Bis jetzt hielt sie sich an Clints Forderung, dass die Kinder nur von der Schusswunde wissen sollten. Aber ihre Fragen kamen immer häufiger, genauso wie ihre Klagen über die Dinge, die ihr Daddy nicht mehr machen konnte.

„Wir müssen mit den Kindern über deinen Krebs sprechen. Susannah weiß, dass Menschen sich nicht so oft die Hände waschen oder schlafen müssen, nur weil sie im Krankenhaus waren."

Clint knirschte mit den Zähnen. „Ich habe Nein gesagt. Thema erledigt."

„Das ist lächerlich, Clint. Ich hatte Geduld und habe dir geholfen, den Schock zu verarbeiten und dich daran zu gewöhnen, dass du nicht mehr so viel Energie hast. Aber ich kann nicht mehr. Und ich kann weder mit meinen Freundinnen in der Gemeinde oder mit meinen Eltern darüber sprechen und sie bitten, für uns zu beten. Wenn uns Leute aus unserem Bibelkreis hin und wieder eine fertige Mahlzeit vorbeibrächten, wäre das wirklich eine große Hilfe. Und auch, wenn sie für uns beten würden."

„Dann arbeite doch weniger."

„Was?"

„Du willst mit mir nicht wegen unserer Probleme beten. Wenn dir unser Leben zu viel wird, dann gib doch einfach ein paar Aufgaben ab. Und vergiss dein dummes Renovierungsprojekt. Ich will sowieso kein anderes Schlafzimmer." Er nahm seine große Wasserflasche und trank einen kräftigen Schluck.

„Clint, die Möbel sind schon bestellt. Darin waren wir uns doch einig."

„Ich kann mich nicht erinnern, dass ich dazu Ja gesagt hätte. Das war alles deine Idee. Und wenn dir deine Arbeit und die Familie zu viel werden, musst du eben deine Projekte aufgeben."

Heiße Tränen brannten in ihren Augen. Sie stand auf und hätte am liebsten laut geschrieen. Es war so frustrierend, dass er sich an nichts mehr erinnerte. Er verstand nicht, dass ihre „Projekte", wie er es nannte, ihr halfen, mit seinen Chemobehandlungen umzugehen und etwas Freude im Alltag zu finden. Er sah auch nicht, dass ihre Arbeit und die Gespräche mit ihren Freunden wichtig waren, um ein kleines Stück Normalität zu bewahren.

„Du bist viel zu stolz."

Bei diesen Worten stieg Clint die Zornesröte ins Gesicht. „Ich habe Krebs! Das habe ich mir nicht ausgesucht."

„Ich auch nicht."

„Du weißt nicht, wie es ist, die ganze Nacht wach zu liegen, an die Decke zu starren und nichts als Metall zu schmecken. Du stehst auf und gehst zur Arbeit. Ich kann das nicht. Ich schlafe mitten am Tag ein. Ich habe nichts mehr unter Kontrolle." Er stand mit zittrigen Beinen auf, und seine Lautstärke nahm mit jedem Wort zu. „Ich will nicht, dass die ganze Welt mit mitleidigen Blicken und dummen Ratschlägen an meiner Tür steht. Wenigstens diese eine Sache kann ich kontrollieren. Und das werde ich auch."

Ihre Stimme war nicht viel mehr als ein Flüstern. „Aber die Kinder sollten es wissen."

„Was sollten sie wissen? Sie sehen doch, was für ein Schwächling ich geworden bin. Sobald du ihnen sagst, dass ich Krebs habe, werden sie denken, dass ich sterbe. Das will ich ihnen nicht antun."

„Clint ..."

„Hörst du schlecht? Ich habe Nein gesagt!"

Clint stürmte wie ein gereizter Stier aus dem Raum und knallte die Tür hinter sich zu.

Der laute Knall hallte in ihren zittrigen Gliedern wider. Sie hatte noch nie zuvor am eigenen Leib erlebt, wie die Chemo und Steroide einen liebevollen Mann in einen tobenden Hitzkopf verwandeln konnten.

Wo bist du, Gott? Warum machst du das?

Schweigen. Sie erwartete eigentlich keine Antwort. Vielleicht wäre es besser, wenn sie ganz aufhörte zu beten.

Zuerst Gott und jetzt Clint. Wer würde als Nächster mit tauben Ohren auf ihre Bitten reagieren?

* * *

„Kann denn dieser Hubschrauber nicht schneller fliegen?" Michael rückte sein Headset zurecht und schaute nach unten, wo der Shenandoah River sich durch die Landschaft schlängelte. Der Pilot, ein Agent von der FBI-Fliegerstaffel, gab ihm keine Antwort. „Mattie lebt, und wir müssen ihn finden, bevor Standish wieder mit ihm untertaucht."

„Wir tun, was wir können." Kessler schaute auf seiner Seite des Sechssitzers aus dem Fenster. „Maxwell hat die nötigen Papiere unterschrieben und alles mit der Polizei von Virginia geklärt, sobald der Hinweis einging."

„Die Polizei wartet auf uns an der Big-Spring-Landebahn mitten im Nirgendwo."

„Die Landebahn liegt direkt auf ihrem Weg." Kessler lehnte sich in seinen Sitz zurück. „Außerdem haben wir in diesem Fall das Oberkommando."

„Was ist, wenn Standish türmt, bevor wir dort sind?" Michael wollte nicht derjenige sein, der Samantha Reynolds sagen müsste, dass sie zu spät gekommen waren. „Wie kannst du so ruhig dasitzen?"

Kessler zog eine Braue in die Höhe. Michael hielt den Mund. Er sollte lieber einen Gang zurückschalten und seinen Chef nicht zu weit treiben. Aufmüpfigkeit würde ihm bestimmt nicht Kesslers Respekt einbringen.

Zwei Polizisten erwarteten sie, als sie bei Luray, Virginia, landeten. Michael hängte sich seine Laptoptasche über die Schulter und schritt über die Landebahn. „Wann werden wir dort sein?"

Ein junger, schlaksiger, rothaariger Mann stand an seinem Streifenwagen und blickte mit zusammengekniffenen Augen in die Abendsonne. „Ich bin Brady. Steigen Sie ein, dann sind wir schneller dort." Michael war dieser Mann auf Anhieb sympathisch. Er fuhr mit Brady, während sich Steven auf den Beifahrersitz des anderen Streifenwagens setzte.

„Zur Hütte sind es ungefähr zehn Minuten. Sie ist nicht wirklich abgelegen, aber doch ein Stück weg von der Straße. Ein guter Platz, um sich zu verstecken." Brady baute einen größeren Abstand zu dem anderen Polizeiwagen hinter ihnen auf und dank seines Bleifußes machten sie einige wertvolle Minuten gut. „Ihr FBI-Leute wart wirklich schnell. Selbst wir haben zwanzig Minuten gebraucht, bis wir vor Ort waren."

Michael sah zu, wie der kurvenreiche Shenandoah-Fluss an ihnen vorüberzog, und versuchte, sich auf das Gespräch mit Brady zu konzentrieren. Nach einigen Haarnadelkurven auf der Bergstraße bogen sie auf einen mit Gras überwachsenen Weg ein, der in seinen besseren Tagen als Schotterweg hätte durchgehen können.

„Das hier ist die Vermietstation für die Hütten." Brady parkte an der Vordertreppe eines einsam stehenden Holzhauses, an dem ein Schild mit der Aufschrift „Vermietung" hing. Kesslers Auto kam eine Minute später hinter ihnen zum Stehen.

Michael klopfte an die Haustür der schlichten Hütte, während Steven durch das Fenster hineinschaute. Der laute Fernseher wurde ausgeschaltet. Wenige Sekunden später wurde die Tür aufgerissen.

„Sie sind vom FBI?" Ein Mann mit graumelierten Haaren trat über die Schwelle und wischte sich die Hände an seinem roten Flanellhemd ab.

Sie zeigten ihm ihre Polizeimarken. Kessler sprach als Erster. „Ja, Sir. Sie sind Mr Dean, der Verwalter?"

„Ja, der bin ich. Ich habe das Bild von diesem Mattie Reynolds im Fernsehen gesehen. Gleich nachdem die beiden Gäste heute Nachmittag hier ankamen, habe ich die Polizei angerufen. Das versteht sich ja von selbst. Und ich habe erst vor kurzem mit diesem Mr Jones – so hat er sich genannt – gesprochen. Die beiden haben es sich für das Wochenende in einer meiner alten Jagdhütten gemütlich gemacht. Sie sieht aber kaum wie eine Hütte aus. Sie ist eher ein Ferienhaus im Grünen."

„Können Sie uns den Weg dorthin beschreiben?"

Mr Dean deutete den Schotterweg hinauf. „Die Hütte ist eine Meile nördlich von hier, ein Stück abseits von der Straße. Direkt am Shenandoah River. Sie können sie gar nicht verfehlen." Dean blähte seinen Brustkorb auf. „Er fährt auch noch immer diesen rostbraunen Wagen."

„Wir sind Ihnen für Ihren Anruf sehr dankbar." Kessler war schon zum Auto unterwegs.

Der alte Mann winkte. „Es freut mich, wenn ich helfen kann. Das tut man doch gerne."

Sie fuhren schnell los und hielten wenige Minuten später an, sobald die Hütte in Sicht kam.

Kein Lebenszeichen am Fluss. Keine anderen Hütten in der Nähe. Zu Fuß näherten sie sich vorsichtig, verdeckt durch die Bäume, der Rückseite der grün gestrichenen Hütte.

Im Inneren des Holzhauses rührte sich nichts. Weit und breit war kein Fahrzeug zu sehen.

Kessler und der Polizist, mit dem er gefahren war, schlichen zur Vorderseite. Michael und Brady bezogen neben der Hintertür Stellung. Auf Kesslers Zeichen hin traten sie gleichzeitig beide Türen ein.

Nur abgenutzte Wohnzimmermöbel und eine leere Küche begrüßten sie.

Von Mattie war keine Spur zu sehen.

Mit schussbereiter Waffe stand Michael nun an der Tür zum Flur, und Steven ihm gegenüber an der anderen Tür.

Michael gab ein Zeichen. Er stürmte durch die Tür in ein winziges Badezimmer. Knurrend schlug er gegen den schmuddeligen Duschvorhang.

„Nichts. Das Schlafzimmer ist auch leer“, rief Kessler. Michael wollte fluchen. So nahe. Sie waren so nahe dran gewesen.

Alle trafen sich in dem stickigen Schlafzimmer und steckten widerstrebend ihre Waffen in die Holster. Brady sprach als Erster. „Wir haben uns draußen umgeschaut, nachdem ihr das Wohnzimmer gestürmt habt. Es ist nichts zu sehen. Im Wald versteckt er sich nicht.“

„Ich schätze, der Verwalter hat Standish durch seine übertriebene Aufmerksamkeit vertrieben.“ Steven deutete auf einen Haufen, der neben dem Schrank auf dem Boden lag. „In seiner Eile hat Standish anscheinend die Kleidung liegen gelassen, in der Mattie zuletzt gesehen wurde.“

„Und Essen für zwei Personen.“ Michael rührte die Behälter aus einem Fast-Food-Restaurant nicht an.

Steven wandte sich an die Polizisten. „Wir müssen sofort eine Suchmeldung herausgeben und alle umliegenden Polizeiwachen informieren, dass Standish sich hier in der Gegend aufhält. Außerdem brauchen wir ein Spurensicherungsteam, das hier alles einsammelt und feststellt, ob es Matties Sachen sind.“

„Das funke ich sofort an unsere Zentrale durch.“ Brady verschwand mit seinem Partner.

Steven fuhr sich mit der Hand durch die Haare. „Wir wissen, dass Mattie noch am Leben ist. Das ist immerhin etwas.“

Aber es war nicht genug. Schweiß lief Michael über den Rücken. Die PlayStation-Verpackung verriet, dass Standish dafür sorgte, dass Mattie sich nicht langweilte.

Nur Gott wusste, was er sonst noch mit ihm machte.

Kapitel 9

Die roten Schleifen und Herzen für den Valentinstag kamen Sara am Dienstagnachmittag aus jeder Ecke des Einkaufszentrums entgegen. Obwohl sie nicht in der Stimmung war, mit zwei aufgeregten Kindern einen Einkaufsbummel zu machen, rief sie sich ins Gedächtnis, dass dieser Feiertag ihnen allen das dringend benötigte Gefühl von Normalität geben könnte. Sie feierten besondere Tage immer sehr gern. Und nach dem letzten Monat, der für sie alle eine große Belastung gewesen war, würde eine Feier ihrer Familie bestimmt guttun.

Ein Anflug von Schuldgefühlen befiel sie, als sie an das vermisste Kind dachte, das Steven und Michael am letzten Freitag nicht nach Hause bringen konnten. Stevens knappe, telefonische Nachricht und Clints Weigerung, mit ihr darüber zu sprechen, verrieten ihr, wie schlimm es um das entführte Kind stand.

Clint hatte für den kleinen Jungen gebetet, bevor er gestern Abend eingeschlafen war. Und sie war noch einmal aus dem Bett geschlüpft und hatte Jonathan und Susannah geküsst und gehofft, Gott würde Clints verzweifelte Bitten um Matties Leben erhören.

„Mama, wir könnten Daddy diese riesige Schokoladenschachtel kaufen." Susannah hielt eine herzförmige Schachtel hoch, die die Arme der Sechsjährigen komplett ausfüllte. Jonathan umklammerte eine genauso große Puppe, die mit M & Ms gefüllt war und die Daddy seiner Meinung nach unbedingt brauchte.

Eine interessante Auswahl. Aber nichts, was sie kaufen wollte. „Wir haben schon Schokolade für Daddy bestellt. Suchen wir lieber etwas anderes."

Sara hatte diesen Einkaufsbummel am Nachmittag vor dem Valentinstag für eine gute Idee gehalten. Sie hatte Clint schlafen lassen und Susannah von der Hope Ridge Academy und Jonathan von der Kindertagesstätte in der Nähe der Schule abgeholt. Aber jetzt verstärkten die hellen Lichter und die zuckersüßen Schokoladengerüche nur ihre pochenden Kopfschmerzen und die Übelkeit in ihrem Magen.

Sie schlenderten zur Schlafzimmer- und Badezimmerabteilung, um Handtücher für ihr neu dekoriertes Badezimmer zu finden. Sie und ihre Freundin Linda, eine Innenarchitektin, hatten das ganze Wochenende damit zugebracht, das Schlafzimmer und Elternbadezimmer in eine Strandoase zu verwandeln. Hellblaue Wände mit einem weißen Korbstuhl, sonnengelbe Kissen, blauweiße Vorhängen, dazu eine elegante Muschelborte und entsprechende Accessoires im Badezimmer. Obwohl Clint immer noch murrte, machten diese Neuerungen alles ein wenig heller und freundlicher, auch ihre Stimmung.

Sara hatte nur wenig Schuldgefühle, weil sie den Gottesdienst ausfallen ließ, um an ihren Renovierungen zu arbeiten. Clint wäre sowieso nicht mitgekommen. Er hatte sich im Keller verschanzt und das ganze Wochenende Sportsendungen geschaut, während die Kinder bei Erica übernachten durften, damit sie und Linda ungestört streichen und tapezieren konnten.

Die Erinnerung an Clints missmutige Laune nahm ihr die ganze Freude, etwas für das Haus zu kaufen. Sie gab es auf, Handtücher zu suchen, und führte die Kinder in die Spielzeugabteilung. „Jeder darf sich ein kleines Spielzeug aussuchen."

Susannah klatschte begeistert in die Hände. „Ich glaube, ich möchte eine neue Puppe und vielleicht ein Brettspiel für Daddy." Ihre grünen Augen tanzten vor Freude. „Darüber würde er sich bestimmt freuen, meinst du nicht auch, Mama?"

„Ja." Sara wollte das Spiel „Pretty Pretty Princess" vorschlagen. Letztes Jahr noch hätte Clint darüber schallend gelacht und beim Spielen mit seiner kleinen Prinzessin den albernen Schmuck angelegt. Aber wie würde er dieses Jahr reagieren? Das wollte sie lieber gar nicht wissen.

Sara zog ihren rosa Pullover zurecht und wischte sich die schwitzenden Handflächen an ihrer modern geschnittenen Jeanshose ab. Sie hatte keine Ahnung mehr, wie Clint auf irgendetwas reagierte.

Eine tiefe Einsamkeit machte sich in ihr breit.

Susannah summte fröhlich, während sie eine Puppe nach der anderen kritisch betrachtete. Dieses Kind hatte unübersehbar Clints analytische Veranlagung geerbt. Jonathan tanzte unterdessen völlig begeistert und sorglos mit einer Elmo-Puppe, dem roten pelzigen Monster von der Sesamstraße. Sara lächelte. Als sie ihren Kindern zuschaute und an ihren morgigen Hochzeitstag dachte, hob sich ihre Stimmung ein wenig. Es gäbe Steaks und Kartoffeln zum Abendessen. Im Kerzenlicht. Die Kinder fanden Essen im Kerzenschein immer herrlich. *„Wie eine Sternennacht in Bethlehem"*, sagte Susannah dann staunend und fast ehrfürchtig. Woher sie ihre theatralische Ader hatte, wollte Sara lieber nicht wissen.

Nachdem sie die Kinder ins Bett gebracht hätte, würde sie Clint die belgischen Gourmetpralinen von Godiva, die er so liebte, schenken. Sie hoffte, er könnte sie noch genießen. Die Medikamente der Chemotherapie hatten eine verheerende Wirkung auf die Geschmacksnerven. Sie würde ihren neuen Seidenpyjama anziehen und versuchen, Clint zu überreden, seine neuen schwarzroten Boxershorts anzuziehen. Und dann würden sie einfach schauen, was der Abend noch für sie bereithielt.

Neun Jahre. Sie würden am Valentinstag neun Ehejahre feiern, und Sara wollte der Krankheit nicht erlauben, Clint und ihr das zu rauben. Denn trotz des Eigensinns, der Stimmungsschwankungen und der körperlichen Veränderungen war Clint immer noch der Mann, in den sie sich vor elf Jahren verliebt hatte. Ihr überlebensgroßer, starker Held mit weichem Herz.

„Hier, Mama." Susannahs eifrige Stimme riss Sara aus ihren Gedanken. „Wir könnten Daddy das Schachbrett mit den roten und weißen Herzen kaufen."

Sara schmunzelte über die kitschige, herzförmige Schachtel. „Ja. Das gefällt ihm bestimmt."

Susannah legte die Schachtel mit einem zufriedenen Nicken in den Einkaufswagen. „Wir können morgen damit spielen, wenn wir zu Hause sind."

„Wir bleiben zu Hause?" Jonathans süße, fragende braune Augen forderten eine Umarmung geradezu heraus.

Sara hob ihn hoch und drückte ihn an sich. Er hatte so viel Ähnlichkeit mit den Kinderbildern seines Vaters, dass ihr ganz schwer ums Herz wurde. „Ja. Du und Susannah bleibt morgen von der Schule und vom Kindergarten zu Hause. Wir schmücken das Haus und machen uns mit Daddy einen schönen Tag."

Sie wollte dafür sorgen, dass der Valentinstag für sie alle unvergesslich wurde.

* * *

„In fünfzehn Minuten. Gut. Geht in Ordnung." Sara klappte ihr Handy zu und schnallte Jonathan in seinen Autositz. Er und Susannah wären mit ihren neuen Büchern beschäftigt, während sie zum Restaurant fuhr, um das Essen für heute Abend abzuholen. Sie hatte keine Energie, um selbst zu kochen. Also würde es heute Abend Fertigessen geben.

Sie rutschte hinter das Lenkrad ihres silbernen Range Rovers, schnallte sich an und schob dann ihre Lieblings-CD, eine irische Instrumentalmusik, ein. Sie fuhren in Richtung Süden zu Murphy's, ihrem irischen Lieblingsrestaurant. Clint kritisierte, dass das Essen keine Vollwertkost war. Aber gesundes irisches Essen war schwer zu bekommen, und ihr lief allein schon beim Gedanken an die Speisekarte das Wasser im Mund zusammen. Der irische Eintopf und das Sodabrot konnten fast mit den seit Generationen überlieferten Rezepten ihrer Mutter mithalten.

Eine plötzliche Sehnsucht nach den starken Händen ihrer Mutter, die ihre Schultern massierten, und dem fröhlichen Lachen ihres Vaters raubte ihr fast den Atem. Sie vermisste ihre Eltern sehr. Besonders jetzt. In diesem Winter machten sie eine Rundreise durch Irland. Sara wollte sie auf keinen Fall nach Hause zurückholen, bevor ihr Traumurlaub im April zu Ende war. Das wäre früh genug, um ihnen von Clints Krebserkrankung zu erzählen.

Vielleicht gäbe es dann auch schon gute Nachrichten. Sie konnte den Tag, den sie in ihrem Bürokalender rot angestrichen hatte, kaum erwarten: den zehnten Mai. Clints letzte Chemo. Der Tag, an dem alles wieder in die Normalität zurückkehren sollte.

Eine halbe Stunde später bahnte sich Sara mit dem Essen in der Hand und hungrigen Kindern im Schlepptau ihren Weg durch die Spielsachen in der Garage und trat in die Küche. „Geht euch die Hände waschen." Während die Kinder sich wuschen, versteckte sie die Einkaufspäckchen in der Wäschekammer und stellte die Behälter mit dem Essen auf die Kochinsel.

Die Großvateruhr im Wohnzimmer schlug sechsmal. Sie bereitete schnell das Abendessen vor, was dank Murphy's kein großer Aufwand war, und deckte mit den Kindern den Tisch in der Frühstücksnische.

„Susannah, denk daran, dass wir Daddy nichts von unseren Valentinsüberraschungen verraten." Sara ging vor Jonathan in die Hocke und schaute ihm in die Augen. „Feiertagsüberraschungen sind die einzigen Geheimnisse, die wir nicht verraten. Nicht wahr, Jonathan?"

Jonathan steckte den Finger in den Mund und nickte. Er würde bald müde ins Bett fallen.

„Ich wecke Daddy und hole ihn zum Essen. Ihr zwei könntet doch schon mal Geschenkpapier aus dem Bastelraum im Keller holen und es auf meinem Arbeitstisch ausbreiten." Damit wären sie ein paar Minuten beschäftigt. Sara hielt Susannah am Arm fest, bevor sie losrennen konnte. „Nichts anderes, verstanden? Keine Schere. Kein Kleber."

„Ja, Mama. Nur das Geschenkpapier." Susannah lächelte breit und ihre Zahnlücke wurde sichtbar. „Dürfen wir Billard spielen, wenn du ein wenig länger brauchst, um Daddy zu wecken?"

Saras Nacken und Wangen begannen zu glühen. Ihre zwei Kinder merkten davon zum Glück nichts, da sie schon die Kellertreppe hinabliefen. Wusste Susannah, warum es meistens eine Weile dauerte, wenn sie Clint von einem normalen Sonntagnachmittagsschlaf weckte? Nein, sie war zu jung, um das zu ahnen.

Die Chancen auf eine solche Zeit nur für sie beide standen heute Abend leider sehr gering. Clint musste seine Energie für morgen sparen. Eine tiefe Sehnsucht nach einem Hochzeitstag wie in den letzten acht Jahren erfüllte Sara.

Sie erinnerte sich daran, wie Clints starke Arme sich um sie legten. Fast fühlte sie seine suchenden Lippen, die ihre Finger und Handflächen küssten. Sie erschauderte. Wie lang würde es noch dauern, bis sie nicht mehr in Tagen „seit Clints letzter Chamo" rechnen würde? Wie lang würde es dauern, bis ihr Ehemann wieder gesund und stark wäre und seine Augen Kraft statt Ohnmacht ausstrahlen würden?

Sie stieg die Treppe hinauf und hielt sich am Holzgeländer fest, während sie sich erschöpft nach oben schleppte.

Clint lag zwischen den zerwühlten, gelbblauen Laken, und ihm stand der Schweiß auf der Stirn.

Ihr Magen zog sich zusammen. Sie berührte mit dem Handgelenk seine Stirn und holte dann ein Thermometer aus dem Badezimmer.

Er schlief immer noch. Vorsichtig steckte sie ihm das Thermometer unter den Arm, wie sie das bei Susannah und Jonathan machte, wenn sie krank waren. Clint rührte sich nicht.

Die Sekunden schleppten sich wie Stunden dahin. *Bitte sei nicht krank.*

„Sara, was zum Kuckuck machst du da?"

Bei Clints ärgerlicher Stimme zuckte sie zusammen. Das Thermometer fiel auf den Boden.

„Ich habe deine Temperatur gemessen. Du hast dich heiß angefühlt."

Seine Augen funkelten wie die eines Stiers, der ein rotes Tuch sieht. „Ich bin kein Baby! Behandle mich nicht wie ein unmündiges Kind, Sara!" Er schob die Decke zurück, zog sich ein T-Shirt über die Schultern und stürmte ins Badezimmer.

Mit Tränen in den Augen hob sie das Thermometer auf. Siebenunddreißig null. Sie hätte sich das Thermometer sparen können.

Während sie nachdenklich auf die geschlossene Badezimmertür starrte, liefen ihr heiße Tränen über die Wangen.

In dieser Stimmung wäre das Abendessen bestimmt ein umwerfender Erfolg. Aber sie hatte das Richtige getan. Warum kam sie sich trotzdem wie eine Versagerin vor?

Weil sie Clints Krebs nicht diagnostiziert hatte.

Weil sie es nicht schaffte, gleichzeitig eine gute Ehefrau, Mutter, Ärztin und Hausfrau zu sein.

Ihre Schuldgefühle wurden immer größer und setzten sich immer tiefer fest. Was würde sie als Nächstes falsch machen?

* * *

Das schrille Klingeln des Telefons riss Sara aus einem unruhigen Schlaf. Sie tastete nach Clint, fühlte aber nur kalte Bettlaken und Kissen. Wo war er?

Sie legte die Arme fest um sich, um die Kälte abzuwehren, und schleppte sich ins Badezimmer. Im Dunkeln tastete sie nach ihrem weißen Bademantel und schlüpfte hinein, während sie ins Schlafzimmer zurückging und unschlüssig das Telefon anstarrte. Sie wollte nicht sehen, wer der Anrufer war. Die digitale Zeitanzeige auf ihrem Wecker sagte alles. Jemand, der um zwei Uhr nachts anrief, hatte keine guten Nachrichten.

Sie dachte daran, nicht ans Telefon zu gehen. Sie hatte keine Rufbereitschaft mehr.

Plötzlich dachte sie an ihre Eltern, die in Irland unterwegs waren. Und Steven und Gracie, die auf dem Weg nach Georgia waren.

Beim nächsten Klingeln meldete sie sich. „Dr. Rollins."

„Sara? Ich bin es, Marilynn. Hast du geschlafen?"

Sie nickte. Dann fiel ihr ein, dass ihre beste Freundin sie nicht sehen konnte. „Äh, ja." Sie hörte Clints Schritte. „Was ist los, Marilynn? Du rufst doch nicht um zwei Uhr in der Nacht an, um mit mir zu plaudern."

„Nein." Marilynn schluchzte.

Sara setzte sich steif auf die Bettkante und hatte Mühe, das Abendessen im Magen zu behalten.

„Ich wollte, dass du es von mir erfährst … Es ist so schwer, Sara."

Jetzt kam zu ihrer Angst auch noch Ärger hinzu. Sie fand ihre Stimme wieder. „Sag mir, was passiert ist, Marilynn."

„Kannst du vielleicht ins Krankenhaus kommen? Ich kann nicht … ich kann niemanden finden, der meine Schicht übernimmt. Sonst würde ich rübergehen." Marilynns Stimme brach ab.

Der Geschmack von Galle brannte in Saras Kehle.

„Sara? Mit wem telefonierst du denn um diese Uhrzeit?", polterte Clints Stimme hinter ihr in der Dunkelheit. Sie fuhr zusammen und ließ vor Schreck das Telefon fallen.

Ihr Magen ließ ihr keine Zeit zu einer Antwort. Sie lief ins Badezimmer und schaffte es gerade noch bis zum Fliesenfußboden. Die Schmerzen in ihrem Bauch und der Geruch ihres halb verdauten Abendessens raubten ihr den Atem. Sie musste fort von hier. Aber vorher müsste sie den Boden putzen.

Sie spülte sich den Mund aus und spuckte in das Marmorwaschbecken.

Clints Stimme klang, als wäre er weit weg, als er mit Marilynn sprach. Sara weigerte sich, an das abgebrochene Gespräch zu denken.

Sie nahm die Einmalputztücher und wischte schnell den Boden und wusch sich dann kräftig die Hände. Sie seifte sie immer wieder mit der Vanilleseife ein. Aber das war zwecklos.

„Wie geht es dir?"

Clint stand im Badezimmer, aber sie konnte ihm nicht in die Augen schauen. Sie wollte nicht hören, was er ihr zu sagen hatte.

„Ich komme schon klar."

„Das war Marilynn am Telefon."
Sie nickte und starrte ins Waschbecken.
„Sie macht sich Sorgen um dich. Sie denkt, du hast zu viel Stress." Clint legte die Hände auf ihre Schultern. „Du zitterst ja."
Er richtete sie auf und legte seine starken Arme um sie.
„Deshalb hat sie nicht um zwei Uhr in der Nacht angerufen."
„Nein."
Sara vergrub das Gesicht an der Brust ihres Mannes. Heute war Valentinstag.
„Sara." Clint hob ihren Kopf hoch und küsste sie auf die Stirn. Sie wollte den Kopf wegdrehen. „Mach das nicht. Schau mich an."
Sie hatte keine Kraft mehr, sich zu wehren, also gehorchte sie.
„Marilynn hat angerufen, um dir zu sagen, dass Frank … dass Frank jetzt bei Jesus ist."
Sie wollte schreien. Weglaufen. Etwas tun. Irgendetwas. Aber sie konnte nicht, ihre Beine gaben unter ihr nach. Sie sank auf den Badezimmerboden.
„Nein, Clint." Sie schüttelte den Kopf. Er war neben ihr niedergekniet. „Nicht Frank." Ihr Schluchzen erstickte alle anderen Worte.
Nicht Frank, Gott. Nicht jetzt.
Wie sollte June es verkraften, am Valentinstag Witwe zu werden?

Kapitel 10

„Mama, Daddy, aufwachen! Die Sonne scheint und es ist Valentinstag!" Susannahs theatralische Ankündigung riss Clint aus einem ungewöhnlich tiefen Schlaf.

Verschwommene Erinnerungen an gestern, besonders an die Nachricht von Franks Tod, trafen ihn wie ein Boxhieb in den Magen. Der Schlaf hatte ihm nur kurzzeitig Erholung geschenkt.

Jetzt stürmten andere Erinnerungen auf ihn ein. Heute war ihr Hochzeitstag. Er erinnerte sich vage, dass er sich bei Sara immer noch nicht richtig wegen ihres Streits um ihre Renovierungsideen entschuldigt hatte, und überlegte, wie er das wieder gutmachen könnte.

„Wir bleiben zu Hause, Daddy."

Clint blinzelte und wurde von Jonathans Morgenatem begrüßt. Das aufgeregte Gesicht seines Sohnes war kein süßer Traum.

Sara lag neben ihm und rührte sich nicht.

Er schob sich unter der Decke hervor und war froh, dass er angefangen hatte, nicht nur eine Shorts, sondern auch ein T-Shirt anzuziehen. So würden die Kinder seinen Port nicht bemerken. Flüsternd zog er die beiden zu sich. „Wir müssen ganz leise sein." Er führte sie zur Schlafzimmertür.

Sobald sie draußen auf dem Flur standen, sah Clint, dass sie noch ihre roten Schlafanzüge trugen. „Was haltet ihr davon, wenn wir Mama ein besonderes Frühstück machen?"

Susannah nickte.

Jonathan sprang auf und ab. Clint hob ihn hoch und rieb mit seinem stoppeligen Kinn über Jonathans zerzauste Haare. Ein lautes Kichern war die Antwort.

Sie schlichen auf Zehenspitzen an Jonathans Zimmer mit der Seemannstapete vorbei. Bei der Erinnerung, wie sehr Sara sich angestrengt hatte, um alles ganz perfekt zu machen, zog sich seine Brust zusammen. Ganz zu schweigen von seiner Blase.

„Könnt ihr eine Minute leise hier im Zimmer bleiben? Ich bin gleich wieder da." Er wartete nicht auf eine Antwort. Als er zurückkam, lagen sie auf dem Boden und schauten wie zwei kleine Engel Bilderbücher an.

„Also, was machen wir zum Frühstück?“ Er hatte keine Ahnung. Sein knurrender Magen erinnerte ihn daran, dass er bald etwas essen musste. Morgen würden die grauenvollen Chemomedikamente sein Leben wieder durcheinanderbringen. Ganz zu schweigen von den Medikamenten gegen Übelkeit, überschüssige Magensäure, Schmerzen und Fieber und den Immunsuppressiva, die er brauchte, um sich wenigstens halbwegs wie ein Mensch zu fühlen.

Susannahs grüne Augen leuchteten, als sie seine Hand nahm und ihn nach unten in die Küche zog. „Wir könnten Mama herzförmige Pfannkuchen machen!“

„Pfannkuchen! Pfannkuchen!“, jubelte Jonathan und hüpfte um seine große Schwester herum.

Clint starrte die Küchengeräte an und fühlte sich wie ein Fisch an Land. Ein Blick auf die Wanduhr verriet, dass es neun Uhr morgens war. In Texas war es jetzt gerade acht Uhr und seine Mutter war bestimmt schon mit dem Frühstück fertig und versorgte die Tiere. Aber vielleicht könnte sie ihm schnell ein paar hilfreiche Ratschläge geben, wie man herzförmige Pfannkuchen backte, bevor sie einen kranken Welpen verarztete oder eine verwaiste Ziege mit der Flasche fütterte. Oder irgendein anderes bedürftiges Tier versorgte, das gerade bei ihr wohnte.

„Ihr zwei deckt schon einmal die Teller und das Besteck auf, während ich Oma anrufe.“

Susannah kicherte. Jonathan zuckte die Achseln und folgte seiner Schwester in die Speisekammer.

Die elfstellige Nummer zu wählen erforderte seine gesamte Konzentration. Das ärgerte ihn. Aber er hatte keine Zeit, sich zu lange mit seinen trüben Gedanken aufzuhalten. Er setzte sich auf einen Stuhl im Esszimmer. Es klingelte zweimal. „Hallo, Mama. Alles Gute zum Valentinstag.“

„Clint?“ Im Hintergrund hörte er tatächlich das Jaulen eines Welpen. Vor seinem geistigen Auge konnte er das alte Landhaus seiner Eltern sehen, in dem sein Vater aufgewachsen war. Die helle, gelb gestrichene Küche. Mama, die immer irgendetwas für irgendjemanden kochte.

„Ja, ich bin's. Ich habe eine Frage.“

Sein Vater meldete sich am zweiten Telefon. „Hallo, mein Sohn. Herzlichen Glückwunsch zum Hochzeitstag!“

„Danke. Ich hoffe, er wird schön."

„Was heißt das? Ist alles in Ordnung?"

Clints Bauchmuskeln zogen sich zusammen. Er musste schnell etwas essen, bevor er einen Schluckauf bekam. Schusswunden steckte er besser weg als die Nebenwirkungen der Chemotherapie.

„Mir geht es gut, Papa. Die Schusswunde verheilt gut. Ich wollte Mama fragen, wie man herzförmige Pfannkuchen zum Frühstück macht. Ist sie noch da?" Susannah holte schon Saras Pfanne und die Teigschüsseln. Sie schien zu wissen, was zu tun war. Vielleicht hätte er seine Eltern lieber nicht anrufen sollen.

„Clint, ich will eine Antwort auf meine Frage. Wir wissen, dass etwas nicht stimmt." Die Stimme seines Vaters klang alt. Müde. Anscheinend hatten sie Sara dazu gebracht, ihnen die Wahrheit zu verraten.

„Ihr wisst es?"

„Wir wissen, dass Sara etwas für dich verheimlicht. Und wir wollen wissen, was los ist."

„Nicht jetzt, Dad. Ich versuche …"

„Clint Walker Rollins!" Alle Meilen der Welt konnten ihn nicht vor seiner Mutter verstecken, sobald sie seinen vollen Namen benutzte. „Schluss mit den Ausflüchten. Sag uns die Wahrheit. Die ganze Wahrheit."

„Ich wollte es euch nicht am Telefon sagen. Ich hatte gehofft, dass ihr in einem Monat oder so zu Besuch kommt. Dann können wir darüber reden."

„An deinem Geburtstag, meinst du?" Die Worte seiner Mutter waren durchdringend.

„Über den genauen Zeitpunkt habe ich mir noch keine Gedanken gemacht." Er schaute zu, wie Susannah einen Stuhl zum Gefrierschrank schob und etwas darin suchte. Sie zog eine riesige Gefriertüte heraus.

„Schau, Daddy. Pfannkuchen. Wir müssen sie nur noch klein schneiden." Die Sechsjährige platzte fast vor Stolz.

Seine Augen wurden feucht. Ein weiteres Zeichen für seine Schwäche.

Er schluckte schwer und nickte Susannah zu. Sie nahm ein Messer aus der Schublade und begann, eine Herzform aus den runden Pfannkuchen zu schneiden.

„Ich kann jetzt wirklich nicht sprechen." Er trat zum Regal mit den Knabbereien. Aber er fand nichts als die Vollkornkräcker und ein paar

Schachteln gesunde Kekse, die Sara auf seinen Wunsch hin gekauft hatte. Erdnussflips und eine große Tafel Schokolade wären ihm im Moment lieber.

„Was ist los, Daddy?“ Susannah hörte auf, die Pfannkuchen auszuschneiden.

„Nichts, Schatz. Ich muss mit Oma und Opa nur eine Minute Erwachsenensachen besprechen.“ Er nahm ein Vollkornbrötchen aus dem Brotkorb und ging ins Esszimmer. Das gesunde Gebäck schmeckte wie Pappe. Genauso wie alles andere.

„Weiß Steven Bescheid?“ Martha Rollins liebte Steven wie einen zweiten Sohn. Wenigstens hatte Clint es seinem Partner nicht vor seinen Eltern erzählt. Das müsste ihm ein paar Pluspunkte einbringen.

„Nein.“

„Du weißt, dass wir hier unten in Texas auch das Internet haben. Ich kann für dich Informationen einholen.“ Er konnte hören, wie sein Vater schon auf den Tasten klapperte. „Clint, sag uns einfach, womit wir es zu tun haben.“

Clint seufzte. „Es ist Krebs, Dad. Diffus-großzellige B-Zellen-Lymphome.“ Er verschluckte sich an seinem Brötchen und nahm das abgestandene Wasser, das er auf dem Tisch stehen gelassen hatte. Es schmeckte nach Blech. „Die Lymphome sind Stadium vier. Ein paar kleine Knoten in der Lunge und ein paar größere Knoten im Brustkorb und Bauch.“

Seine Mutter schnappte hörbar nach Luft, sagte aber nichts.

„Aber sie haben hier alles unter Kontrolle. Das Benefield-Krebszentrum ist das beste im Land, und mein Arzt ist zuversichtlich, dass wir den Krebs besiegen. Bis zum Ende des Monats kann ich wieder zur Arbeit gehen.“ Hoffentlich. Seinen schwachen Muskeln und seinem Chemohirn nach zu urteilen, könnte es jedoch länger dauern.

„Nimmst du Rituximab und G-CSF?“

„Dad, mach den Computer aus. Das Internet ist etwas Großartiges, aber du kannst dich damit auch verrückt machen. Bitte hör auf.“

Clint hatte sich selbst viele Stunden im Internet informiert. Er wusste, was ihn erwartete. Sein Herz zog sich enger zusammen. Jetzt wussten es also seine Eltern.

Bald müsste er es auch Steven sagen. Und den Kindern. Dann würden alle zusehen, wie es mit ihm immer mehr bergab ging.

Sein Magen zog sich zusammen. „Mama, Dad, es tut mir leid, dass ihr das am Telefon erfahren musstet. Aber hier ist wirklich alles unter Kontrolle. Das Beste, was ihr für mich tun könnt, ist für uns zu beten." Er hörte Jonathan in der Küche weinen. „Ich muss zu den Kindern in die Küche und Frühstück machen. Ich melde mich bald wieder und dann machen wir aus, wann ihr uns besuchen kommt."

Zehn Minuten später hatte er Jonathans Tränen getrocknet und vier mehr oder weniger herzförmige Pfannkuchen im Ofen. „Jonathan, weckst du Mama und sagst ihr, dass sie frühstücken kommen soll?" Die großen Augen und das breite Lächeln seines Sohnes füllten fast sein ganzes kleines Gesicht aus. „Sag ihr, sie muss mit geschlossenen Augen in die Küche kommen." Jonathan stürmte zur Treppe.

„Mama wird Augen machen!" Susannah holte den Orangensaft und die Milch aus dem Kühlschrank und kletterte dann auf ihren Stuhl, um Frühstücksgläser aus dem Schrank zu holen. „Gibt es die Geschenke beim Frühstück?"

Clint nickte und schaute seiner Tochter zu, wie sie den Tisch deckte und durch die Küche sprang, um alles vorzubereiten. Er umklammerte seinen Wasserbecher mit schmerzenden Händen, während sich eine starke Müdigkeit wie Nebel um ihn legte.

Hilflos *und* nutzlos zu sein gefiel ihm überhaupt nicht.

Um seine Gedanken von seinem kranken Körper abzulenken, dachte er an seinen Partner. Steven und Gracie müssten inzwischen schon auf dem Weg nach Georgia sein. Bevor dieser Tag vorbei wäre, hätte Steven ihr einen Heiratsantrag gemacht.

Für Clint bestand kein Zweifel, dass sein bester Freund bald einen Hochzeitstermin festlegen würde. Er wollte an seinem großen Tag unbedingt dabei sein … auch wenn er in letzter Zeit kein guter Freund gewesen war.

Nachdem Steven ihm am Freitag die Nachricht von dem missglückten Versuch, Mattie und Standish zu finden, hinterlassen hatte, hätte er ihn eigentlich anrufen müssen. Er könnte ihn jetzt anrufen, aber er wollte Gracie und Steven nicht den Tag verderben. Er würde es später versuchen.

Im Moment schickte er einfach ein schnelles Gebet zum Himmel.

Und er hoffte von ganzem Herzen, dass nichts Stevens Verlobungspläne trüben würde.

* * *

Steven gähnte, während er seinen Ford Explorer volltankte und zuschaute, wie die Sonne gleich hinter Richmond, Virginia, aufging. Sie waren um vier Uhr früh losgefahren, um rechtzeitig für die große Feier in Georgia zu sein. Er konnte sich viel bessere Möglichkeiten vorstellen, ihren Kurzurlaub zu verbringen, als zweimal zwölf Stunden im Auto zu sitzen. Ein Basketballspiel anschauen. Mit Gracie und James schwimmen gehen. Lang schlafen. Aber er hoffte, diese Fahrt würde ihnen helfen, die furchtbaren Erinnerungen an den letzten November durch bessere zu ersetzen.

Er dehnte seine Nackenmuskeln und versuchte, die unangenehmen Erlebnisse zu verdrängen, die dieser Abschnitt der Autobahn bei ihm in Erinnerung rief. Letzten November war Clint am Steuer gesessen. Sie waren auf Verfolgungsjagd gewesen, um Gracie aus den Händen ihres Entführers zu befreien, der verschleiern wollte, dass er ihre Familie bei einem Autounfall unter Alkoholeinfluss getötet hatte. Stevens Körper spannte sich bei dieser Erinnerung immer noch vor Wut an.

Aber sie hatten überlebt. Gracies Entführer saß im Gefängnis und wartete auf seine Gerichtsverhandlung. Und alle anderen hatten dank guter Psychologen und viel Gnade in den letzten drei Monaten diese Erlebnisse gut verarbeitet.

In nur wenigen Stunden würden Stevens Pläne wahr werden und er würde die Frau, die er am liebsten sofort heiraten würde, wunderbar überraschen.

Als er wieder weiterfuhr, rührte sich James in seinem Kindersitz, schlief aber tief und fest weiter. Gracie wachte auf und rieb sich die Augen. „Sind wir an dieser furchtbaren Stelle schon vorbei?“

„Fast.“ Er überholte einen Sattelschlepper und nahm die Ausfahrt 51 und fuhr auf die I-85. „Schlaf doch noch ein bisschen, und ich wecke dich, wenn wir in Greensboro sind.“

Ihre verschlafenen Augen und ein breites Lächeln waren ihre Antwort, bevor sie wieder einschlief.

Er freute sich auf diesen wunderbaren Anblick, der ihn nach der Hochzeit im Sommer jeden Morgen beim Aufwachen erwarten würde. Natürlich nur, wenn Gracie Ja sagte und einer Hochzeit Anfang Juli zustimmte. Da sowohl Gracie als auch James dann Ferien hätten, wäre der Zeitpunkt ideal.

Er betete für den Tag, der vor ihnen lag, und ging alle Details durch, die er gestern Abend mit Gracies Eltern am Telefon noch einmal besprochen hatte. Plötzlich musste er an seine Exfrau denken. Wie würde Angela die Nachricht von seiner bevorstehenden Hochzeit aufnehmen?

Ihre Reaktion würde an seinen Plänen zwar nichts ändern, doch er hoffte, ihr mittlerweile gutes Verhältnis zueinander würde keinen Rückschlag erleiden. Wenn Angela ihre Therapie erfolgreich abgeschlossen hatte, würden sie und ihr Mann einmal im Monat aus Kentucky nach Washington fliegen, um mit James ein ganzes Wochenende zu verbringen.

Er hoffte, diese Lösung wäre praktikabel. Er mochte Angelas Mann immer noch nicht, und oft kam es zu unangenehmen Situationen. Aber nachdem er seinen Sohn sechs Jahre lang allein erzogen hatte, war Steven froh, dass James jetzt seine Mutter kannte. Und zu seiner Überraschung erwies sich Angela wirklich als liebevolle Mutter.

Gracie und James wachten gegen elf Uhr auf. James ließ sich von Gracie eine Geschichte vorlesen, und beide warteten geduldig, bis Steven eine Essenspause einlegen würde. Sein Plan sah vor, dass sie am späten Nachmittag in Atlanta einträfen. Deshalb fuhr er an mehreren Ausfahrten vorbei, bevor er anhalten würde.

Nachdem Gracie James ein paar Kapitel aus *Der König von Narnia* vorgelesen hatte, schaute sie Steven fragend an.

„Soll ich dich am Steuer ablösen?"

„Nein. Ich bin noch fit." Aus dem Augenwinkel sah er, dass sie sich auf die Lippe biss. „Willst du etwas fragen?"

„Nein. Ich frage mich nur, was du für unseren Kurzurlaub noch auf Lager hast." Sie beugte sich über die Mittelkonsole und klopfte auf seine Jacke. „Oder in deiner Tasche."

Sie lachten alle drei.

„Ich weiß, was es ist!", grinste James im Rückspiegel.

Steven schüttelte leicht den Kopf.

James nickte.

Steven schmunzelte. „Es ist kein Medaillon."

Gracie lächelte und berührte das goldene, herzförmige Medaillon, das um ihren Hals hing. Das Weihnachtsgeschenk, das sie im ersten

Augenblick für einen Verlobungsring gehalten hatte. Es hatte Spaß gemacht, ihre Reaktion zu beobachten. Und dann einen sehr lieben Kuss zu bekommen.

Jetzt war es jedoch Zeit für ein Geschenk anderer Art.

Heute hatte er kein Medaillon in der Tasche.

Gracie räusperte sich. „Da ich deine große, geheimnisvolle Überraschung nicht verderben will, sollten wir lieber das Thema wechseln."

Er nickte belustigt. Sie hatte es sich offenbar schon längst zusammengereimt und spielte nur mit, um ihm die Freude nicht zu verderben.

Sie fuhr mit der Hand über ihr rotweiß gepunktetes Kleid, das sie trotz der langen Fahrt unbedingt hatte anziehen wollen. Sie schaute sich nach James um, der mit seinem Bilderbuch beschäftigt war, und sagte dann leise: „Geht es Clint schon wieder besser?"

„Das ist eine gute Frage. Ich bete, dass es ihm bald besser geht." Saras Ausreden beunruhigten ihn. Aber da Clint immer noch nicht ans Telefon ging, hatte er keine andere Wahl gehabt, als zu akzeptieren, dass sie nicht nach Georgia kommen würden.

„Sara hat gesagt, er hat Grippe?"

„Ja. Wenn es keine lebensbedrohliche Sache ist, benimmt sich Clint wie ein großes Baby. Er wird bald wieder ganz der Alte sein."

„Eine Grippe kann etwas Ernstes sein. Und eine Schusswunde ist ganz gewiss keine Kleinigkeit."

Er schaute sich um, um sich zu vergewissern, dass James nicht zuhörte. Dieses Thema musste behutsam behandelt werden. „Du hast recht. Aber ich kenne Clint. Er ist wieder an der Arbeit, sobald die gute Frau Dr. Rollins ihm grünes Licht gibt."

„Ich hoffe es. Gegen euch beide hat kein Verbrecher eine Chance." Sie lächelte und beugte sich zu der Tasche mit ihrem Unterrichtsmaterial hinunter. Seit er Gracie kannte, wusste er, dass auch Grundschullehrerinnen viel Freizeit für ihren Beruf opferten.

Kein Verbrecher hat eine Chance. Wenn das nur stimmen würde. Die Fälle, die seine Abteilung bearbeitete, ließen sich selten schnell erledigen. Besonders ungeklärte, alte Fälle, in denen die Opfer höchstwahrscheinlich schon tot waren. Oder aktuelle Fälle mit unauffindbaren Tätern und Opfern.

Er verdrängte diese Gedanken und rückte die kleine Schatulle mit dem Ring in seiner linken Jackentasche zurecht. Er beobachtete Gracie aus den Augenwinkeln.

Sie wusste es. Natürlich wusste sie es. Aber es ging nicht nur um die Überraschung.

Sondern auch darum, ihre Antwort zu hören. Und um den Kuss, der sicher folgen würde.

* * *

Hanna stand hinter der verglasten Haustür der Thompsons, ihre Kamera griffbereit.

Das glückliche Paar und ihr geliebter Neffe sahen zuckersüß aus, während sie fröhlich plaudernd den Gehweg heraufkamen.

Steven blieb an der Tür stehen und zog Gracie nahe an sich heran. „Du glaubst vielleicht, du wüsstest, warum wir hier sind, aber vergiss nicht, mit wem du es zu tun hast. Denk nur an das Medaillon an Weihnachten. Vielleicht gibt es ja heute einen Zehenring."

Du meine Güte! Hanna verdrehte die Augen, als die Tür aufging und alle im Chor „Überraschung! Alles Gute zum Valentinstag!" riefen.

Gracie blieb wie erstarrt im Türrahmen stehen. Das wäre ein perfekter Schnappschuss für die Bildershow bei der Hochzeit. Die rotweißen Schleifen lieferten einen festlichen Hintergrund. Hanna schoss viele Fotos, während Gracies Eltern das Paar umarmten. Hannas Vater und ihre Stiefmutter, Sue, begrüßten sie als Nächstes. Tanten, Onkels, Cousins, Cousinen und Freunde drängten sich um sie. Hanna bemühte sich nach Kräften, diese Momente im Bild festzuhalten. Glückliche Schnappschüsse waren weitaus interessanter als gestellte Bilder.

„Macht Platz, Leute." Sie schob sich durch das Gedränge an der Tür. „Ich muss diese Momente auf Film verewigen." Es war natürlich eine Digitalkamera, aber manche Formulierungen änderten sich nicht.

Gracies Schwester, Beth, und ihre aufgedrehten Zwillinge drückten Gracie nasse Küsse auf die Wangen. Freudentränen flossen.

Aber das war erst der Anfang. Stevens großer Auftritt käme erst noch.

Hanna bemühte sich, sich auf den verlockenden Duft der Schokokekse und auf die große Auswahl an selbst gekochten Speisen in der Küche zu konzentrieren. Auf alles, nur nicht auf die emotionale Szene, die sich hier vor ihren Augen abspielte. Sie hatte schon vor langer Zeit gelernt, bei Hochzeiten und Babyfotos innerlich auf Distanz zu gehen. Wenn sie sich wirklich für die Freude, die um sie herum herrschte, öffnete, würde ihr Herz in tausend kleine Stücke zerbersten.

Für sie gäbe es nie eine Hochzeit in einem weißen Kleid. Und ihre biologische Uhr hatte noch nicht einmal angefangen zu ticken. In diese Welt konnte man keine Kinder setzen.

Aber was blieb einer Fotografin schon übrig? Glückliche Momente auf Hochglanzpapier festzuhalten, das half, ihre Rechnungen zu bezahlen. Es stockte ihr Gehalt als Managerin eines Cafés auf und lieferte ihr wertvolle Erfahrungen, wenn sie eines Tages ihr eigenes Fotostudio eröffnen wollte.

Die heutigen Fotos waren natürlich keine berufliche Verpflichtung. Sie hätte diesen Tag um nichts auf der Welt verpassen wollen. Aber selbst wenn es anders wäre, hätte ihr FBI-Bruder sie auch in der Antarktis aufgespürt und hierhergeschleppt.

Sie schoss ein herrliches Foto von James, wie er an Stevens Bein zupfte. Dieses Foto wäre in Schwarzweiß umwerfend. „Jetzt, Daddy?" James' aufgeregte Stimme veranlasste alle anderen, ein wenig zurückzutreten.

Endlich bot sich ihr ein guter Blickwinkel, um den großen Moment einzufangen.

„Steven?" Gracies Gesicht leuchtete in einem kräftigen Rosa. Hannas Stiefmutter hatte ihr verraten, dass das Gracies normale Gesichtsfarbe in Stevens Nähe war.

Hanna mochte Leute, die bei jeder Kleinigkeit erröteten, nicht. In diesem Fall aber war sie wahrscheinlich nur eifersüchtig. Was würde sie dafür geben, an Gracies Stelle zu sein! Aber Craig hatte diese Hoffnung zunichtegemacht.

Hör auf. Denk jetzt nicht daran. Konzentrier dich auf Stevens großen Tag. Er verdient es.

Hanna schaute durch ihre Linse und sah, wie Steven Gracies Hand ergriff und auf ein Knie sank. James tat es ihm gleich und kniete neben ihm nieder.

Was für ein Foto! Tränen vernebelten ihren Blick. Ihre mühsam aufgebaute Distanz war verschwunden. Sie fotografierte trotzdem.

„Wir möchten wissen, ob du dir vorstellen könntest – vielleicht brauchst du etwas Zeit, um darüber nachzudenken, und das verstehe ich –, aber wir wollen dich fragen, ob du dir vorstellen könntest, ein Teil unserer Familie zu werden."

Gracie blinzelte, und die ersten Tränen liefen ihr über die Wangen. Hanna fing alles ein, jeden Moment.

James zupfte an Gracies Rock. „Bitte? Wir haben dich beide sehr lieb."

Alle lachten.

Steven zog wartend eine Braue in die Höhe.

Gracie nickte und wischte sich lächelnd die Tränen weg. „Ja."

Immer noch auf dem Holzboden kniend, zog Steven ein kleines, blaues Kästchen aus seiner Tasche und öffnete es. Der große in Navette-Form geschliffene Diamant, der von grünen Smaragden umgeben war, stach von dem dunklen Samtkästchen ab.

„Gracie Ann Lang, willst du meine Frau werden?"

Mehr Tränen. Wieder ein breites Lächeln. „Ja."

James legte seine kleinen Arme um Gracies Bein. Als Gracie sich nach unten beugte, um ihn zu umarmen, küsste er ihre nasse Wange. Dann lief er aufgeregt zu Hanna. „Wir werden eine richtige Familie, Tante Hanna."

Gerührtes Schluchzen und begeisterter Applaus erfüllten den Raum.

Hanna nickte James zu und strich ihm über den Kopf, bevor sie die Kamera wieder in Position brachte.

Steven steckte den Ring an Gracies zitternden Finger, dann stand er auf und nahm seine Verlobte in die Arme. Ihr Bruder hatte noch nie so umwerfend ausgesehen.

Die normalerweise zurückhaltende Gracie legte leicht den Kopf zurück und gab Steven vor allen Leuten einen leidenschaftlichen Kuss.

Im Raum ertönten wieder laute Begeisterungsrufe und fröhliches Lachen.

Ohne auf den Lärm um sie herum zu achten, erwiderte Steven den Kuss, bis Hanna dachte, er würde wegen Sauerstoffmangels jeden Augenblick das Bewusstsein verlieren.

Als Steven und Gracie sich endlich voneinander lösten, stand Hanna nahe genug, um Steven flüstern zu hören: „Meinst du, ich werde dich immer zum Erröten bringen können?"

„Du hast hoffentlich ein Leben lang Zeit, das herauszufinden."

Mit wissendem Lächeln zerstreuten sich die Gäste und wanderten

Richtung Küche. Hanna aber blieb stehen und konnte sich von der Szene vor ihr nicht losreißen.

Steven hielt Gracie immer noch im Arm. „Ich nehme die Herausforderung an, künftige Mrs Kessler. Und jedes Mal, wenn ich es schaffe, kostet dich das einen Kuss."

Er neigte sich zu ihr und ihre Lippen berührten einander, ein süßer Vorgeschmack auf hoffentlich noch viele leidenschaftliche Augenblicke.

Kapitel 11

Das lästige Klingeln seines Telefons holte Steven von Granium, einem spannenden Denk- und Ratespiel weg. Er trat in den Flur, konnte aber die triumphierenden Rufe und das übertriebene Stöhnen verschiedener Familienmitglieder, die um das Spielbrett herumsaßen, hören.

„Ich störe dich nur ungern im Urlaub, einen Tag nach dem Valentinstag, aber du weißt ja, wie es ist." Parkers Stimme verriet seine Niedergeschlagenheit. Dass sie Mattie nicht fanden, machte dem achtundzwanzigjährigen Agenten schwer zu schaffen. Parker musste ein wenig Abstand zu seiner Arbeit gewinnen. Sonst würde er zu schnell ausbrennen.

Steven schlüpfte in eine dünne Jacke und trat auf die Veranda des Hauses hinaus, in dem Gracie ihre Kindheit verbracht hatte. Georgias mildes Februarwetter war angenehmer als die kalten Temperaturen in Washington. Ein blauer Himmel, seine Familie und eine schöne Verlobte, die auf ihn wartete ... Nichts, was Parker sagte, könnte ihm den Tag verderben.

„Was gibt's?" Steven hielt sich das Telefon dicht ans Ohr.

„Wir haben einen Hinweis von einem ViCAP-Analysten zu einem Skelettfund bekommen, der zu einem unserer ungeklärten Fälle passen könnte."

„Wo wurde das Skelett gefunden?"

„Auf einer Baustelle in Louisville, Kentucky. Die nicht identifizierten sterblichen Überreste wurden der Polizei von Louisville übergeben. Mehr weiß ich zum jetzigen Zeitpunkt auch noch nicht."

„Damit werden du und Lee auch ohne mich fertig."

„Der Polizeichef von Louisville spricht nicht mit mir. Er geht nicht ans Telefon, wenn ich anrufe, und er ruft nicht zurück. Du hast früher für ihn gearbeitet. Deshalb dachte ich, du würdest bei ihm vielleicht mehr erreichen."

Steven atmete hörbar aus und war dankbar, dass er mit diesem Problem erst heute konfrontiert wurde. „Gib mir seine Telefonnummern. Ich werde sehen, was ich tun kann."

Als er sich von Parker verabschiedet hatte, schritt er nachdenklich auf und ab, bevor er seinen ehemaligen Vorgesetzten anrief. Elf Jahre waren vergangen, und ihm graute immer noch davor, mit diesem Mann zu sprechen.

„Du erkältest dich hier draußen noch." Gracie kam zu ihm auf die Veranda und schmiegte sich in seine Arme. Ihre rotbraunen Haare rochen nach Erdbeeren, und der Diamant und die Smaragde an ihrem Verlobungsring funkelten in der Nachmittagssonne.

Das Leben war gut.

„Dann musst du hierbleiben und mich wärmen." Er küsste sie auf die Stirn. „Ich muss ein paar Anrufe erledigen, dann komme ich wieder hinein. Geht es James gut?"

„Er genießt all die Aufmerksamkeit und ist brav wie immer." Sie strich mit den Händen über Stevens Arme. „Aber telefonier nicht zu viel. Ich bin noch nicht bereit, schon wieder die Taschen zu packen und in die raue Wirklichkeit nach Washington zurückzukehren."

Er nickte. Dann nahm er ihr Gesicht zärtlich in die Hände und küsste sie. Er würde den unterbrochenen Urlaub und den ganzen FBI-Wahnsinn wieder gutmachen.

Sie standen noch einen Moment so da, die Köpfe aneinander gelehnt. Dann löste sich Gracie lächelnd aus seinen Armen. „Mir wird es hier draußen ein wenig zu warm." Mit diesen Worten verschwand Stevens schlanke, sportlich gebaute Verlobte wieder im Haus.

Es hatte keinen Sinn, das unerfreuliche Gespräch mit Peter Hopkins noch länger vor sich herzuschieben. Er meldete sich beim dritten Klingeln.

„Ich habe schon auf Ihren Anruf gewartet."

Das fing ja gut an, fast wie in alten Zeiten. „Es sieht so aus, als könnten wir uns vielleicht gegenseitig helfen."

„Dieser Fall liegt auf meinem Gebiet. Im Moment verfolgen wir einige viel versprechende Spuren vor Ort. Wir arbeiten gern mit euch zusammen, wenn unsere Fälle miteinander verbunden sind, aber wir sind nicht bereit, dass ihr vom FBI den ganzen Ruhm einheimst."

Steven setzte sich auf die Verandaschaukel. Er würde sich von Hopkins nicht den Urlaub verderben lassen. „Ich will niemandem auf die Füße treten. Aber es wäre wichtig, dass Ihre Leute sich mit meinem Team austauschen, damit wir unsere Ergebnisse vergleichen können."

„Sie glauben also, Ihre FBI-Leute wären besser als meine Polizisten?"

Einige Menschen änderten sich anscheinend nie. „Chief Hopkins, es geht nicht darum, wer besser ist. Aber ich habe eine wichtige Ermittlung und muss schnell wissen, ob Ihr Fall mit meinem zu tun hat oder nicht."

„Natürlich."

„Es wurde nur eine Leiche gefunden?"

„Ja. Mein Gefühl sagt mir, dass dieses Skelett unser fünfjähriger vermisster Junge aus Shively ist. Wir lassen derzeit das Gebiss untersuchen und geben Ihren Leuten Bescheid, sobald wir etwas wissen."

„Werden Sie wenigstens mit meinem Team sprechen?"

„Für Sie tue ich doch alles, Kessler. Aber ich wette, dass meine Männer diesen Fall selbst klären."

Steven verkniff sich eine Antwort und klappte sein Telefon zu. Es hatte keinen Sinn, alte Streitigkeiten neu zu entfachen. Hopkins hatte sich auch beim FBI beworben, ungefähr zur selben Zeit wie Steven, aber seine Bewerbung war abgelehnt worden.

Er dachte über seine ViCAP-Fälle nach. Falls sich herausstellen sollte, dass dieses Skelett Luke Davis aus Lexington war und nicht der vermisste Junge aus Louisville, wäre sein persönliches Gespräch mit dem Ehepaar Davis eindeutig von Vorteil. Aber nicht er, sondern die Polizei vor Ort würde der Familie die traurige Nachricht überbringen. Er könnte der Familie später Blumen schicken und sie anrufen und ihnen persönlich sein Beileid ausdrücken.

Ein größeres Problem war es, dass sie nur ein einziges Skelett gefunden hatten. Eine einzige Leiche entsprach nicht ihrem Serientäterprofil. In der FI-Akademie in Quantico waren sie zu dem Schluss gekommen, dass es höchstwahrscheinlich eine Stelle gab, an der mehrere Leichen vergraben waren. Ihr Verdächtiger ging der Analyse zufolge mit jedem Jungen gleich vor und begrub alle am selben Ort.

Aber unabhängig davon, ob dieser Fall mit Stevens anderen Fällen in Verbindung stand oder nicht, wurde dieses Kind, von dem jetzt nur noch das Skelett übrig war, von seiner Familie schmerzlich vermisst. Selbst wenn dieser Fund Steven nicht half, seinen Serienentführer oder Serienmörder zu finden, würde eine eindeutige Identifizierung des Opfers wenigstens dieser einen Familie traurige Gewissheit bringen, was aus ihrem Kind geworden war.

Falls diese Kinderleiche jedoch ein weiterer ungeklärter Fall wäre, den sie mit Edward Standish in Verbindung bringen könnten, bestand nur noch wenig Hoffnung für Mattie Reynolds.

* * *

Am Freitagnachmittag verlangten seine pochenden Kopfschmerzen eine Ablenkung von dem unaufhörlichen Kinderlärm, der um ihn herum herrschte. Er konnte die knallenden Türen und das ständige Geplapper nicht mehr hören. Deshalb schaltete er in seinem muffigen Hotelzimmer den Fernseher ein und schaute mit wenig Interesse die Nachrichten auf CNN an.

„Zuverlässige Quellen berichten, dass das Skelett, das in Louisville, Kentucky, gefunden wurde, mit unzähligen anderen Fällen von vermissten Kindern in Verbindung stehen könnte.“ Die attraktive, dunkelhaarige Reporterin berichtete weiter: „Die Polizei hat jedoch noch keine Namen im Zusammenhang mit den Ermittlungen zu diesem Fall genannt.“

Mit anderen Worten: Die Polizei hatte keine Ahnung, womit sie es zu tun hatte. Schlecht für sie. Gut für ihn. Aber er fand es faszinierend, wie nahe sie seiner allerersten Entführung gekommen waren.

Er erinnerte sich mit verblüffender Klarheit an jenen Tag. Der kleine Luke war ein ziemlich leichtes Opfer gewesen. Nach einigen logistischen Problemen war die Fahrt zurück in seinen Lieblingspark relativ angenehm verlaufen. Aber dann hatte die Wirkung des Betäubungsmittels zu schnell nachgelassen. Dieser Komplikation hatte er in den Folgejahren vorgebeugt.

Das hatte er von Luke gelernt.

Die Schwierigkeiten hatten angefangen, als Luke begann, sich zu wehren. Diese ganzen Schreie nach seiner Mama verdarben ihm den ganzen Spaß. Aber ein schneller Genickbruch löste das Problem und machte es ihm leicht, wieder in sein normales Leben zurückzukehren.

Er löste sich von den Erinnerungen und konzentrierte sich wieder auf den Bericht im Fernsehen. Mit wachsendem Interesse hörte er zu, wie der Reporter einen Sprecher der Gerichtsmedizin interviewte.

Sich weiterzubilden verlor für ihn nie seinen Reiz. Wissen war Macht. Und er hatte von beidem mehr als die Polizei.

Er würde dafür sorgen, dass es auch so bliebe. Aber dazu musste er nach Hause fahren, um noch einige Dinge in Ordnung zu bringen.

* * *

Saras Hände zitterten bei jedem marineblauen Knopf, den sie an ihrem Beerdigungskleid zuknöpfte.

„Es tut mir leid, dass ich es nicht schaffe mitzukommen." Clint lag auf ihrem Ehebett und sah aus, als hätte er sich mit einer gefährlichen Grippe angesteckt.

Sie nickte. „Ich habe auch nicht erwartet, dass du am Tag nach der Chemo dazu in der Lage wärst. Ich komme schon klar." Ihre dunklen Augenringe, die sie bei einem letzten prüfenden Blick in den Spiegel bemerkte, straften sie Lügen. „Erica hat versprochen, dass sie die Kinder heute Nachmittag nach der Schule mit zu sich nimmt. Ich hole sie vor dem Abendessen wieder ab."

Clint zuckte zusammen, als er sich über sein stoppeliges Kinn rieb. Saras Arztverstand war sofort in Alarmbereitschaft.

„Hast du schon einen wunden Mund? Spülst du immer gut nach und trinkst du genug Flüssigkeit?" Sie ging ins Badezimmer. „Du benutzt die weiche Zahnbürste. Hilft das?"

„Mir geht es gut. Ich bin nur erschöpft."

Saras Wahrnehmung konzentrierte sich ungebeten auf kleine Details. Sie war nicht Clints Ärztin. Aber ihr entging trotzdem nichts.

„Komm, setz dich zu mir."

Wie ein Roboter ging sie durch das Zimmer auf ihren Mann zu. Es war heute wahrscheinlich ihre einzige Rettung, einfach auf Autopilot zu schalten.

„Die letzten Worte, die Frank zu mir gesagt hat, waren, dass wir niemals vergessen dürfen: Gott ist gut. Immer. Und er hat einen guten Plan für uns." Clint räusperte sich. „Du musst das glauben, Sara. Auch im Angesicht des Todes hat Gott uns nicht verlassen."

Der Kloß in ihrer Kehle machte es ihr unmöglich zu sprechen. Sie nickte nur.

Er nahm ihre Hand. „Ich habe mich für meine Launen entschuldigt. Mir tut es wirklich leid, dass ich dir in dieser Zeit das Leben noch schwerer mache, als es ohnehin schon ist. Aber ich würde mir wirklich wünschen, dass wir wieder anfangen, miteinander zu beten. Wir brauchen das."

Sie holte tief Luft. „Ich bin noch nicht so weit, Clint. Bete du für uns, okay?"

Clint schloss die Augen und beugte den Kopf. „Herr, ich weiß, dass du mich nicht ohne Grund heute Morgen Psalm 116 hast lesen lassen. Du hast gesagt, der Tod deiner Heiligen wiegt schwer vor dir. Das glaube ich, auch wenn ich es nicht verstehe. Ich kannte Frank nur sehr kurze Zeit, aber ich vermisse ihn. Ich kann mir nicht vorstellen, was June jetzt durchmacht. Oder Sara. Vater, ich kann dich nur bitten, dass du sie in deine Arme nimmst und sie so tröstest, wie nur du das kannst."

Sie sprang auf, bevor ihr die Tränen in Strömen über die Wangen liefen. „Ich rufe dich an, wenn ich von der Kirche nach Hause fahre." An der Tür blieb sie noch einmal stehen und schaute zum Bett zurück. Man konnte fast dabei zusehen, wie sich das Aussehen ihres Mannes veränderte. Sein blasses Gesicht. Sein unaufhaltsamer Gewichtsverlust. Sara hatte nicht mehr die emotionalen Reserven, um mit Clints Krebs und der Beerdigung fertig zu werden. Oder mit dem Leben überhaupt.

„Ich liebe dich, Sara."

Sie antwortete nicht und schloss die Tür, schnappte sich ihre Handtasche und eilte durch das Haus in die Garage hinein. Sie drückte auf den Garagenöffner und kramte nach ihren Schlüsseln. Sie durfte keine Gefühle zulassen.

Als das Garagentor aufging und die Sicht auf die Straße freigab, versperrte Marilynns hellblauer Volvo ihr den Weg. Gut. Sie hatte sowieso keine Ahnung, wie sie Auto fahren sollte.

Marilynn stieg aus dem Auto und sah in ihrem leuchtend gelben Hosenanzug wie ein Sonnenschein aus. „Du siehst nicht gut aus. Bist du sicher, dass du das durchstehst?"

Nein.

Der Blick auf Marilynns schöne Kleidung half ihr nicht weiter. Sara konnte sich nicht vorstellen, solche fröhlichen Farben zu einer Beerdigung zu tragen. Selbst wenn Frank das gutheißen würde.

„Mir geht es gut. Es sind einfach meine Nerven. Mein Magen will nichts bei sich behalten." Ihr Blick begegnete Marilynns besorgten Augen. „Ich habe kein Fieber. Ich bin gesund. Keine Spur von einer Erkältung oder Grippe oder sonst etwas."

„Nur müde?"

„Wahrscheinlich ist es das. Ich komme mir vor wie ein Jongleur, der tausend Sachen gleichzeitig balancieren muss. Es wird nicht mehr lang dauern, bis alles um mich herum zusammenbricht."

„Vielleicht gibt es für deine körperlichen Symptome einen anderen

Grund!" Marilynn berührte behutsam ihren Arm. „Könnte es sein, dass du schwanger bist?"

Sara brach sich fast den Knöchel, weil sie so abrupt zurückwich. Ihre hochhackigen Pantoletten waren eine schlechte Wahl, besonders heute.

„Das ist sehr unwahrscheinlich. Wir haben es zwar geschafft, uns am Valentinstag einen schönen Abend zu machen, aber ich habe noch nie so schnell auf eine Schwangerschaft reagiert." Sie gingen zu Marilynns Volvo.

„Du kannst es schnell und schmerzlos herausfinden."

„Ich kümmere mich darum. Später." Damit war das Thema beendet.

In Saras Kopf drehten sich alle möglichen Szenarien, als sie aus der Einfahrt bogen. Der Gedanke an eine mögliche Schwangerschaft war zu viel für sie. Nicht bei Clints Chemo. Nicht wenn Franks Beerdigung in ein paar Minuten anfing. Ihr Körper reagierte nur auf die Ereignisse der letzten Wochen, die ihre ganze Welt aus den Angeln gehoben hatten.

„Hast du mit June gesprochen?"

Sara schaute aus dem Fenster und starrte die Autos an, die auf der Spur neben ihnen fuhren. „Nein."

Sie saßen eine ganze Weile schweigend nebeneinander, bevor Marilynn wieder sprach. „Warum sprichst du nicht mit der Personalabteilung und nimmst unbezahlten Urlaub, bis Clint die Chemo hinter sich hat? Dann hättest du eine Belastung weniger."

Sara öffnete den Mund, um ihr zu widersprechen, schloss ihn dann aber wieder. Wäre das möglich? Es könnte finanziell knapp werden, besonders angesichts Clints astronomischer Medikamentenrechnungen. Aber sie hatten in den letzten Jahren gut gespart. Vielleicht würde es gehen.

Es schien ihr, als hätten sie schon eine Ewigkeit vor der roten Ampel in der Nähe der Kirche zugebracht. Marilynn sagte nichts, während Sara über die verschiedenen Möglichkeiten nachdachte. Es gefiel ihr überhaupt nicht, dass zuerst Clint und jetzt auch noch ihre beste Freundin ihr zu verstehen gaben, dass sie mit der Situation nicht länger fertig wurde. Aber sie hatte keine Kraft mehr, es abzustreiten.

Sie drehte sich zu Marilynn, als die Ampel umschaltete. „Ich spreche am Montag mit der Personalabteilung."

Marilynn bog von der Russell Road ab und fand trotz der vielen parkenden Autos noch einen freien Platz ganz in der Nähe der Kirche. Franks Gemeinde war erst vor zwei Jahren in dieses kleine Ziegelgebäude mit dem imposanten weißen Turm umgezogen. Sara war erst einmal hier gewesen.

Als sie den überfüllten Gottesdienstraum betraten, legte Marilynn ihr eine Hand auf den Rücken. „Da ist June."

Sara nahm ein Gottesdienstprogramm und wurde von Franks lächelndem Gesicht auf der Vorderseite begrüßt. Alle Gespräche, die sie in den letzten Jahren mit ihm geführt hatte, schossen ihr durch den Kopf, und ihre Knie wollten nachgeben. Sie konnte sich nur mit Mühe auf den Beinen halten und konzentrierte sich darauf, einen Schritt vor den anderen zu setzen. Sie würde das überstehen. Sie wollte stark sein, um Junes willen. Wenn sie nicht zu viel nachdachte, könnte sie es schaffen.

Sie musste es schaffen.

June stand auf, als sie näher kamen. „Ich bin so froh, dass Sie beide gekommen sind. Sara, Frank hat mir eine Kleinigkeit für Sie gegeben. Es liegt in seinem Büro. Ich gebe es Ihnen nach dem Gottesdienst."

Sara drückte sie fest an sich. „Es … es tut mir so leid, dass ich am Dienstag nicht für Sie da war."

„Mir geht es gut. Wirklich." June löste sich aus der Umarmung und hielt Saras Hände fest. „Frank war bereit, heimzugehen. Und ich halte mich an Gott fest, wie ich das noch nie im Leben getan habe. Ich …"

Die leise Musik signalisierte, dass der Gottesdienst begann.

Sara und Marilynn fanden schnell ihre reservierten Plätze hinter Junes Familie. Sara, die die Familie vor sich beobachtete, hatte keine Tränen mehr. Sie konnte nicht einmal klar denken.

Alles, was sie vor ihrem geistigen Auge sehen konnte, waren Clints Cowboystiefel und sein Stetson, die aus einem riesigen braunen Sarg herausragten. Seltsam, was einem in solchen Momenten durch den Kopf ging!

Sara schaute wieder auf das Programm in ihrer Hand und in Franks blaue Augen. Die Bibelverse und sein Geburts- und Sterbedatum begannen, vor ihren Augen zu verschwimmen.

Sie konnte das nicht.

Alle um sie herum standen auf, um zu singen, und setzten sich dann wieder und hörten sich ein Instrumentalstück an. Sara imitierte geistesabwesend die Bewegungen der anderen. Ein Hilfspastor stand auf, um zu beten. Er sprach über Franks Leben und seine Krebserkrankung und sagte, dass Frank zwar einen Kampf verloren, aber dennoch den Sieg errungen hatte. Frank sah Jesus jetzt von Angesicht zu Angesicht. Er hatte keine Schmerzen mehr. Er brauchte keine Chemo mehr.

Aber es gab auch keine Muffins oder Gespräche über die Zukunft mehr, dachte sich Sara. Ihr Herz wollte zerspringen. Und ihr Magen auch. Sie holte tief Luft und betete, dass sie sich nicht mitten in der Predigt übergeben müsste. Sie vermisste Frank mehr, als sie zugeben wollte.

Wann wäre sie an Junes Stelle?

Als der Chor „Mein Leben ist in deinen Händen“ anstimmte, konnte sich Sara des Eindrucks nicht erwehren, dass die Chormitglieder direkt für June sangen. Dass sie June daran erinnern wollten, dass sie nicht allein war. Sie würden ihr alle beistehen und ihr zeigen, dass Frank recht hatte. Jesus saß weiterhin auf seinem Thron.

Am Ende des Gottesdienstes verließ die Familie als Erste die Kirche. June schaute Sara beim Hinausgehen in die Augen und blieb kurz stehen. Sara konnte nicht verstehen, was sie in den Augen der jungen Witwe sah: Freude.

Freude?

Wenige Minuten später berührte jemand aus der Gemeinde Saras Ellbogen. Er deutete zu einer Tür und flüsterte in ihr Ohr: „June würde gern mit Ihnen sprechen, bevor sie zum Friedhof fährt. Wenn Sie mir bitte folgen würden.“

Marilynn nickte Sara ermutigend zu.

Als sie an Franks Bürotür ankamen, bedeutete der Mann ihr, dass sie hineingehen könne.

„June?“ Sara zwang sich, über die Schwelle zu treten.

Die junge Witwe wandte sich vom Fenster ab und lächelte sie mit Tränen in den Augen an. „Frank hat Ihnen und Clint eine Karte hinterlassen, die er wenige Tage vor seinem Tod schrieb.“ Sie hielt ihr einen großen, weißgrauen Umschlag hin. „Schließen Sie Frieden mit Gott, Sara. Mit ihm ist der Weg viel leichter.“

Was konnte sie dazu sagen?

Oh, Gott. Bitte verlang von mir nicht, an Junes Stelle zu stehen. Das kann ich nicht.

„Gottes Gnade ist genug. Er hat mir gegeben, was ich heute brauche, und ich weiß, dass er das auch weiterhin tun wird. Für Sie wird er das Gleiche tun, Sara."

Aber Sara wollte Junes Frieden nicht. Nicht wenn das bedeutete, in einen Bestattungsinstitut zu stehen und Clints leblosen Körper anzuschauen.

„Ihre Geschichte ist anders als unsere, aber Gott ist derselbe. Sie können ihm vertrauen. Er wird Sie nicht im Stich lassen."

Junes Worte gruben sich tief in Saras Herz. „Danke. Ich weiß nicht, was ich sagen soll."

„Ich verstehe das. Es bedeutet mir sehr viel, dass Sie heute hier sind. Danke, dass Sie Frank und mich auf diesem Weg vom Anfang bis zum Ende mit Ihren Gebeten begleitet haben."

In ein nachdenkliches Schweigen vertieft, gingen sie zum Parkplatz hinaus. Marilynn kam ihnen entgegen, und sie verabschiedeten sich unter Tränen.

Ihre beste Freundin deutete zum Auto. „Bist du bereit, nach Hause zu fahren?"

Ja. Und Nein. Es gab nur eine Möglichkeit, das herauszufinden. Während sie nach Hause fuhren, schaute Sara zu, wie der Verkehr an ihnen vorbeizog. Bäume. Kinder auf Fahrrädern. Schulen.

Das Leben ging weiter.

Auch ihr Leben. Irgendwie.

Kapitel 12

Michael schlug den Faxausdruck frustriert gegen seine Beine, während er durch das fast leere Büro seiner Abteilung schritt. Es war Freitagabend, und alle anderen hatten etwas vor.

Nur er nicht.

Wenigstens hatte er nicht für irgendeine Frau, an deren Namen er sich heute schon nicht mehr erinnern konnte, irgendein dummes Valentinstagsgeschenk kaufen müssen.

Sein Schreibtischstuhl quietschte, als er sich darauffallen ließ. Nach den vielen Misserfolgen dieses Monats sollte ihn die Information, die er gerade in seinen Händen hielt, eigentlich nicht überraschen.

Die Polizei in Louisville hatte das fünf Jahre alte Skelett eindeutig identifiziert, bevor sie sich herabgelassen hatten, Michael Bescheid zu geben. Dieser Fall hatte wieder einmal bewiesen, dass der Instinkt eines Polizisten den Unterschied zwischen einem ungeklärten Verbrechen und einer erfolgreichen Ermittlungsarbeit ausmachen konnte.

Im vorliegenden Beispiel konnte die Polizei von Louisville einen alten, ungeklärten Fall erfolgreich abschließen, weil sie Hopkins' Vermutung ernst genommen hatte. Die Zahnbefunde bewiesen, dass es sich bei dem Leichenfund um das Skelett des vermissten Kindes aus dem Baker District handelte. Der Stiefvater des Jungen hatte inzwischen ein volles Geständnis abgelegt.

Michael überflog das Fax noch einmal. Zwischen den Zeilen war zu lesen, wie sehr Hopkins es genoss, ihnen seinen Erfolg unter die Nase zu reiben. Der Polizeichef von Louisville glaubte anscheinend, er wäre Kessler überlegen. Er hatte einen seiner alten ungeklärten Fälle abschließen können, während Kesslers FBI-Abteilung in ihren drei ähnlich gelagerten Fällen immer noch keine brauchbare Spur hatte.

Michael graute davor, seinem Vorgesetzten die Nachricht zu überbringen. Nachdem sie Mattie nicht gefunden und zahlreiche andere Spuren zu nichts geführt hatten, würde das Gespräch mit Kessler bestimmt genauso angenehm werden, wie sich die Weisheitszähne ohne Narkose ziehen zu lassen. Michael machte damit auf Kesslers Beliebtheitsskala sicher einen weiten Sprung nach oben.

Er warf das Fax frustriert auf seinen Schreibtisch.

„Hey, Mann." Lee lehnte sich an Michaels Papierstapel, der immer noch abgearbeitet werden musste. „Kommst du morgen zu Kesslers Umzugsparty?"

„Nein."

„Warum nicht? Das wäre doch eine perfekte Gelegenheit, ein paar Pluspunkte bei ihm zu sammeln. Du versuchst doch schon ein ganzes Jahr lang, in seiner Gunst zu steigen."

„Es ist nur zu schade, dass Clint und du mir dabei schon lange zuvorgekommen seid."

Lee rieb sich sein ebenholzfarbenes Kinn. „Du irrst dich, Grünschnabel. Er mag dich. Sonst würde er dich überhaupt nichts Interessantes machen lassen. Verscherze es dir mit Kessler, und du schiebst Papiere mit dreifachem Durchschlag hin und her, bis du keinen zusammenhängenden Satz mehr herausbringst."

Michael stand auf und zog sein Jackett an. „Dann erklär mir bitte, warum ich es nicht auf die Gästeliste für diese Umzugsparty geschafft habe."

Lee tippte mit dem Finger auf seine Lippen und versuchte, sein Grinsen zu verbergen. „Das kann ich dir sagen: Du bist Single. Und Kesslers Schwester, die morgen umzieht, auch."

„Alles klar."

„Kessler hütet seine Familie wie seinen Augapfel. Wenn ich du wäre, würde ich mich von Miss Hanna Kessler fernhalten."

„Danke, Steven der Zweite. Diese Warnung habe ich schon laut und deutlich vernommen."

Lee schmunzelte. „Willst du mit mir und Rashida zu Abend essen? Bei meiner Frau gibt es heute Abend Steaks mit vielen leckeren Beilagen."

„Wenn ich einen Wein mitbringe, rufst *du* dann Kessler an und sagst ihm das hier?" Michael reichte ihm das Fax.

Lee überflog es und warf es dann auf den Schreibtisch zurück. „Nie im Leben! Stevens alter Chef nervt, seit ich hier bin. Aber du kannst trotzdem einen Wein mitbringen. Punkt sieben Uhr. Du kennst den Weg." Lee verließ schmunzelnd das Büro.

Michael packte die Papiere ein, mit denen er sich heute Abend zu Hause noch befassen wollte. Jetzt hatte er erst einmal etwas vor und müsste sich nicht schon wieder Essen vom Chinesen holen.

Aber Kessler müsste er trotzdem noch anrufen.

Vielleicht reagierte sein Chef besser, als er hoffte. Kessler würde sich von Hopkins' arroganter Art doch sicher nicht den Tag verderben lassen. Dadurch, dass das Skelett in Louisville nichts mit ihrem Fall zu tun hatte, blieb Standish weiterhin der Einzige, der ins Ermittlungsraster passte. Als er das letzte Mal gesehen worden war, hatte er Mattie noch bei sich gehabt. Lebend.

Diese Hoffnung trieb Michael an, Massen von Informationen durchzuarbeiten, die möglicherweise zur Lösung dieses Falles beitragen konnten. Aber wenn Mattie trotz seiner ganzen Arbeit schon tot war?

Er nahm diesen Fall zu persönlich.

Clint würde ihm raten zu beten. Sein Mentor hatte recht. Aber vielleicht war Michael einfach nicht für die Abteilung *Gewaltverbrechen gegen Kinder* geschaffen. Vielleicht war es an der Zeit, einen Schritt weiter auf sein eigentliches Berufsziel zuzugehen und sich endlich beim CIA zu bewerben. Dank seiner Computerkenntnisse und Geheimdiensttätigkeit in der Armee hätte er gute Chancen.

Mit einem Job beim CIA könnte er um die Welt reisen, wie er das in seinen Militärtagen getan hatte. Und keine Matties würden ihn im Schlaf verfolgen.

Ja. Vielleicht würde er diesen Jugendtraum verwirklichen.

Aber erst wenn Mattie Reynolds wieder sicher zu Hause war.

* * *

„Wir haben Standish."

Steven war schlagartig wach und zerquetschte fast das Telefon in seiner Hand. „Mattie auch?" Er zog sich in fliegender Hast an.

Parkers Schweigen dauerte ein wenig zu lange. „Nein. Die Polizei von Baltimore hat heute Morgen *Jim* Standish beim Versuch, Wes zu entführen, verhaftet."

„Komm mir nie wieder mit einem so üblen Trick!"

„Ich dachte, damit hole ich dich schneller aus dem Bett. Wir müssen sofort nach Baltimore."

Dass Parker ihn so gut kannte, ärgerte Steven. Der Trick hatte tatsächlich funktioniert. Er war in weniger als einer Minute hellwach und angezogen. „Wann bist du hier?"

„In zwanzig Minuten."

Sobald er das Gespräch mit Parker beendet hatte, drückte er die Zwei, die Kurzwahltaste, unter der die Nummer seiner Eltern gespeichert war. Sein Vater würde um diese Zeit in seiner Bibel lesen, und Steven störte ihn dabei nur ungern. Aber er brauchte ihn, denn er konnte James nicht allein lassen. Es war nur gut, dass FBI-Familien flexibel waren.

„Steven? Du bist früh auf!"

„Parker holt mich gleich ab. Einer unserer Verdächtigen sitzt in Untersuchungshaft, und wir müssen schnell reagieren, bevor die Spuren kalt werden. Kannst du in fünfzehn Minuten hier sein?"

Das Wasser, das im Hintergrund abgedreht wurde, verriet, dass sein Vater gleich losfahren würde. „Kein Problem. Schläft James noch?"

„Ja."

„Ich mache für James Schokostreuselpfannkuchen, wenn ich dort bin. Soll ich dir ein paar aufheben?"

Steven blieb an der Zimmertür seines Sohnes stehen. „Klar. Danke, Dad. Ich schulde dir was."

„Nein, das tust du nicht. Ich liebe dich, mein Sohn."

Steven klappte sein Telefon zu und trat leise in James' Zimmer. Der gleichmäßige Atem seines Sohnes verriet, dass er noch tief und fest schlief. Das Spielzeugraumschiff, das Angela ihm bei ihrem letzten Besuch geschenkt hatte, lag neben seinen Füßen im Bett. Sie hatten schöne drei Tage in Georgia verbracht, und James hatte es genossen, die ganze Zeit mit ihm und Gracie zusammen zu sein.

Leider war der Alltagsstress viel zu früh wieder eingekehrt. Steven eilte in die Küche, um schnell einen Keks zu essen, bevor Parker kam.

Fünfzehn Minuten später bogen sowohl Parker als auch sein Vater in die Einfahrt. Er liebte pünktliche Menschen. Steven eilte aus dem Haus und blieb kurz bei seinem Vater stehen. „Ich komme zu euch, sobald wir fertig sind."

„Ich wünsche euch beiden viel Erfolg." Andrew Kessler winkte Parker zu, als wären sie alte Freunde. Dad gab Menschen immer das Gefühl, zur Familie zu gehören. Solange Parker sich von Hanna fernhielt, hatte Steven nichts dagegen einzuwenden.

Parker drückte aufs Gaspedal seines Ford Mustangs, und wenige Minuten später rasten sie auf der MD-295 in Richtung Baltimore.

„Bist du immer noch sauer wegen der Sache mit der Polizei von Louisville?"

Ja. Dass Hopkins ihnen eine Nasenlänge voraus war, ärgerte ihn. Aber er wollte sich nicht genauso unreif benehmen wie sein ehemaliger Vorgesetzter. „Es ist gut, dass wenigstens eine Familie Antwort auf ihre quälenden Fragen bekommt. Ich hoffe nur, dass wir das bei unseren ungeklärten Fällen auch bald sagen können."

„Sergeant Moore hat es sehr genossen, mich aufzuwecken, um mir zu erzählen, dass sie Jim Standish wegen versuchter Entführung anklagen. Und wegen Einbruchs. Er rief noch vor Sonnenaufgang an. Er sagte, er würde uns die Aufnahme vom Verhör schicken, wenn wir etwas Schönheitsschlaf bräuchten."

„Einige Menschen genießen es einfach, an den Hebeln der Macht zu sitzen. Noch mehr Leute wie Moore und Hopkins, und ich bin bereit, dieses Polizeigeschäft einem anderen zu überlassen."

„Im Ernst?"

Steven lachte. „Nein." Natürlich hatte er schon manchmal darüber nachgedacht. Aber auch wenn er hin und wieder mit sehr anstrengenden Menschen zu tun hatte, würde er, so der Herr wollte, bis zu seiner Pensionierung beim FBI bleiben.

Parker konzentrierte seinen Blick auf die Straße. „Wie groß ist die Wahrscheinlichkeit, dass wir es mit vier Fällen zu tun haben, die nicht miteinander in Verbindung stehen?"

Pochende Kopfschmerzen breiteten sich hinter Stevens Stirn aus. „Die Verhaltensanalyse weist eher auf die Möglichkeit hin, dass wir es mit einem Serientäter zu tun haben. Nach allem, was wir über Standish gefunden haben, bleibt er unser Hauptverdächtiger. Aber ohne klare gerichtsmedizinische Beweise können wir nicht völlig ausschließen, dass es mehrere Täter sind."

„Ich wünsche mir wirklich, wir würden ein Massengrab finden."

„Vielleicht bekommen wir durch Jim Standish eine Spur, die uns zu seinem Bruder führt. Und zu Mattie. Lebend."

Fünfzig Minuten später betraten sie das Polizeigebäude von Baltimore. Das Verhör war schon in vollem Gang.

„Dieser Mann geht sang- und klanglos unter und ist so dumm und merkt es nicht einmal." Moore deutete auf den einseitig durchlässigen Spiegel, durch den sie Jim Standish im Verhörraum beobachten konnten. Er war ganz in Schwarz gekleidet. Ein untersetzter Polizist asiatischer Abstammung lehnte hinter Standish an der Wand und stellte ihm Fragen. „Standish ist ziemlich nervös, seit er weiß, dass Chief Dickson der Freund seiner früheren Schwägerin ist."

Steven schüttelte den Kopf. Einen schlechteren Ort, um sich schnappen zu lassen, hätte Standish sich nicht aussuchen können. „Was haben Sie bis jetzt?"

„Ed Standish rief vom Hafen aus an, um eine Übergabe zu vereinbaren, die in diesen Minuten stattfinden sollte. Leider wird Jim diese Verabredung nicht einhalten können."

„Wer ist darauf angesetzt?"

„Drei unserer besten Leute und zwei FBI-Männer vom Büro in Baltimore."

Michael deutete mit dem Kinn zum Spiegel. „Wann können wir zu ihm?"

Moore ging zur Tür. „Ich gebe Detective Tang Bescheid. Chief Dickson wird in Kürze hier sein."

Steven und Michael betraten wenige Minuten später den kleinen, weißen Raum und lösten den Polizisten ab. „Jim, erzählen Sie uns, wie Ihr Bruder Sie in dieses Spiel hineingezogen hat. Dann können wir vielleicht etwas für Sie tun."

„Bestimmt nicht. Die haben gesagt, dass sie mich aller einschlägigen Verbrechen anklagen werden. Das könnt ihr großen FBI-Leute auch nicht verhindern."

Parker setzte sich Jim gegenüber auf den Stuhl. „Seien Sie da nicht so sicher. Sie haben sich mit der Freundin ihres Chefs angelegt. Die Leute hier nehmen die Sache deshalb sehr persönlich. Aber wir nicht. Wir wollen nur Mattie lebend finden."

„Mattie? Das Kind, das Ed mit sich herumschleppt?" Er schnaubte. „Ed und dieses Kind verstehen sich besser, als Ed und Wes sich je verstanden haben."

Steven verzog das Gesicht und war nicht sicher, ob er die Antwort auf die nächste Frage wirklich hören wollte. „Wie meinen Sie das?" Er setzte sich auf die Schreibtischkante.

„Das Kind sagt ‚Papa' zu Ed, genauso wie wir unseren Dad immer genannt haben. Während Ed und ich uns unterhalten haben, saß er brav auf dem Sofa und hat die ganze Zeit mit diesem neuen Playstationzeug gespielt." Jim schluckte schwer. „Und er hat auch nie versucht wegzulaufen."

„Wann haben Sie sich mit Ed getroffen?"

Resignation sprach aus Standishs Blick, und seine Mundwinkel zogen sich noch weiter nach unten. „Das spielt jetzt keine Rolle mehr. Der Plan ist durchkreuzt. Ich werde nie rechtzeitig von hier wegkommen."

„Rechtzeitig wofür?"

„Ich sollte Wes zu Ed bringen, und dann wollten wir nach Montana fahren."

Sie mussten Standish bei Laune halten, solange er plauderte. „Nachdem Sie Wes geholt hätten, wollten Sie zu viert nach Montana fahren?"

Er nickte. „Ich wollte schon immer dieses grenzenlose Land unter dem weiten Himmel sehen. Und mit Ed wieder auf die Jagd gehen wie damals mit unserem Vater. Aber Ed wollte nicht ohne Wes fahren."

„Wird Ed, nachdem das mit Wes nicht geklappt hat, trotzdem mit Mattie nach Montana gehen?"

„Nein. Ohne mich und Wes geht er nicht. Er hat sich irgendwo hier in der Gegend versteckt. Er wollte aber nicht sagen wo, weil er befürchtet, dass ihr FBI-Leute mein Telefon abhört. Ich schätze, er versteckt sich eine Weile und versucht dann selbst, Wes zu holen. Ed will nicht, dass das Kind bei seiner Ex aufwächst. Er wollte mit ihm ein neues Leben beginnen."

„Wie will er das bezahlen? Keiner von Ihnen beiden hat ein so üppiges Bankkonto."

„Letzte Woche habe ich Ed den Rest des Geldes gegeben, den unsere Eltern beiseitegelegt hatten. Und ich habe ihm auch das Bargeld gegeben, das ich für die Sachen unserer Eltern bekam. Ich hatte das Geld bei mir versteckt, damit Ed es nicht verspielen konnte. Damit können wir ein gutes Jahr leben."

„Das können Sie sich jetzt aus dem Kopf schlagen. Beihilfe zur Entführung und Flucht und dazu noch versuchte Entführung ... das kann Sie ziemlich lange ins Gefängnis bringen."

Standish fuhr auf seinem Stuhl hoch. „Ich dachte, Sie sagten, wir machen einen Handel."

Steven nickte zur Tür. „Wenn Ihnen etwas einfällt, das uns hilft, Ed und Mattie zu finden, können wir über einen Handel sprechen."

Als er das Verhörzimmer verließ, sah Steven Moores angespanntes

Gesicht. Das Blut pochte ihm plötzlich laut in den Ohren. „Sagen Sie mir, dass der andere Standish verhaftet wurde!"

Moore schüttelte frustriert den Kopf. „Niemand ist am Treffpunkt aufgetaucht. Wir durchkämmen die Hafengegend nach Spuren, und wir überschwemmen die ganze Stadt mit Bildern von Standish und Mattie Reynolds. Wir werden die beiden finden."

Wieder waren sie so kurz davor! Aber kurz davor war nicht genug. Nicht, wenn es eine heiße Spur gab und ein Kind, das sie lebend zu seiner Mutter nach Hause bringen wollten.

Steven sah Michael an. „Wir fahren zum Hafen."

Standish war höchstwahrscheinlich schon längst fort. Die Chancen, ihn jetzt zu finden, waren gering.

Aber trotzdem mussten sie es versuchen.

* * *

Hanna sah zur Haustür ihres Vaters heraus. James klebte an ihrem Bein.

Der Junge schaute zu ihr hinauf. „Dad hat gesagt, dass er zum Essen kommt, oder?"

Sie warf einen Blick auf ihre Armbanduhr. In diesem Moment bog ein beeindruckender schwarzer Mustang in die Einfahrt vor dem Haus. Steven war wie immer pünktlich. Aber er war nicht allein.

„Mr Parker ist auch da! Cool." James riss die Tür auf. „Dad, da bist du ja. Hallo, Mr Parker!" James sprang in Stevens Arme und klammerte sich stürmisch an ihn.

Stevens Haltung verriet, dass er seinen Ärger nur mühsam beherrschte. Seine Miene wurde erst weicher, als er James umarmte.

Der gut aussehende Fremde, der aus dem Auto gestiegen war, blieb im Hintergrund stehen und beobachtete Steven und James mit einem Lächeln. Er ging wie ein Militärkadett. Kurz geschnittene, blonde Haare. Gut gebaut, das war trotz seines Mantels nicht zu übersehen.

Hanna wandte den Blick ab. Alte Gewohnheiten ließen sich nur schwer abstellen. Sie hatte Louisville wegen eines Mannes verlassen und hatte nicht die Absicht, hier die gleichen Fehler zu machen.

„Hey, großer Bruder. Ich dachte, dein Kollege Lee und seine Frau würden kommen."

Steven schnaubte. „Sie sind bei einer Kunstausstellung in Baltimore.

Wenn ich gewusst hätte, dass sie dort sind, hätte ich heute mit Lee getauscht."

James rutschte aus Stevens Armen auf den Boden. „Ich hole Oma und Opa."

„Hanna, das ist Michael Parker. Wir arbeiten zusammen."

Michael reichte ihr lächelnd die Hand. Wirklich süß. Kein Ehering. „Freut mich, Sie kennenzulernen!" Höfliche Manieren.

„Mich auch. Hallo, ich bin Hanna." Sie schüttelte seine Hand und genoss seinen Händedruck. Er war weder lasch noch musste man Angst um seine Knochen haben. Genau richtig.

Nein. Nein. Nein. Der kalte Blick ihres Bruders sprach Bände: Michael Parker war tabu. Nicht, dass das Steven irgendetwas anginge!

Dad und Sue kamen ihnen an der Haustür entgegen und begrüßten Michael herzlich. „Bevor wir anfangen, die Kisten rüber in Hannas Haus zu bringen, dürft ihr eure Mäntel aufhängen und mit uns Pizza essen." Dad legte den Arm um Steven. „Gracie hat vor ein paar Minuten angerufen und gesagt, dass sie unterwegs ist."

Alle begaben sich in die Küche, aber Dad blieb mit Steven zurück. „Aus deinem finsteren Blick schließe ich, dass der Tag heute nicht so gelaufen ist, wie du gehofft hattest." Hanna verfolgte mit einem Ohr ihr Gespräch, während sie Sue und James half, Teller und Tassen aufzudecken und gleichzeitig zu ignorieren versuchte, dass Michaels sanfte, braune Augen sie beobachteten.

„Wir haben den ganzen Nachmittag mit der Polizei von Baltimore und den FBI-Agenten vor Ort zusammengearbeitet", erklärte Steven. „Völlig vergeblich. Wenn uns so etwas noch öfter passiert, könnte es für Mattie zu spät sein."

„Wir werden weiter beten."

Steven nickte. Michael schaute zu Boden. War er kein Christ? Das könnte erklären, warum sich Steven wie ein Wachhund benahm.

„Gracie dekoriert unser Klassenzimmer neu", erzählte James seinem Vater, während er ihm einen Stapel weißer Teller gab. „Sie hat gesagt, damit begrüßen wir den Frühling, der bald kommen wird."

„Wunschdenken", murmelte Michael. Alle drehten sich zu ihm um. „Das ist nicht böse gemeint, aber der ständige Regen und Schnee hier in Washington weckt in mir manchmal Heimweh nach Florida."

„Sie dürfen die Hoffnung nicht aufgeben, Michael." Sue tätschelte seine Schulter. „Der Frühling kommt bestimmt. Was kann ich Ihnen zu trinken bringen?“ Sie öffnete den Kühlschrank und holte einen Krug mit Tee heraus, während alle ihre Teller mit Pizza und Knabbereien beluden.

„Ich hätte gern ein Glas von Ihrem unübertrefflichen Eistee.“

Sue füllte mehrere Becher mit ihrem berühmten süßen Tee. „Ich hole gleich noch mehr.“

Michael trat hinter Hanna und nahm ein Stück mehr als sie. „Du bist Langstreckenläuferin, nicht wahr?“

„Ich … ähm … ja.“ Sie überlegte, ob sie ein Pizzastück zurücklegen sollte. „Aber woher weißt du …?“

Er grinste. „Dein Bruder hat ein Bild in seinem Regal stehen, auf dem zu sehen ist, dass du ein Rennen gewonnen hast. Ich bin während meines Studiums auch gelaufen.“

„Laufen ist der beste Sport, den es gibt. Ich bin regelmäßig gelaufen, bevor ich anfing, Dads Café in Kentucky zu leiten und Fotografieren zu meinem Beruf zu machen. Ich habe sogar ein paar Zehn-Kilometer-Läufe gemacht.“ Sie schaute auf ihren Teller. „Wenn ich mich hier eingerichtet habe, muss ich unbedingt wieder damit anfangen.“

„Aber nicht allein, hoffe ich.“ Steven zog eine Braue in die Höhe.

„Wie du meinst.“ Hanna schaute zur Haustür. „Kommt Clint heute auch? Ich kann mir die Ratschläge von meinen zwei lästigen, großen Brüdern auch gleich auf einmal anhören.“

„Dieses Mal nicht, Schwesterherz. Clint ist krank. Ich wollte ihn heute Abend besuchen, aber wenn wir deine Sachen in die neue Wohnung gebracht haben, werde ich wahrscheinlich todmüde ins Bett fallen. Ich besuche ihn morgen.“ Als er hörte, wie draußen eine Autotür zugeschlagen wurde, entschuldigte sich Steven. „Da kommt Gracie. Ich bin gleich wieder da.“

Hanna kicherte. „Er ist ein bisschen übereifrig.“

„Sei nicht zu streng mit ihm, Hanna, Liebes! Dein Bruder hat lange auf eine Frau gewartet, die seine Augen so zum Strahlen bringt.“ Sue stellte die Gläser auf den Tisch. „Und das Warten hat sich gelohnt.“

Wenn Sue wüsste, wie sehr sie Hanna mit diesen Worten traf!

Steven und seine Verlobte kamen zu ihnen. „Gracie, du erinnerst dich an Michael Parker?“

Sie lächelte Michael an. „Du siehst besser aus als an Silvester.“

„Blind Dates sind genauso angenehm wie Schusswunden."

„Du wurdest auch schon angeschossen?" Hanna stellte ihr Glas ab. „Ich weiß nicht, ob ich dieses FBI-Zeug noch mag. Gracie, findest du nicht, es wird Zeit, dass Steven in Rente geht?"

Gracie hielt die Hände hoch. „Das musst du ihm selbst sagen. Ich wünsche dir viel Erfolg dabei."

Nachdem Gracie und Steven ihre Teller gefüllt hatten, drehte sich das Gespräch darum, was es Neues an der Hope Ridge Academy gab, und um Hannas neues Haus. Dann brachte ihr Neffe mit seinen Witzen alle zum Lachen. Hanna wünschte sich, ihre Kamera griffbereit zu haben. Einige Momentaufnahmen von allen um den Esstisch würden perfekt in ihr Haus passen. Eine tägliche Erinnerung an die Beziehungen, die im Leben am wichtigsten waren.

Michael half ihr, den Tisch abzuräumen, als sie fertig gegessen hatten. „Danke, dass du gekommen bist." Sie stellte die Gläser in die Spülmaschine. „Es sind eigentlich gar nicht so viele Umzugskartons, und wir laden sie auch nur in meinem neuen Haus ab, weil ich den Umzugswagen noch heute Abend zurückbringen muss."

„Kein Problem." Michael warf die leeren Pizzakartons in einen großen, silbernen Abfalleimer bei der Hintertür und lehnte sich dann neben sie an die Arbeitsplatte. „Bist du allein von Kentucky hierhergefahren?"

„Dad und Sue sind nach Stevens Verlobungsfeier im Konvoi mit mir nach Louisville gefahren." Sie ging auf die andere Seite des Raumes und wischte kräftig den Tisch. Michaels Nähe war ihr angenehm, aber er verwirrte sie.

„Dann haben sie mir geholfen, meine Sachen einzuladen und sie nach Alexandria zu bringen."

„Du musst dich hier schon lange vor dem Umzug nach einer Wohnung umgeschaut haben."

Sie wusch sich die Hände und schob sich eine Haarsträhne hinters Ohr. „Eigentlich nicht. Eine Bekannte von Steven wollte ihr Haus in der Nähe von Old Town Alexandria vermieten. Wir haben uns am Valentinstag darüber unterhalten, und heute Morgen schon hat sie mir die Schlüssel übergeben."

Michael schaute Hanna mit einem charmanten Grinsen an. „Dann sind wir ja fast Nachbarn."

Steven stand stirnrunzelnd im Türrahmen und räusperte sich.

Hanna stieß einen langen Seufzer aus. Michael würde sie nie einladen, mit ihm auszugehen. Ihr großer Bruder würde wieder einmal dafür sorgen, dass sie keinen Freund hatte.

Das war auch gut so. So war es sicherer.

Kapitel 13

Tränen tropften auf die weißgraue Karte in Clints Händen. Zum ersten Mal seit Monaten machten ihn seine Tränen nicht zornig. Die Medikamente hatten eine schlimme Wirkung auf seine Emotionen. Aber Franks Botschaft enthielt eine Antwort, die er bis jetzt nicht wahrgenommen hatte.

Der Sonnenaufgang ließ noch eine ganze Stunde auf sich warten, als er an diesem Sonntagmorgen sein Prednison nahm, sein Brötchen aß und seinen Saft trank und dann wieder die drei Bilder anschaute, die Frank seiner Karte beigefügt hatte. Ein Bild zeigte Frank und June an ihrem Hochzeitstag, ein anderes war kurz nach Franks zweiter Krebsoperation aufgenommen worden, und auf dem letzten Foto waren Frank und June mit Sara vor zwei Monaten in ihrem Büro abgebildet.

Er las Franks Worte noch einmal.

Clint und Sara,

wenn ihr das lest, bin ich schon bei Jesus. Aber nachdem ich Clint nun kennengelernt habe, glaube ich, dass es wichtig ist, euch diese Zeilen zu schreiben:

Ich würde lügen, wenn ich behaupten würde, dass ich keine Angst vor dem Tod habe. Aber ich mache mir immer wieder bewusst, wohin ich gehe und dass mein Gott mich in seinen Armen aufnehmen wird. Da wird vollkommener Friede sein. Vergesst das nicht, wenn alles schlimm aussieht.

Der Krebs ist die schlimmste Herausforderung, vor die ich je gestellt wurde. In der ersten Runde kämpften June und ich Seite an Seite und beteten die ganze Zeit. Wir freuten uns, als es mir besser ging. Aber die zweite Runde, zwei Jahre später, erschütterte unseren Glauben gewaltig.

Wir waren so sicher, dass ich dieses Ungeheuer Krebs besiegen würde. Das letzte Jahr zeigte uns, dass Gott einen anderen Plan hat. Ich versuche nicht, diesen Plan zu erklären, weil ich ihn nicht verstehe.

Es gab Zeiten, in denen ich June dazu bringen wollte, mich zu verlassen, damit ich allein sterben könnte und sie nicht mit nach unten ziehen würde. Aber sie weigerte sich. An vielen Tagen glaubten wir, die Worte aus unserem Eheversprechen „in guten wie in bösen Tagen“

nicht einhalten zu können. Aber wir haben es geschafft, weil wir an der Liebe festhielten. Und wir ließen zu, dass unsere Gemeinde uns mit ihren Gebeten und viel praktischer Hilfe umsorgte. Sonst hätten wir nicht durchgehalten.

Ihr habt uns meistens an unseren guten Tagen gesehen.

Ich möchte euch ermutigen: Schließt andere Menschen nicht aus eurem Kampf aus. Erlaubt ihnen, Anteil zu nehmen. Kämpft gemeinsam!

Und haltet in guten wie in bösen Tagen an der Wahrheit fest: Gott ist immer noch souverän. Und er ist gut. Jeden Tag. Für alle Zeit durch Gottes Liebe verwandelt,

Euer Frank

Clint stützte den Kopf auf die Hände. Der Heilige Geist hat ihn überführt. Er konnte nicht alles auf die Chemo schieben. Er hatte niemanden an sich herangelassen, auch Sara nicht. Es war ihm wichtiger gewesen, seinen Stolz zu bewahren, als sie zu lieben.

Vater, vergib mir.

Ein Friede, wie er ihn seit über einem Monat nicht mehr erlebt hatte, durchströmte ihn, gefolgt von einem neuen Hoffnungsschimmer.

Er musste es Sara sagen und alle ihre Freunde mit einbeziehen.

Sie würden gemeinsam kämpfen.

Und siegen.

* * *

„Aufwachen! Alle aufstehen! Wir gehen zum Gottesdienst."

Sara wurde von Clints lauter Stimme aus dem Schlaf gerissen. Sie zog sich die Decke über den Kopf. Das Wochenende war bis jetzt vergangen, ohne dass sie viel dazu hatte beitragen müssen. Sie wünschte sich, es möge am Sonntag genauso sein.

„Mama, komm. Wir wollen zur Kirche gehen. Du willst es doch nicht verpassen, wenn Daddy zum ersten Mal wieder da ist, oder?" Susannah zog an ihrer Decke.

Doch, sie wollte die Kirche wirklich am liebsten verpassen. Und die nächsten drei Chemomonate auch.

„Ich habe es Susannah und Jonathan gesagt. Sie wissen, dass ich Krebs habe."

Sara sprang aus dem Bett und verlor fast das Gleichgewicht, als sie auf dem weichen, beigefarbenen Teppich stand. „Ohne mich?“ Wie konnte Clint den Kindern sagen, dass er sterben würde, ohne dass sie dabei war und die beiden trösten und festhalten konnte?

„Daddy hat gesagt, dass er eine eklige Medizin nehmen muss, aber dass das bald vorbei ist, und dann kann er wieder mit uns spielen.“ In Susannahs leuchtenden Augen standen keine Tränen. Im Gegenteil, sie und Jonathan sahen wunderbar aus. Sie waren ganz in Rot gekleidet und bereit, zur Kirche zu gehen.

„Daddy betet, Mama. Er wird gesund.“ Jonathan legte seine rundlichen kleinen Arme um ihr Bein.

„Mein Arm ist in Ordnung, mir geht es besser als nach der letzten Chemo, und ich bin bereit, es unseren Freunden zu sagen, damit sie uns in diesem Kampf beistehen können.“ Clint setzte sich aufs Bett. Jonathan wand sich aus Saras Armen, um bei seinem Daddy zu sein.

Clint war bereit, sich von anderen helfen zu lassen? Vielleicht war es doch keine so schlechte Idee, heute aufzustehen.

Susannah sprang zu ihrem kleinen Bruder aufs Bett. „Und ich werde Daddys Haare abrasieren, bevor wir zur Kirche fahren! Komm. Wir müssen fertig werden.“ Susannah zog Jonathan zur Tür hinaus.

„Was?“ Saras Puls pochte laut in ihren Schläfen.

Clint deutete auf sein Kissen. Ein kleiner Berg dunkelbrauner Haare stach vom hellen Baumwolllaken ab. „Seit Freitag fallen sie aus, aber ich brachte es nicht übers Herz, es dir zu sagen.“ Er zuckte die Achseln. „Im Internet steht, dass sie nach der letzten Chemo wieder wachsen. Vielleicht auch schon früher. Ich werde es überleben.“

Überleben.

Seit über einem Jahrzehnt schaute sie zu, wie Patienten ihre Haare verloren. Für viele war der Haarausfall eine der deprimierendsten Nebenwirkungen der Chemotherapie. Aber nur ein einziges Mal hatte eine Patientin sie um ihre Hilfe gebeten. Vor drei Jahren war sie diejenige gewesen, die Lucy Cohens fünfundzwanzig Zentimeter lange, dichte, blonde Haare für eine Stiftung abgeschnitten hatte. Diese Erfahrung war sehr persönlich und schmerzlich gewesen. Sie hatte nicht den Wunsch, das noch einmal zu erleben. Sie wollte auch nicht zuschauen müssen, wie Clints Aussehen sich vor ihren Augen veränderte. Er sah jetzt schon wie ein anderer Mann aus. Ohne seine Haare wäre die Veränderung noch extremer.

„Sara?“ Clints sanfte Stimme beschämte sie. Wie konnte sie so zimperlich sein? Clint war ihr Mann. Selbst wenn er wie sein eigener Großvater aussehen würde, wäre er immer noch der Mann, den sie vor neun Jahren geheiratet hatte. Der Mann, den sie von ganzem Herzen liebte.

Tränen liefen ihr über die Wangen.

„Sara, Liebes, alles wird gut werden.“ Clint nahm sie in die Arme. „Ich brauche dich heute. Hilfst du mir?“

Sie nickte. „Wie … wie kannst du plötzlich mit allem so leicht umgehen?“

„Komm mit.“ Er ging zum Kleiderschrank hinüber und zog etwas aus der Tasche seines Bademantels. Trotz seiner körperlichen Veränderungen sah er in der blauen Hose und dem weißen Hemd immer noch gut aus.

Er hielt ihr einen offenen Umschlag hin. Franks Karte. Die Karte, die sie hatte vergessen wollen. „Wir müssen uns beeilen, wenn wir pünktlich zum Gottesdienst kommen wollen. Aber wenn wir wieder zu Hause sind, solltest du das bitte lesen und dabei immer daran denken, dass ich dich liebe, Sara. In guten wie in bösen Tagen, und dann auch wieder in den guten Tagen.“

Er schob sie zum Badezimmer. „Ich schicke die Kinder frühstücken. Dann bin ich bereit für meine Rasur.“

Fünfzehn Minuten später zitterten Saras Hände, als sie Susannah mit dem Rasierapparat half.

„Schau, Mama. Daddy sieht wie ein Indianer aus diesen alten Filmen aus“, kicherte Susannah, als sie von ihrem Stuhl kletterte. Clint rührte sich nicht. Der Haarstreifen in der Mitte seines Kopfes stand ab.

Jonathan hielt Clint den Spiegel vor die Brust.

Clint verspannte sich merklich, doch dann hob er den Spiegel schnell vor sein Gesicht. „Sieht nicht schlecht aus, was? Was haltet ihr davon, wenn wir es so lassen?“

Susannah und Jonathan lachten.

Sara schluckte den Kloß in ihrer Kehle hinunter und setzte wieder den Rasierapparat an, um die Arbeit zu Ende zu bringen. Hier ging es nicht um sie. Clint wollte sie bei jedem Schritt dieses Weges mit einbeziehen. Dafür war sie dankbar.

Auch wenn es sich so anfühlte, als ob mit jedem Schritt ein Stück in ihr erstarb.

„Sara, das ist nicht das Ende der Welt."

Bei seinen leisen Worten fuhr sie hoch. Sie führte den Rasierapparat wieder über seinen Kopf und rasierte ihrem Mann die letzten Haare ab. Jedes Mal, wenn sie auf ein Büschel bereits loser Haare stieß, wollten ihre zitternden Hände streiken. Aber sie machte weiter, bis sie fertig war.

„Daddy, du siehst wie ein Baseballstar aus." Susannah strich über seinen Kopf.

„Perfekt. Können wir jetzt zur Kirche gehen?" Clint schüttelte sich die Haare von seinem Hemd.

Sara schluckte schwer und nickte schließlich. „Alle ins Auto."

Die Gelegenheit, mit Freunden in der Kirche über ihre Situation zu sprechen, war endlich gekommen. Vielleicht war auch die Zeit gekommen, wieder ein wenig Hoffnung in ihr Leben zu lassen.

* * *

Steven stand am Sonntagabend wie erstarrt auf der Veranda seines besten Freundes und starrte durch die Haustür auf Clints kahlen Kopf.

„Komm herein, Steven. Die Kinder sind im Bett. Du und Clint könnt also ungestört miteinander reden." Sara nahm seinen Mantel und flüsterte: „Er wird dir alles erklären." Sie schloss die Tür hinter ihm und ließ die beiden allein.

„Gefällt dir der neue Look?" Clint rieb sich über den Kopf.

Bilder von seiner Mutter schossen Steven durch den Kopf. Er musste sich dringend setzen.

Er folgte Clint ins Wohnzimmer und setzte sich neben den Kamin, in dem ein warmes Feuer flackerte. „Du hast keine Grippe, oder?"

„Nein."

„Hast du überhaupt eine gehabt?"

Clint schüttelte seinen glänzenden Kopf.

Steven zupfte an seiner Jeans. „Wirst du sterben?"

„Irgendwann bestimmt."

Steven ballte die Faust und hätte seinem Partner am liebsten einen Boxhieb verpasst. „Komm mir jetzt nicht so! Du hast mich angelogen, und jetzt … und jetzt …"

Clint holte tief Luft und hielt eine Hand hoch. „Wenn ich es dir vor einem Monat gesagt hätte, wärst du dann nach Georgia gefahren und hättest Gracie am Valentinstag einen Heiratsantrag gemacht?"

„Wahrscheinlich nicht."

„Deshalb habe ich dir nicht ganz die Wahrheit gesagt."

„Mir zu sagen, du hättest eine Grippe, ist etwas anderes, als nicht ganz die Wahrheit zu sagen. Das ist Lügen. Und das ist sonst überhaupt nicht deine Art." Steven schluckte schwer und starrte Clint an. Sein Partner hatte nicht nur keine Haare mehr. Er hatte auch abgenommen. Mindestens zehn Kilo. Und er war im letzten Monat um zehn Jahre gealtert. Kein Wunder, dass Clint nicht ans Telefon gegangen war und ihn nicht zu sich gelassen hatte. Steven hätte die Krankheit auf den ersten Blick erkannt, die ihm seine Mutter gestohlen hatte.

„Was ... was ist die offizielle Diagnose?"

Clint stand auf und ging zum weißen Kamin hinüber. „Diffus-großzellige B-Zellen-Lymphome. Stadium vier. Bestenfalls vierzig bis fünfzig Prozent Überlebenschance." Clint ratterte die Fakten mit eingeübter Gleichgültigkeit herunter. Er lehnte sich an den Kamin und starrte ins Feuer, bevor er sich wieder zu Steven umdrehte. „Das ist kein Todesurteil. Schau mich nicht so an."

Steven versuchte, die Angst, die in ihm hochkam, zurückzudrängen. Aber die Bilder von der Krebserkrankung seiner Mutter kamen ihm wieder in den Sinn. Eine Zeitlang hatte Steven damals seinen Kopf kahl rasiert, um wie sie auszusehen. Das würde er dieses Mal nicht tun. Er konnte das nicht noch einmal aushalten.

„Es tut mir leid, dass ich gelogen habe, Steven." Clint sank aufs Sofa. „Meinen Eltern habe ich es auch erst am Valentinstag gesagt. Und die Kinder wissen es erst seit heute Morgen."

„Aus Stolz oder Angst?"

„Beides."

„Und Sara?"

Clint nahm ein graubraunes Sweatshirt und zog es sich über den Kopf. „Es ist sehr schwer für sie. Aber der heutige Tag war gut. Freunde in der Kirche haben mit uns gebetet, und mehrere haben sich angeboten, uns Mahlzeiten zu bringen und Besorgungen zu machen. Das ist für Sara eine große Hilfe."

„Will sie weiter ganztags arbeiten?"

„Sie hat ihre Stunden schon gekürzt. Und morgen will sie mit der

Personalabteilung über einen unbefristeten Urlaub sprechen. Dann kann sie mich noch mehr bemuttern."

Steven nickte und versuchte zu lächeln. Er musste mit Gracie sprechen, er musste die Gefühle, die in ihm tobten, verarbeiten. Aber jetzt war dafür nicht der richtige Zeitpunkt. „Kommst du wieder zur Arbeit?"

„Am ersten März, wenn ich die Chemo weiterhin gut wegstecke. Und wenn Dr. Sara mich aus dem Haus lässt. Ich verliere noch den Verstand nur mit Büchern, Fernsehen und dem Computer."

„Überstürze nichts." Viele Fragen schossen Steven durch den Kopf. „Hast du seltsame Träume? Mama hatte das oft. Einige waren ziemlich aufwühlend und völlig wirr."

Clint räusperte sich und nahm seine riesige Wasserflasche. „Meine große, alte Wasserflasche bleibt noch eine ganze Weile mein treuer Begleiter." Er wischte sich über den Mund und beugte sich vor. „Ja, die Träume sind wirklich wirr. Eine verrückte Mischung aus Akten von alten Fällen, sterbenden Kindern und Erinnerungen an die Berliner Mauer aus meinen Tagen in der Armee. Das ist alles ziemlich verwirrend."

„Wenn es dir hilft, darüber zu reden, bin ich jederzeit für dich da."

„Danke, aber das ist nur eine der Nebenwirkungen der Chemo, mit denen ich eine Weile leben muss." Clint trank wieder einen großen Schluck Wasser. „Ich muss mich entschuldigen, weil ich nicht ans Telefon ging. Tut mir leid."

„Ich weiß. Und ich verstehe das."

Eine lange Minute herrschte Schweigen im Raum. Schließlich räusperte sich Clint. „Und wie läuft es bei dir? Ich nehme an, Gracie hat Ja gesagt."

„Natürlich. Hanna hat jede Menge Fotos geschossen, und alle helfen mit, dass wir im Juli heiraten können. Besonders Hanna. Sie ist am Wochenende in Maria Grivens' Haus gezogen."

„Das Leben geht weiter, was?" Clint legte den Kopf zurück und starrte zur Decke hinauf. „Hattest du mir gesagt, dass Hanna umzieht?"

„Ich habe dir ein paar Nachrichten hinterlassen, in denen ich das erwähnte. Aber es war viel los." Steven betrachtete seinen Partner eingehend. Das Gedächtnis seiner Mutter war immer schlechter geworden, je weiter der Krebs vorangeschritten war. Es beunruhigte ihn, dass Clints Erinnerungslücken schon so früh einsetzten.

„Muss ich meinen Stetson zur Arbeit aufsetzen?“ fragte Clint und rieb sich über die kahlen Kopf.

„Entschuldige bitte! Willst du die Bilder vom Valentinstag sehen?“ Steven stand auf und holte die Fotos aus seinem Mantel im Garderobenschrank. „Entschuldige, dass ich dich angestarrt habe. Ich werde mich sicher bald an dein neues Aussehen gewöhnen.“ Er hielt Clint die Bilder hin.

Clint griff daneben, und die Bilder fielen auf den Boden.

„Meine Schuld.“ Steven hob sie auf und reichte ihm den Stapel erneut.

Clint biss die Zähne zusammen. Auch wenn sie die besten Freunde waren, musste es für Clint schwer sein, wenn andere sahen, wie schwach er war.

„Ich glaube, ich gehe jetzt lieber wieder.“ Steven stand auf und wischte seine feuchten Hände an seiner Jeans ab. „Soll ich es für mich behalten, damit du es bei deiner Geburtstagsfeier in zwei Wochen allen selbst sagen kannst?“

Clint wurde steif. „Du kannst es allen sagen, die es wissen müssen. Mir wäre es sogar lieber, wenn es alle schon vorher wüssten. Ich würde an meinem Geburtstag gern feiern, verstehst du?“

Steven verstand, was Clint meinte. „Gracie, Sara und ich werden alles vorbereiten. Wir sorgen dafür, dass die Gästeliste klein ist. Das Risiko, dass du dich mit irgendetwas anstecken könntest, ist zu groß.“

„Fang nicht auch noch an, Steven! Ich werde nicht gleich sterben, wenn ich eine Erkältung bekomme.“

„Dann versprich mir, dass du in Zukunft ehrlich zu mir bist.“

„Abgemacht.“ Clints Stimme wurde leiser. Er sah aus, als würde er in zwei Sekunden einschlafen.

„Ich finde selbst hinaus.“ Aber noch bevor Steven in seinen Mantel schlüpfen konnte, war Clint schon tief und fest eingeschlafen. Steven betrachtete ihn eine Weile, doch das beklemmende Gefühl wurde immer stärker.

Krebs.

Kein Wunder, dass er in letzter Zeit das Gefühl hatte, ganz viel für Clint beten zu müssen.

Kapitel 14

Clint warf sich im Bett hin und her und konnte nicht schlafen.

Die Bibelstunde in der Gemeinde hatte ihn sehr angestrengt. Aber jedes Mal, wenn er die Augen schloss, tauchte er in denselben Traum ein.

Er ging mit angelegtem Gewehr vor der riesigen, grauen Berliner Mauer auf und ab. Hin und her. Dann veränderte sich die Szene und er stand neben einem hellbraunen Apartmentgebäude der Armee und sah, wie ein Soldat einen kleinen Jungen anschrie. Das Kind weinte und schrie, als der Mann es schlug. Aus dem Gesicht des Soldaten sprach kalter Zorn. Dann schlossen sich die Finger des Mannes im Zeitlupentempo um den Hals des kleinen Jungen. Clint rannte und rannte und versuchte, ein Auto zu erreichen. Aber der Schlauch, der an seinem Port hing, zog ihn immer wieder zurück …

Er fuhr im Bett hoch und rang nach Luft. Sein T-Shirt war schweißgetränkt. Sara lag unter der Decke und schlief tief und fest. Anscheinend hatte sie sich inzwischen an sein verrücktes Schlafverhalten gewöhnt.

Während er leise ins Badezimmer ging, um sich den Mund auszuspülen, dachte er über den Traum nach. Alpträume ergaben selten einen Sinn, aber warum tauchten diese konkreten Situationen in seinem Schlaf auf? Warum jetzt?

Er war in Berlin stationiert gewesen und hatte bei der Militärpolizei am Checkpoint Charlie gearbeitet, bis die Mauer fiel. Aber der Vorfall mit diesem Soldaten hatte sich viel später zugetragen. Er hatte diese Situation längst vergessen gehabt. Wenigstens hatte er versucht, sie zu vergessen.

An jenem Abend vor über zehn Jahren war er zu einem Einsatz in einem Privathaushalt gerufen worden und hatte Blutergüsse an den Armen eines kleinen Jungen festgestellt. Da er nicht darüber hinwegsehen konnte, hatte er sich an die Vorgesetzten des Stiefvaters gewandt. Aber es wurde erst Anklage erhoben, als Clint herausfand, dass der Junge regelmäßig misshandelt wurde, und eine Lehrerin in der Grundschule bereit war, gegen den Stiefvater auszusagen. Da war es jedoch leider schon zu spät gewesen.

Er stellte das Wasser ab. Es hatte keinen Sinn, schlechte Erinnerungen wieder hervorzukommen. Jetzt konnte er sowieso nichts mehr ändern.

Clint trocknete sich das Gesicht und schaute in den Badezimmerspiegel. Er hatte Mühe, das Bild zu akzeptieren, dass er dort sah. Seit neun Tagen war sein Kopf kahl rasiert, und jetzt hatte er auch keine Augenbrauen und Wimpern mehr. Und auch keine Nasenhaare. Dass er sich ständig die Nase wischen musste, war eine weitere Erinnerung daran, wie machtlos er der Zerstörungskraft des Krebses ausgesetzt war.

Er rieb sich die Stirn. Wie konnte er es schaffen, nächste Woche wieder an die Arbeit zu gehen, wenn er es nicht einmal schaffte zu schlafen? Oder sich an die wichtigen Details alter Fälle zu erinnern? Der Traum war dafür ein perfektes Beispiel. Er hatte kein klares Bild mehr von dem kleinen Jungen oder dem Mann. Nicht einmal einen Namen.

Er konnte sich auch nicht erinnern, wie weit seine Abteilung im Moment bei ihren Ermittlungen war.

Die Angst, dass er den Anforderungen nicht gewachsen wäre und zu viel vergessen würde, musste diese sonderbaren Träume ausgelöst haben. Und natürlich durfte er die Nebenwirkungen der Chemo nicht unterschätzen. Selbst Steven sagte, dass seltsame Träume normal waren.

„Schatz, geht es dir gut?" Sara kam verschlafen ins Badezimmer. Ihre zerzausten Haare und ihre seidige Haut lösten in Clint ein starkes Verlangen aus.

Er dimmte das Licht und zog sie in seine Arme. Die Schönheit, die sich an ihn schmiegte, ließ jede Faser seines müden Körpers erwachen. Sara kuschelte sich enger an Clints Brust und legte die Arme um seine Taille.

„Sara." Er neigte seinen Kopf und küsste sanft ihren Nacken und ihr Ohrläppchen.

Sie fuhr wie elektrisiert zurück und schaute ihn mit großen Augen an. „Ich habe … ich dachte, ich hätte geträumt. Wir haben …" Sara sog die Luft ein. Ihr Gesicht glühte.

Er zog sie wieder an sich. „Miteinander geschlafen?"

„Ja." Sie strich liebevoll mit ihren Händen über seine Oberarme.

Clint sehnte sich danach, sie hochzuheben und ins Bett zurückzutragen, aber dazu war er im Moment zu schwach. Doch bevor er es bedauern konnte, stellte sich Sara auf die Zehenspitzen und zog seinen Kopf zu ihr hinab. Ihre Lippen fanden einander.

Clint löste sich aus der Umarmung und schaute ihr in die Augen.

„Worauf wartest du, Cowboy?“ Saras Lächeln tanzte vor seinem Gesicht, als sie ihn ins Schlafzimmer zurückführte.

Eine Sekunde lang fragte er sich, ob sein Verstand ihm nur etwas vorgaukelte. Ob ein anderer, angenehmerer Traum seine Alpträume ersetzt hatte.

Aber als Sara ihn auf Stirn, Augen und Kinn küsste, beschloss er, dass ihm das egal war.

Wenn es ein Traum war, wollte er nie daraus aufwachen.

* * *

„Du willst das also wirklich machen?“, neckte Marilynn, während sie in der Tür zu Saras Büro stand.

Sara antwortete ihr mit einem Lächeln und fuhr fort, ihre Bilder und ihre persönlichen Sachen einzupacken. „Ja. Ich nehme für unbestimmte Zeit unbezahlten Urlaub. Wirksam ab heute, dem achtundzwanzigsten Februar.“

Sie wollte ihren Beruf nicht für immer aufgeben. Aber Clint und Marilynn hatten recht. Sie konnte nicht alles schaffen. Das Ergebnis ihres Schwangerschaftstests, den sie zu Hause durchgeführt hatte, hatte die letzten Zweifel ausgeräumt. Die Schwangerschaft und die Freude darauf, mehr Zeit mit Jonathan und Susannah zu verbringen, waren stärker als die Schuldgefühle, weil sie ihren eigenen hohen Erwartungen nicht gerecht wurde.

Marilynn half ihr, die Regale mit den medizinischen Texten und den neuesten Forschungsergebnissen auszuräumen und einzupacken. Sie sah Sara mit lachenden Augen an. „Nimm das hier nicht als Bettlektüre!“

Sara zwinkerte. „Wer weiß? Da ich jetzt mehr Zeit habe, kann ich diese Bücher vielleicht gut brauchen.“

Aber sie rechnete nicht damit, dass sie viel Zeit mit ihren Büchern verbringen würde. Clint hatte sein Gefühlsleben wieder besser im Griff, und sie freuten sich alle auf den Besuch seiner Eltern in der nächsten Woche. Wenn sie verhindern konnte, dass ihr Mann sich zu sehr anstrengte und krank wurde, könnten sie dem zehnten Mai, dem Tag seiner letzten Chemo, spürbar ausgeruhter als je zuvor begegnen. Sie hatte Junes Rat und Clints Bitte befolgt und sogar wieder angefangen, mit Gott zu sprechen. Das hatte die Hoffnung, die in ihr aufkeimte, noch schneller wachsen lassen.

„Du siehst aus, als hättest du heute Nacht gut geschlafen." Marilynn strich sich den Staub von den Händen. „Das ist neu!" Sie strich über ihr rot und golden gemustertes, traditionelles afrikanisches Kleid, bevor sie sich auf einen der rotbraunen Sessel setzte. „Willst du mir etwas erzählen?"

„Eigentlich nicht."

„Ah, diese irischen, grünen Augen funkeln verschmitzt."

„Möglich. Ich kann dir noch nichts erzählen. Es ist ‚Verschlusssache'."

Marilynn schüttelte grinsend den Kopf. „Okay, für heute spiele ich mit. Aber ich habe eine Frage."

„Was willst du wissen?" Sara setzte sich neben ihre Freundin. „Ich bin noch ein paar Stunden hier."

„Machst du deine Hoffnung und dein Glück von anderen Menschen und den Umständen abhängig?"

Diese unvermittelte Frage traf Sara mitten ins Herz. Sie zupfte einige rote Haare von ihrem Jeanskleid, um Zeit für eine intelligente Antwort zu gewinnen. „Nein. Natürlich nicht." Sie zuckte die Achseln. „Ich glaube nicht."

Marilynn sagte beschwichtigend: „Ich kann nicht in dein Herz schauen, Sara und ich muss auch nicht mit ansehen, wie mein Mann mit dem Krebs kämpft. Aber ich habe im Lauf der Zeit viele Patientenfamilien gesehen und diesen Mechanismus immer wieder beobachtet. Deshalb will ich dich als Freundin einfach ermutigen: Sprich mit Gott darüber und sieh, was er dazu denkt."

Sara nickte und konzentrierte sich wieder aufs Packen.

„Was wirst du mit dir anfangen, wenn Clint wieder zur Arbeit geht?"

Sara lachte. „Schlafen. Putzen. Fotos einkleben." Sie legte das letzte Buch in eine Kiste. „Ich werde Jonathans Stunden in der Kindertagesstätte kürzen. Ich habe von Susannahs Jahren als Kleinkind so viel verpasst. Ich will es bei ihm nicht auch noch verpassen."

Marilynn zog eine perfekt geformte Augenbraue in die Höhe. „Wirst du ein weiteres Kinderzimmer einrichten?"

„Kein Kommentar." Sara legte den kleinen Kristallspiegel, den Frank und June ihr geschenkt hatten, in die letzte Schachtel auf ihre gehäkelte Lieblingsdecke. Dann schaute sie sich im Büro um, um sich zu vergewissern, dass sie nichts übersehen hatte.

„Hast du noch Zeit für ein kurzes Patientengespräch, bevor du gehst?" Marilynn schaute aus dem Fenster.

„Klar. Ich bin hier fast fertig."

„Ich habe eine neue Patientin, sie wurde als Notfall eingewiesen. Ein fünfjähriges Mädchen. Sie wurde vor drei Jahren in Tennessee erfolgreich gegen ein Neuroblastom behandelt. Jetzt ist die Krankheit zurückgekehrt, und die Eltern wollen eine zweite Meinung hören."

„Histologischer Befund?"

„Ungünstig. Die Prognose ist nicht gut, auch bei einer Stammzellentransplantation. Die Eltern sträuben sich gegen die Behandlungsmöglichkeiten, die ich ihnen vorgeschlagen habe."

Sara kam um den Schreibtisch herum und drückte Marilynns Hand. „Kann ich mir vorher ein paar Minuten ihre Akte anschauen?"

„Ja. Ich hole sie dir." Marilynn verschwand schnell aus dem Büro.

Konnte sie heute einem Patienten gegenübertreten, der so kurz vor dem Tod stand? Sie berührte mit zittrigen Händen den Kristallspiegel und Szenen von Franks Beerdigung tauchten vor ihrem geistigen Auge auf.

„Frau Dr. Rollins?" Eine freundliche Stimme und ein leichtes Klopfen an ihrer offenen Tür holten sie in die Gegenwart zurück.

„Lucy?" Sara lächelte die junge Frau an. „Lucy Cohen! Kommen Sie doch herein. Wie geht es Ihnen?" Sie nahm die zierliche, blonde Frau in die Arme. Lucys Haare waren wieder gewachsen und sahen so schön aus wie früher, aber ihre blauen Augen waren beunruhigt. Sara bedeutete ihr, sich zu setzen. „Ich habe neulich an Sie gedacht. Erzählen Sie mir, wie es Ihnen geht."

Lucy schluchzte.

Saras Magen zog sich zusammen.

„Ich wünschte, ich hätte bessere Neuigkeiten." Lucy lächelte verzagt und setzte sich in den Sessel. „Ich habe gerade meine Untersuchungsergebnisse bekommen. Ich bin hier, um mit Dr. Holland zu sprechen, da man mir gesagt hat, dass Sie keine neuen Fälle übernehmen."

„Dr. Holland ist ein Knochenmarksspezialist."

Lucy nickte. „Die Leukämie ist wieder da. Sie kam, kurz bevor ich die Dreijahresmarke erreichte, zurück. Ich bin hier, um einen Termin für eine Knochenmarkstransplantation zu vereinbaren."

Sara sank an ihren Schreibtisch zurück. Eine erdrückende Last hatte sich auf ihren Brustkorb gelegt, und sie wusste nicht, was sie sagen sollte.

„Ich werde nächste Woche wieder mit der Chemo anfangen. Und dann …"

„Lucy, hatten wir damals nicht Ihre Schwester als geeigneten Spender getestet?" Das war die beste Voraussetzung für eine erfolgreiche Transplantation.

Das Gesicht der jungen Frau hellte sich auf. „Ja. Es überrascht mich, dass Sie das noch wissen. Das ist schon so lange her." Lucy rutschte auf die Kante ihres Sessels. „Lindi kommt zu mir und hilft mir mit Joel und Jessica. Dale kostet es viel Kraft, diese Tage zu bewältigen."

Lucys Kinder mussten inzwischen ungefähr fünf und sieben sein. Sie waren noch so jung. Die sinnlose Zerstörungswut des Krebses wollte Saras Hoffnung wieder ersticken.

„Dr. Holland ist wunderbar. Bei ihm sind Sie in guten Händen." Sara ergriff Lucys Hand. „Sie schaffen das. Sie sind stark. Sie besiegen diese Krankheit."

Lucy rang mit den Tränen. „Wir haben sie schon einmal besiegt, nicht wahr? Sie haben immer gesagt, dass Gott die Gebete seines Volkes hört, und dass er immer noch Wunder wirkt."

Sara reichte ihrer früheren Patientin ein Papiertaschentuch, während ihre eigenen Worte in ihren Ohren gellten. Sie hatte diese Hoffnung nach Clints Diagnose so schnell aufgegeben. Vielleicht ließ sie sich doch von den Umständen stärker bestimmen, als sie es zugeben wollte.

„Sie glauben das doch immer noch, oder?"

Sara schaute Lucy in die Augen. „Ja. Ja, das glaube ich." Selbst wenn sie zweifelte, würde sie zu diesem Glauben zurückfinden.

„Würden Sie … dann bitte kommen und bei mir im Krankenhaus sein, wenn die Transplantation vorgenommen wird? Ich hoffe, dass es am siebenundzwanzigsten März möglich ist. Das ist der Tag, an dem Sie meinen Namen an das Brett mit den Patienten hängen wollten, die die Behandlung abgeschlossen haben. Wissen Sie noch?"

Sara erinnerte sich an das Datum, an dem sie hatten feiern wollen. Aber jetzt standen sie wieder ganz am Anfang.

„Kommen Sie, Frau Dr. Rollins?"

Für Lucy würde sie das tun. „Ich habe ab heute unbezahlten Urlaub. Aber ich werde kommen. Unter einer Bedingung."

Die junge Frau legte den Kopf schief. „Unter welcher Bedingung?"

„Dass ich als Sara komme, als Freundin."

Lucy sprang auf und umarmte sie. „Abgemacht."

Als Marilynn an die Tür klopfte, erschraken beide. „Entschuldigung, ich wollte nicht stören. Ich kann in ein paar Minuten wiederkommen."

Lucy tastete nach ihrer Handtasche. „Nein, das ist nicht nötig. Ich muss sowieso gehen." Sie schaute Sara an. „Kann ich die Privatnummer anrufen, die Sie mir damals gegeben haben?"

Sara nickte. „Ich werde da sein, Lucy. Und ich werde beten."

„Danke." Die junge Frau lächelte dankbar und huschte an Marilynn vorbei.

Saras beste Freundin schloss die Tür. „Du hast sie immer sehr gern gemocht, nicht wahr?"

„Ja." Sara hielt Marilynn die Hand hin und nahm ihr die Akten ab. „Wenn das vorbei ist, gehe ich nach Hause und nehme ein langes Bad."

Marilynn schaute sie forschend an. „Keine schlechte Idee."

Saras geübtes Auge brauchte nur wenige Minuten, um die Patientenkartei zu überfliegen. „Hier steht, dass Megan Carters erste Behandlung drei Jahre zurückliegt. Stadium drei. Der Tumor wurde durch die Operation nicht vollständig entfernt, verschwand aber nach einer aggressiven Chemo." Sara blickte auf und schaute Marilynn an. „Ihre Laborwerte besagen, dass es zusätzliche Kopien des Krebsgens MYCN gibt."

„Ja. Alles in Megans Krankenakte weist darauf hin, dass das Risiko hoch und die Heilungschancen gering sind."

„Warum wollen die Eltern eine zweite Meinung?"

„Megans Mutter und Vater sind sich in Bezug auf die Behandlung nicht einig. Die Mutter will es nicht wahrhaben. Und sie wirkte verwirrt, als ich fragte, warum sie nicht gleich gekommen seien, als die Symptome das erste Mal auftauchten."

„Und der Vater?"

„Er sagt, dass sie extra hierhergezogen seien, um in der Nähe des besten Krebszentrums zu wohnen, das er hatte finden können. Er ist beruflich viel unterwegs und hatte seine Frau gebeten, dass sie das Kind ins Krankenhaus bringen soll. Anscheinend hat sie immer wieder gewartet und gehofft, es würde von selbst besser werden."

„Sie sind jetzt beide in Megans Zimmer?" Sara schob ihre Kartons hinter ihren Schreibtisch und schlüpfte in ihren Arztkittel. Es war das letzte Mal für vielleicht lange Zeit, dass sie diesen Kittel anzog.

„Ja, sie erwarten mich."

„Vielleicht sollten wir, ähm, beten, bevor wir gehen."

Marilynn nickte und wartete, aber Sara zögerte. Seit Franks Beerdigung war sie offen dafür, dass Clint wieder laut mit ihr betete. Aber mit jemand anderem laut zu beten fiel ihr immer noch schwer.

Schließlich begann Marilynn mit einem Gebet um Weisheit und die richtigen Worte. Sara bekräftigte ihre Bitte mit einem Amen, und sie verließen gemeinsam das Büro.

Einige Minuten später klopfte Marilynn an die Tür eines Patientenzimmers im vierten Stock. „Herein", antwortete eine tiefe Männerstimme.

Sara folgte Marilynn ins Zimmer und betrachtete die Familie, die Marilynn freundlich begrüßte. Megan Carter, ein kleines, fünfjähriges Porzellanpüppchen, lag im Bett und schlief. Neben ihr stand ein gut aussehender, blonder Mann in einem maßgeschneiderten Anzug und eine Frau, die ungefähr in Saras Alter war.

Saras Herz zog sich zusammen.

„Das ist Dr. Sara Rollins."

„Tim Kramer." Der Mann reichte ihr die Hand. „Und das ist Donna Carter." Sara gab Megans Mutter und Vater die Hand. Bei genauerem Hinsehen wirkte der Vater älter, als sie zuerst gedacht hatte. Er war vielleicht Anfang vierzig.

„Ich bin hier, um mit Ihnen über Ihre Vorbehalte hinsichtlich Dr. Richards' Behandlungsempfehlungen zu sprechen."

Mrs Carter setzte an, etwas zu sagen, aber der Mann fiel ihr ins Wort. „Wir schätzen Dr. Richards' Rat, aber wir hofften, es gibt eine weniger aggressive und hoffnungsvollere Möglichkeit."

Marilynn nickte verständnisvoll und antwortete: „Ich habe mit Dr. Holland, einem erfahrenen Knochenmarkspezialisten, gesprochen. Auch er sieht eine blutbildende Stammzellentransplantation als Megans aussichtsreichste Möglichkeit an." Marilynns Stimme war sicher und mitfühlend, sie bot Hoffnung, ohne übertriebene Versprechen zu geben. Sara würde es vermissen, mit ihr zusammenzuarbeiten.

„Aber dieses Verfahren kann keine höheren Heilungschancen garantieren!", konterte Mr Kramer.

„Angesichts der Ergebnisse von Megans Biopsie und ihrer Bluttuntersuchungen können die Heilungschancen bei dieser Transplantation zwischen dreißig und sechzig Prozent liegen. Eindeutig besser als bei den verschiedenen Chemotherapieverfahren."

„Und was ist Ihre Meinung, Frau Dr. … ähm …" Mr Kramer las Saras Namensschild. „Dr. Rollins?"

„Ich habe mir die Laborberichte angesehen. Einige blutbildende Stammzellen von Megan mit speziellen Antikörpern zu behandeln, während Megan eine hochdosierte Chemotherapie bekommt, ist die beste Option. Megans körpereigene Stammzellen würden zurückimplantiert werden, und dann wäre Megan nur so lange im Krankenhaus, bis ihre Leukozyten wieder im Normbereich liegen."

„Wie lang würde das dauern?" Mrs Carter hatte auf einem Stuhl Platz genommen. Ihre Beine wippten auf und ab. Eine lästige Angewohnheit, die ihre Nervosität zeigte. Aber das war verständlich. Mit anzusehen, wie ein Kind eine solche Behandlung über sich ergehen lassen musste, war für jede Mutter unerträglich.

„Sie wäre mindestens drei Wochen im Krankenhaus, wahrscheinlich sechs Wochen."

Tränen traten in Mrs Carters Augen. „Und dann wird Meg wieder gesund?"

Marilynn reichte ihr ein Taschentuch. „Wir werden alles tun, was in unserer Macht steht."

Mr Kramer richtete sich kerzengerade auf und schaute die beiden an, als wolle er ein besonders lukratives Geschäft abschließen. „Ich nehme Sie beim Wort. Danke, dass Sie beide hier waren. Wir müssen uns noch besprechen, bevor wir eine endgültige Entscheidung treffen." Er ging zu Mrs Carter hinüber, die auf ihrem Stuhl saß und nur Augen für Megan hatte.

Sie verabschiedeten sich von Marilynn und begannen dann, leise zu diskutieren.

Nachdem sie schweigend zu ihrem Büros zurückgekehrt waren, ging Marilynn in den Frühstücksraum, um sich eine Tasse Earl Grey Tee aufzubrühen. „Bist du nicht froh, dass das heute für eine Weile dein letzter Tag hier ist?"

Sara seufzte. „Das arme Mädchen." Sie lehnte sich an die Arbeitsplatte und brach ein Zimtbrötchen in zwei Teile. „Ich kann mir nicht vorstellen, in der Haut dieser Mutter zu stecken. Ich schäme mich richtig."

„Du schämst dich? Warum denn das?"

„Weil ich froh bin, dass Clints Chancen besser stehen als Megans."

Marilynn legte den Kopf schief. „Tu das nicht. Es ist schwer, egal, wie die Diagnose aussieht. Nimm *deine* Herausforderungen an. Bete für die anderen Patienten, aber fang nicht an zu vergleichen. Das nützt nichts."

Ihre beste Freundin hatte wieder einmal recht, aber Sara fühlte sich immer noch schrecklich. Gleichzeitig war sie erleichtert, dass Clints Behandlung keinen weiteren Krankenhausaufenthalt nötig machte.

Er durfte sich jedoch keine Infektion holen. Das zu verhindern wäre ihre Herausforderung für die nächsten drei Monate.

Und der Versuch, die Hoffnung nicht aufzugeben.

Kapitel 15

Michael blickte stöhnend von den Unterlagen zu seinem Fall auf.

Maxwells bellender Befehlston trug auch nicht dazu bei, seine Stimmung zu verbessern. Zuerst der unablässige Morgenregen und dann eine Lawine von neuen Fällen. Dieser Montag verhieß keine gute Woche.

Zehn Minuten später wurde das ganze Großraumbüro mucksmäuschenstill, und er stand auf, um zu sehen, was der Grund dafür war. Er schaute über die Trennwände zwischen den einzelnen Schreibtischen hinweg und sah Kessler und irgendeinen glatzköpfigen Mann im dunklen Anzug durch den Raum gehen. Dieser Anblick löste bei ihm kein ehrfürchtiges Schweigen aus.

Er setzte sich wieder auf seinen Stuhl und starrte auf seinen Bildschirm. In den Büros der Computerspezialisten wurden die Daten gesichert, genauso wie in allen Untersuchungsbüros im Untergeschoss. Es würde ewig dauern, bis er einen Bericht über Standishs Computer bekäme. Der erste Versuch der FBI-Kollegen in Virginia, Standishs Festplatte zu knacken, war ohne Erfolg geblieben. Deshalb versuchten jetzt die Spezialisten in New Jersey, die Daten auf der Festplatte zu entschlüsseln.

„Michael?"

Als er seinen Namen hörte, drehte er sich um und wollte aufstehen, sank aber mit offenem Mund auf seinen Drehstuhl zurück.

„Für meinen Spiegel war es auch ein Schock."

Clint stand mit seinen ein Meter fünfundneunzig vor ihm, aber er sah irgendwie kleiner aus. Sein völlig kahl rasierter Kopf musste der Grund für das Schweigen vor ein paar Minuten gewesen sein. Michael konnte ihn nur anstarren.

Als Clint sich räusperte, sprang Michael auf und suchte nach etwas Unverfänglichem, was er sagen könnte. „Schön, dass du wieder hier bist!"

„Du findest es vielleicht nicht mehr so schön, wenn du die Bedingungen hörst." Clint zog seinen grauschwarzen Schreibtischstuhl von gegenüber heran und setzte sich. „Ich habe den körperlichen Eignungstest nicht bestanden."

Diese Worte trafen Michael wie ein Fausthieb. Warum hatte Clint die körperlichen Anforderungen nicht erfüllt?

„Steven hat es dir nicht gesagt?"

Michael rieb sich übers Kinn. „Was hätte er mir sagen sollen?"

„Steven hätte allen sagen sollen, dass ich Krebs habe."

Wieder fühlte sich Michaels Kopf an, als hätte ein Boxer ihm einen Hieb verpasst. Vielleicht hätte er von selbst darauf kommen sollen, aber dieser Gedanke war ihm einfach nicht in den Sinn gekommen. Ein FBI-Agent mit Krebs! Diese Worte passten nicht zusammen. Sie ergaben keinen Sinn. Warum ließ Gott so etwas zu? Und warum musste es ausgerechnet Clint Rollins treffen?

Er konnte keine Worte finden, aber er musste etwas sagen. „Aber du kannst immer noch arbeiten, oder? Und du wirst den Krebs besiegen?" Er hasste den krächzenden Teenagerklang in seiner Stimme.

„Das ist der Punkt, an dem du ins Spiel kommst." Wenigstens Clints Lächeln war noch dasselbe. „Ich komme zurück und kann begrenzt Büroarbeit machen, solange du mir zuarbeitest und den Rücken frei hältst."

Michael schaute seinen älteren Kollegen an. Er wollte sagen, dass er für ihn beten würde, dass er alles tun würde, um ihm zu helfen. Aber er nickte nur stumm.

Clint fuhr mit der Hand über seine leere Revolvertasche und zwang sich zu einem Schmunzeln. „Und du beschützt mich, falls irgendein Terrorist dieses Gebäude stürmt?"

Michael konnte an einem Agenten ohne Waffe nichts Lustiges finden.

„Wollt ihr zwei heute auch noch irgendwann etwas arbeiten?" Sogar Kesslers Stimme klang angespannt, als er Clint die Hand auf die Schulter legte.

Michael hatte Mühe, sich an die Neuigkeiten zu gewöhnen.

Die Welt geriet an diesem ersten Montag im März aus den Fugen.

* * *

Clint zwang sich, seinen Blick auf Lee zu konzentrieren, während sein jüngerer Kollege am Whiteboard des Konferenzraums mehrere Fälle skizzierte.

„Der erste ViCAP-Fall ist Luke Davis, vor drei Jahren aus einem Park in Lexington, Kentucky, verschwunden. Keine Leiche und keine Spuren.“ Lee steckte eine rote Stecknadel auf die Landkarte der Vereinigten Staaten.

Michael blätterte in seinen Akten. „Die Kreditkartenaufzeichnungen zeigen, dass Standish und ein Begleiter ungefähr zum Zeitpunkt von Lukes Verschwinden auf der Keeneland-Pferderennstrecke in Lexington gefrühstückt haben.“

Clint trank einen Schluck aus seinem riesigen Wasserbecher und kniff die Augen zusammen, während er versuchte, sich zu erinnern, was Standishs möglicher Begleiter damit zu tun haben könnte. „Wissen wir, wer dieser Begleiter war?“

„Billy Raeford hat gestanden, dass er mit Standish dort war.“

„Und wer ist noch mal dieser Billy Raeford?“

Die drei Männer starrten ihn an. Steven beeilte sich, ihm zu antworten. „Er ist der Mann, den wir in Blacksburg in Zusammenhang mit Wes Standishs Entführung aufgegriffen haben. Der Mann, der dich angeschossen hat, erinnerst du dich? Er starb im Gefängnis.“

Clint erinnerte sich nicht, den Mann gesehen zu haben, der ihn angeschossen hatte, oder je seinen Namen gehört zu haben. Aber aus den Blicken der anderen war zu schließen, dass ihm der Name bekannt sein müsste. Wahrscheinlich hatten sie ihn ihm mehr als einmal genannt. Aber er weigerte sich zuzugeben, dass Sara recht hatte und er besser noch zu Hause geblieben wäre. Er versuchte, sich stärker zu konzentrieren. Es war schon schlimm genug, dass er den körperlichen Eignungstest nicht bestanden hatte.

Lee drehte sich wieder zur Wandtafel herum und schrieb mehrere neue Namen darauf. Wenigstens für Clint waren sie neu. „Danach haben wir John Reed, sechs Jahre alt, verschwunden im Januar vor zwei Jahren aus einem Park in Cincinnati, Ohio. Wieder haben wir Kreditkarten- und Telefonaufzeichnungen, die zeigen, dass Standish zwanzig Minuten von Cincinnati entfernt in einem Kasino war.“

Eine weitere neue Nadel auf der Landkarte.

„Der dritte Fall ist wieder ein Junge, fünf Jahre, Niles Shore.“ Lee steckte eine weitere Nadel ein. Clints Muskeln schmerzten vom vielen Gehen an diesem Morgen. „Er verschwand Ende Januar letzten Jahres in Pittsburgh, Pennsylvania. Dieses Kind weicht vom üblichen Schema ab. Er wurde offenbar auf dem Heimweg von der Schule entführt. Aber laut der Aussage seines älteren Bruders gingen sie erst noch in einen Park, und er sah Niles das letzte Mal, als dieser mit einem Erwachsenen sprach, den er nie zuvor gesehen hatte."

„Es könnte sein, dass die Eltern den älteren Bruder beschützen wollten und deshalb am Anfang nichts von dem Park erwähnten." Steven stand auf und nahm die nächste Stecknadel. „Trotzdem tauchte der Fall auf unserem Radar auf, weil Niles wie die anderen entführten Jungen braunhaarig und blauäugig ist und weil die Entführung im Januar geschah. Und ich habe gerade noch einen ungeklärten Fall bekommen, den das Zentrum für entführte Kinder in Quantico meldete."

„Wie alt?" Michaels Finger flogen über die Tastatur seines Computers.

„Vom Januar diesen Jahres. Der sechsjährige Chuck Little aus Atlantic City, New Jersey. Er wurde tagelang nicht als vermisst gemeldet, weil er ein chronischer Ausreißer war, der sich durch das Pflegekindersystem gemogelt hat. Als er an keinem seiner üblichen Plätze gefunden werden konnte, meldete der zuständige Sachbearbeiter beim Jugendamt ihn schließlich als vermisst. Aber die Anzeige wurde erst an das FBI weitergeleitet, als die Ortspolizei alle Spuren verfolgt und nichts gefunden hatte. Der Junge entspricht dem Opferprofil und die Jahreszeit seines Verschwindens passt ins Schema."

Clint lehnte seinen rechten Arm auf den Tisch. „Aber wenn er wirklich Opfer unseres Serientäters wurde, schließt das dann nicht Standish aus?"

„Nicht unbedingt." Michael betrachtete die Tafel. „Wir wissen nicht das genaue Datum, an dem Chuck verschwand. Angenommen, Standish war in Atlantic City, um seinem Hang zu Glücksspielen nachzugehen und gleichzeitig auf Nachrichten von Wes zu warten. Er findet Chuck, macht mit ihm das Gleiche wie mit den anderen Jungen und fährt dann nach Blacksburg, um seinen Sohn zu holen. Als das nicht klappt, ist er frustriert, treibt sich in Charleston herum und findet Mattie."

„Das wären zwei Entführungen in diesem Januar, Wes noch nicht mitgerechnet." Clint hoffte, das richtig verstanden zu haben. „Wenn er ein Serientäter ist, lässt das befürchten, dass die Entführungen ihm nicht mehr das geben, was er braucht, und sein Druck steigt."

„Genau." Michael tippte weiter. „Deshalb dürfen wir nicht locker lassen und müssen den Kerl so schnell wie möglich finden. Denn selbst wenn er Mattie noch nichts angetan hat, wird er das höchstwahrscheinlich bald machen."

Clints Kopf pochte. Das war an seinem ersten Arbeitstag nach sechs Wochen zu viel auf einmal. Aber damit hätte er rechnen müssen.

„Wir haben Jims Geschichte von dem Geld, das seine Eltern zu Hause versteckt hatten, und von dem Verkauf der Sachen seiner Eltern nachgeprüft und bestätigt. Standish hat also genug Bargeld." Lee verschränkte die Arme vor sich. „Und wir wissen, dass Standish in zwei Entführungsfälle verwickelt ist. Wes und Mattie. Wir haben Aussagen von Augenzeugen, Jim Standishs Geständnis und seinen fehlenden Wagen, außerdem Ed Standishs Fingerabdrücke in der Hütte."

Clint rieb sich die Schläfen. „Ihr glaubt also, Standish hat einige Kinder getötet, aber Mattie am Leben gelassen? Wenn er mit einem Jungen gesehen wurde, warum hatte er dann Chuck nicht auch bei sich? Oder die anderen?"

„Vielleicht war Mattie der Einzige, der sich nicht gewehrt hat." Lee zuckte die Achseln. „So etwas kam schon vor. Pädophile bevorzugen Opfer, die ihre Spiele mitspielen."

„Das ist möglich. Damit müssen wir uns weiter beschäftigen." Steven schaute auf seine Armbanduhr. „Machen wir hier eine Pause und befassen uns nach dem Essen noch einmal mit diesem Punkt. Aber Lee, geh bitte vorher noch einmal durch, was wir über Standish wissen, und sieh zu, ob wir ihn im Januar irgendwo in der Nähe von Atlantic City verorten können."

„Wird gemacht, Boss." Lee verließ den Raum.

Eine Sekretärin steckte den Kopf ins Zimmer. „Agent Kessler, Sie haben einen Anruf auf Leitung eins. Samantha Reynolds. Sie sagt, sie hat etwas Neues im Zusammenhang mit dem Verschwinden ihres Sohnes."

Steven verließ eilig den Raum.

Clint genoss die plötzliche Stille und legte den Kopf auf den Stuhl zurück.

Michael brach nach einer Weile das Schweigen. „Wie hast du dich gefühlt, als du den Eignungstest wieder machen musstest?"

„Wie ein dürrer Fünftklässler in der Jungenumkleide."

„So schlimm?"

„Schlimmer."

Michael war aufgestanden und schaute betreten zu Boden. Er schlüpfte in seinen Mantel. „Willst du mit mir zur Union Station kommen und etwas Asiatisches essen?"

„Nein, danke. Ich helfe euch hier nicht viel weiter, und meine Kopfschmerzen bringen mich fast um." Clint stand auf und kämpfte mit einem Anflug von Schwindelgefühlen. „Ich gehe lieber nach Hause."

Steven kam mit steinerner Miene zu ihnen zurück. „Samantha Reynolds bekam heute Morgen einen Anruf von einer unbekannten Person. Schweres Atmen, aber kein Wort. Sie glaubt, es könnte Mattie gewesen sein."

„Wie kommt sie auf die Idee, dass es Mattie war und nicht irgendein Perverser?"

„Sie sagte, es habe wie ihr Sohn geklungen." Steven zuckte die Achseln. „Ich möchte die Intuition einer Mutter nicht anzweifeln, aber …"

„Ich lasse ihre Telefonverbindungen überprüfen und versuche, den Anruf zurückzuverfolgen." Michael klappte seinen Laptop zu.

„Nicht nötig. Das FBI in Virginia ist schon damit beschäftigt. Aber du kannst dich später bei ihnen erkundigen, was sie in Erfahrung gebracht haben." Er hielt warnend die Hand hoch, als Michael zur Tür hinauswollte. „Denk nicht einmal daran, dich selbst darum zu kümmern, Parker! Du hast genug Arbeit mit den anderen Fällen, ohne dass du deine Zeit mit reinen Spekulationen vergeudest."

Michael hob das Kinn und eilte aus dem Zimmer.

„Sei nicht so streng zu dem Jungen. Er hat Hoffnung, dass Mattie noch am Leben sein könnte."

„Zum jetzigen Zeitpunkt ist das sehr unwahrscheinlich. Das weißt du genau."

Clint schüttelte den Kopf. „Es sieht dir gar nicht ähnlich, so schnell aufzugeben." Er lehnte sich zurück und verzog das Gesicht. „Ich weiß, dass du und Maxwell ein Risiko damit eingeht, dass ihr mich wieder arbeiten lasst. Und ich sage es wirklich nur ungern, aber ich werde nicht viel mehr als einen halben Tag schaffen."

Steven fuhr sich mit der Hand durch die Haare. „Ich brauche dich hier. Aber ich will auch, dass du gesund wirst. Fahr heim und ruh dich aus."

„Danke. Bis morgen." Clint rieb seinen linken Arm und ging zu seinem Schreibtisch zurück. Er hatte Mühe, wach zu bleiben, während er sich einige Akten einpackte, die er heute Nacht um ein Uhr durchsehen wollte, wenn er nicht schlafen konnte.

Michael kam zu ihnen. „Ich bete für dich." Er schaute auf seine schwarzen Schuhe hinunter. „Das wollte ich dir nur sagen."

„Danke, das bedeutet mir sehr viel, Michael." Clint blickte sich mit müden Augen um. „Bis morgen."

Hoffentlich.

* * *

„Erzählst du mir jetzt, was der Grund für diesen geistesabwesenden Blick in deinen Augen ist?" Gracies sanfte Herausforderung riss Steven aus seinen Gedanken.

„Wenn ich dafür einen Kuss bekomme."

Sie kam seiner Bitte nach.

Er grinste und zog sie dann an der Hand zum Schnellimbissrestaurant in der Union Station. „Komm, essen wir was, damit du pünktlich wieder an der Schule bist. Ich will keine Schwierigkeiten mit deiner Rektorin bekommen."

„Ich bezweifle, dass Mrs Hall etwas dagegen hat, dass ich an einem unterrichtsfreien Arbeitstag in der Mittagspause das Schulgebäude verlasse. Sie hat sogar vorgeschlagen, dass wir uns eine längere Pause gönnen sollen. Wir gehen die ganzen neuen Sicherheitsprotokolle durch, und da muss man sich viel merken." Gracie schmiegte sich näher an ihn und umarmte ihn.

Alles in Steven sehnte sich danach, die Erinnerungen vom letzten November zu vertreiben. Es war nur gut, dass Gracie an einer Schule unterrichtete, an die hochrangige Regierungsbeamte ihre Kinder schickten. Leute mit politischem Einfluss verlangten die höchstmöglichen Sicherheitsmaßnahmen.

„Wo ist Hanna?" Er schaute sich um, da er ein wenig Ablenkung von den Bildern brauchte, die immer noch ungebeten in seinem Kopf auftauchten. Er hatte noch nie einen Menschen so sehr töten wollen wie den Mann, der Gracie entführt und versucht hatte, sie zu ermorden. Seine gegenwärtigen Ermittlungen verbesserten seine Stimmung auch nicht gerade. Nach einem frustrierenden Vormittag war es vielleicht nicht die beste Idee gewesen, sich mit seiner Verlobten zum Mittagessen zu treffen, auch wenn es die einzige Gelegenheit war, sie heute zu sehen.

„Hanna und James sind einkaufen und fahren Rolltreppe. Sie werden in einer Minute hier sein."

Er zog eine Braue in die Höhe. „Ich dachte, James wäre heute bei Dad."

Gracie hakte sich bei ihm unter. „Hanna hat heute frei, und ihr gefiel der Gedanke nicht, dass James den ganzen Tag im Haus bleiben sollte, nur weil es zu kalt und nass ist, um draußen zu spielen. Deshalb dachte ich, es könnte uns allen guttun, gemeinsam etwas Schönes zu unternehmen. Außerdem freut sich James über jede Gelegenheit, seinen Daddy zu sehen."

Sein Herz zog sich zusammen. Er wusste, dass Gracie damit sagen wollte, dass sein Sohn ihn über alles liebte. Aber die Schuldgefühle wegen seiner vielen Überstunden überfluteten ihn sofort. Vielleicht würde er in ein paar Jahren Clint oder Parker den Posten als Chefkoordinator der Abteilung *Gewaltverbrechen gegen Kinder* überlassen. Er hatte sogar schon mit dem Gedanken gespielt, sich als Privatdetektiv selbständig zu machen.

Eines Tages.

„Hey, großer Bruder." Er verspannte sich, als Hanna wie aus dem Nichts unbemerkt an seiner Seite auftauchte.

„Du musst endlich damit aufhören, dich immer wieder anzuschleichen. Du stellst mich in einem schlechten Licht dar." Er küsste sie zur Begrüßung und nahm ihr seinen Sohn ab, den sie im Arm hielt. „Wie geht es meinem kleinen Mann?"

James' blaue Augen tanzten. „Mir geht es gut, wenn du da bist!"

Nur sein kleiner Sohn konnte ihm das Gefühl geben, so wichtig zu sein.

Gracie schaute sich in der großen Halle nach den verschiedenen Ständen und Restaurants um. „Wie wär's mit einem Gyros? Und danach ein großes Eis von Ben & Jerry's?"

Steven grinste. Er würde am liebsten einfach nur seine Verlobte anschauen. Ihr Lächeln und Zwinkern lösten in ihm die gleiche Wirkung aus wie die Worte seines Sohnes.

Na ja, der Grund war ein anderer. Aber sein Herz schlug bei beiden höher.

Wenige Minuten später hatten sie sich ihr Essen geholt und fanden einen freien Tisch auf der großen Fläche zwischen den verschiedenen Selbstbedienungsrestaurants. James nahm seine Hand. „Sprichst du ein Tischgebet, Daddy?"

Steven nickte und beugte den Kopf. „Herr, danke für diesen Tag und für die wunderbare Gesellschaft dieser lieben Menschen. Du bist so gut zu uns. Amen."

Alle machten sich über ihr Essen her.

„Warum hast du Michael nicht zum Essen eingeladen?" Mit ihrer schwarzen Plastikgabel attackierte Hanna ihre Frühlingsrolle, die sie sich aus dem Asienrestaurant geholt hatte. Das fettige Teil schoss von ihrem Teller und landete auf dem Fußboden. Mit rotem Gesicht bückte sie sich und hob es auf.

Steven nippte an seiner Cola. „Ich wollte Parker nicht einladen."

Gracie stieß ihn unter dem Tisch mit dem Fuß an.

Hanna schaute ihn kopfschüttelnd an.

„Ich glaube, Mr Parker mag Tante Hanna. Findest du nicht auch, Daddy?" James schaufelte Reis und Gemüse auf seine Gabel.

„Keine Ahnung." Sein kleiner Junge konnte nicht ahnen, wie sehr er mit seiner Beobachtung ins Schwarze traf, und wie sehr diese Bemerkung Steven reizte. Er hatte von Anfang an nicht gewollt, dass Parker und Hanna sich kennenlernen würden. Aber er und Parker waren am Tag von Hannas Umzugsfeier miteinander in Baltimore gewesen. Es wäre mehr als grob gewesen, Parker nicht einzuladen. Weder Hanna noch Parker hatte seitdem jenen Abend erwähnt, aber Steven hatte ihr gegenseitiges Interesse bemerkt. Und da er Parkers Vergangenheit kannte, wollte er nicht, dass er mit seiner Schwester ausging.

Hannas kristallblaue Augen schauten ihn verschmitzt an. „Ich bezweifle, dass dieser Mann mich auch nur nach meiner Telefonnummer fragen würde, da du und Clint ihn keine Sekunde aus den Augen lasst."

„Ich habe die Absicht, ihn mit Adleraugen zu beobachten, falls er dich je einlädt."

„Das glaube ich dir sofort. Aber …"

„Apropos Michael." Gracie nickte zu dem Chinarestaurant hinter Steven.

Er drehte sich um. Dort stand Parker und wartete auf seine tägliche asiatische Mahlzeit.

„Du könntest ihn doch einladen, sich zu uns zu setzen." Gracie schaute ihn herausfordernd an. Steven verkniff sich eine gereizte Antwort. Über ihre fehlgeleiteten Verkupplungsversuche müssten sie noch sprechen.

Während er zu Parker hinüberging, fragte er sich, was Clint wohl zu dieser Situation sagen würde. „Ich wurde geschickt, um dich an unseren Tisch einzuladen."

Parker schaute zu dem Tisch hinüber, zu dem Steven deutete, und versuchte, sich ein Grinsen zu verkneifen. „Ich will mich nicht aufdrängen."

In Stevens Gewissen regten sich Schuldgefühle wegen seines Benehmens Parker gegenüber, obwohl dieser einer der besten Berufsneulinge war, mit denen er je zusammengearbeitet hatte. „Meine Familie würde sich freuen."

„Wirklich?" Parker räusperte sich. „Ich meine, sicher, ich würde mich gern zu euch setzen."

Steven schaute Michael direkt in die Augen und wollte seine Botschaft unmissverständlich klarmachen. „Hanna ist meine Schwester. Spiel nicht mit ihr."

Der Achtundzwanzigjährige richtete sich auf und nickte. Er hatte die Botschaft verstanden. Sie gingen schweigend zu den anderen hinüber.

„Hallo, Mr Parker!" James hüpfte begeistert auf seinem Platz auf und ab.

Parker klatschte James' Hand ab und lächelte die Frauen an. Dann zog er einen Stuhl heran und setzte sich neben Hanna.

Gracie lächelte. „Es ist schön, dich wiederzusehen, Michael."

„Danke. Es ist auch schön, euch alle zu sehen." Parker nahm sein Fleisch und seinen Reis vom Tablett, senkte den Kopf und betete kurz.

Das brachte ihm Pluspunkte bei Hanna ein. Sie schaute lächelnd auf ihr Essen hinunter.

Gracie wischte sich die Hände an ihrer Serviette ab. „Wie war Clints erster Tag an der Arbeit?"

Steven hatte gewusst, dass sie seinen gedankenverlorenen Blick bei ihrer Begrüßung richtig deuten würde. „Ganz gut. Er ist noch nicht wieder der Alte. Aber er wird bald wieder voll einsteigen."

Parker, der einen herzhaften Appetit hatte, fragte zwischen zwei Bissen: „Bist du sicher? Ich weiß nicht, wie er es schaffen soll, so viel zu arbeiten, wie er gerne möchte. Die Chemo scheint ihn wirklich viel Kraft zu kosten."

James' Augen wurden groß. „Daddy, du hast doch gesagt, dass es Onkel Clint bald wieder besser geht, oder?"

„Ja", sagte Steven mit zusammengebissenen Zähnen. „Es geht ihm bald wieder besser. Dafür beten wir alle."

Parker schloss die Augen. „Tut mir leid. Ich wollte damit nicht sagen …"

Steven schaute ihn finster an.

Gracie warf Steven einen warnenden Blick zu, und richtete besänftigende Worte an Parker: „Das wissen wir. Es war für uns alle schwer, Clint das erste Mal nach seiner Chemotherapie zu sehen."

Hanna schaute Steven mit zusammengekniffenen Augen an, dann wandte sie sich an Michael. „Kommst du am Mittwoch zu Clints Geburtstagsfeier?"

„Ich habe es vor." Parker vermied die Blicke der anderen.

„Vielleicht ist mein großer Bruder dann ja besser gelaunt." Hanna zog die Nase kraus. „Wusstest du, dass ich mich immer noch an ihn heranschleichen kann?"

Alle lachten. Steven zwang sich zu einem Grinsen und schaute dann auf seine Uhr. „Nun, meine Damen und mein kleiner Mann." Steven drückte seinem Sohn die Schulter, während er aufstand. „Es war schön, mit euch zu essen, aber ich muss wieder an die Arbeit."

„Ich auch." Parker stand auf und brachte sein und Hannas Tablett zum Tablettwagen. Ihr Blick verfolgte ihn. Steven verkniff sich einen Kommentar.

„Kommst du heim, bevor ich ins Bett gehe, Daddy?" James schaute mit hoffnungsvollen Augen zu ihm hinauf.

„Ja. Ich lese dir eine Geschichte vor, wenn ich nach Hause komme."

„Super!"

Steven räumte die restlichen Tabletts weg und schlenderte dann mit Gracie im Arm aus dem Bahnhofsgebäude hinaus.

„Ich habe immer noch ein wenig Zeit, bevor ich nach Hope Ridge zurückmuss. Wir drei können noch ein wenig bummeln gehen." Gracie drückte ihm einen flüchtigen Kuss auf die Wange. Steven erwiderte ihn mit einem langen, sehnsuchtsvollen Kuss. Als er Gracie schließlich freigab, sah er, wie Hanna die Augen verdrehte.

War das zu viel öffentliche Liebesbekundung für seine kleine Schwester?

Nachdem James und Hanna Steven umarmt hatten, bahnte er sich mit Parker einen Weg durch die vielen Touristen. Sie marschierten eilig zur FBI-Zentrale im Hoover-Gebäude zurück.

„Egal, was du in Bezug auf meine Schwester machst oder nicht machst, sollten wir Arbeit und Privatleben getrennt halten."

„Das ist mir recht."

Steven hielt Parker die Tür auf. „Bist du bereit, herauszufinden, ob Standish in Atlantic City war?"

„Ja, und ihn ins Gefängnis zu werfen."

In diesem Punkt waren er und Parker sich einig.

Kapitel 16

Mit geübtem Desinteresse ließ er am Dienstagnachmittag seinen Blick über den vollen Spielplatz wandern.

Wieder hatte ihn die Inkompetenz anderer Leute fast alles gekostet. Das würde nicht wieder vorkommen.

Und jemand würde dafür bezahlen.

„Mami, ich muss Pippi machen." Ein kleines, blondes Mädchen lief allein zu den Toiletten links von ihm. Ihre hüpfenden Locken und ihr rosa Kleid reizten vielleicht andere Männer, aber nicht ihn. Ihre Mutter sollte sie nicht allein gehen lassen.

Man wusste nie, was passieren konnte.

Ein anderes Kind weckte seine Aufmerksamkeit. Er ließ das Buch sinken, in dem er wie ein Student, der fürs Examen lernt, vor wenigen Momenten eifrig Stellen markiert hatte. In den meisten Fällen konnte er immer noch als Student durchgehen.

Der kleine, braunhaarige Junge sah aus, als wäre er ungefähr sechs. Er ging zum Wasserhahn und trank einen großen Schluck. Hinter dem Jungen und dem grauen Toilettengebäude konnte er Kinder auf Schaukeln und Spielgeräten sehen. Die vielen Kinder, die auf dem Spielplatz tobten, boten eine gute Deckung. Rechts von ihm waren Baseballfelder und ein Holzpier, der zu einem See führte. Nach wenigen Metern boten Parkplätze einen schnellen Zugang zum Park.

Einen besseren Fluchtweg konnte er sich nicht wünschen.

Jetzt musste er nur noch die Nadel in den Arm des kleinen Jungen stechen und mit ihm an den Baseballfeldern vorbei zum Ausgang marschieren, als wäre sein Sohn an seiner Schulter eingeschlafen.

Es wäre das reinste Kinderspiel.

Er kramte in seinem dunkelblauen Rucksack und fand einen Kaugummi. Das Buch und der Textmarker verschwanden am Boden des Rucksacks, den er sich über die Schulter hängte.

„Hallo. Möchtest du einen Kaugummi?" Er steckte sich selbst ein Stück in den Mund, um dem Kind die Angst zu nehmen, der Kaugummi könnte vergiftet sein. Das andere Stück hielt er dem kleinen Jungen hin.

Der Sechsjährige kam vorsichtig näher. Fragend zog er die Augenbrauen hoch, bis sie von seinem zerzausten Pony fast bedeckt waren.

Nur noch zwei Schritte, und der Junge wäre nahe genug. Er betastete die winzige Nadel mit seiner linken Hand. Sein Herz hämmerte, und er spürte den Adrenalinstoß. Der Druck, der anfing, sich in ihm aufzubauen, würde schnell befriedigt werden.

„Mama!", schrie der kleine Junge und rannte nach rechts davon.

Am liebsten hätte er laut geflucht. Aber er zwang sich, langsam und beiläufig an den Toiletten und an den Baseballfeldern vorbeizuschlendern. Es hatte keinen Sinn, Verdacht zu erregen und andere Leute auf sich aufmerksam zu machen. Oder jemanden auf die Idee zu bringen, seine Autonummer aufzuschreiben. Er hatte gelernt, seine Spuren zu verwischen, aber es war nicht nötig, das Schicksal herauszufordern.

Seine Hände begannen zu schwitzen, als er wieder die Schutzkappe auf die Nadel steckte und im Geiste die letzten paar Sekunden durchspielte. Während er an den Kiefern vorbeispazierte, die sich im leichten Wind bewegten, schaute er auf seine Armbanduhr. Er fluchte wieder, als er unverrichteter Dinge zu seinem blauen Mietwagen zurückkam.

Er hatte den Jungen schon fast gehabt. Dann hatte das dumme Kind geschrien.

Aber keine besorgte Mutter hatte aufgeblickt. Und ihm war auch niemand gefolgt.

Er drückte auf den Türöffner an seinem Schlüsselbund und warf seinen Rucksack auf den Beifahrersitz. Die schwarze Haube und Decke auf dem Rücksitz blieben heute unbenutzt.

Er ließ den Motor an und fuhr davon, ohne sich noch einmal umzuschauen.

Morgen.

Es gab immer ein Morgen.

* * *

Mit der Sahnespritze in der Hand nahm Hanna die letzten Verzierungen an Clints Geburtstagstorte vor.

Steven kam in die Küche und stieß sie in die Rippen. „Sieht gut aus, Schwesterlein."

„Hey, hör auf. Sonst verunstalte ich noch die Torte."

„Selbst wenn du sie fallen lassen würdest, sähe dieses süße Teil gut aus. Nicht ganz so gut wie deine Fotos, aber nicht weit davon entfernt." Er blieb lächelnd neben ihr stehen und schaute ihr bei der Arbeit zu.

„Du findest, sie ist gut genug?" Sie betrachtete die grüngoldene Torte. Vielleicht war das Regenbogenmuster ein wenig übertrieben. „Es ist eindeutig besser als dein ‚Die besten Jahre liegen hinter dir'."

„Das muss ich mir diesmal verkneifen. Aber zu Clints vierzigsten Geburtstag im nächsten Jahr darf es nicht fehlen." Steven ging auf die andere Seite der Küche und holte Teller und Besteck aus dem Schrank und der Schublade.

„Ist das nicht Gracies Geschirr?"

Steven grinste. „Das hier ist bald auch ihr Zuhause."

„Je früher, desto besser." Gracie stand lächelnd in der Küchentür. Steven stellte die Teller ab und ging zu ihr hinüber.

Ihre künftige Schwägerin sah in ihrem pfirsichfarbenen Pullover und ihrem Rock mit dem Blumenmuster wie der leibhaftige Frühling aus. Hanna seufzte. Gracie und Steven gaben ein schönes Paar ab. Mit allem, was dazugehörte.

Hanna schrieb noch ein paar Buchstaben auf die Torte. „Wann wollen Clint und Sara hier sein?"

„Sara sagte, in ungefähr einer halben Stunde. Alle anderen sollten kurz danach kommen. Bis sieben müsste jeder da sein." Steven wandte sich an Gracie. „Erica ist mit James, Susannah und Jonathan schon oben, oder? Sie sollen bald ins Bett gehen. Auch wenn sie alle hier übernachten, morgen ist wieder Schule."

„Ja. Clints Eltern sind auch bei ihnen." Gracie legte Servietten zu Stevens Stapel aus weißem Porzellan auf die Arbeitsplatte. „James und Susannah sind schon ziemlich müde. Sie haben nach einem langen Schultag auch noch alles schön dekoriert. Clints Eltern haben den Tag mit Jonathan im Park verbracht. Ihm werden bestimmt auch bald die Augen zufallen."

„Es wird Clint und Sara guttun, nach der Party ein bisschen Zeit allein mit seinen Eltern zu verbringen." Steven holte sich ein Wasser aus dem Kühlschrank. „Ich hoffe nur, dass sie nicht den ganzen Abend über Krebs sprechen. Es war ein Schock für sie, Clint so zu sehen. Aber ich will trotzdem nicht, dass sich heute Abend alles um die Krankheit dreht."

„Du kannst ja Karaoke singen“, grinste Hanna spöttisch.

Steven spuckte fast sein Wasser aus. „Um mich von Clint aufziehen zu lassen, dass ich ein singender FBI-Agent wäre? Nie im Leben!“

„Ja, vielleicht lässt du das lieber bleiben. Immerhin musst du mit diesen Leuten weiterhin zusammenarbeiten.“ Sie lachten alle und konzentrierten sich wieder auf ihre Aufgaben.

Hanna wischte sich die Hände an der Schürze ihres Bruders ab, auf der der alberne Spruch „Küss den Koch“ stand. Sie brachte ihren Pferdeschwanz in Ordnung. Sie hatte sich heute Morgen einen professionellen Look geben wollen, ohne langweilig auszusehen, da sie wusste, sie würde direkt nach der Arbeit hierherkommen. Nun hoffte sie, dass Michael ihr ihre dreißig Jahre nicht ansehen würde.

Der weinrot gemusterte Rock und die einfache cremefarbene Bluse, die unter ihrer dunklen Jacke zu sehen war, waren bequem und modern. Wenigstens hatte sie das heute Morgen gedacht. Jetzt war sie sich nicht mehr so sicher.

Der Umstand, dass sie das überhaupt interessierte, machte sie nervös.

Steven und Gracie verschwanden mit dem Geschirr und den Servietten im Esszimmer. Hanna trug die Sahnespritze und die anderen Geräte, die sie für die Torte gebraucht hatte, zur Spüle, und begann, sie sauber zu machen. Warum interessierte es sie so sehr, ob Michael Parker sie attraktiv fand?

Das letzte Mal, als ein Mann sich zu ihr hingezogen gefühlt hatte …

Sie schüttelte den Kopf. Sie hatte sich und Gott versprochen, dass sie diese Gedanken nicht mehr zulassen würde.

„Wie läuft die Einarbeitung der Mitarbeiter?“ Die beruhigende Gegenwart ihres Vaters tat ihr gut.

Sie trocknete sich die Hände ab und umarmte ihn. „Wir liegen für unsere große Eröffnung am Montag gut im Zeitplan. Die Buchhaltung ist eingerichtet, und das Lager ist gefüllt. Wir werden diese Woche die Einarbeitung abschließen, und dann sind wir bereit für die Eröffnung. Die Lage in der Einkaufspassage wird sich gut aufs Geschäft auswirken.“

„Ich kann es kaum erwarten, zu kommen und auszuhelfen.“ Dad half ihr, die Schürze abzunehmen, ohne ihren Pferdeschwanz, der mit viel Haarspray festgehalten wurde, zu zerzausen. „Ich bin froh, dass du hierhergezogen bist, Liebes. Ich habe es vermisst, dich in meiner Nähe zu haben.“

Ihr flatterndes Herz beruhigte sich. Die Nähe ihres Vaters wirkte sich wohltuend auf sie aus.

„Hast du vor, einige deiner Bilder im Café aufzuhängen? Du könntest an einem Abend sogar eine Ausstellung machen. Das wäre großartig fürs Café und sollte deiner Fotokarriere auch helfen."

„Dazu bin ich noch nicht ganz bereit." Sie trocknete das letzte ihrer Küchengeräte ab. „Aber ich werde ein paar Landschaftsbilder und vielleicht auch einige Schwarzweißporträts aufhängen."

„Tu, was du für richtig hältst. Ich werde dich nicht drängen, solange du das Fotografieren nicht aufgibst. Du hast eine wunderbare Gabe, Hanna. Und deine Augen leuchten, wenn du eine Kamera in der Hand hast."

Sie umarmte ihn noch einmal. „Danke, Dad. Deine Unterstützung tut mir so gut."

Sie verstaute die abgetrockneten Sachen in der Schublade und nahm ihre Kamera von der Arbeitsplatte. Sie genoss das Gefühl, sie in der Hand zu halten. Wenn sie die Schönheit um sich herum im Bild festhalten und zur Geltung bringen könnte, fühlte sie sich erst richtig lebendig.

Kein Wunder, dass sie das Fotografieren liebte.

Es war das Einzige, was sie wirklich gut konnte.

* * *

„Weißt du, Clint, wir haben im Internet einiges über Entgiftung und Darmreinigung gelesen, und auch über Fasten und Chelat-Therapie." Clints Vater deutete auf seine Frau. „Wir haben die Artikel für dich ausgedruckt. Ich hole sie aus meiner Reisetasche, sobald wir wieder bei euch zu Hause sind."

Steven biss sich auf die Zunge, um nichts Unfreundliches zu sagen. Er hatte endlos zugehört, wie Freunde, die es alle wirklich gut gemeint hatten, über Löwenzahn und Tees und Diäten gesprochen hatten. Nichts davon hatte seiner Mutter geholfen. Er bezweifelte, dass irgendetwas davon Clint helfen würde.

Sara zupfte an seinem Arm, und er folgte ihr ins Esszimmer. „Du bist ein guter Freund, aber Clint kann auf sich selbst aufpassen. Hör also auf, so finster zu schauen, wenn Leute ihm Ratschläge geben. Seine

Eltern sind in Ordnung. Sie sind ein wenig erschüttert durch seinen Krebs, aber nichts, was sie bis jetzt gesagt haben, wird ihm schaden." Sara senkte den Blick zu Boden und schaute ihm dann in die Augen. „Wir wollen vor dem Essen eine kleine Ankündigung machen, okay?"

Sein Magen knurrte. Die Kinder wurden unruhig, und die Appetithappen hatten nur seinen Hunger nach einem richtigen Essen geweckt. Clint hatte sich ein einfaches Essen aus Hamburgern, Pommes und Salat gewünscht. Alles biologisch. Es war nicht schwer gewesen, die Sachen zu besorgen. Nur teuer.

„Kein Problem." Er kniff die Augen zusammen. „Ihr zieht aber nicht weg oder so etwas?"

Sara setzte ihr irisches Prinzessinnenlächeln auf. „Das wirst du bald erfahren." Sie legte eine Hand auf seinen Arm. „Es ist nichts, was dir nicht gefallen wird. Das verspreche ich dir."

Sie kehrten ins Wohnzimmer zurück, wo Sara sich wieder zu Clint und seinen Eltern gesellte. Steven schaute sich inmitten der hellgrünen Schleifen und Ballons, die sein Esszimmer schmückten, nach Gracie um. Nur wenige FBI-Kollegen und ihre Familien standen um den großen Esstisch aus Kirschholz. Sie alle sahen aus, als hätten sie genauso viel Hunger wie er.

Er ging durch die Küche in den hinteren Teil des Hauses, um zu sehen, ob Gracie sich in den Wintergarten zurückgezogen hatte. Er fand sie auf einem hellbraunen Korbsofa. Sie hatte die Augen geschlossen und den Kopf gebeugt. Er lehnte sich an den Türrahmen und wartete, bis sie aufschaute.

„Hallo, meine Schöne!"

Sie lächelte. „Habe ich das Geburtstagsständchen verpasst?"

„Wolltest du das?" Er kam zu ihr und zog sie in seine Arme. „Ich finde, du hast eine wunderbare Stimme. Deshalb kann ich mir nicht vorstellen, dass du dich hier versteckt hast, um dich um das Singen zu drücken."

Sie holte tief Luft. „Ich habe für Clint und die anderen, die heute hier sind, gebetet."

Er schaute in ihre haselnussbraunen Augen. „Warum?"

„Ich sehe und höre, was die ganzen Veränderungen bewirken. Clints Diagnose, Hannas Umzug."

Er nickte, während sie sich nebeneinander aufs Sofa setzten.

„Clint ist doch eigentlich der Anführer in eurer Gruppe. Alle verlassen sich auf ihn. Auch du."

„Da widerspreche ich dir nicht. Er ist mir, was sein geistliches Leben und seine Fähigkeiten bei der Kindererziehung angeht, immer um Lichtjahre voraus gewesen. Außerdem ist er ein Muskelpaket. Es ist schwer, ihn nicht als Fels in der Brandung zu sehen."

„Aber jetzt muss er sich mehr auf Sara und auf dich stützen. Eure Rollen sind also ein wenig vertauscht. Sara bleibt von der Arbeit zu Hause, um Clint zu unterstützen, und übernimmt immer mehr Arbeiten im Haushalt, die Clint früher erledigte, wie Gartenarbeit und solche Sachen. Außerdem hilft sie ihm, sich an Kleinigkeiten zu erinnern, die er vergisst. Und du auch. Ihr beide beschützt ihn. Und das ist gut so. Das gehört zu Gottes Plan, besonders in Krisenzeiten." Gracie zuckte die Achseln. „Ich habe nur gebetet, dass das alles ohne Verletzungen geschieht, und habe Gott für die Reife gedankt, mit der alle mit dieser Situation umgehen."

Steven wollte diese Reife gar nicht. Er wollte nicht mit seinem besten Freund die Rollen tauschen.

„Aber was Hanna angeht, tust du dich noch schwer."

Ihm gefiel dieses Thema noch weniger als das vorherige. „Ich verstehe nicht, was du meinst."

„So wie ich es sehe, warst du immer wie ein dritter Elternteil für sie. Und als ihr eure Mutter verloren habt, bist du noch tiefer in die Beschützerrolle hineingerutscht."

„So sind große Brüder nun einmal."

„Ich weiß. Und ich finde es schön, dass du dich so sehr um sie kümmerst. Aber Hanna ist eine erwachsene Frau, die frei davon sein muss, in deinem Schatten zu leben und alles so zu machen, wie du es für richtig hältst." Gracie nahm seine Hand. „Ich sage damit nicht, dass du aufhören sollst, sie zu lieben. Aber halte dich ein wenig mehr im Hintergrund. Und hör auf, Michael zu vergraulen. Er ist ein guter Mann, Steven. Er hat viel Ähnlichkeit mit dir. Gib ihm eine Chance."

Steven öffnete den Mund, um ihr zu widersprechen, stellte dann aber fest, dass er das nicht konnte. Ihm gefiel nicht, was Gracie da sagte, aber er hatte gelernt, ihrer Beobachtungsgabe zu vertrauen. Er fühlte sich immer noch für Hanna verantwortlich. Aber vielleicht sollte er sich wirklich ein wenig aus ihrem Leben zurückziehen. Nur ein wenig.

Clint stand im Türrahmen und räusperte sich. „Ich weiß, dass ich störe, aber daran werdet ihr euch gewöhnen müssen." Er schmunzelte. „Alle fragen, wann wir essen. Kommst du also und eröffnest das Essen mit einem Gebet? Einem netten, kurzen Gebet? Und vergiss nicht, dass wir eine Ankündigung machen wollen."

Steven nickte. „Ich komme sofort." Er hielt Gracies Hand fest und ging mit ihr ins Wohnzimmer. „Wir sprechen später weiter."

Als er alle Gäste für Saras und Clints Ankündigung zusammenrief, regten sich seltsam gemischte Gefühle in ihm: Zum einen war er erleichtert, dass es Clint anscheinend so gut ging, dass er ihn schon wieder ein bisschen necken konnte. Aber er war auch unsicher, weil er nicht wusste, worum es in ihrer Ankündigung gehen sollte. Und er war unruhig wegen Gracies Bemerkungen über seine Schwester. Er wusste nicht, wie er sich Hanna gegenüber anders verhalten sollte. Sie hatte es immer akzeptiert, dass er sie als ihr großer Bruder beschützte.

Saras theatralische Pause riss ihn aus seinem Grübeln. „... Wir sind euch allen sehr dankbar für eure Gebete wegen Clints Krebserkrankung, aber wir möchten auch eine frohe Nachricht mit euch teilen und hoffen, dass ihr genauso dafür betet."

Steven richtete sich erwartungsvoll auf.

Clint zog Sara fester an seine Seite. „Wir möchten euch die Ankunft eines weiteren Familienmitglieds ankündigen, geplant für Anfang Oktober. Kurz nach Stevens Geburtstag."

Steven blinzelte. Ein paar Frauen kreischten entzückt. Clints Eltern erdrückten Sara und Clint fast vor Begeisterung, während Gracie und Hanna und alle anderen sich um die glücklichen werdenden Eltern drängten. Steven schaute seinen Partner über die aufgeregten Köpfe hinweg an und grinste breit.

Ein Baby.

„Du sagst mir jetzt bestimmt, dass ich verrückt bin, weil wir auf meine alten Tage noch ein Kind bekommen?", sagte Clint einige Minuten später zu ihm.

„Nie im Leben, Partner! Ich finde das großartig."

Clint sank auf das dunkelbraune Ledersofa neben dem Kamin. „Es freut mich, das zu hören." Er schaute durch das volle Zimmer und lächelte seine Frau an, die immer noch begeisterte Glückwünsche entgegennahm. „Danke, dass du die schwarze Dekoration auf das nächste

Jahr verschoben hast. Wenn die große Vier kommt, lässt sie sich ja sowieso nicht mehr vermeiden."

„Dein Geburtstag wird nächstes Jahr um einiges größer aufgezogen. Darauf kannst du dich verlassen."

„Ich weiß."

„Gracie und ich haben darüber gesprochen, dass ..."

Aber Clint war trotz des lauten Stimmengewirrs, das im Raum herrschte, einfach eingeschlafen.

Sara trat neben Steven. „Ist es okay, wenn die anderen zu essen anfangen? Ich hebe ihm einen Teller für später auf."

„Kommt das häufiger vor? Schläft er oft einfach mittendrin ein?"

„An den ersten Tagen nach der Chemo schon. Aber die Arbeit kostet ihn auch viel Kraft." Sie zog Stevens rotschwarze Decke mit einem Emblem des Football-Teams der Louisville Cardinals über Clint. „Er wird bald aufwachen."

Das machte die Sache auch nicht besser.

Es erinnerte Steven alles zu sehr daran, wie es bei seiner Mutter gewesen war.

* * *

Gegen zehn Uhr hatten alle gegessen und sich verabschiedet. Die Kinder lagen oben und schliefen tief und fest. Alles in allem war es eine schöne Feier gewesen. Steven half Gracie und Sara, die Dekoration im Wohnzimmer abzunehmen. Hanna und Parker waren in der Küche und packten die Essensreste ein.

Er war brav und hielt sich von den beiden fern.

Clint nahm einen Schluck aus seiner allgegenwärtigen Wasserflasche. „Wie waren die Hamburger?"

Steven setzte sich schmunzelnd zu ihm. „Gourmetqualität, wenn ich das so sagen darf. Wir haben dir welche aufgehoben."

„Habe ich geschnarcht?"

„Nein."

„Wie haben meine Eltern darauf reagiert, dass ich eingeschlafen bin?"

„Sie waren ein wenig beunruhigt, aber Sara hat allen versichert, dass alles in Ordnung ist." Er rieb die Hände über seine Hose. „Bist du sicher, dass dir die Arbeit nach der Chemo morgen nicht zu viel wird?"

„Ich werde erst nächste Woche wieder zur Arbeit kommen. Dieses brutale Zeug, das sie Medikamente nennen, wirft mich immer um. Ich denke, ich muss es ein wenig langsamer angehen."

„Das sehe ich auch so."

„Gut." Clint stand auf und streckte sich. „Irgendwelche Neuigkeiten zu unserem Fall, die ich gestern Nachmittag verpasst habe?"

„Wir haben das Gespräch vom Montag über mögliche Szenarien, was Standish mit den Kindern gemacht haben könnte, weitergeführt. Am Dienstag hat sich dann der Papierkram noch höher auf unseren Schreibtischen gestapelt."

„Was ist mit diesem Fall in Louisville? Ich habe Schwierigkeiten, alles im Blick zu behalten. Erzählst du mir noch einmal, was passiert ist?"

„Die Spurensicherung in Louisville untersuchte den zerschmetterten Schädel und die gebrochenen Knochen des Kindes und vermutet stumpfe Gewalteinwirkung als wahrscheinliche Todesursache. Als die Mutter des Opfers sah, wie ihr zweiter Mann ihren noch lebenden Sohn auf den Kopf schlug, konnte sie die Warnzeichen nicht länger ignorieren und wollte nicht noch einen Sohn verlieren. Beim Verhör dauerte es dann nicht lange, bis der Ehemann den Mord gestand und zugab, dass er die Leiche vor fünf Jahren vergraben hatte."

„Ich werde solche Menschen nie verstehen." Clint setzte sich wieder zurück in den Sessel und putzte die Nase. Das hatte er schon den ganzen Abend gemacht. Ohne Augenbrauen sahen seine Gesichtszüge anders aus. „Ich weiß, dass es verrückt ist, aber ich habe von einer Situation vor dreizehn Jahren, als ich beim Militär war, geträumt. Der Traum lässt mir keine Ruhe. Deshalb frage ich mich, ob vielleicht ein Zusammenhang besteht. Ich habe immer wieder vergessen, es zu erwähnen, aber schließlich habe ich alles aufgeschrieben, was mir zu dem Fall eingefallen ist. Die Nachforschungen im Internet, die ich bis jetzt anstellen konnte, brachten keine erfolgversprechende Spur. Aber wenn ich es irgendwann schaffe, alle Akten zu lesen, kümmere ich mich genauer darum."

Das klang nicht nach einer heißen Spur. Wahrscheinlich war das nichts anderes als eine Auswirkung der Chemo auf Clints Hirn. Clints Gedächtnislücken beunruhigten Steven allerdings viel mehr. Normalerweise vergaß er Details nie. Wenigstens war das früher so gewesen.

„Hey, Leute." Hanna kam mit einem Lächeln aus der Küche. Sie beugte sich und umarmte Clint. „Ich wollte Gute Nacht sagen."

Steven stand auf. „Wenn du eine Minute wartest, begleite ich dich nach Hause."

Hanna schüttelte den Kopf. „Nicht nötig. Ich bin erwachsen." Sie schaute Clint an und hoffte auf seine Unterstützung.

„Schau mich nicht so an! Ich werde mich bestimmt nicht bei euch beiden einmischen."

Steven zog seine Schwester an seine Seite. „Tu mir den Gefallen. Ich mache mir einfach nur Sorgen um deine Sicherheit."

Sie schnaubte. „Ich würde sagen, du hast eher ein krankhaftes Bedürfnis, alle zu beschützen."

Er schob die Hände in seine Hosentaschen. „Gehst du heute Abend noch mit Parker aus?"

„Nein. Was hast du eigentlich gegen ihn? Er ist ein netter Mann."

„Ja, aber das mit Craig lief nicht so gut, und ich will nicht, dass du dich in die nächste Situation stürzt, die genauso enden könnte. Ich glaube einfach nicht, dass Michael der Richtige für dich ist. Er …"

„Gute Nacht." Hanna stürmte hinaus und knallte die Tür hinter sich zu.

Steven folgte ihr. Das hatte er wieder einmal prima hingekriegt.

Kapitel 17

Die grellen Lichter eines nachgeahmten Las-Vegas-Kasinos erhellten das College-Park-Restaurant. Eine Kellnerin, die er heute hier kennengelernt hatte, hatte vorgeschlagen, dass er sie zur Geburtstagsparty ihres Chefs, die unter dem Thema Glücksspiele stand, begleiten könnte.

Wie könnte er sich eine angenehme Ablenkung am Freitagabend entgehen lassen? Es war eine Weile her, seit er sich einen Abend in der Stadt gegönnt hatte.

Nach einigen Schwierigkeiten lief jetzt alles mehr oder weniger nach Plan. Aber der Druck und das Verlangen wurden immer stärker. Es forderte viel mehr und war viel drängender als in den vergangenen Jahren. Am Ende würde ihm nur eines Erleichterung verschaffen. Aber vielleicht würde ihm diese Ablenkung heute helfen, sich zu entspannen.

Vielleicht wäre das für den Moment genug.

„Hey, Süßer. Wie ich sehe, bist du zu mir zurückgekommen. Willst du am Blackjack-Tisch anfangen oder zuerst ein wenig Poker spielen?"

Er hatte in Kasinos immer Erfolg gehabt. Bei seinen Reisen hatte er schon einige der edelsten Spielkasinos besucht. Gewinnen war eine Sache der Disziplin, der Selbstbeherrschung und des Wissens darum, wann man aufhören musste. Außerdem genoss er die Herausforderung, sich mit dem Haus selbst zu messen. Aber bei dieser kleinen Party konnten unmöglich echte Gewinne ausgezahlt werden. „Welche Preise kann man denn hier gewinnen?"

„Hauptsächlich irgendwelchen Kleinkram. Aber die Hauptgewinner bekommen am Ende des Abends einige größere Preise. Einen Flachbildfernseher und eine Reise ins richtige Las Vegas." Die kokette, rothaarige Frau kam ihm ganz nahe. Sie war keine Frau zum Heiraten und auch nicht so gebildet wie seine üblichen Begleiterinnen, aber für einen Abend unter Erwachsenen würde sie genügen. „Was hältst du davon, wenn wir unsere Gewinne zusammenwerfen und versuchen, diese Reise in den Westen zu gewinnen?"

Die Möglichkeit, sein Können unter Beweis zu stellen und dazu noch eine kostenlose Reise nach Las Vegas zu gewinnen, klang verlockend. „Sollen wir?"

Mehrere Stunden und einige Martinis später begann die Party, ihn zu langweilen. Hier gab es keine echten Kartengeber, die ihn herausgefordert hätten. Die meisten anderen Gäste waren zu betrunken, um ihm intellektuell oder beim Kartenspiel das Wasser reichen zu können. Die Erinnerungen an Atlantic City verstärkten den schalen Geschmack, den diese Party bei ihm hinterließ.

Sie genügte auch nicht als Ablenkung.

Er brauchte mehr. Immer mehr.

* * *

Clint fuhr aus dem Schlaf hoch und sah aus dem Auto, während Sara am frühen Montagnachmittag in der Innenstadt von Alexandria einen Parkplatz suchte. Der graue Himmel und die Bäume mit dem ersten zarten Grün verschwammen vor seinen Augen. Er hasste es, dass er ständig einschlief. Das Mitleid in den Augen der anderen hasste er noch mehr. Aber den Fremden im Spiegel verabscheute er am meisten.

Er fing auch an, die Weisheit seiner Entscheidung, den Leuten in der Gemeinde von seiner Krankheit zu erzählen, in Frage zu stellen.

„Wir kaufen Sachen für meine kleine Schwester?" Jonathan saß aufgeregt in seinem Autositz, während seine Großeltern ihm liebevoll Gesellschaft leisteten.

„Ja, wir schauen uns ein paar Sachen für das Kinderzimmer an. Aber wir wissen nicht, ob es ein Junge oder ein Mädchen war. Wir werden heute also wahrscheinlich nicht viel kaufen", erklärte Sara dem fast dreijährigen Jonathan geduldig.

„Deine Werte waren also gut, als du am Donnerstag im Krebszentrum warst?" Sein Dad ließ mit seinen Nachforschungen und seinen Fragen einfach nicht locker. Clints starke Müdigkeit nach der Chemo in der letzten Woche hatte seinen Vater sehr beunruhigt. Aber Sara hatte sich in der ersten Woche des vierzehntägigen Besuchs der Eltern so tapfer gehalten, dass Clint versuchte, es ihr gleichzutun.

„Nicht schlecht. Meine ANC[2] lag bei 910,23."

„Dein Blutbild zeigt somit ein gemäßigtes Infektionsrisiko. Du solltest die Neulasta-Injektionen also auf keinen Fall absetzen, damit sich noch mehr weiße Blutkörperchen bilden."

„Wir haben das alles im Griff, Dad!" Sara lenkte den silbernen Range

---

2 absolute Anzahl neutrophiler Granulozyten (weiße Blutkörperchen).

Rover in die vorderste Parkplatzreihe vor einem Geschäft mit Babyausstattung.

„Kriege ich ein Eis, Oma?"

„Wir werden sehen. Vielleicht später. Aber zuerst suchen wir ein schönes Geschenk für das Baby, ja?"

„Ja."

Die fünf betraten das große Geschäft und schauten sich um. Clints Mutter und Sara waren von den süßen Sachen für kleine Mädchen begeistert. Clint und Jonathan setzten sich neben ein Regal mit Kinderbüchern und fingen an zu lesen. Sein Vater stand neben ihnen und hörte zu, tat aber so, als schaue er sich Babymöbel an. Clint hatte Mühe, die Augen offen zu halten, und schlug deshalb vor, draußen ein wenig spazieren zu gehen.

„Opa, kommst du mit?" Jonathan begann zu husten und wischte sich die Nase an seinem Ärmel ab.

Clints Dad eilte schnell zu ihm. „Ist alles in Ordnung, Junge? Du wirst doch nicht krank, oder?"

„Er ist gesund, Dad. Kinder husten nun einmal. Bitte, können wir einfach den Rest dieses Ausflugs genießen, ohne die ganze Zeit über Keime oder Krebs zu sprechen?"

„Tut mir leid, mein Sohn. Ich … mache mir einfach Sorgen."

„Willkommen im Club."

„Clint. Werde nicht frech. Wir wollen doch nur helfen. Ich werde versuchen, in Zukunft feinfühliger zu sein."

Ja, so feinfühlig wie ein Vorschlaghammer.

Er sollte den anderen für ihre Fürsorge dankbar sein. Das wäre er auch, wenn ihm nicht die ganze übertriebene Aufmerksamkeit das Gefühl gäbe, ein riesengroßes Baby zu sein.

* * *

Steven klappte frustriert sein Handy zu.

Die Restaurantgeräusche im Hintergrund zwangen ihn, seine aufgewühlten Gefühle hinunterzuschlucken, wo sie weiterrumoren würden, bis er sich so weit beruhigt hätte, dass er sich mit ihnen auseinandersetzen könnte.

Gracies sanfte Berührung an seinen Schultern ließ ihn herumfahren.

„Geht es dir gut?"

Er schaute sie an. „Nein. Aber das wird schon wieder." Er steckte sein Handy wieder in die Halterung an seinem Gürtel. „Clint hat das Essen heute Abend völlig vergessen. Sara sagte, wir sollen einfach ohne sie planen und ihnen später sagen, was wir beschlossen haben."

„Er wird wieder gesund, Steven. Er wird bei der Hochzeit dabei sein." Gracie nahm seine Hand und zog ihn zum Tisch zurück.

Die irische Dekoration in dem Restaurant erinnerte ihn wieder an Sara und Clint. Vielleicht war es doch keine so gute Idee gewesen, zu Bennigan's zu gehen. Sie hatten dieses Restaurant zu Saras Ehren ausgesucht und hatten miteinander einen fröhlichen Abend verbringen und dabei die Hochzeit planen wollen. Es war eines ihrer liebsten irischen Restaurants.

Fröhlich. Der Schmerz in seinen Kinnmuskeln verstärkte sich bei jedem Schritt durch das Restaurant. Sein Trauzeuge sollte hier sein und bei den Planungen helfen.

Er hasste Krebs. Er hasste, dass er Menschen so veränderte. Er hasste die Angst, die er weckte. Er hasste die Wut, die Schuldgefühle. Es waren die gleichen Gefühle, die er während des langsamen Sterbens seiner Mutter unzählige Male durchlebt hatte.

Gracies Freundin aus gemeinsamen Studententagen und ihr Mann schauten ihnen fragend entgegen, als sie zum Tisch zurückkamen. „Geht es Clint gut? Wir hatten gehofft, ihn wiederzusehen. Es ist schon eine ganze Weile her, seit wir miteinander gesprochen haben."

Leah McDaniel gehörte zu den wenigen Anwälten, die Steven mochte. Das war auch gut so, denn sie war Gracies engste Freundin und die treibende Kraft, die dafür sorgte, dass die Hochzeitspläne Gestalt gewannen. Sie hatten nur noch dreieinhalb Monate, um alles vorzubereiten. Das war in Stevens Augen mehr als genug Zeit, aber Gracie hatte ihm erklärt, dass es in Wahrheit sehr wenig Zeit war.

„Clint fühlt sich nicht gut. Seine Chemotherapie nimmt ihn wirklich mit." Als der Kellner kam, reichte ihm Steven seine Speisekarte und bestellte, ohne nachzudenken. Alle anderen folgten seinem Beispiel.

„Das ist hart." Kevin schaute ihm direkt in die Augen. „Das alles wirft eure Hochzeitspläne kräftig durcheinander, nicht wahr?"

Steven starrte ihn an. Kevin klang, als wäre Clints lebensbedrohliche Krankheit nur ein Planungshindernis.

Gracie nickte. „Es ist schwer. Aber wir vertrauen darauf, dass Clint bei der Hochzeit dabei ist."

Sie verfolgten schweigend ein paar Minuten das Basketballspiel auf dem großen Fernsehbildschirm, bevor der Kellner mit ihren Salaten kam. Kevin sprach ein kurzes Tischgebet. Während sie aßen, kam Leah zum Thema. „Wir sind uns also einig, dass die Trauung in der Schulkapelle stattfinden soll?"

Gracie strahlte. „Ja, die Kapelle ist der perfekte Ort. Wir hatten beide schon eine Hochzeit in einer großen Kirche und würden es dieses Mal gern kleiner gestalten. Außerdem haben wir uns in Hope Ridge das erste Mal getroffen."

„Die Kapelle gefiel mir auf Anhieb, als wir für William eine Privatschule aussuchten." Leah aß etwas Salat und schluckte, bevor sie weitersprach. „Diese ganzen hochmodernen Sicherheitseinrichtungen sind ein wenig lästig, aber nach der Schießerei letztes Jahr bin ich dankbar, dass es sie gibt."

Steven gab ihr recht. Auch wenn er ein Gespräch über die Schießerei letztes Jahr nicht viel besser fand als über Clints Krebserkrankung, hatte er gelernt, dass Leah nie um den heißen Brei herumredete und dass für sie kein Thema tabu war.

Kevin schaute auf die grünweiße Tischdecke hinab. „Ich wollte vorhin Clints Krankheit nicht leichtfertig abtun." Er rieb sich den Nacken. „Ich weiß, dass es sehr schlimm ist. Aber ihr beide habt schon so viel durchgemacht und ich hoffe einfach, dass eure Hochzeitspläne durch nichts beeinträchtigt werden."

Gracie beugte sich über den Tisch und drückte Kevins Hand. „Danke für dein Mitgefühl und deine Ehrlichkeit und Offenheit, Kevin. Wir beten alle dafür, dass Clints Chemo gut ausgeht und dass unsere Pläne sich verwirklichen lassen."

Das Gespräch drehte sich jetzt um Hochzeitsfarben und andere Details, die Steven nicht allzu sehr interessierten. Stattdessen verdrehten er und Kevin sich den Hals, um ein bisschen mehr von dem Basketballspiel zu sehen.

Doch als die Nachspeise kam, schenkte er der verführerischen Schokoladenkreation, die er und Gracie sich gemeinsam bestellt hatten, seine volle Aufmerksamkeit. Gracie sagte immer, dass Schokolade, gleich nach Gott, der wichtigste Teil jeder großen Entscheidung oder Feier war.

Dagegen hatte er nichts einzuwenden.
Solange Clint bei der nächsten Planungsrunde wieder mit dabei war.

Kapitel 18

„Mama, mein Bauch tut weh."

Bei Jonathans Worten zog sich Saras Magen zusammen. Dieser Dienstagmorgen hatte überhaupt nicht gut begonnen. Sie kämpfte immer noch mit ihrer Schwangerschaftsübelkeit und bekam nicht genug Schlaf, weil Clint jede Nacht aufwachte. Sie brauchte zu allem Überfluss nicht noch einen Kranken in der Familie.

Wenigstens war Susannah, dank Oma und Opa, ohne besondere Vorkommnisse in die Schule gekommen.

„Komm, wir messen deine Temperatur und dann sehen wir, wie wir dein Bauchweh vertreiben können." Sie nahm ihren kleinen Sohn auf den Arm und ging ins Badezimmer. Clint lag unten im Wohnzimmer auf dem Sofa und schaute sich gerade das Ende eines aufgenommenen Basketballspiels an, bevor er zur Arbeit fuhr. Clint und Sara hatten sich darauf geeinigt, dass er später zur Arbeit ging und früher heimkam, wenigstens in der Woche direkt nach der Chemo.

„Erzählst du mir etwas von Elmo, während ich deinen Arm halte?" Sara steckte das weiße Thermometer unter Jonathans kleinen Arm und hielt es fest.

„Wie groß ist Elmo?" Jonathan streckte seinen anderen Arm hoch über den Kopf. Seine braunen Haare waren vom Schlaf noch ganz zerzaust.

Sie lächelte. Es war eine gute Idee gewesen, Jonathans Stunden in der Kindertagesstätte zu kürzen. Das leise, digitale Piepsen zeigte, dass das Thermometer mit der Messung fertig war. Als sie den Wert sah, schluckte sie schwer. Siebenunddreißig neun.

Das war nicht so hoch, dass sie mit ihm zum Kinderarzt gehen musste. Aber doch so hoch, dass sie ihre Pläne für Jonathans Mittagsschlafzeit ändern würde. Während er schlief, würde sie das Haus mit Desinfektionsmittel putzen und dafür sorgen, dass alle sich noch öfter die Hände wuschen.

Sie betrachtete die trockene, aufgesprungene Haut auf ihrem eigenen Handrücken. „Komm, wir waschen uns die Hände, bevor wir zu Daddy gehen."

Ein zarter Rosenduft erfüllte die Luft. Die neuen Seifen, die sie im Bioladen gefunden hatte, Rosenblüten, Lavendel, sogar Mango, waren nicht mehr aus ihrem Badezimmer wegzudenken.

„Soll ich dir ein wenig Handcreme mit Vanilleduft geben?"

„Ich will Daddys Creme." Jonathan versteckte die Hände hinter seinem Rücken.

Kein Mädchenduft für ihn oder seinen Daddy.

Sie drückte einen kleinen Klecks der nicht fettenden, geruchlosen, weißen Creme auf seine kleinen Handflächen, ohne ihn zu berühren. Nachdem sie die Flasche abgewaschen und sie auf Clints Waschbecken zurückgestellt hatte, nahm Sara die Creme, die auf Jonathans Händen übrig war, und verteilte sie auf ihren Ellbogen. Sie würde keine gute Feuchtigkeitscreme vergeuden.

„Such mich, Mama!" Jonathan rannte auf den Gang hinaus.

Sara seufzte. Durch ihre Schwangerschaft fiel es ihr immer schwerer, mit Jonathan mitzuhalten. Wie würde sie alles schaffen, wenn das Baby erst einmal auf der Welt war?

Sie warf einen Blick auf den Stoß Ultraschallbilder auf ihrem Nachttisch, während sie aus dem Schlafzimmer eilte. Dieses Mal war wegen ihres „fortgeschrittenen Gebäralters" schon früher eine Ultraschalluntersuchung durchgeführt worden. Sie war erst siebenunddreißig, im Oktober wurde sie achtunddreißig. Aber obwohl ihre Frauenärztin behauptete, dass die Altersangabe in ihrem Schwangerschaftspass nur bedeutete, dass sie alles genauer beobachten müssten, machte Sara sich Sorgen wegen möglicher Komplikationen.

So viele Dinge gingen ihr in letzter Zeit durch den Kopf. Ganz oben auf der Liste stand im Moment, ihren zweijährigen Sohn zu finden und ihn daran zu hindern, zu viele Bakterien im Haus zu verteilen.

Weder in der Leseecke in Jonathans noch in Susannahs Zimmer kam ein kleiner, braunhaariger Junge zum Vorschein. Sara ging die Treppe hinunter. Auch in der Küche war Jonathan nicht. Dann vernahm sie ein Kichern aus dem Wohnzimmer.

„Wenige Sekunden vor Schluss sieht es ganz so aus, als kämen die Cardinals in die Runde der letzten Vier", tönte der große Fernseher durch den Raum, als sie die Treppe ins Erdgeschoss herabkam.

„Das ist Stevens Mannschaft", erklärte Clint Jonathan. „Die Cardinals der Universität von Louisville."

„Ja, Steven und James! Sie gewinnen!“ Jonathan klatschte Clints Hand ab und umarmte ihn.

Sie lächelte über diese liebevolle Szene.

Doch dann drückte Jonathan seinem Daddy einen riesigen, nassen Kleinjungenkuss auf den Mund.

„Jonathan, nein!“ Sie lief zum Sofa und zog Jonathan aus Clints Armen.

Clint schaute sie verwirrt an. „Sara, was soll denn das?“

Jonathans Tränen und die Anzeige auf dem Thermometer rangen in ihrem Kopf miteinander.

Die Thermometeranzeige gewann.

„Wir dürfen Daddy im Moment nicht küssen.“ Sie hielt Jonathan fest und schaute Clint an. „Jonathan hat Fieber. Wir müssen vorsichtig sein.“

Die traurigen Augen ihres Mannes brachten ihre Entschlossenheit fast ins Wanken. Er schaltete auf ein anderes Fernsehprogramm um und gab keine Antwort.

Jonathan nahm seine Decke und legte sich schmollend, die Finger im Mund, auf das weinrote Sofa, weg von seinem Daddy.

Sara schaute zur Zimmerdecke hinauf und betete, dass ihre Schwiegereltern noch nicht so bald von ihrem Morgenspaziergang zurückkämen.

Ich tue, was ich kann. Ein wenig Hilfe wäre wirklich schön, Gott. Nur ein bisschen?

* * *

Er musste etwas Neues ausprobieren. Der Druck in seinem Kopf wurde ständig größer, sooft er an sein Kind dachte. Der März hatte es bis jetzt nicht gut mit ihm gemeint. Vielleicht würde sich das bald ändern.

Am Freitagnachmittag saß er in seinem Mietwagen und sah zu, wie die Grundschüler an ihm vorbeigingen. Die aufgeregten kleinen Mädchen mit ihren hüpfenden Locken weckten schreckliche Erinnerungen.

Er hasste das. Er hasste, dass er die Kontrolle über sich verloren hatte.

Die Hände um das Lenkrad geballt, fuhr er langsam vor, als die Schülerlotsin den Autofahrern winkte, weiterzufahren.

Alles, was er brauchte, war ein kleiner, braunhaariger Junge, der allein unterwegs war. Aber die einzigen Jungen, die er gesehen hatte, waren in Gruppen zusammen. Wenn er noch eine Runde um das Schulgelände drehte, hätte er vielleicht mehr Glück. Viel schlimmer als beim letzten Mal konnte es nicht laufen.

Wieder blieb er vor dem Zebrastreifen und der Schülerlotsin stehen und ließ seinen Blick über den vollen Spielplatz schweifen.

Als jemand an seine Fensterscheibe klopfte, zuckte er zusammen. „Hallo. Kann ich Ihnen helfen?"

Er ließ das Fenster hinunter und legte seine beste Vortragsstimme an den Tag. „Entschuldigen Sie bitte, dass ich den Verkehr aufhalte und Sie bei der Arbeit störe. Ich bin nicht von hier und kenne mich nicht so gut aus. Wenn Sie mir zeigen könnten, wo das Schulsekretariat ist, hole ich mir dort die Informationen, die meine Frau gern über Grundschulen in dieser Stadt hätte."

Die Frau zog ein Handy heraus. „Ich werde Officer Douglas fragen. Er kann Ihnen sicher weiterhelfen."

Seine Hände wurden feucht, und ihm fiel beim besten Willen nicht mehr ein, als welche Person er sich soeben ausgegeben hatte.

Eine Begegnung mit einem Polizisten gehörte nicht zu seinem Plan. Er hatte sich zu lang zu gut versteckt, um jetzt alles zu verlieren.

„Äh, nein, das ist sehr nett von Ihnen, aber ich fahre einfach noch einmal herum und suche den Haupteingang."

Sie steckte ihr Handy mit einem Achselzucken wieder ein und ging an ihren Posten zurück.

Jetzt musste er nur noch ruhig wegfahren, um keinen Argwohn zu erregen. Um eine Schule herumzufahren war keine allzu gute Idee gewesen. Lieber sollte er einen Park suchen. Es wäre besser, bei dem zu bleiben, was er kannte. Aber es musste ein Park sein, in dem er noch nie zuvor gewesen war. Diese Nähe zu seinem Zuhause erhöhte das Adrenalin in seinen Adern und machte die Herausforderung noch reizvoller.

Sein erstes Ziel war jedoch der Supermarkt. Der Kaugummi hatte letztes Mal nicht gereicht. Diesen Fehler würde er nicht noch einmal machen.

Kapitel 19

„Alles Gute zum St. Patrick's Day!", rief die gesamte Belegschaft des Benefield-Krebszentrums, als Sara und Clint den Ballsaal im „Old Town Alexandria" Hotel betraten. Sara standen Tränen in den Augen.

Dieses Mal waren es jedoch Freudentränen.

Ihre Freunde vom Benefield-Krebszentrum hatten sie trotz ihres unbezahlten Urlaubs zur jährlichen Benefizveranstaltung am St. Patrick's Day eingeladen. Durch ihre Tränen hindurch nahm sie die kunstvolle goldene und grüne Dekoration des Ballsaals nur verschwommen wahr.

„Wie ich sehe, seid ihr in den erforderlichen Farben gekleidet", lächelte Marilynn, als sie die beiden umarmte.

Sara strich ihren smaragdgrünen Hosenanzug glatt. Den samtenen Stoff zu berühren, beruhigte sie, während sie und Clint sich im Saal umschauten und der irischen Musikgruppe zuhörten. Clint wirkte blasser als sonst. Aber er sah trotzdem gut aus. Er stand groß und schlank in seiner schwarzen Anzughose und seinem grünen Seidenhemd neben ihr, während sich auf seinem kahlen Kopf die funkelnden Lichter widerspiegelten.

Der Schock über seine körperlichen Veränderungen traf sie erneut. Es war, als ginge sie mit einem anderen Mann aus. Er sah immer noch gut aus, er war immer noch Clint. Aber trotzdem war er anders.

„Wenn ich will, dass du mich so anschaust, muss ich mich also ein bisschen ordentlicher anziehen?" Clints braune Augen wurden größer und zogen sich dann verschmitzt zusammen. „Ich kann kaum glauben, dass du mich auch ohne meinen Stetson und meine Jeans so bewundernd anschaust."

Wenigstens hatte er ihre Bewunderung nicht wieder als Bemutterung verstanden. „Ich bin nicht die Einzige, der du aufgefallen bist." Sie grinste und deutete mit dem Kinn zu den älteren ehrenamtlichen Mitarbeiterinnen hinüber, die sich an der Bowle und den Appetithappen bedienten. Sara hatte sie lächeln und miteinander tuscheln und in Clints Richtung schauen sehen.

Clint schmunzelte und begrüßte sie mit einem fröhlichen Winken, während er und Sara zum Getränketisch schlenderten.

Dieser Tag war eine angenehme Abwechslung nach den Anstrengungen der letzten Tage. Jonathan hatte sich bald wieder von seinen Bauchschmerzen erholt gehabt. Aber Clint hatte eine Weile gebraucht, bis er Sara erklären konnte, dass es für ihn wie eine Ohrfeige gewesen war, als sie ihm seinen Sohn weggenommen hatte. Das alles nur wegen eines kleinen Kusses.

Jetzt fand sie das auch albern. Aber in der Situation selbst hatte sie es für notwendig gehalten, um Clint zu schützen. Sie verdrängte diese Erinnerung und schaute sich suchend nach Marilynn um. Seit sie vor zweieinhalb Wochen das Krebszentrum verlassen hatte, hatte sie kaum Zeit gehabt, mit ihr zu sprechen. Eine ausgiebige Plauderrunde war eindeutig fällig.

Marilynn winkte ihnen zu. Ihr grünes, ärmelloses Seidenkleid schmiegte sich anmutig an ihren Körper, als sie zu ihnen herüberkam. „Ich bin so froh, dass ihr beide kommen konntet. Wo sind die Kinder?"

„Zu Hause bei ihren Großeltern. Clints Mutter und Vater kamen am siebten und bleiben bis nächste Woche. Sie sind großartig." Sara zog Marilynn in eine etwas ruhigere Ecke, während Clint sich einen Teller mit leckerem Essen belud. „Habe ich dir eigentlich erzählt, was bei meinem Schwangerschaftstest herauskam?"

„Nein, aber ich weiß es. Ich wusste es schon vor einem Monat."

„Entschuldige, dass ich dich nicht angerufen habe."

Marilynn drückte ihr lächelnd die Hand. „Das verstehe ich. Aber jetzt könntest du mir ein paar Details erzählen. Ich will alles hören."

„Ich bin in der elften Schwangerschaftswoche. Ende April erfahren wir, ob es ein Junge oder ein Mädchen ist. Es sieht auf dem Ultraschallbild schon wie ein kleines Gummibärchen aus. Ich kann immer noch nicht ganz glauben, dass ich das alles noch einmal durchmache." Sie strich über ihren leicht gewölbten Bauch. „Und da unser Kleines offenbar an Silvester zu uns kam, also vor der Chemo, müssen wir uns auch keine Sorgen wegen irgendwelcher Nebenwirkungen durch die Medikamente machen."

Marilynn lächelte, und ihre schokoladenfarbenen Augen lächelten mit. „Ich habe dich vermisst, Freundin. Die Sara, die ich kenne, kommt wieder zum Vorschein."

„Ja, und das ist ein schöner Anblick, nicht wahr?" Clint hielt ihr einen Teller hin. „Deine Lieblingsbonbons und Vollkornbrot und Käse."

Sara lächelte ihn dankbar an.

„Ich störe euer Frauengespräch nicht weiter." Clint deutete mit dem Kopf zum Eingang des Ballsaals. „Ich sehe Steven und Michael. Sie mussten nicht lange überredet werden, um die gute Sache, für die am heutigen Abend gesammelt wird, zu unterstützen."

Clint schlängelte sich durch die elegant dekorierten Tische hindurch und begrüßte seine Freunde mit einer herzlichen Umarmung. Gracie war natürlich in Stevens Begleitung, aber Hanna an Michaels Arm zu sehen, war eine angenehme Überraschung. Interessant.

Sara winkte der Gruppe von ferne zu, bevor sie sich wieder zu Marilynn wandte.

„Danke, dass du uns Eintrittskarten für Mitarbeiter geschickt hast. Ich fühle mich ein wenig schuldig, weil die meisten Leute hier viel Geld für ihr Essen bezahlt haben."

„Selbst wenn die Personalabteilung etwas dagegen gehabt hätte, hätten wir anderen alles dafür getan, dass ihr beide den Abend mit uns verbringt. Egal, ob du im Urlaub bist oder nicht, Sara, du gehörst immer noch zur Familie."

Diese Worte ihrer Freundin taten Sara gut, aber als sie das Wort Familie erwähnte, vermisste sie wieder ihre Mutter und ihren Vater. Seit dem Valentinstag telefonierte sie jede Woche mit ihnen. Seit Clint ihr erlaubt hatte, über seine Krankheit zu sprechen, hatte sie ihren Eltern alles über seine Krebserkrankung erzählt. Sie hörten ihr immer aufmerksam und anteilnehmend zu. Manchmal beteten sie am Telefon miteinander. Es half Sara sehr, ihre Stimmen zu hören. Und es tat ihr gut, den Bericht ihrer abenteuerlichen Reise quer durch Irland und den begeisterten Beschreibungen der Mitbringsel für die Enkelkinder zu lauschen. Sie hatte darauf bestanden, dass ihre Eltern ihren Traumurlaub nicht wegen Clints Krebserkrankung abbrechen sollten. Aber sie konnte es nicht erwarten, sie im April wiederzusehen und sie um sich zu haben.

„... das Schlimmste ist vorbei, ja?"

Sara blinzelte und versuchte, eine intelligente Antwort zu finden. Wie viel von dem Gespräch hatte sie verpasst? „Ähm, ja. Ja. Wir sind über den Berg, denke ich." Sie war nicht sicher, ob Marilynn Clints Chemo oder das erste Drittel ihrer Schwangerschaft mit der Übelkeit und dem Erbrechen gemeint hatte.

Ein lautes Geräusch am Rand der Tanzfläche erregte ihre Aufmerksamkeit. Die Musik brach ab.

„Ihr solltet euch alle schämen! Wir könnt ihr das feiern, was ihr tut?" Der junge, dunkelhaarige Mann fuchtelte mit seinem Schnapsglas in der Luft herum. „Mörder. Ihr seid alle Mörder. Ihr spritzt Babys Gift in den Körper. Mein Sohn ist tot. Das war eure Schuld."

Mehrere Männer in dunklen Anzügen führten den wütenden Mann zur Tür. Er wehrte sich, war aber zu betrunken, um viel ausrichten zu können.

„Ich werde dafür sorgen, dass ihr alle …" Die Saaltüren fielen ins Schloss und beendeten seine Schimpftirade.

Irische Klänge erfüllten erneut den Raum, aber die Gespräche kamen nur stockend wieder in Gang. Die Eiswürfel klirrten in Saras Glas, das sie mit zittrigen Händen festhielt.

Die brutalen Worte des Mannes hatten allen im Saal die Freude geraubt. Sara konnte nur noch an ihre Patienten denken, die gestorben waren … weil es ihr nicht gelungen war, sie zu retten.

* * *

Michael kehrte in den Saal zurück und hatte seinen Revolver wieder eingesteckt.

„Dieser Idiot ist schon ins Gefängnis unterwegs. Dort kann er seinen Rausch ausschlafen." Als er Gracies weit aufgerissene Augen sah, bedauerte er seine Worte sofort.

„Warst du unter den Leuten, die ihn aus dem Saal brachten?" Sara hielt ihr Glas mit beiden Händen fest.

„Nein. Ich bin nur hinausgegangen, um mich zu vergewissern, dass die Sicherheitskräfte des Hotels alles unter Kontrolle haben."

Er schaute zu Hanna hinüber. Sie stand bei Kessler und Gracie und beobachtete äußerst interessiert die anderen Gäste im Saal. Sie sah hinreißend aus in ihrem einfachen, dunkelgrünen Kleid und den blonden, hochgesteckten Haaren.

„Der kleine Junge dieses Mannes starb gestern an Leukämie, und der Vater ist nun überzeugt, dass die Inkompetenz der Ärzte an seinem Tod schuld sei. Er kam hierher, um …"

Kesslers finsterer Blick ließ ihn abrupt verstummen.

Dann begriff er. Sara Rollins war Onkologin. Die Worte dieses Mannes mussten sie zutiefst getroffen haben. Und mit seiner Erklärung streute er auch noch Salz in ihre Wunde.

„Was haltet ihr davon, wenn wir uns alle an unseren Tisch setzen und auf das Essen warten?“ Kessler deutete zu ihrem reservierten Tisch hinüber. Michael folgte ihm und hätte sich ohrfeigen können. Warum hatte er nicht einfach den Mund gehalten?

Sara legte eine Hand auf seinen Arm. „Es ist schon gut. Ich werde damit fertig, Michael. Menschen sagen in ihrem Schmerz und in ihrer Trauer oft etwas, was sie nicht so meinen.“

Hinter dieser Ausrede konnte er sich nicht verstecken. „Es tut mir leid, Sara. Ich hätte nichts sagen sollen.“

„Vergessen wir die Sache einfach und genießen den Rest des Abends.“ Clint klopfte ihm auf dem Weg zu ihrem Tisch beruhigend auf die Schulter.

Wenigstens konnte der Vater des verstorbenen Jungen mit seiner Waffe, die Gott sei Dank niemand der Gäste gesehen hatte, heute Abend keinen Schaden mehr anrichten. Michael trat zur Seite, um ein älteres Paar an sich vorbeizulassen. Wenn er jetzt den Mund hielte, würde auch er vielleicht heute Abend keinen Schaden mehr anrichten.

Hanna hakte sich bei ihm unter. „Sara verkraftet das. Sie kennt die Wahrheit. Lass dich von Steven nicht unterkriegen.“ Ihr leises Flüstern und ihr warmer Atem in seinem Nacken ließen die Missbilligung seines Vorgesetzten in die Bedeutungslosigkeit sinken.

Aufmerksam schob er Hannas Stuhl zurecht und nahm dann neben ihr Platz. Er genoss das strahlende Lächeln, mit dem sie ihn bedachte. Das Gespräch drehte sich jetzt um die Geschichte des St. Patrick's Day und die weltweiten Feiern an diesem Tag. Das waren ungefährliche Themen und es wurde endlich wieder gelacht. Nachdem das Essen kam und ein kurzes Tischgebet gesprochen war, verriet Saras Lächeln, dass der unangenehme Zwischenfall ihr den Appetit und den Abend nicht verdorben hatte.

Michael entspannte sich. Das Rindfleisch zerging ihm auf der Zunge, und das frische, warme Brot roch unglaublich lecker. Aber all das verblasste, verglichen mit Hannas wunderbarer Gegenwart.

Wenn es nach ihm ginge, säßen sie jetzt zu zweit allein in einem gemütlichen Restaurant am Fluss.

Aber diese Zeit würde kommen.

Als Clint ihn gebeten hatte, durch die Teilnahme an dieser Benefizveranstaltung das Krebszentrum zu unterstützen, und wie beiläufig erwähnt hatte, dass Hanna auch teilnehmen würde, waren Michael zwei Dinge ganz klar gewesen:

Erstens, ein Abend zusammen mit anderen wäre besser, als Hanna überhaupt nicht zu sehen.

Und zweitens: es war Zeit für eine echte Verabredung mit Hanna Kessler.

* * *

Clint hielt Sara eine Hand hin und verbeugte sich.

„Darf ich um diesen Tanz bitten?" Ihr Lachen half ihm, sich weniger albern vorzukommen. Trotz der unangenehmen Situation vor dem Essen entwickelte sich ihre erste gemeinsame Unternehmung seit langem sehr schön.

Auf der Tanzfläche legte Sara die Arme um ihn. „Wie steht es mit deiner Energie, Cowboy?"

Ein Lächeln breitete sich in seinem Gesicht aus, und als Antwort küsste er ihren Nacken. Sie sollten öfter ausgehen, besonders dann, wenn er sich zwischen den einzelnen Behandlungen mal wieder wie ein Mensch fühlte. Sie hatten die Chemo zur Hälfte geschafft. Das Ziel war schon fast in Sicht.

„Glaubst du, deine Eltern bleiben auf, bis wir kommen?" Saras Stimme kitzelte an seinem Ohr. Seine Eltern sollten lieber schnell einschlafen.

„Das spielt keine Rolle. Unsere Schlafzimmertür hat einen Schlüssel."

Sara schüttelte den Kopf und grinste.

„Worüber lacht ihr beiden denn so schelmisch?" Steven und Gracie tanzten ganz in ihrer Nähe.

„Über nichts, was du nicht selbst in den nächsten Monaten erleben wirst."

Sara boxte Clint.

Steven verkniff sich eine scharfe Antwort, und Gracie lief dunkelrot an. Clint konnte sich ein lautes Lachen nicht verkneifen.

„Du solltest dich ein wenig zügeln, findest du nicht?", sagte Sara leise, als Steven und Gracie sich in die andere Richtung drehten. „Sie waren beide schon verheiratet. Auf ihren Hochzeitstag zu warten kann nicht leicht sein."

Daran hatte er nicht gedacht. „Du hast recht. Ich hätte den Mund halten sollen." Er zog sie näher an sich heran, und eine Weile tanzten sie innig und schweigend.

„Was denkst du gerade?" Sara musterte ihren Mann aufmerksam. „Du bist jetzt in Gedanken weit weg gewesen."

„Ich denke, dass ich mit meinem lausigen Gedächtnis und meiner chronischen Müdigkeit ein armseliger Kandidat für einen Trauzeugen bin."

Sie küsste ihn auf die Wange. „Du bist für Steven der einzige Trauzeuge, den er haben will. Er weiß, dass du viel durchmachst, Schatz. Er versteht das."

„Und wie willst du wissen, was Steven denkt?" Clint blickte fragend in die schönen Augen seiner Frau. Er wusste, dass sie eine erstaunliche Intuition hatte, aber es war ein wenig weit hergeholt, so etwas allein aus Stevens Körpersprache zu deuten.

„Ich habe meine Quellen."

Er schüttelte den Kopf. „Ihr Frauen redet viel zu viel, weißt du das?"

„Sei dankbar, dass ich Freundinnen habe. Sonst würde ich dir die Ohren abquatschen."

Er zog sie näher an sich heran und beugte sich zu ihr, um ihr Ohrläppchen zu küssen. „Aber seid nett, wenn ihr über uns Männer sprecht. Wir haben ein zartes Ego, vergiss das nicht."

„Ich würde nie etwas Unfreundliches über dich sagen."

„Du hast mit Gracie über meine Wutausbrüche gesprochen, oder?"

„Ein wenig. Aber das heißt nicht, dass ich dich schlechtmachen würde, Clint." Sie schaute ihn eindringlich an. „Ich liebe dich, und ich will dich nicht verletzen. Ja, ich habe Gracie angerufen, weil sie mir hilft, meine Gefühle zu verstehen, und weil sie für uns betet. Sie ist eine sehr treue Beterin."

Clint schaute über Saras Kopf hinweg und sah, dass sein Partner und Gracie ebenfalls in ein ernstes Gespräch vertieft waren. Er musste Sara recht geben. Er hatte Gracie auch schon beten hören für sie beide, für Gracies Schüler und für Steven.

Ein Mann in seinem Alter, ein wenig kleiner und mit einem ausgeprägten militärischen Gang erregte Stevens Aufmerksamkeit. *Diesen Gang hatte ich früher auch.*

Sara schmiegte sich an seine Brust, ohne den Port zu berühren. Dieses Teil kratzte nicht mehr ganz so stark an seinem Ego wie zu Anfang, aber in einigen Situationen war es trotzdem sehr lästig. Zum Beispiel, wenn er mit seiner Frau tanzen wollte.

Sein Blick fiel wieder auf den Mann, der seine Begleiterin eng an sich heranzog. Ein wenig zu brutal für Clints Geschmack. Der Mann musste Clints finsteren Blick bemerkt haben, denn er ließ die Frau los und sah sich um. Als sich ihre Blicke begegneten, lächelte der Mann, als erkenne er ihn.

Sie kannten sich?

Clint dachte angestrengt nach, woher er ihn kannte, aber keine Erinnerung wollte in ihm aufsteigen. Diese Gedächtnislücken kratzten sehr stark an seinem Selbstvertrauen.

Der maßgeschneiderte Anzug des Mannes verriet eine dicke Brieftasche. Offensichtlich war er jetzt nicht mehr beim Militär. Vielleicht war er Manager einer großen Firma. Oder ein Lobbyist. So sehr er sich auch bemühte, Clint konnte ihn einfach nicht einordnen.

Wie konnte ein FBI-Agent solche Details vergessen?

Er ärgerte sich über diesen weiteren scheinbaren Beweis für seine Inkompetenz.

„Komm, holen wir uns eine leckere Nachspeise“, riss Sara ihn aus seinen Gedanken. „Ich glaube, unser Kleines muss ein Mädchen sein. Mein Appetit auf Schokolade hat neue Dimensionen angenommen.“

Sie legte seine Hand auf ihren Bauch und grinste. Er grinste auch. Schokolade wäre nicht schlecht. Sie schmeckte vielleicht nach Blech, aber er hatte den weichen, leicht bitteren Geschmack seiner Lieblingsschokolade nicht vergessen. Oder wie viel Spaß es machte, Sara beim Naschen zuzusehen.

Vielleicht konnte er sich nicht mehr an einen alten Bekannten erinnern. Aber seine Frau würde ihm helfen, an angenehmere Dinge zu denken.

Viel angenehmere Dinge.

Kapitel 20

Der Montag begann, wie alle Montage beginnen.

Aber dieser Tag würde anders sein, denn sie waren zu Saras zweitem Termin beim Frauenarzt unterwegs.

Trotz ihrer anfänglichen Ängste hatte Sara inzwischen erkannt, dass ihre Schwangerschaft ein Geschenk war. Die Übelkeit hatte sich gelegt, und sie hatte angefangen, die Vorfreude zuzulassen und die Schwangerschaft zu genießen. Außerdem gab es durch die Beschäftigung mit der richtigen Ernährung und den regelmäßigen Untersuchungen nun noch andere Gesprächsthemen als Clints Krebs.

Bald hätten sie wieder ein Baby im Haus.

„Jonathan hat die Aufmerksamkeit seiner Großeltern heute Morgen richtig genossen, findest du nicht auch? Es ist wirklich schade, dass sie am Mittwoch wieder fahren. Die Zeit mit ihnen ist viel zu schnell vergangen." Sie sprach weiter und wechselte dabei die Fahrspur. „Jonathan hat nicht einmal eine Szene gemacht, als wir Susannah zur Schule brachten."

Als der Verkehr ruhiger floss, warf Sara einen kurzen Blick zum Beifahrersitz hinüber und sah den Grund für Clints Schweigen.

Seine geschlossenen Augen und sein schwerer Atem ärgerten sie. Sie wünschte, er wäre wach und würde sich ihr nervöses Plappern anhören und genauso aufgeregt sein wie bei ihren ersten zwei Babys. Aber er schlief und war wegen seiner Krankheit völlig erschöpft.

Ich sollte verständnisvoller sein. Was ist nur mit mir los? Schuldgefühle packten sie und drohten sie wieder in Stücke zu reißen. Sara konnte sich nicht dagegen wehren.

„Sara? Warum weinst du?", fragte Clint mit schläfriger Stimme.

Sie wischte sich über die Wangen. „Ach, nichts."

„Ich bin zu lang mit dir verheiratet, um ‚Nichts' als Antwort gelten zu lassen." Er legte seine Hand auf ihr Bein. „Sag mir, warum du weinst."

Seine Zärtlichkeit erinnerte sie an ihren allerersten Frauenarzttermin zusammen mit ihm. Sie hatte Angst gehabt, ein Baby in diese Welt zu setzen, und war in Panik darüber geraten, wie sie Beruf und Kind unter einen Hut bringen sollte.

Sie war keine Supermama.

Und doch waren ihre Kinder liebenswert, höflich und freundlich. Sie hatte also anscheinend etwas richtig gemacht. Besser gesagt, Gott in ihr. Diese Erinnerung weckte eine große Dankbarkeit. Sie war nicht allein, auch wenn Clint während des Arzttermins schlief.

„Sara?"

„Entschuldige. Ich … ich habe geweint, weil ich mich allein fühlte. Es ist schwer, zum Arzt zu fahren, wenn du neben mir schläfst und nicht mit mir sprichst wie damals bei Susannah und Jonathan." Sie holte tief Luft und verdrängte die Schuldgefühle. „Ich habe angefangen zu glauben, ich wäre die schlimmste Ehefrau, die es geben kann, weil ich mir wünsche, du würdest aufwachen."

Als sie vor der Ampel in der Nähe der Arztpraxis zum Stehen kamen, schaute Clint sie mit verständnisvollen Augen an.

„Du kennst die Wahrheit, nicht wahr?"

„Ja." Sara konzentrierte ihren Blick wieder auf die Straße. „Ich bin als Mutter nie allein. Und selbst wenn du schlafen musst und nicht so präsent sein kannst wie bei den anderen Malen, ist Gott bei mir."

„Das stimmt. Aber ich bin auch hier …"

Clints plötzlicher Hustenanfall erschreckte sie und lenkte ihre Gedanken in eine ganz andere Richtung.

„Hast du dich erkältet?"

„Das ist nur meine Allergie. Keine große Sache."

Seine Stimmung änderte sich schlagartig und er war wieder missmutig und still. Vielleicht hätte sie es nicht erwähnen sollen, dass er eingeschlafen war. Sie hasste es, dass sie sich in einem Moment ganz vertraut waren und im nächsten Moment schon wieder alles anders war.

Der Krebs war schon lange ein furchtbarer Feind. Aber jetzt war er ihr ganz nahe gekommen, und das machte ihn tausendmal stärker. Diese völlig neue Seite des Kampfes nagte Tag für Tag an ihr und kostete sie viel Kraft.

„Zehnter Mai."

„Was?" Clints Frage klang irritiert und gereizt.

Ihre Schulterblätter verkrampften sich. Die Ampel schaltete auf Grün, und sie fuhr eine Zeitlang schweigend weiter, bevor sie ihm antwortete: „Am zehnten Mai bist du fertig, und dann können wir die restliche Schwangerschaft genießen."

Er schnaubte.

Gott, wo bist du? Wie konnte ihr Vertrauen zu Gott so unkontrolliert hin und her pendeln? Manchmal schien alles fast normal zu sein, und wenn Clint für ihre Familie betete, erfüllte sie das mit Frieden. Aber das nächste Mal warf Clints Erschöpfung alle Pläne des Tages über den Haufen und sie haderte wieder mit Gott, ihren Freunden und dem Leben im Allgemeinen.

„Machst du dein Glück von Menschen oder von Umständen abhängig?" Marilynns Worte förderten die Schuldgefühle wieder zutage. Wie könnte sie das *nicht* tun? Die guten Ratschläge, die sie in der Gemeinde immer wieder hörte – „Du musst nur vertrauen, du musst nur hoffen, du musst nur beten und dich auf Gottes Verheißungen berufen, dass er Clints Arzt ist" – verstärkten ihre Frustration nur noch.

Ihr Handy meldete sich mit der Melodie „When the Saints Go Marching In". Sara tastete nach ihrer Handtasche auf der Mittelkonsole. „Hallo?" Sie hatte nicht auf die Nummer geschaut und betete, dass es nicht Clints Eltern wären. Im Moment könnte sie es nicht verkraften, wenn es auch noch Probleme mit Jonathan gäbe.

„Sara, hier ist Gracie. Ich habe eine kurze Pause zwischen zwei Musikstunden und wollte dich heute Abend zum Essen einladen. Leah und ich schauen uns Hochzeitskleider an, und wir hätten dich gern dabei."

Gracies aufgeregte Stimme lenkte Saras Gedanken wieder in eine angenehmere Richtung. Sie erinnerte sich an die Aufregung während ihrer eigenen Verlobungszeit und den Spaß, den es gemacht hatte, eine Hochzeit zu planen.

„Wir dachten, dass wir uns um vier treffen und dann irgendwo essen gehen könnten. Kannst du dir das einrichten?"

Saras Schultern entspannten sich. Ein fröhlicher Abend mit ihren Freundinnen wäre Balsam für ihre verletzten Gefühle. Da ihre Schwiegereltern da waren, um auf die Kinder aufzupassen, könnte Clint schlafen und sie könnte ohne Schuldgefühle aus dem Haus gehen.

„Sicher. Es wäre herrlich, einen schönen Abend mit euch zu verbringen. Soll ich dich von der Schule mitnehmen, wenn ich Susannah abhole?"

„Danke, aber ich muss noch ein paar Dinge erledigen, bevor ich nach Hause fahre." Gracie hielt kurz inne. „Würde es dir etwas ausmachen, wenn Leah dich abholt? Sie nimmt das BMW-Kabrio ihres Mannes."

„Das klingt richtig nostalgisch." Sie lächelte ins Telefon. „Ich bin dabei! Ich warte gegen vier auf sie."

„Wir werden euch beide auch für die Hochzeit ausstatten. Ich hätte gern, dass du und Leah eure Kleider selbst aussucht, etwas, was ihr hinterher noch für einen schönen Abend oder ins Theater anziehen könnt."

„Das klingt wunderbar." Eine herrliche Idee! Ein Kleid, das man wieder anziehen konnte, und nicht ein orangefarbenes Monstrum, wie eine ihrer früheren Studienfreundinnen es für ihre Brautjungern ausgesucht hatte. „Oh, aber mein Kleid muss ein Schwangerschaftskleid sein. Ich glaube nicht, dass ich das noch einmal anziehen werde."

„Das weiß man nie. Du hast noch den ganzen August und September für den einen oder anderen schönen Abend in der Stadt, bevor das Baby kommt."

Diese Idee klang verlockend. Einige Minuten später schaltete sie das Telefon aus und bog auf den Parkplatz vor der Arztpraxis. Clint wachte auf, als sie die Handbremse anzog, und kam um das Auto herum, um ihr die Tür aufzuhalten.

Wie immer bot ihr Mann ihr seine Hand an, um ihr beim Aussteigen zu helfen. „Ich wünsche euch Frauen einen schönen Abend!"

„Wir probieren Brautjungfernkleider an." Da sie nicht wusste, wie viel er von dem Gespräch er mitbekommen hatte, konnte sie seine Reaktion nicht einschätzen.

Er nickte. „Wenigstens habe ich ein paar Monate Zeit, um wieder ein paar Pfund zuzunehmen, damit mein Smoking an mir nicht ganz so schlimm aussieht." Ein leichtes Lächeln strich über sein Gesicht.

Sie hob die Augen zum strahlend blauen Himmel hinauf, bevor sie die beruhigend kornblumenblau und limonengrün dekorierte Praxis ihres Lieblingsarztes betrat.

Bitte, Gott. Mach, dass Clints Laune nicht gleich wieder umschlägt.

* * *

Clint schaute auf, als Steven an seinen Schreibtisch trat. „Bist du mit der Akte zu dem Fall in Atlantic City schon durch? Michael braucht sie für seinen Anruf beim Sachbearbeiter des Jugendamts, der für Chuck Little zuständig ist."

Während Clint ihm die Akte reichte, die er wieder und wieder gelesen hatte, seit er nach Saras Arzttermin ins Büro gekommen war, hustete er so stark, dass ihm die Rippen schmerzten.

„Wann ist dein nächster Termin im Krebszentrum?"

„Willst *du* jetzt anfangen, mich zu bemuttern, nachdem Sara endlich damit aufgehört hat?"

Er stand auf und schaute Steven finster an.

„Du kannst mir nicht verbieten, mir Sorgen um dich zu machen, Partner." Steven zog eine Braue in die Höhe. „Und deiner Frau bestimmt auch nicht."

Clint rieb mit der Hand über seinen kahlen Kopf. „Nein. Sara lässt sich nichts verbieten." Er atmete langsam aus. „Es tut mir leid. Ich … ich bin zurzeit so oft gereizt, und ich schaffe es nicht so gut, mich zu beherrschen. Ich hasse es, wenn man mich bemuttert. Okay?"

Steven hob entschuldigend die Hände.

„Meine Chemo ist erst am nächsten Donnerstag. Aber Sara hat wegen dieses dummen Hustens schon für diesen Freitag einen Termin vereinbart. Es ist nur meine Pollenallergie. Die habe ich jeden Frühling. Aber dann fing Sara damit an, dass sie nicht ein Baby ohne Vater in diese Welt bringen will. Also gehe ich früher zum Arzt." Er nahm Mattie Reynolds' Akte. „Ich habe ein wenig gearbeitet, und ich habe eine andere Theorie als ihr. Meiner Meinung nach steht Standish nicht hinter diesen ganzen Fällen."

„Ich bin ganz Ohr."

„Wir wissen, dass Standish Mattie hat, und dass der Junge vor einem Monat noch lebte. Standish bleibt also oberste Priorität, und wir müssen ihn finden." Clint hustete wieder und hatte Mühe, Luft zu bekommen.

„Brauchst du was zu trinken?"

Clint nahm einen Schluck aus seinem riesigen Wasserbecher und schaute Steven mürrisch an.

Stevens Blick war nicht weniger mürrisch.

„Zurück zu meiner Theorie." Clint rückte seine handgeschriebenen Notizen gerade. „Ich habe dir von diesem Traum erzählt, den ich über meine Zeit beim Militär hatte."

Steven kniff die Augen zusammen. „Diesen verrückten Traum, der durch den Krebs ausgelöst wurde? Ich dachte, das hätten wir geklärt."

Daran erinnerte sich Clint nicht. Was gab es sonst noch Neues?

„Ich habe beim Verteidigungsministerium angerufen, nachdem du dich an den Namen dieses Typen aus deinem Traum erinnert hattest. Ihre Akten über John Miller enden nach seiner Desertierung und unehrenhaften Entlassung. Weder das Kind noch Miller wurden je gefunden. Ende dieser Theorie."

„Das hast du mir wann gesagt?"

„Letzte Woche."

Warum konnte er sich nicht einmal die einfachsten Dinge merken? „Was ist, wenn dieser Kerl eine neue Identität angenommen hat? Eine neue Geburtsurkunde. Einen neuen Lebenslauf. Das ist nicht ausgeschlossen. Und noch etwas: Ich glaube, dass Miller der Kerl sein könnte, den ich am Samstag bei der Benefizveranstaltung gesehen habe. Er könnte hier in Washington sein."

„Oder er könnte tot sein." Michael war unbemerkt zu ihnen getreten. „Tut mir leid, Clint. Ich habe nachgeforscht und ich kann nichts Neues über John Miller finden. Egal, was aus ihm geworden ist, nach so langer Zeit ist es fast unmöglich, deine Theorie zu beweisen."

Clint lehnte sich resigniert zurück.

„Ich forsche noch einmal genauer nach." Steven klopfte mit der Akte auf den Schreibtisch. „Vielleicht weiß jemand anderes im Verteidigungsministerium noch ein Detail, das wir weiterverfolgen können. Aber wir können nicht viel Zeit darauf verwenden."

„Das verstehe ich."

Michael nahm Steven die Atlantic-City-Akte aus der Hand. „Die Außenstelle in Virginia hat angerufen. Das Telefon, mit dem Samantha Reynolds angerufen wurde, war ein Prepaid-Handy, das in einem Supermarkt in West Virginia gekauft wurde. Es könnte Mattie gewesen sein."

Steven schüttelte den Kopf. „Es könnte genauso gut ein Streich gewesen sein. Ein Kind, dem langweilig war, und dem seine Eltern ein Handy für Notfälle gegeben haben."

„Das meinte der Agent in Virginia auch. Er hat mir geraten, heute Abend ein Bier auf den Reynoldsjungen zu trinken und morgen mit einem anderen Fall weiterzumachen."

Michaels entschlossene Miene verriet, dass er das nicht tun würde. Solange sie keine Leiche fanden, würde Michael diesen Fall bis zuletzt verfolgen und daran festhalten, dass Mattie noch am Leben war.

Steven fuhr sich mit der Hand durch seine dichten Haare. Clint wünschte, er könnte das auch. „Kommt mit in den Koferenzraum und zur Landkarte." Steven setzte sich in Bewegung. „Wir müssen uns neu orientieren."

Lee kam wenige Minuten später zu ihnen ins Besprechungszimmer und setzte sich neben Michael. „Bitte sagt mir, dass ihr gute Nachrichten habt. Ich ertrinke in Papieren zu dem Fall um Unterhaltsstreitigkeiten, den mir der Staatsanwalt aufgedrückt hat."

Michael zuckte die Achseln. „Das FBI in Virginia meldet, dass Samantha Reynolds mit einem Prepaid-Handy angerufen wurde. Ich denke, es könnte Mattie gewesen sein."

Clint kaute einen Kaugummi, um den Husten zu unterdrücken. „Aber andere glauben, es könnte eher ein Telefonscherz gewesen sein."

„Und eine Sackgasse." Steven ging auf und ab. „Das Handy wurde bar bezahlt."

Lees Schimpfwörter füllten das kleine Besprechungszimmer.

„Aber wir können nicht ausschließen, dass Standish das Telefon gekauft hat und Mattie versuchte, damit zu telefonieren."

Niemand widersprach Michaels Aussage. Aber alle wussten, wie die Chancen standen. Wenn Matties Fall schlecht ausging, würde das Schicksal dieses Kindes Michael genauso verfolgen, wie Ryans Tod im letzten Jahr Steven immer noch keine Ruhe ließ. Jeder Agent kannte solche Fälle.

Steven trat an die Wandtafel und deutete auf die Zeitlinie. „Standish wird seit dem fünfzehnten Januar vermisst. Mattie wird am einundzwanzigsten Januar in Charleston, West Virginia, entführt. Das nächste Mal werden die beiden am neunten Februar bei Luray, Virginia, gesehen."

„Und Standish schaffte es, sich bei Christiansburg mit seinem Bruder zu treffen, um Geld von ihm zu bekommen. Eine Woche später ist er dann in Baltimore, um seinen Sohn abzuholen und in den Westen zu verschwinden." Michael öffnete ein neues Dokument auf seinem Laptop, um sich Notizen zu machen.

Lee trommelte mit dem Finger auf den Tisch. „Jedes Mal entkommt er dem langen Arm des Gesetzes. Was macht dieser Kerl? Trägt er Perücken und Make-up und marschiert vor aller Augen frei herum?"

„Ist hier nicht noch ein Fall versteckt?"

Steven musterte Clint von Kopf bis Fuß. „Clint hat recht. Wir dürfen Chuck Little nicht vergessen. Er verschwand irgendwann Mitte Januar aus Atlantic City."

„Es gibt keine Kreditkartenzahlung, die zeigen würde, dass Standish in New Jersey war. Aber am zwölften Januar hat er viel Geld abgehoben, und direkt danach verschwand er vom Radar."

Clint beugte sich vor und konnte einen nächsten Hustenanfall nicht verhindern.

Steven schaute ihn streng an. „Du darfst nicht bis zum Freitag warten. Du musst früher zum Arzt gehen."

„Du bist FBI-Agent und keine Krankenschwester. Hör auf damit!"

Michael hielt eine Handvoll ausgedruckter Blätter hoch und lenkte die Aufmerksamkeit der anderen wieder auf den Fall. „Der Bericht aus New Jersey über die Untersuchung von Standishs Festplatte verrät uns etwas über Standishs mögliches Motiv. Und er passt in unser Profil von einem pädophilen Täter. Damit haben wir eine weitere Verbindung zu unseren ungeklärten Fällen."

„Sprich weiter."

Clint wollte keine Details hören und betete, dass Michael keine Bilder von Standishs Computer zeigen würde. Von solchen Sachen hatte er schon viel zu viel gesehen.

„Die Computerspezialisten beim FBI fanden Tausende von Bildern auf der Festplatte. Sie reichen von einfachen Werbebildern mit kleinen Jungen bis zu schweren Fessel- und Folterszenen."

Clint hatte für heute genug. Nach dem nächsten Hustenanfall schickte ihn Steven mit dem dringenden Rat, dass er mit seinem Arztbesuch nicht bis zum Freitag warten sollte, nach Hause.

Sein Partner konnte sagen, was er wollte. Es war nur eine Erkältung. Für eine einfache Erkältung brauchte er keinen Arzt.

* * *

Auf dem Heimweg rief Steven Sara an.

„Ich verstehe deine Sorgen, Steven. Ich bin auch nicht begeistert von Clints Eigensinn, aber ich kann ihn ja nicht fesseln und zum Arzt schleppen."

„Dann mache ich das."

Sie seufzte. „Bis jetzt hat er kein Fieber, keine Schweißausbrüche und keine Atemnot. Falls es schlimmer wird, rufe ich auf jeden Fall Dr. Silverman an und schicke Clint früher hin."

„Ich weiß, dass du das tust und dass du alles unter Kontrolle hast. Entschuldige, dass ich mich einmische." Während er in die Wagon Wheel Road einbog, sehnte er sich danach, James eine kurze Gutenachtgeschichte vorzulesen und dann in sein Bett zu fallen. Aber das würde nicht passieren. Er musste noch Papierarbeit erledigen und einige Fälle durchsehen, in denen er vor Gericht aussagen musste. Und er hatte versprochen, sich noch einmal wegen Clints Theorie zu erkundigen.

„Sara, das klingt für dich jetzt vielleicht seltsam, aber kannst du dich an irgendwelche Fälle im Krebszentrum erinnern, mit denen ein früherer Armeeangehöriger Mitte vierzig zu tun hatte?"

„Du bist auf der Suche nach Clints geheimnisvollem Mann von der Benefizveranstaltung?"

„Ja. Clint lag mit seinen Vermutungen bis jetzt nie falsch."

„Das war vor dem Krebs." Es folgte eine lange Pause. „Steven, ich habe den Mann nie gesehen, von dem Clint spricht. Ich bin also nicht einmal sicher, ob er überhaupt da war. Und bei keinem meiner Fälle bin ich einem Mann begegnet, auf den deine Beschreibung passt. Tut mir leid."

Steven bog in seine Einfahrt und stellte den Motor ab. „Alles klar. Ich wusste, dass es unwahrscheinlich ist. Es ist nur schwer zu akzeptieren, dass der Krebs und die Chemo so viel Schaden anrichten können."

„Clint setzt sich sehr stark unter Druck. Ich erwische ihn immer wieder, wie er bis zum Umfallen Gewichte hebt. Oder die ganze Nacht am Computer sitzt. Er betet zwar, aber es fällt ihm immer noch schwer, seine Begrenzungen zu akzeptieren."

„Mir würde das bestimmt auch nicht leichtfallen."

„Bete weiter für uns, ja?"

„Immer." Steven verabschiedete sich von Sara und ließ den Kopf aufs Lenkrad sinken. Ein Berg ungeklärter Fälle ohne echte Spur, jede Menge Überstunden und wenig Zeit für Gracie und James. Und nun musste er noch mit ansehen, wie es mit Clint genauso wie damals mit seiner Mutter immer weiter bergab ging. Diese ganze Situation lastete so schwer auf ihm wie nichts anderes zuvor.

Ganz zu schweigen davon, dass Matties Fall mit jedem Tag immer mehr dem von Olivia Kensington ähnelte. Intelligenter Verbrecher, wenige Spuren, das entführte Kind wird wochenlang vermisst, es besteht eine kleine Chance, dass es noch am Leben sein könnte. Die Erinnerung an die Leiche des britischen Mädchens, die letztes Jahr im Memorial Hill Park gefunden worden war, quälte ihn immer noch.

Er zog sein Handy heraus und wählte eine neue Nummer. „Dad? Wie wär's, wenn ich euch alle in einer halben Stunde abhole und zu einem Eis einlade?"

„Du hattest einen schweren Tag?"

„Ja. Ich könnte ein wenig Ablenkung vertragen, bevor ich heute Abend weitermache."

Den anderen aus seinem Team ging es wahrscheinlich ähnlich.

Kapitel 21

Als er am Dienstagmorgen auf seinen Computerbildschirm starrte, stellte Michael fest, dass er dringend eine Pause benötigte.

Etwas anderes als Schreibtischarbeit. Vielleicht sollte er sich noch einmal in Christiansburg umhören. Möglicherweise fände er dabei eine Spur, die die Ortspolizei übersehen hatte. War es zu viel verlangt, Gott zu bitten, dass er ihn direkt zu Mattie Reynolds führen solle? Es waren schon ungewöhnlichere Dinge vorgekommen.

Er seufzte und ging zu Kessler hinüber. „Ich würde gern noch einmal nach Christiansburg fahren und mich ein wenig genauer umsehen."

Kessler seufzte. „Bring mir die Papiere und ich genehmige die Fahrt."

„Wird gemacht."

Sein Boss sah ihm in die Augen. „Du hast meine Erwartungen weit übertroffen. Ohne dich zu beklagen, hast du Clints Arbeit übernommen und dabei deine eigene Arbeit nicht vernachlässigt. Das spricht sehr für dich, Michael. Aber genauso wie Clint mache ich mir Sorgen, dass du diesen Fall zu persönlich nimmst. So ist es mir im letzten Jahr mit Ryans Fall gegangen. Ich hoffe für uns alle, dass dieser Fall besser ausgeht, aber du musst trotzdem auf die Möglichkeit gefasst sein, dass es anders kommt."

Michael antwortete nicht.

Kessler schaute ihn noch einen Moment prüfend an und wendete sich dann wieder seinem Computer zu. „Bring gute Neuigkeiten mit."

Steven Kessler hatte ihn wieder beim Vornamen angesprochen. Seit er von Hannas Umzugsplänen wusste, hatte Steven ihn ständig nur wie einen Untergebenen behandelt. Dass ihr Verhältnis allmählich wieder besser wurde, war sehr angenehm.

Michael füllte eilig die nötigen Formulare für die geplante Dienstreise aus. Vielleicht war es jetzt, da sein Chef ein bisschen weniger streng mit ihm war, an der Zeit, herauszufinden, ob auch jemand anderes aus der Familie Kessler seine Ideen guthieß.

Er nahm das Telefon auf seinem Schreibtisch und wählte die Nummer, die er schon vor Wochen auswendig gelernt hatte. Er hatte nur auf den richtigen Zeitpunkt für diesen Anruf gewartet. Dann nämlich, wenn Kessler zu beschäftigt wäre, um ihm den Kopf abzureißen, weil er Hanna anrief. Vielleicht war das aber gar kein so großes Problem, wie er befürchtete.

„Hey, großer Bruder, rufst du an, um zu fragen, ob Michael mich schon eingeladen hat?" Hannas Stimme klang unbeschwert. „Dank dir ist das nicht passiert."

Er unterdrückte ein Grinsen. Ihre Nummernanzeige hatte nur eine Reihe von Nullen gezeigt. Sie musste also annehmen, dass es Steven war. Ihre Worte klangen, als hätte sie weitaus mehr Interesse an ihm, als er sich erhofft hatte.

„Ähm, hier ist Michael." Er ließ ihr Zeit, das zu verdauen.

Schweigen.

Er stellte sich vor, wie ihre schönen, blauen Augen vor Schreck ganz groß wurden.

„Michael, schön, dass du endlich anrufst. Warum hat das so lange gedauert?"

Okay, ihre coole und ruhige Reaktion widersprach seiner Vermutung. Aber das reizte ihn nur noch mehr. „Hier war ein bisschen viel los."

„Und dann ist da noch mein großer Bruder."

Richtig. Wenn Steven ihm nicht mit „nur über meine Leiche" gedroht hätte, hätte Michael sie schon viel früher angerufen. „Ich hatte gehofft, du hättest am Freitagabend noch nichts vor. Hättest du vielleicht Lust zu einem Candlelight-Dinner am Potomac?" Er musste unbedingt einen Tisch reservieren, bevor er morgen Früh nach Christiansburg aufbrach.

Pause. „Wie wär's, wenn du heute Nachmittag zu mir ins Cafe ‚Grounded' kommst und wir sehen, wie es läuft?" Er konnte ein Lächeln in ihrer Stimme hören. Es war ein vorsichtiges Lächeln, aber trotzdem ein Lächeln. „Ich muss zwar arbeiten, aber ich kann meine Mittagspause nehmen, wenn du kommst."

Eine weitere Chance, Hanna zu sehen? Das ließ er sich nicht zweimal sagen. „Grounded ist dein Café, oder?"

„Das Café meines Vaters. Ich leite es für ihn."

„Dann sehen wir uns heute Mittag."

Sie schwieg ein paar Sekunden länger, als er erwartet hatte. „Okay. Dann haben wir ein Date." Die Unbeschwertheit war aus ihrer Stimme verschwunden.

Er versuchte zu verdrängen, was das bedeuten könnte, und konzentrierte sich auf seine Arbeit. Hanna hatte eingewilligt, sich heute Mittag mit ihm zu treffen. Ein unerwartetes Geschenk.

„Träumst du von meiner Schwester?" Kesslers Stimme überraschte ihn.

Michael drehte sich um und hielt dem durchdringenden Blick seines Vorgesetzten stand. „Nicht ganz." Er warf einen Blick auf die Papiere auf seinem Schreibtisch. „Aber da du gerade fragst, würde ich doch gern wissen, warum du so strikt dagegen bist, dass ich mit ihr ausgehe."

Kessler zog einen Stuhl heran und setzte sich. „Ich habe dir schon gesagt, dass meine Schwester mir alles bedeutet. Wir stehen uns sehr nahe. Sie wurde erst vor kurzem enttäuscht, und ich kann nur schwer vergessen, wie viele Freundinnen du im letzten Jahr hattest."

„Ich habe mich geändert."

„Das stimmt. Aber alte Gewohnheiten lassen sich nur schwer ablegen, auch wenn man Christ geworden ist. Ich will nicht, dass Hanna ein Opfer auf deinem Weg zu neuen Gewohnheiten wird."

Michael rutschte auf seinem Schreibtischstuhl hin und her. Die Erinnerungen an frühere Freundinnen machten die Sache bestimmt nicht leichter. Kesslers Bedenken waren verständlich. Aber Michael war jetzt ein anderer Mensch. Warum wollte er ihm keine Chance geben?

Als Steven wegging, schob Lee von nebenan seinen Schreibtischstuhl um die Bürotrennwand herum und schaute Michael mit einem breiten Grinsen an. „Du weißt doch: ‚Der große Bruder sieht alles'? Vergiss das nicht, mein Freund!"

„Danke für deine unbezahlbare Hilfe, Lee."

Was würde Hanna über seine Vergangenheit denken? Vielleicht sollte er ihr nichts davon erzählen.

Wie ernst konnte es mit ihr schon werden, wenn ihr großer Bruder seine Augen überall hatte?

* * *

Hannas Nerven flatterten mit jeder Minute, die verging, mehr.

Sie hatte Kaffeetassen umgestoßen, Sandwiches für die Mittagskunden verwechselt und ihren Angestellten widersprüchliche Anweisungen erteilt. Inzwischen hofften die zwei jungen Frauen, die für die Delikatessentheke und die vorderen Tische zuständig waren, wahrscheinlich, dass sie sich eine lange Mittagspause nehmen würde.

Es war nicht hilfreich, dass beide umwerfend gut aussahen. Wenn Michael diese Frauen sah, bräuchte Hanna sich wahrscheinlich sowieso keine Sorgen mehr zu machen, ob er sich für sie interessierte.

Sie wischte die hintere Theke ab und machte sich dann einige Notizen über neue Kaffeesorten, die sie ihrem Vater vorschlagen wollte. Aber ihre Gedanken wanderten immer wieder zu seinem Anruf an diesem Morgen zurück und daran, wie sie am liebsten in Grund und Boden versunken wäre, als sie Michael irrtümlich für ihren Bruder gehalten hatte.

Es gab nichts Peinlicheres, als das Herz auf der Zunge zu tragen und alles sofort auszuplappern.

Sie hatte sich jedoch gut aus der Affäre gezogen. Wenn ihre Instinkte sie nicht täuschten, hatte sie sich mit ihrer schnellen Erwiderung und ihrer Gegeneinladung bei Michael sogar etwas Respekt verschafft.

Inzwischen fragte sie sich, ob das nicht voreilig gewesen war. War sie wirklich schon bereit zu einer neuen Beziehung?

„Ich hätte gern alles auf der Speisekarte", hörte sie eine tiefe, vertraute Stimme sagen.

Hanna drehte sich um und sah, wie Amber und Tiffany sich beeilten, Michaels Wünsche zu erfüllen. Sie konnte sich ein Grinsen nicht verkneifen. Alles? Nicht einmal dieser große, muskulöse FBI-Mann konnte fünf dicke Sandwiches, Pommes Frites und mehrere ziemlich gehaltvolle Kuchen und Kekse essen und dazu vier verschiedene Kaffeesorten und eine Auswahl an Tees trinken.

„Haben Sie heute großen Hunger, Agent Parker?" Sie bedeutete ihren Angestellten, dass sie wieder an ihre andere Arbeit gehen und ihr diesen Kunden überlassen sollten.

Seine braunen Augen funkelten vergnügt. „Hunger habe ich schon. Aber so groß ist er auch wieder nicht."

Ihr Magen knurrte. Kein Wunder. Die Uhr verriet, dass es zehn vor zwei war.

„Was darf es also sein?" Sie nahm einen kleinen Salat und ein halbes Sandwich für sich. „Es geht auf meine Rechnung. Immerhin habe ich dich eingeladen."

Seine Haltung wurde angespannt. War er es nicht gewohnt, dass eine Frau ihm das Essen bezahlte? Das konnte ein gutes Zeichen sein.

„Ich hätte gern ein Roggenbrötchen mit Roastbeef. Ohne Zwiebeln." Er deutete zu dem kleinen Schild in der Glasvitrine. „Und eines von diesen riesigen Plätzchen mit Schokoladenstücken. Und ein Wasser."

Sie stellte das Essen zusammen, gab die Preise in die Kasse ein und legte dann den Betrag aus ihrem Portemonnaie in die Kasse. Amber und Tiffany beobachteten jede ihrer Bewegungen. „Ich bin in einer halben Stunde zurück." Sie nickte zur Tür. „Ihr könnt mich auf dem Handy anrufen, falls ihr mich braucht."

Als sie hinter der Theke hervorkam und zur Tür ging, nahm ihr Michael das Tablett ab. Nachdem sie so kühn gewesen war und zum ersten Mal in ihrem Leben einen Mann eingeladen hatte, fiel ihr jetzt beim besten Willen nichts ein, was sie sagen könnte. So fuhren sie schweigend im Aufzug nach unten zu den Tischen im Food-Court, an denen schon viele andere Gäste verschiedener Imbissrestaurants und Cafés saßen.

Michael stellte das Tablett ab und rückte ihr einen Stuhl zurecht. Das war etwas Neues. Es war lange her, seit ein Mann das für sie getan hatte. Als er das Essen für sie beide verteilt hatte, neigte er den Kopf und betete.

Sie tat es ihm gleich. Dann platzte sie mit dem Ersten heraus, was ihr in den Sinn kam. „Du musst sehr großes Interesse haben, wenn du mich einladen willst, obwohl Steven so vehement dagegen ist."

Er sah sie mit einem entwaffnenden Lächeln an.

Achtung. Du betrittst gefährliches Terrain.

„Ich mache dir ja keinen Heiratsantrag."

Ihre Kühnheit brachte sie heute schon zum zweiten Mal in eine unangenehme Situation. Und wieder mit derselben Person.

Die Erinnerungen an das, was sie sich bei Craig erhofft hatte, versetzten ihr einen Stich ins Herz. „Dann bist du wohl nur auf der Suche nach einem Zeitvertreib, was?"

Diese Worte saßen, und Michaels Grinsen verschwand. Sie hätte den Mund halten sollen. Nicht alle Männer waren so wie die, die sie am College gekannt hatte. Das Leben hatte sie gezwungen, im Schnellverfahren erwachsen zu werden. Aber sie brauchte einen Auffrischungskurs in punkto Manieren.

„Entschuldigung. Das hätte ich nicht sagen sollen. Ich schätze, ich bin ein paar Mal zu oft sitzen gelassen worden."

Sie konnte es selbst nicht fassen. Erzählte sie ihm gerade ihre ganze Lebensgeschichte?

Hanna konzentrierte sich auf ihren Salat und weigerte sich, Michael in die Augen zu schauen. Wenn sie eine Freundin hätte, könnte die ihr vielleicht helfen, sich nicht durch unüberlegte Worte ständig in die Nesseln zu setzen. Aber alle ihre Freundinnen wohnten in Louisville und hatten Babys bekommen und seitdem keine Zeit mehr für sie.

„Hanna? Warum sagst du nichts mehr?" Michael beugte sich vor und kam wieder in ihr Gesichtsfeld.

„Entschuldigung." Sie klang wie eine quietschende Maus. „Ich mache mich total zum Narren, und es würde mich nicht überraschen, wenn du deine Essenseinladung zurücknimmst."

Michael beugte sich vor und nahm ihre Hand in seine. Sie ignorierte die Wirkung, die diese Berührung bei ihr auslöste, und starrte auf einen Fleck hinter seiner linken Schulter. Sie war schon zu oft in ihr Unglück gelaufen, um sich jetzt wieder auf so etwas einzulassen. Immer auf der Suche nach etwas, was kein Mann ihr geben konnte.

„Mir gefällt deine ehrliche, nicht ganz perfekte Art."

Er lächelte. Aber ein Kompliment war das gerade eben nicht gewesen. „Du bist echt. Das gefällt mir. Ich möchte von Anfang an ehrlich zu dir sein. Ja, ich würde sogar gern ein paar ‚Spielregeln' aufstellen." Er schaute auf den weißen Boden hinunter, und etwas an seinem Verhalten berührte sie zutiefst.

„Welche Spielregeln?"

Sein Gesicht verriet seine widerstreitenden Gefühle, und sie erriet fast, was er als Nächstes sagen würde. Er war noch nicht lange Christ und sah viel zu gut aus. Was wahrscheinlich bedeutete, dass seine und ihre Vergangenheit gewisse Ähnlichkeiten aufwiesen.

„Ich will offen und ehrlich zu dir sein und hoffe, das macht meine Chancen für Freitagabend nicht zunichte." Er holte tief Luft und strich sanft mit dem Daumen über ihren Handrücken. „Ich würde dich wirklich gern zum Essen einladen oder vielleicht ins Kino."

„Das wäre schön. Sowohl das mit dem offen und ehrlich als auch das mit dem Essen." Die Worte purzelten wieder ungebeten über ihre Lippen. Sie wollte ihn besser kennenlernen. Und sie wollte nicht wieder einen langen Freitagabend allein zu Hause sitzen. Aber vielleicht sollte sie vorschlagen, dass sie zusammen mit anderen ausgehen könnten. Mit Steven und Gracie? Fast hätte sie laut gelacht. Wäre das nicht ein entspannender Abend? Michael, der sich unter dem wachsamen Auge ihres Bruders und ihrer künftigen Schwägerin steif wie eine Marmorsäule benahm?

Michael ließ ihre Hand los und aß sein Sandwich zu Ende.

„Was hast du mit ‚ein paar Spielregeln aufstellen' gemeint?"

„Erstens müssen wir vorsichtig sein, was den körperlichen Kontakt angeht."

Sie konnte sich ein verschmitztes Grinsen nicht verkneifen. „Also zum Beispiel kein Händchenhalten, solange du nicht Steven um Erlaubnis gefragt hast?"

In seinen Augen sah sie zu gleichen Teilen Belustigung und Verlegenheit.

Warum konnten Männer nicht über Sex sprechen, ohne zu husten oder um den heißen Brei herumzureden? Sie wollte ja keine Liste haben, welche Körperteile berührt werden durften und welche nicht. Was meinte er eigentlich mit *offen und ehrlich*?

„Ich werde deinen Bruder für nichts um seine Erlaubnis fragen. Aber ich will dich würdigen und vorsichtig sein, weil ich meine eigenen Schwächen kenne. Ich hatte schon viele Freundinnen. Aber seit ich Christ bin, versuche ich, mich richtig zu verhalten. Ich will dich nicht respektlos behandeln."

Puh. Das war wirklich offen und ehrlich.

„Wenn ich sage, dass wir vorsichtig sein müssen, meine ich damit, dass wir vermeiden sollten, allein in deiner oder in meiner Wohnung zu sein." Er schaute ihr direkt in die Augen. „Und falls – oder wenn – ich dich küsse, sollst du keine Angst haben müssen und dir sicher sein können, welche Absichten ich habe."

War sie gestorben und im Himmel gelandet? Steven würde das niemals glauben. Natürlich würde sie ihm das auch nie erzählen. Aber es machte trotzdem Spaß, sich seine Reaktion vorzustellen.

„Du machst mich wirklich neugierig, Michael Parker. Ich glaube nicht, dass ich einen Mann je mit einer solchen Klarheit und Sicherheit über dieses Thema habe sprechen hören. Ich bin beeindruckt."

„Dafür besteht kein Grund. Ich bin nicht sicher, inwieweit ich das deinetwegen sage und wie sehr es reiner Selbstschutz ist."

„Trotzdem finde ich es gut. Und ich fühle mich geehrt, dass ich dir so viel bedeute."

Wenn doch andere Menschen in ihrer Vergangenheit nur ansatzweise so ehrenhaft gewesen wären! Sie stocherte in ihrem Salat herum und zwang sich, den Rest ihres Sandwichs zu essen.

„Aber genug von diesem Thema. Erzählst du mir etwas über deine Fotoarbeiten? Clint hat gesagt, dass du in Louisville als Fotografin gearbeitet hast."

Er hatte mit Clint über sie gesprochen? „Vor meinem Abschluss an der Universität von Louisville habe ich so viele Kurse in Fotografie belegt, wic ich nur konnte. Ich habe auch versucht, in ein paar Fotoateliers zu arbeiten. Aber damals waren Landschaftsaufnahmen meine Leidenschaft, und ich entsprach einfach nicht dem Typ der netten Kinderporträtfotografin."

„Hast du deshalb angefangen, für deinen Vater zu arbeiten?"

„Ja. Sein Angebot, mich als Managerin seines Cafés auszubilden, war seine Art mir zu helfen, finanziell unabhängig zu werden. Nebenher konnte ich meine Fähigkeiten ausbauen, um später einmal von der Fotografie leben zu können." Sie lächelte. „Dad hat immer an mich geglaubt."

„Die Fotos an den Wänden im Grounded sind von dir?"

„Ja."

„Sie sind umwerfend. Mich hat der Sonnenuntergang über den Cumberland Falls sehr fasziniert. Und auch die Schwarzweißporträts sind beeindruckend. Ich würde gern mehr von deinen Arbeiten sehen."

Sie nickte und schluckte die Einladung, dass er heute Abend zu ihr kommen und sich ihre Mappe anschauen könnte, hinunter. Kein attraktiver Mann hatte bis jetzt so viel Interesse an ihren Bildern gezeigt. Craig hatte sie ein „nettes Hobby" genannt.

Ja, Dad und Steven lobten ihre Arbeit in den höchsten Tönen. Und die Professoren hatten gesagt, sie sei „begabt". Ihre Freundinnen hatten sich und später ihre Babys gern von ihr fotografieren lassen. Aber Michaels Neugier schien tiefer zu gehen. Das freute sie, aber gleichzeitig machte es sie unsicher.

Er schaute auf seine Armbanduhr und half ihr dann, den Abfall wegzuräumen, bevor sie zum Aufzug zurückgingen. Dass er ihre Hand nicht nahm, weckte in ihr noch stärker den Wunsch, er würde es tun.

Aber sie musste seine und auch ihre eigenen Grenzen respektieren und durfte nicht drängen, selbst wenn Michaels Interesse an ihrer Arbeit eine Stelle in ihrem Herzen berührte, die kein anderer Mann je erreicht hatte.

Ein tiefes Bedauern regte sich in ihr. Michael kannte ihre Geschichte nicht. Vielleicht würde er sie auch nie erfahren. Die Realität war nur schwer zu ertragen.

Gott und sie hatten noch einiges aus ihrer Vergangenheit aufzuarbeiten.

Kapitel 22

Die Zeit der dummen Fehler war vorbei.

Dieser Dienstag, der zwanzigste März, sollte sein Tag werden. Als er an die vielen Fehler und vereitelten Pläne seit Januar dachte, hallte das Innere des Mietwagens von seinen lauten Flüchen wider.

Er war nachlässig geworden. Zu weich. Er hatte zugelassen, dass der Blick auf sein Kind seine Entschlossenheit ins Wanken brachte. Das, was früher einmal als einfaches Abbauen von Stress gedacht gewesen war, war nun kompliziert geworden.

Aber jetzt konnte er nicht mehr zurück. Alles ging unaufhaltsam den Bach hinunter. Er hatte nicht mehr die Kontrolle. Nein, seine zwanghaften Triebe hatten die Kontrolle über ihn. Das musste sich ändern.

Vielleicht würde nur noch ein einziges Mal genügen. Dann würde er für immer aufhören.

Er bog von der I-95 und lenkte sein Auto in die Innenstadt von Richmond. Nach ein paar Minuten blieb er noch einmal stehen, um sich zu orientieren. Es dauerte eine Weile, den richtigen Park zu finden, einen Park in der Nähe einer Autobahnauffahrt und mit dichtem Baumwuchs. Und mit einem Spielplatz voller Kinder.

Er umkreiste suchend den Park. Der März war sehr günstig, da immer mehr Leute die sonnigen Nachmittage genossen. Er hatte die perfekte Tageszeit gewählt. Die Eltern waren mit Essensplänen und Einkaufslisten beschäftigt, während die Kinder sich langweilten und überdreht waren.

Er würde dieses Mal eine andere Taktik anwenden. Der neue Gameboy wäre ein perfektes Lockmittel. Ein wenig verlockender als Kekse oder Kaugummi.

Er saß auf der gegenüberliegenden Straßenseite in seinem Auto und wartete auf den idealen Zeitpunkt, um in den Park zu gehen. Einige Minuten später warf er sich seinen Rucksack über die Schulter und betrachtete sein Spiegelbild im Kunststofffenster einer Bushaltestelle. Mit seiner zwanglosen Kleidung und seinem gewinnenden Grinsen konnte er immer noch als Student durchgehen.

Auf einer Parkbank ein wenig entfernt von den meisten anderen Spielplatzbesuchern zog er das elektronische Spielzeug heraus und beschäftigte sich damit. Niemand beachtete ihn. Ein leichter Wind raschelte in den Blättern der großen Bäume hinter ihm. Sobald er sein Opfer gefunden und betäubt hätte, könnte er zwischen den Bäumen verschwinden und praktisch unbemerkt zu seinem Auto zurückspazieren.

Jetzt musste er nur noch warten.

Dank der vielen Leute im Park, von denen keiner lange blieb, boten sich sehr schnell einige Möglichkeiten.

Ein Junge kam näher und interessierte sich für die beweglichen Monster-Cartoons auf dem Bildschirm seines Gameboys. Aber der Junge war zu redselig und plapperte unaufhörlich. Damit schied er als Kandidat aus. Er täte gut daran, das Kind erst zu töten, wenn sie den Park verlassen hatten.

„Hey, spielen Sie College-Basketball?“ Ein kleiner, braunhaariger Junge kam auf ihn zu.

Er schaute auf seinen orangeblauen Pullover hinab und lächelte. Es war gut, sich den Stolz der Leute auf ihre Basketballmannschaft zunutze zu machen. „Jetzt nicht mehr, aber früher.“ Er hielt das Spiel hoch. „Willst du es einmal probieren? Wir können uns über Basketball unterhalten, während du spielst.“

Das Kind setzte sich auf die Bank. „Mein Vater hat mir alles über Basketball beigebracht. Er hat versprochen, dass er mich einmal zu einem Spiel mitnimmt.“ Der Junge schaute traurig auf das Gras unter seinen Füßen. „Aber vor ein paar Monaten ist er weggegangen, und ich habe ihn seitdem nicht mehr gesehen.“

„Das ist schade.“

„Ja. Meine Mama muss immer arbeiten, und ich habe viel Zeit zum Spielen.“ Er deutete auf eine Frau, die auf der anderen Seite des Spielplatzes etwas aus ihrem schiefergrauen Lincoln holte und gleichzeitig telefonierte. Die Dame schien mit sich selbst beschäftigt zu sein.

„Willst du mit mir ein Frettchen fangen?“ Mit diesem alten Trick aus der Schulzeit könnte er diesen leutseligen Jungen vielleicht unbemerkt in den Wald locken und ihn dort betäuben. Dann könnte er problemlos mit ihm verschwinden.

„Was ist ein Frettchen?“

„Es ist klein und hat ein weiches Fell und ist ein herrliches Haustier.“

Die Augen des Jungen wurden genauso groß wie sein Lächeln. „Ich habe mir schon immer ein Haustier gewünscht.“

Sie gingen unbemerkt in den Wald und er erklärte dem Jungen, dass er seinen Rucksack halten und sich hinkauern sollte.

„Ich glaube, das will ich doch lieber nicht machen." Der Junge schaute sich um. „Ich laufe zurück und suche meine Mama."

„Wir können es wenigstens versuchen. Ich verspreche dir, dass es sich lohnt." Dieser Junge würde sich bestimmt nicht so gegen ihn wehren wie die anderen. Leider wehrten sich irgendwann die meisten von ihnen. Das hasste er. Es verdarb ihm das angenehme Erlebnis.

„Okay. Aber nur kurz." Der Junge konzentrierte seine Aufmerksamkeit auf den immer dunkler werdenden Wald vor sich und bemerkte den Nadelstich kaum.

Er rieb sich den Arm. „Ich glaube, mich hat etwas gestochen!"

„Pass auf den Rucksack auf. Um den Mückenstich können wir uns gleich kümmern."

Er schaute zu, wie die Augen des Kindes anfingen zu blinzeln.

„Ich fühle mich so komisch."

„Komm, ich trage dich." Der Junge sackte in seine Arme, und er beschleunigte seine Schritte aus dem Wald und überquerte kurz danach die stark befahrene Straße.

Er liebte es, wenn etwas nach Plan lief.

Mit einem Blick nach links stellte er fest, dass die Mutter des Jungen immer noch telefonierte, nicht ahnend, dass sich ihr Leben gerade für immer verändert hatte.

Jetzt musste er nur noch in seinen Lieblingspark zurückfahren. Zehn langsame, rutschende Schritte den Hang hinab, fünfzig Schritte nach Osten, dann scharf nach Süden abbiegen und ungefähr eine Meile weitergehen. Als er seinen Lieblingsplatz im Geiste vor sich sah, wuchs seine Erregung noch mehr.

Ein schneller Genickbruch und ein wenig Graben um Mitternacht, und es ginge ihm wieder gut und der Stress würde nachlassen. So war es immer gewesen. Dann könnte er wieder in sein Leben zurückkehren und weitermachen wie bisher.

Er hätte wieder die Kontrolle.

Und alles wäre wieder normal.

Kapitel 23

Was für eine miserable Art, die Woche zu beenden! Noch ein Kind wurde vermisst, und es gab nicht einmal einen Augenzeugen für sein Verschwinden. Dazu kam, dass Clint bei seinem Telefongespräch mit Michael am Freitagmorgen nicht viel Positives erfahren hatte.

Steven blieb an Clints Schreibtisch stehen und deutete mit dem Kopf zum Telefon. „Hat sich Michael gemeldet?"

„Ja."

„Gut, dass er am Mittwoch schon nach Christiansburg unterwegs war. Dadurch konnten wir ihn gleich weiter nach Richmond schicken, als unsere Außenstelle anrief." Steven streckte nach dem langen Gespräch mit dem Abteilungsleiter seinen verspannten Nacken. „Sag mir, dass er etwas gefunden hat."

„Absolut nichts. Danny Browers Mutter erledigte ein paar dienstliche Telefonate, während ihr Sohn in einem Park spielte, in dem viel los war. Sie hielten auf dem Heimweg von der Schule dort an, damit er sich ein wenig austoben konnte. Sie hat nichts gesehen, und weder Michael noch die Agenten von der Außenstelle, die an diesem Fall dran sind, haben jemanden gefunden, dem ein verdächtiger Mann aufgefallen wäre."

„Ist es möglich, dass er Mattie bei sich hat?"

„Michael sagte, niemand habe Mattie oder Standish auf den Bildern, die er den Leuten zeigte, erkannt."

Stevens Gesicht wurde steinern. „Was ist, wenn Standish wirklich mit uns spielt, wie Lee vermutet? Wenn er sich verkleidet und sich vor aller Augen herumtreibt. Wenn er ganz in der Nähe ist, aber trotzdem nicht so nahe, dass wir ihn zu fassen bekommen."

„Warum?"

„Weil er Polizisten hasst. Besonders uns. Immerhin haben wir seinen Bruder verhört und ins Gefängnis gesteckt, und wir lassen ihn nicht zu seinem Sohn."

Lee blieb neben Steven stehen und schnaubte. „Ganz zu schweigen davon, dass dieser Drecksack seinen Spaß hat, während wir ihn überall suchen. Dieses Katz-und-Maus-Spiel passt genau in das Profil eines intelligenten Serientäters. Es erhöht seinen Spaß und tut seinem Ego gut, dass wir ihn nicht finden können, und dann schlägt er wieder zu."

Clint hustete so kräftig, dass seine Lunge zu explodieren drohte. Oder zu implodieren.

Steven reichte ihm die große Wasserflasche, die er jetzt überall mit sich herumschleppte. „Wann gehst du zum Arzt?"

„Um zwei."

„Fährt Sara dich hin?"

„Nein. Ich kann selbst fahren." Clint stand auf und fiel auf seinen Stuhl zurück. Gummibeine und ein Kopf, in dem sich alles drehte, machten seine Worte nicht unbedingt glaubhafter. Sein Zorn flackerte auf. Er musste den körperlichen Eignungstest für FBI-Agenten bestehen, bevor er wieder in den Außendienst dürfte. Aber sein Körper streikte einfach und wollte nicht kooperieren. In der Zwischenzeit verschwanden immer mehr Kinder. Und er war machtlos, irgendetwas dagegen zu unternehmen.

„Entspann dich, Clint." Steven zog das Handy von seinem Gürtel. „Ich rufe Sara an und sage ihr, dass sie dich abholen soll."

Clint stemmte sich von seinem Stuhl hoch. „Nein."

Sein Partner klappte das Handy wieder zu.

„Ich kann selbst zum Arzt fahren." Nur gut, dass seine Eltern am Mittwoch nach Hause gefahren waren. Er brauchte es nicht, dass sie, Steven oder Sara ihn ständig bevormundeten. Er rieb seinen kahlen Kopf und verzog vor Schmerzen das Gesicht. Irgendetwas erinnerte ihn immer an seine Krankheit. „Ich hasse es, mir wie ein neunzig Pfund leichter Schwächling vorzukommen. Ich kann Auto fahren. Zum Krebszentrum ist es nicht weit."

„Meine Mutter war nie so eigensinnig."

Steven erwähnte seine Mutter nicht oft. Aber jedes Mal, wenn er es tat, war das ein schmerzlicher Schlag für Clints Ego. Cynthia Kessler hatte den Menschen in ihrem Umfeld das Leben nicht so schwer gemacht wie er. „Wenn du mir ins Krankenhaus nachfahren willst, kannst du das gern machen. Aber ich fahre selbst." Damit setzte er sich und schob seine Papiere zu einem Stapel zusammen.

Der ganze Papierkram, den Maxwell auf seinem Schreibtisch ablud, sorgte dafür, dass er den restlichen Vormittag mehr als genug beschäftigt war. Aber eintönige Papierarbeit war immer noch besser, als zu

Hause zu sitzen und sinnlose Fernsehsendungen anzuschauen. Oder den ganzen Tag zu schlafen und dann die ganze Nacht wach zu liegen und das Muster an der Zimmerdecke zu betrachten.

„Können wir gehen?" Steven lehnte mit seiner immer noch tadellosen Jacke und Autoschlüsseln in der Hand an der Trennwand neben Clints Schreibtisch.

„Du willst mir wirklich zum Arzt nachfahren?"

„Ja."

„So viel Liebe halte ich nicht aus."

„Es gibt Schlimmeres, Partner."

Die Fahrt nach Alexandria blieb ohne besondere Vorkommnisse. Aufregend wurde es nur, als Clint bei einem starken Hustenanfall ein paar Mal über die Mittellinie fuhr und Steven lautstark hinter ihm hupte. Clint signalisierte ihm, dass er alles unter Kontrolle habe, und drehte dann seine Stereoanlage auf. Die Countrymusik hielt ihn auf dem Weg zum Krebszentrum wach.

Als er aus seinem schwarzen Wagen mit der verstärkten Karosserie stieg, summte er noch die Melodie. Es war wirklich zu schade, dass sein Stetson und seine Stiefel zu Hause waren. Anzug und Krawatte müssten für den guten Dr. Silverman heute genügen.

Stevens Auto kam neben ihm zum Stehen. In einer fließenden Bewegung stellte Steven den Motor ab und knallte die Tür seines Ford Explorers zu. „Du rufst Sara an und sagst ihr, dass sie dich abholen soll, ja?" Sein Gesicht war ganz blass.

„Nein."

„Falsche Antwort." Die Muskeln um Stevens Kinn arbeiteten auf Hochtouren. „Entweder du rufst Sara jetzt an oder ich rufe sie an."

„Gut, ich rufe sie an."

„Jetzt."

„Du glaubst mir nicht, dass ich mein Wort halte?"

Steven verschränkte die Arme vor seinem Brustkorb. „Du bist ein Sturschädel, wie er im Buche steht. Natürlich rufst du sie an. Du rufst dann zu Hause an, wenn sie nicht da ist und dir antworten kann. Auf diese Weise kannst du dein Wort halten und trotzdem, so eigensinnig wie du bist, selbst nach Hause fahren."

Sein Partner kannte ihn viel zu gut. Clint gefiel dieses neue Bild nicht, das er abgab. Früher hatte er die Wahrheit nie verdreht. Diese

Erkenntnis und seine Unfähigkeit, seine Arbeit zu machen, gaben seinem Zorn neuen Zündstoff.

Er verkniff sich nur mühsam die Schimpfwörter, die er jeden Tag im Büro hörte. Sie würden ihm nicht helfen, und er würde sich danach auch nicht besser fühlen. Sie würden Steven nur dazu bringen, Sara selbst anzurufen.

Clint zog sein Handy heraus. „Sara. Ich bin's. Nein, mir geht es gut. Ja, ich bin beim Arzt." Er schaute nach oben. Sie machte es ihm nicht leicht. „Würdest du bitte in ungefähr einer Stunde kommen und mich vom Krebszentrum abholen?"

„Geht es dir nicht gut?" Ihre Stimme klang besorgt. „Ich will gerade Susannah abholen, aber ich kann es schaffen, bevor deine Untersuchung vorbei ist."

„Nein, mach dir keinen Stress. Mir geht es gut, und es ist keine große Sache. Ich kann selbst nach Hause fahren." Er warf Steven einen triumphierenden Blick zu.

„Sag ihr die ganze Wahrheit." Steven sprach absichtlich so laut, dass Sara ihn hören musste.

„Was war das?"

„Steven ist eine besorgte Glucke und traut mir nicht zu, Auto zu fahren. Er ist mir zu Dr. Silverman nachgefahren und bestand darauf, dass ich dich anrufe." Clint sprach eilig weiter. „Aber du hast keine Zeit, und mit mir ist wirklich alles in Ordnung. Ich kann also selbst nach Hause fahren."

„Wenn Steven sich solche Sorgen macht …"

Clint biss die Zähne so kräftig zusammen, dass es knirschte. „Dann komm doch mit den Kindern nach der Schule, und ihr holt mich ab, ja? Du kannst hinter mir herfahren, und wir besorgen uns auf dem Heimweg etwas zu essen."

Nach einem kurzen Tschüs legte er auf. „Zufrieden?"

„Ja." Steven ging zu seinem Explorer zurück. „Du hast das wirklich mit Würde getragen, mein Freund. Das werde ich mir für das nächste Mal merken, wenn ich etwas nicht tun will, obwohl ich ganz genau weiß, dass es richtig wäre."

„Meinetwegen."

Steven ließ seinen Motor an. „Dann bis Montag im Büro." Sein bester Freund fuhr mit einem kurzen Winken davon.

Das Gluckenverhalten zeigte nur Stevens Fürsorge und sonst nichts. Niemand versuchte, ihn zu bevormunden oder ihm das Gefühl zu geben, er wäre ein Idiot.

Nach einem Blick auf seine Armbanduhr zwang Clint seine Füße, sich zu bewegen und das Krebszentrum zu betreten, das in den letzten Wochen wie ein zweites Zuhause für ihn geworden war. Untersuchungen, Spritzen, Blutabnehmen und giftige Chemikalien waren ein Teil seines Lebens geworden. Die ständigen Untersuchungen waren lästig und er kam sich vor wie ein Nadelkissen. Aber vielleicht könnte der Arzt ihm helfen, den Husten loszuwerden, damit er wieder in den Kraftraum gehen und seinen Trainingsplan bewältigen konnte.

„Es freut mich, Sie zu sehen, Clint“, begrüßte ihn Laurie Denny auf dem Gang. „Aber Sie sehen nicht so aus, als beruhe diese Freude auf Gegenseitigkeit.“

„Nehmen Sie es nicht persönlich. Ich habe einfach genug von diesem Ort.“

„Das kann ich gut verstehen.“ Sie nickte in Richtung des Patientenaufenthaltsraums. „Wollen Sie nicht eine Runde Schach spielen, während Sie warten?“

„Ich bin hier, weil Sara meint, ich hätte eine Infektion oder so etwas. Ich möchte niemanden anstecken.“

„Ihre Frau hat mit ihren Vermutungen meistens recht.“ Laurie ging ins normale Wartezimmer. „Suchen Sie sich doch einfach ein gutes Buch. Ich melde Sie an und hole Sie dann, wenn Dr. Silverman Zeit hat.“ Sie deutete zu einem Wandregal mit Büchern. „Ich habe gehört, dass es hier einige spannende Krimis gibt.“

Er nahm ein Buch mit schwarzem Einband und einem Spinnennetz auf der Vorderseite. Genau so fühlte er sich. Wie in einem Netz gefangen und mit düsteren Aussichten.

„Clint? Kommen Sie bitte mit.“ Lauries Stimme riss ihn aus seinen Gedanken. Er hatte in zehn Minuten nur zwei Seiten gelesen.

Er warf das Buch auf den Tisch und stand langsam auf.

„Sie können das Buch gern mitnehmen.“

„Nein, danke. Über dieses Buch kann sich jemand anderes freuen. Ich kann mir im Laden eines kaufen.“ Er folgte der groß gewachsenen Verwaltungschefin in Dr. Silvermans Büro.

Der Onkologe schaute von seinem Schreibtisch auf, als Laurie leise klopfte. „Herein." Er winkte Laurie lächelnd zu, bevor sie wieder verschwand.

Clint hätte am liebsten den alten Schaukelstuhl zu Dr. Silvermans schwerem Eichenschreibtisch herübergezogen. Aber sich in den Sessel zu setzen war weniger anstrengend. Im Moment ging er lieber den leichteren Weg.

Als er sich in den gepolsterten Sessel fallen ließ, bekam er den nächsten starken Hustenanfall.

„Was führt Sie heute zu mir außer diesem furchtbaren Geräusch?"

„Mein Husten wird immer schlimmer, und ich habe leicht erhöhte Temperatur."

„Weiß Sara von dem Fieber?"

Clint schüttelte den Kopf.

„Seit wann haben Sie Fieber?"

„Seit Montagabend. Gegen den Husten war nichts zu machen, also habe ich angefangen, meine Temperatur zu messen."

„Und wie hoch ist sie?"

Clint empfand diese ganzen Fragen wie eine Folter. Er konnte es nicht riskieren, wieder im Krankenhaus zu landen. Die Zeit wurde knapp. Es ging um Menschenleben, und seine Kollegen brauchten ihn. Mattie Reynolds konnte immer noch am Leben sein. Vielleicht einige der anderen Jungen auch. Der neue Fall … wie hieß der Junge doch wieder?

„Wie hoch ist Ihr Fieber, Clint?"

„Siebenunddreißig neun." Dass er im Moment schweißgebadet war, verriet er lieber nicht.

Dr. Silverman legte die Fingerspitzen aneinander. „Ich würde vorschlagen, dass wir heute einige Untersuchungen vornehmen und schauen, ob wir ein Antibiotikum finden, das schnell Abhilfe schafft."

„Es ist nur eine Erkältung."

„Es hört sich aber anders an, Clint. Eine Lungenentzündung kann sich schnell zu einer Sepsis entwickeln. Falls wir es damit zu tun haben sollten, werde ich Sie im Krankenhaus behalten. Auch wenn Sie sich mit Händen und Füßen dagegen wehren." Der Versuch des Arztes, einen Scherz zu machen, verfehlte seine Wirkung.

Gott? Wo bleiben die Wunder, um die ich dich gebeten habe? Ich brauche sie schnell!

Gott schuldete ihm nichts, und er hatte kein Recht, etwas von ihm zu verlangen. Aber er bat ihn trotzdem. Denn im Moment wäre ein Wunder nötig, damit er wieder zur Arbeit gehen und Mattie oder eines der anderen vermissten Kinder lebend finden könnte. Michael war nicht der Einzige, der sich an diese winzige Hoffnung klammerte.

Nachdem man ihm Blut abgenommen hatte, trat Clint ins Tageslicht hinaus. Sara müsste jeden Augenblick hier sein, und er müsste sie wieder nach Hause schicken, weil Dr. Silverman ihn hier behalten wollte, bis er die Ergebnisse hatte. Und weil er möglicherweise ins Krankenhaus eingewiesen würde.

Am liebsten wäre er in sein Auto gestiegen und hätte Dr. Silverman einfach vergessen. Aber so könnte er Steven am Montag nicht unter die Augen treten.

„Clint." Eine Frauenstimme riss ihn aus seinen Gedanken. Er drehte sich um, um zu sehen, wer ihn angesprochen hatte. Saras rote Haare tauchten vor seinem Gesichtsfeld auf. Warum erkannte er ihre Stimme erst jetzt? Susannah und Jonathan liefen neben ihr.

Eine Müdigkeit, wie er sie noch nie erlebt hatte, drohte ihn plötzlich umzuwerfen. „Hallo, ihr drei." Sein Mund fühlte sich wie Watte an. Schweiß tropfte aus jeder Pore seines Körpers.

„Clint, du siehst gar nicht gut aus." Saras Stimme klang locker und angespannt zugleich. „Komm, gehen wir wieder hinein."

Er konzentrierte sich auf ihre grünen Augen. Aus ihnen sprach dieser ernste, fragende Arztblick. „Behandle mich nicht wie ein Baby."

Sara kniete vor Jonathan und Susannah nieder. „Würdet ihr bitte durch diese große Tür laufen und der Frau am Empfang sagen, dass ihr Dr. Rollins' Kinder seid? Und sie bitten, ob ihr bei ihr auf mich warten könnt?"

Sie liefen zur Tür, als wäre das etwas Aufregendes. Wahrscheinlich bekamen sie von Laurie Süßigkeiten, die tatsächlich gut schmeckten und nicht so wie alles, was Clint seit dem fünfundzwanzigsten Januar aß.

„Ich bin froh, dass du es zum Arzt geschafft hast." Saras Stimme drang wie durch Watte an sein Ohr. „Aber wenn ich dich so sehe, gebe ich Steven recht. Es war richtig, dass er dich gezwungen hat, mich anzurufen."

„Er hat mich nicht gezwungen."

„Du kannst so …"

In seinem Kopf drehte sich alles. Die Wolken und der Asphalt verschwammen miteinander. Nur sein Husten erinnerte ihn an die Schmerzen in seiner Brust, die so heftig waren, als hätte ihn ein Vorschlaghammer direkt zwischen den Schultern getroffen. Er ging einen Schritt und dachte, sein Fuß würde auf dem weißen Randstein vor dem Krebszentrum landen.

Aber er verfehlte ihn.

„Clint …"

Er streckte die Hand nach Sara aus, fühlte aber nichts als den harten Asphalt.

Laute Schreie und unbekannte Stimmen drangen von allen Seiten auf ihn ein. Alles, was er sehen und hören konnte, verschmolz zu einer einzigen Farbe.

Schwarz.

Kapitel 24

Was für eine sinnlose Fahrt!

Michael verdrängte die Gedanken an seinen erfolglosen Ausflug nach Richmond und konzentrierte sich lieber auf die Dekoration in der Mitte des Tisches. Das weiche Flackern der weißen Kerze konnte ihn weder ablenken noch in eine romantische Stimmung versetzen. Er schaute zum fünfzigsten Mal, seit er hier saß, auf seine Uhr.

Sieben Uhr dreißig. Hanna hatte versprochen, sich um sieben Uhr mit ihm hier zu treffen.

Sie ging nicht an ihr Handy. Sie hatte auch keine Nachricht auf seinem Handy hinterlassen. Wo war sie?

„Möchten Sie noch eine Cola … oder vielleicht etwas Stärkeres?" Die kokettierende, braunhaarige Kellnerin war ihm nun ganz nahe. „Ich habe in einer Stunde Feierabend."

Sein Körper reagierte, und er schluckte schwer. „Danke, Shelly. Aber ich werde noch ein wenig warten. Die Frau, mit der ich verabredet bin, ist es wert, noch viel länger zu warten." Er erstarrte, als er den frostigen Blick der Kellnerin sah. „Aber ich nehme noch eine Cola. Danke."

Shelly entfernte sich wie ein Model auf dem Laufsteg mit einem etwas übertriebenen Hüftschwung. Männeraugen folgten ihr. Michael drehte den Kopf zum Fenster. Es hatte keinen Sinn, noch Öl ins Feuer zu gießen. Er stellte seine Pläne für diesen Freitagabend ohnehin schon in Frage.

Hanna war es wert zu warten. Aber er war kein sehr geduldiger Mann. Daran müsste er noch arbeiten.

Und daran, die vermissten Kinder zu finden. Besonders Mattie Reynolds.

Michael wünschte, er hätte seine Aktentasche mit ins Restaurant genommen. Er hatte sie im Auto gelassen, da er bei Hanna keinen falschen Eindruck erwecken wollte. Das musste er jetzt nicht mehr befürchten, da es so aussah, als würde Hanna überhaupt nicht auftauchen. Er hätte seine guten Manieren vergessen und seine Arbeit erledigen sollen.

Er hasste es, Zeit zu vergeuden. Das hatte er von seinem Vater gelernt.

„Man muss seine Zeit in vollem Umfang ausschöpfen und darf keine Sekunde vergeuden.“

Die Worte seines Vaters tauchten in Momenten auf, in denen er es am wenigsten erwartete, und quälten ihn. Sein Vater hatte ständig nur Leistung gefordert und hatte nie den geringsten Stolz über irgendeine von Michaels Leistungen gezeigt. Läuferass. Baseball- und Fußballstar am College. Jahrgangsbester an der Highschool und am College. Er hätte gern auch noch irgendeinen Extremsport gemacht, wenn sein Vater ihm das nicht verboten hätte.

„Ich zahle nicht die Rechnungen für deine Ausbildung, damit du dir wie irgendein Adrenalinjunkie deinen dummen Hals brichst.“

Das war nicht seine Absicht gewesen, aber das hatte keine Rolle gespielt. An der ablehnenden Haltung seines Vaters hatte er auch mit vernünftigen Argumenten nichts ändern können.

Nicht einmal Auszeichnungen während seiner Offiziersausbildung hatten ihm bei seinem Vater Pluspunkte eingebracht. Dass er FBI-Agent geworden war, hatte ihm jedoch ein bisschen Respekt verschafft. Aber auch diesen Respekt würde er verlieren, wenn die landesweiten Nachrichten weiterhin dem FBI und der Polizei Versagen vorwarfen und behaupteten, sie wären nicht imstande, entführte Kinder zu retten. Warum konnten sie sich nicht über all die Kinder freuen, die das FBI und die Polizei sicher zu ihren Eltern zurückbrachte?

„Hier ist Ihre Cola.“ Shelly zog einen Schmollmund. „Und meine Karte. Sie können mich jederzeit anrufen.“ Damit tänzelte sie davon.

Er betrachtete ihre Visitenkarte, eine elegante Karte mit Golddruck, an der er sich fast die Finger verbrannte. Wenn sie wüsste, dass er FBI-Agent war, hätte sie ihm nicht die Visitenkarte von einem „Dating-Service für individuelle Wünsche“ gegeben. Er würde sie am Montag an der Arbeit der dafür zuständigen Abteilung geben.

Falls er nicht vorher versuchte, sie anzurufen.

Michael fluchte leise. Hanna kam nicht, und er würde nicht heiliger werden, indem er hier sitzen blieb und sich der Versuchung aussetzte.

Er brauchte einen langen Dauerlauf. Jetzt.

Er legte einen Fünfdollarschein und etwas Trinkgeld auf den Tisch und verließ das Restaurant, ohne sich umzuschauen.

* * *

Am Samstagnachmittag ging Sara nervös auf dem Gang des Krankenhauses auf und ab und machte sich große Vorwürfe, weil sie Clint nicht früher zum Arzt geschickt hatte. Weil sie seine Temperatur nicht gemessen hatte. Weil sie als Onkologin wieder einmal versagt hatte. Und als Ehefrau.

Warum war sie heute überhaupt aufgestanden?

„Sara, Schatz, wir sind da."

Sara sank in die ausgebreiteten Arme ihrer Mutter. Doch im nächsten Moment regten sich erneut starke Schuldgefühle. „Mama, Dad, es tut mir so leid. Es war falsch von mir, euch anzurufen und zu bitten, euren Urlaub vorzeitig abzubrechen."

„Unsinn. Es waren nur noch ein paar Tage, und wir wollten sowieso wieder nach Hause." Ihre Mutter verriet mit keiner Miene, dass das eine Lüge war. „Wir hätten schon im letzten Monat kommen sollen, als du uns endlich von Clints Krankheit erzählt hast. Niemand muss so viel Zeit in einem fremden Land verbringen."

Sie hatten jahrelang gespart, um sich diesen Urlaub leisten zu können.

„Aber ihr seid nicht zu Hause in Texas. Ihr seid hier." Sara wischte sich die Augen.

Ihr Vater führte die beiden Frauen mit seinen starken Armen in ein leeres Wartezimmer. In Dads Nähe, die Sara Halt und Sicherheit gab, konnte sie alles loslassen, und bald war es um ihre mühsame Selbstbeherrschung geschehen. Als sie zwischen ihren Eltern saß, die ihre schützenden Arme um sie legten, konnte sie die Tränen nicht länger zurückhalten.

„Mein kleines Mädchen." Dad benutzte ein irisches Wort für Mädchen, sprach es aber in seinem starken texanischen Dialekt aus. Das klang seltsam in ihren Ohren, obwohl er das schon immer so gemacht hatte. In ihrer Kindheit war ihr das jedoch nie aufgefallen.

Offenbar war sie viel zu lang weg gewesen. Sie war nicht nur eine schlechte Ärztin und Ehefrau, sondern auch eine unachtsame Tochter.

Ihre Schuldgefühle drückten sie fast zu Boden.

„Mach dir um uns keine Gedanken, Liebes. Wir sind hier." Ihr Vater ging vor ihr in die Hocke und hob ihr Kinn, damit sie ihm in die Augen schauen konnte. „Wir lieben dich, und der Herr liebt dich auch. Unser Gott ist immer noch ein sehr mächtiger Gott."

Sara überließ es ihrem Vater, der Theologie unterrichtete, Worte zu sagen, die für sie im Moment nur leere Hülsen waren. Sie nickte und sehnte sich nach dem Trost seines Glaubens, aber gleichzeitig hätte sie im Angesicht seiner Naivität am liebsten geschrien.

Gott war vielleicht mächtig, aber er ließ trotzdem Menschen sterben. Er mutete ihnen viel zu. Clint hatte seine zweite Gehirnerschütterung innerhalb von drei Monaten. Und eine Lungenentzündung. Aufgrund der Chemo könnte diese Infektion, die ein gesunder Mensch leicht abwehren konnte, ihren Mann töten.

Sie weinte so heftig, dass ihr alles wehtat.

„Sara, das ist nicht gut für das Baby." Der Appell ihrer Mutter an Saras Mutterinstinkte machte ihre Schuldgefühle nur noch größer und unerträglicher.

Sogar als Mutter war sie eine Versagerin.

Sie rieb sich den Bauch, der jetzt immer runder wurde und sie noch stärker an ihren schlimmsten Alptraum erinnerte: Sie könnte Clint verlieren, während sie ein Kind erwartete.

Konnte es denn noch schlimmer kommen?

Ja, sie wusste, dass es noch schlimmer kommen konnte. Sie hatte erlebt, wie andere Familien noch viel mehr ertragen mussten. Ihre neu gefundene Hoffnung war zerschlagen. Sie hätte am liebsten die Faust zum Himmel erhoben und laut geschrien: „Genug!"

Aber nicht vor ihren Eltern.

Nicht vor den Familien anderer Patienten.

Nicht vor ihren Kindern.

Sie wischte sich über die Augen, richtete sich mühsam auf und holte tief Luft, bis sie ihre Gefühle wieder unter Kontrolle hatte. „Was haltet ihr davon, wenn wir nach Hause fahren und ihr erst einmal eure Sachen auspackt?" Sie schaute auf die Uhr im Wartezimmer. „Unsere Babysitterin konnte nicht kommen. Deshalb ist Stevens Schwester, Hanna, bei den Kindern. Sie müsste die beiden inzwischen zum Mittagsschlaf hingelegt haben. Ihr könnt euch also ein bisschen ausruhen, bevor ihr sie heute Abend seht."

Auf dem Weg zum Parkhaus wechselten ihre Eltern einen ihrer vielsagenden Blicke. Würden sie und Clint jemals wieder solche vertrauten Blicke miteinander wechseln?

Das war wieder ein Gedanke, den sie im Moment nicht zu Ende denken wollte. Etwas in ihr würde bald explodieren, wenn sie die Fragen nicht lösen konnte, die sich in ihrem Kopf angesammelt hatten.

Aber dafür war jetzt keine Zeit.

Sie hatte Gäste im Haus, um die sie sich kümmern musste, und Kinder, deren verängstigte, erschrockene Blicke sie immer noch verfolgten. Sie hätte dafür sorgen müssen, dass sie nicht sahen, wie ihr Vater zusammenbrach und das Pflegepersonal angelaufen kam, um ihn eilig ins Krankenhaus zu tragen.

Sara kämpfte selbst noch mit den Bildern in ihrem Kopf. Diesen furchtbaren Tag gestern würde sie nie vergessen.

Ein Tag, an dem Zorn, Entsetzen und Niederlage miteinander um den ersten Platz in ihrem Herzen gerungen hatten.

* * *

„Was für ein Tag ist heute?"

Clint fuhr sich mit der Zunge über die Lippen und versuchte zu begreifen, was die ganzen Drähte und Schläuche und piepsenden Töne zu bedeuten hatten. Heute war kein normaler Chemotag, oder?

„Es ist Samstag." Eine junge Frau indianischer Abstammung in einem weißen Kittel leuchtete ihm mit einer Taschenlampe in die Augen.

Er versuchte, sich wegzudrehen, und schrie bei dem Schmerz, der in seinem Kopf explodierte, fast laut auf.

„Bleiben Sie bitte noch ein paar Sekunden ruhig liegen."

Er konnte ihr Namensschild nicht lesen. Verschwommene Buchstaben und ein rechteckiges Schild waren alles, was er erkannte. Er konnte nicht einmal ihre vielen lästigen Fragen beantworten.

„Wer sind Sie noch einmal?"

Die unbekannte Frau lächelte. „Ich bin Dr. Mendonca, Ihre Neurologin. Frau Dr. Rollins hat mich gebeten, Sie zu untersuchen, da dies Ihre zweite schwere Gehirnerschütterung in nicht einmal drei Monaten ist."

So hatte sich Clint die Erhörung seiner Gebete nicht vorgestellt. Das war nicht das Wunder, das er sich erhofft hatte. Er verstand jetzt, warum es Sara in letzter Zeit so schwerfiel zu beten.

„Sie sind also meine Ärztin, solange ich hier bin." Er hasste die Kälte in seiner Stimme. Als er die einfachen, weißen Krankenhauswände anschaute, wünschte er sich, er wäre wieder im Benefield-Krebszentrum.

Er versuchte, den Kopf zu schütteln, aber die stechenden Schmerzen in seiner Stirn hinderten ihn daran. Dann musste er so stark husten, dass er glaubte, das Bewusstsein zu verlieren. Was für ein Jammerlappen er doch geworden war!

Als er wieder normal atmen konnte, sank er schwer aufs Bett zurück. „Bin ich auf der Intensivstation?"

„Nein. Dorthin müssen Sie hoffentlich auch nicht."

Das war nicht gerade ermutigend.

Clint versuchte, wach zu bleiben, bis Dr. Mendonca mit ihrer Untersuchung fertig war. Er hatte schon wieder eine Gehirnerschütterung und dazu noch eine Lungenentzündung. Wie das zu Gottes Plan gehören konnte, ihn wieder für die Arbeit fit zu machen, war ihm schleierhaft.

„Ich berate mich mit Ihren anderen Ärzten, und wenn Ihre Frau heute Abend kommt, werden wir mit Ihnen beiden alles besprechen." Die Ärztin verließ sein Zimmer mit einem Lächeln.

Er hatte keinen Grund zu lächeln.

Einige Minuten später trat ein Mann, den er nicht kannte, ins Zimmer und blieb gleich neben der Tür stehen. „Was ist jetzt schon wieder?" Clint wollte nur noch in Ruhe gelassen werden und schlafen.

„Ich störe Sie nur eine Minute. Sehen Sie, ich bin ein alter Freund, und ich muss bald zu einer Geschäftsreise aufbrechen." Der Mann trat näher und lächelte.

Die schwarze Jeans und der weiße Strickpullover mit Zopfmuster verrieten, dass er kein Arzt war. Clint zwang seinen Verstand, die Details zu verarbeiten. Bei genauerem Hinsehen kam ihm das Gesicht dieses Mannes bekannt vor, aber seine jugendlichen Gesichtszüge und sein herablassendes Grinsen konnte er mit keinem seiner Bekannten in Verbindung bringen. Clints Kopf pochte bei seinem angestrengten Versuch, sich zu konzentrieren.

„Sie können sich nicht an mich erinnern, nicht wahr? Ich habe gehört, dass der Krebs Ihnen schwer zu schaffen macht."

Diese Stichelei traf Clint. „Wollen Sie mir verraten, wer Sie sind?" Seine Stimme klang eiskalt und hart. Er dankte Gott für diese kleine Hilfe.

Der Mann trat ans Fußende des Krankenbettes und steckte die Hände in die Hosentaschen. „Die Medikamente sind daran schuld, nicht wahr? Man bezeichnet das als Chemohirn, glaube ich. Vielleicht kennen Sie es auch unter der Bezeichnung ‚beeinträchtigte neuropsychologische Leistungsfähigkeit'."

Clint schluckte die Galle hinunter, die in seiner Kehle aufstieg.

„Ich gebe Ihnen einen kleinen Tipp, Mister FBI-Agent." Der Mann zog einen braunen Stuhl näher an Clints Bett heran, so dass er ihn fast berühren konnte. „Sie haben sich in mein Leben eingemischt und es zerstört. Ich hätte meinen Sohn nie ernsthaft verletzt."

Clint schob sich mit geballten Fäusten im Bett hoch.

„Da Sie nicht ganz auf der Höhe sind, gebe ich Ihnen noch einen zweiten Tipp. Ich tanze der Polizei schon seit Jahren auf der Nase herum. Aber Ihr Leute wollt die Vergangenheit einfach nicht ruhen lassen. Und Ihr Partner … Kessler, nicht wahr? Sein Sohn hat so viel Ähnlichkeit mit meinem eigenen Jungen. Und den anderen. Der Junge weiß, dass er nicht mit Fremden sprechen darf, oder?" Der Mann lehnte sich auf seinem Stuhl zurück und überkreuzte die Beine. Er war viel zu selbstsicher und zu arrogant.

Konzentrier dich. Die jahrelange Ausbildung in Quantico sollte es ihm leicht machen, diesen Kerl zu durchschauen.

Wer war er? Warum bedrohte dieser Verbrecher Steven?

„Mein Leben kaputt gemacht … meinen Sohn verletzt."

Standish?

„Wo ist der Junge, den Sie entführt haben?" Clint bemühte sich, wach zu bleiben. Vielleicht könnte er für diesen Fall doch etwas tun.

Der Mann beugte sich vor. „Sie sprechen von meinem Sohn?"

„Er ist nicht Ihr Sohn."

„Auch egal. Er ist schon lange tot, und ihr werdet ihn nie finden. Das alles wäre nie passiert, wenn Ihr Wichtigtuer mich nicht so weit getrieben hättet."

Der Mann schob den gepolsterten braunen Stuhl zurück und stand auf. „Ich war gerade in der Nähe und wollte Ihnen nur einen kurzen Besuch abstatten. Es ist sowieso klar, dass ich Ihnen um zehn Schritte voraus bin. Und das wird auch immer so bleiben." Er ging zur Tür.

Clint konnte das höhnische Lachen des Mannes hören, als er auf dem Gang verschwand. Seine Brust fühlte sich an, als lege sich ein glühender Stacheldraht darum.

Er bemühte sich mit aller Kraft, wach zu bleiben. Er musste aufstehen. Er musste diesen Kerl verfolgen …

Er umklammerte das kalte Metall seines Bettes und schob das Seitengitter nach unten. Der Boden verwandelte sich in Wackelpudding.

„Clint?“ Sara eilte durch das Zimmer und drückte ihn sanft auf das Bett zurück. „Was machst du da?“

Ihre entsetzten, grünen Augen und der süße Duft ihres Vanilleparfums machten ihn schwindelig. Alles verschwamm vor seinen Augen.

Sara zog das Gitter wieder nach oben.

„Ein Besucher. Ich muss ihn finden!“

Die kühlen Hände seiner Frau berührten seine Stirn und hoben dann sein Kinn hoch. „Wen, Clint? Hier ist niemand.“

Er brachte kein Wort heraus, weil sich sein Mund wie Watte anfühlte.

Sara drückte auf den Knopf, der sie mit dem Stationszimmer verband, und ging nervös auf und ab.

„Was kann ich für Sie tun?“, ertönte die näselnde Stimme.

„Hier ist Dr. Sara Rollins. Funken Sie bitte sofort Dr. Mendonca an.“

„Ja, Frau Dr. Rollins.“

Er musste wach bleiben. Er musste diesen Mann finden. Sara hatte ihn vielleicht gesehen.

Dieser Gedanke half ihm, sich gegen den Schlaf zu wehren. „Sag es Steven. Der Täter war hier.“

Seine Worte wurden durch den nächsten Hustenanfall erstickt. Jede Faser seines Körpers tat ihm weh. Schlafen. Er musste schlafen.

„Clint, von wem sprichst du? Was soll ich Steven sagen? Ich habe niemanden in deinem Zimmer gesehen.“ Saras Stimme verschwand in dem Nebel, der ihn umgab.

„Sag es Steven. Wichtig. Sein Sohn. Tote Kinder …“

Kapitel 25

Saras Kalender verschwamm vor ihren Augen. Der siebenundzwanzigste März. Ein Dienstag, vor dem ihr schon seit einem Monat graute.

Sie trat vor ihren Badezimmerspiegel. Vielleicht könnte sie Lucy anrufen und sagen, sie hätte eine Erkältung und dass es besser wäre, wenn sie nicht käme. Aber sie konnte Lucy nicht anlügen. Ihre roten Augen und die verschnupfte Nase hatten nichts mit Bakterien zu tun, sondern mit ihrem Herz.

Sara hatte das ganze Wochenende mit Gott gerungen, und das war nicht ohne Tränen abgegangen.

Clint lag immer noch im Krankenhaus. Und er behauptete noch immer, er habe einen Mann gesehen, den sonst niemand gesehen hatte. Aber die Computertomographie hatte ergeben, dass er keine Hirnblutung hatte. Und seine Lungenentzündung war auch endlich unter Kontrolle.

Die letzten Tage waren schmerzlich gewesen. Sara hatte Steven angerufen, weil Clint das verlangt hatte, auch wenn sie nicht wusste, welchen Mann Clint meinte oder warum er so wichtig war. Vorher hatte sie noch zusehen müssen, wie ihr starker Mann bei einem weiteren Hustenanfall fast erstickt wäre. Dass Clint im Krankenhaus lag, war ein weiterer Beweis für ihre Inkompetenz.

Sie wurde nicht einmal mit einer einzigen Sache fertig.

Sie hätte vorsichtiger sein müssen, als Jonathan krank war. Sie hätte mehr putzen, Clint genauer beobachten, ihn früher zum Arzt bringen sollen.

Irgendetwas.

Sie glitt an der Wand des Badezimmers nach unten und blieb auf dem weichen, beigefarbenen Läufer sitzen. Ihre Hände strichen über ihren gerundeten Bauch. Sie hatte endlich die Morgenübelkeit hinter sich, und jetzt kam eine Hiobsbotschaft nach der anderen. Sie hatte nicht die Kraft, diesen Tag zu bestehen.

„Halte an der Wahrheit fest. Gott ist immer noch mächtig."

Franks Worte drangen wie durch dichten Nebel in ihr Bewusstsein. Sie versuchte, sich an die Wahrheit zu erinnern, die Gott ihr am Wochenende Stück für Stück gezeigt hatte, die Dinge, die Marilynn bei ihrem Besuch im Krankenhaus gesagt hatte.

Der Krebs war nicht ihre Schuld und er war auch nicht Clints Schuld. Dem konnte sie zustimmen.

Dieser schwierige Weg musste schließlich zu ihrem Besten dienen. Mit dieser Aussage kämpfte sie wieder und wieder. In Abständen von ungefähr zehn Minuten.

Furcht war nicht von Gott.

Und Gott wollte auch nicht, dass sie ihr Glück von den Umständen abhängig machte ... oder von Clint. Gott hatte ihr sehr deutlich gezeigt, dass Marilynn mit dieser Aussage genau ins Schwarze getroffen hatte.

Die Wahrheit war, dass sie sich immer hinter Clints Stärke versteckt hatte. Als Ehefrau. Als Mutter. Sogar als Ärztin. Er war immer derjenige gewesen, der sie ermutigt hatte. Der sie beraten hatte. Der sie daran erinnert hatte, zu beten.

Was würde geschehen, wenn Clint starb?

So etwas sollte sie nicht denken. Bald würde es Clint wieder besser gehen. An diesen kleinen Hoffnungsfunken klammerte sie sich, als sie sich mühsam vom Boden erhob und die Zähne putzte.

„Machst du dich von den Umständen abhängig?“

Marilynns Frage ließ ihr keine Ruhe. Wie sollte sie es schaffen, sich allein auf Gott zu verlassen, anstatt auf Clint?

„Sara, bist du so weit?“ Die melodische Stimme ihrer Mutter drang durch die geschlossene Tür.

Dann klopften kleine Hände an die Tür. „Komm, Mama. Oma und ich wollen dich sehen.“ Jonathan lachte unbeschwert und trommelte fröhlich an die Tür.

Sie öffnete vorsichtig, um zu verhindern, dass er sie stürmisch zu Boden warf. Ihr fast drei Jahre alter Sohn stand nun vor ihr und schaute sich seine Mutter, die noch im Schlafanzug war, interessiert an.

„Da bist du ja, Mama.“ Er deutete fragend auf ihren leicht gerundeten Bauch. „Was ist das?“

„Das ist dein kleiner Bruder oder deine kleine Schwester.“

„Ich will eine Schwester! Wie Susannah.“

Tränen traten Sara in die Augen, als sie diese süße Liebeserklärung an Jonathans große Schwester hörte. Susannah würde strahlen, wenn sie ihr das heute Nachmittag erzählte.

„Warum weinst du?“ Jonathan hatte eine gute Beobachtungsgabe. Normalerweise wusste er, noch bevor irgendjemand etwas sagte, welche Stimmung im Raum herrschte. Ihr Sohn war zwar noch nicht alt genug, um es in Worte zu fassen, aber sie konnte es an seinem Blick sehen.

Sie nahm ihn in die Arme. „Mama muss heute eine Freundin besuchen, die sehr krank ist. Deshalb bin ich ein wenig traurig, Schatz.“ Sie wartete auf seine Antwort. Es hatte keinen Sinn, mehr zu sagen, als er wissen wollte.

„Beten wir für sie? So wie wir für Daddy beten?“

Die Tränen wollten sich erneut Bahn brechen. Sie beneidete ihn um seinen einfachen, schönen Glauben. Das hatte Jonathan nicht von ihr gelernt. Nein, Clint war das leuchtende Vorbild und betete in allen Situationen.

Vielleicht wäre es für die Kinder besser, wenn sie starb und nicht Clint.

Sie schloss die Augen und versuchte, ihre Gedanken zu zügeln.

Es war so schwer, diese Lügen zu bekämpfen. Warum schossen ihr in solchen Situationen so furchtbare Gedanken durch den Kopf?

Ihre Mutter mischte sich ein: „Jonathan, was hältst du davon, wenn wir deiner Mama in der Küche ein gutes Frühstück zubereiten, bevor wir in den Park gehen?“

Jonathan nahm die Hand seiner Großmutter und babbelte beim Weggehen fröhlich, welche guten Sachen sie zum Essen machen könnten.

Ein tiefes Seufzen kam aus Saras Mund. Jonathan war bei Catherine O'Toole in guten Händen. Sie erlaubte ihm, ein süßer, neugieriger Junge zu sein, ohne ihn zum Schweigen zu bringen und ohne Sara zu drängen, sich zu beeilen. So war ihre Mutter schon immer gewesen. Sie hörte zu, ohne andere zu verurteilen. Sie ermutigte, ohne zu drängen. Sie betete, ohne viel Aufhebens darum zu machen. Und sie wies anderen den Weg, ohne ihnen Befehle zu erteilen.

Sie hatte Sara auch gezeigt, andere zu respektieren, ohne die Wahrheit zu verdrehen. Sie war immer herzlich und freundlich. Sie war keine nörgelnde Ehefrau und setzte keine „weiblichen Waffen“ ein, um ihren Mann zu manipulieren. Wahrheit und eine sanfte Stärke zeichneten sie aus.

Ihre Mutter war ein weiteres Vorbild, an das Sara nie heranreichen würde.

Sie drehte sich wieder zum Spiegel um, machte sich für den Tag fertig und konzentrierte sich auf alles andere, nur nicht auf den Kampf, der sich in ihrem Herzen abspielte.

Zwanzig Minuten später war sie dezent geschminkt und in ihrer blauen Caprihose und einem blauweißen Poloshirt und weißer Jacke äußerlich bereit, diesen Tag zu beginnen.

Aber in ihrem Inneren sah es ganz anders aus.

* * *

Es kam ihr vor, als wäre sie in die Vergangenheit zurückgereist. Sara sah durch die schützende Glasscheibe in Lucy Cohens Behandlungszimmer.

Sie standen wieder am Anfang. Weil sie als Ärztin versagt hatte.

Natürlich wies nichts in Lucys Fall darauf hin, dass Sara inkompetent gehandelt hätte. Aber ihr angeschlagenes Herz verstand diesen Rückschlag als weitere persönliche Niederlage.

Sie war froh, dass Lucy sie nicht sehen konnte, und bemühte sich, ihre Fassung zu bewahren. Sie war versucht, auf dem Absatz umzudrehen und zu fliehen, aber sie hatte es versprochen. Und da die Ganzkörperbestrahlung abgeschlossen war, wäre die eigentliche Transplantation heute ziemlich unspektakulär.

Trotzdem standen Lucys Chancen schlecht, auch wenn sie den idealen Knochenmarkspender gefunden hatten.

Sara holte tief Luft und betrat das Zimmer.

„Frau Dr. Rollins, ich bin so froh, dass Sie hier sind." Lucy schaute von ihrem sterilen, grauweißen Krankenhausbett auf.

Die Haare ihrer früheren Patientin waren aufgrund der letzten hoch dosierten Chemotherapie ausgefallen. Aber Lucy lächelte sie trotzdem erfreut an.

„Wir waren doch schon bei ‚Sara' angelangt, nicht wahr?" Sara kam näher und musste darauf achten, in den Krankenhaus-Überschuhen nicht auszurutschen. Die Atemschutzmaske und der Kittel trugen auch nicht gerade zu einer Besserung ihrer Stimmung bei. Sara war froh, dass sie nicht noch mehr Vorsichtsmaßnahmen hatte treffen müssen, um eine Infektion bei Lucy zu vermeiden, die kurz vor ihrer Knochenmarkstransplantation stand.

Sie betete dafür, dass es bei Clint nie so weit käme.

„Erinnern Sie sich noch an meine Sinéad O'Connor-Frisur?" Lucys Lächeln half Sara, sich zu entspannen. „Jetzt sehe ich nicht so modisch aus, nicht wahr?"

„Sie stellen Sinéad O'Connor allemal in den Schatten." Sara lehnte sich an die blaugrüne Wand am Fußende von Lucys Bett. „Haben Sie Ihre Haare wieder für Kinder mit Haarausfallerkrankungen gespendet?"

„Ja. Die Schwestern haben gesagt, dass sie für eine Perücke aus meinen Haaren den dreifachen Preis zahlen würden."

Sara hätte sich ohrfeigen können, weil sie dieses Thema angeschnitten hatte. Der Krebs war mehr als eine klinische Realität. Er war sehr persönlich. Der Verlust der Haare war ein äußeres Zeichen der schmerzlichen Situation.

Sie hatte schon immer gewusst, dass der Haarausfall bei einer Chemotherapie ein schwerer Schlag für jeden Patienten war. Aber durch Clint verstand sie nun erst wirklich, was für eine persönliche und intime Angelegenheit das war. Seit jener ersten Rasur erledigte Clint das lieber allein.

„Ich dachte, die Transplantation wäre ein wenig aufregender. Aber man wird nur an ein Bluttransfusionsgerät angeschlossen."

„Wollten Sie aufgeschnitten und genäht werden?"

Lucy lachte. „Nein, wahrscheinlich nicht. Ein kahler Kopf und Nadeleinstiche reichen mir als Kampfspuren. Mehr kann ich nicht verkraften."

Ein unangenehmes Schweigen breitete sich im Zimmer aus.

„Hat Dr. Holland gesagt, wann Sie entlassen werden können?" Sara biss sich auf die Lippe und hoffte, Lucy könnte so lange wie möglich zu Hause sein.

Die junge Frau schluchzte. Sara wollte sie umarmen und trösten, aber sie musste Abstand halten. Kein körperlicher Kontakt. Das war die Regel.

„Ich bleibe nur so lange, wie unbedingt nötig. Hoffentlich nicht länger als achtundvierzig Stunden. Dann werden meine Familie und ich alles tun, was wir können, damit ich nicht so bald wieder hierherkommen muss." Lucy schaute sich im Zimmer um. In diesem Raum standen nur die medizinischen Geräte. Pflanzen und Blumen waren hier nicht erlaubt, nur ein paar Luftballons. Dadurch war das Zimmer kahl, trotz aller Bemühungen des Krebszentrums, eine freundliche Atmosphäre zu schaffen, die nicht so sehr an ein Krankenhaus erinnerte.

„Versuchen Sie nicht, zu tapfer zu sein, Lucy. Kommen Sie schnell, wenn Sie wegen der Schmerzen im Mund und Hals nicht essen können. Es hilft Ihrer Familie nicht, wenn Sie solche Schmerzen leiden."

Lucy wischte sich über die Wangen. „Es ist aber so schwer, hier zu sein. In den letzten Tagen habe ich wegen der starken Chemo nicht einmal meine Kinder umarmen oder küssen können. Ich sehne mich so sehr danach, sie in die Arme zu nehmen."

Sara schloss die Augen. Sie konnte nichts sagen.

„Aber ich gebe nicht auf." Lucy setzte sich aufrechter hin. „Wir haben die Krankheit schon einmal besiegt. Ich werde also einfach glauben, dass wir das auch dieses Mal können. Sie haben immer gesagt, dass Gott die Gebete seiner Kinder hört und dass er immer noch Wunder wirkt."

Sara nickte. Sie wusste, wie Lucys Chancen standen. Bei einem Drittel bis der Hälfte der Patienten stieß der Körper das Transplantat ab, und das konnte tödlich sein, auch wenn die Transplantation zunächst erfolgreich verlaufen war.

Lucy fielen langsam die Augen zu.

Sara ging zur Tür. „Ich bete für Sie, Lucy, und ich glaube, dass Sie genau das Richtige tun. Ich erinnere mich an die ganzen Briefe, die Sie beim ersten Mal an Ihre Verwandten und Freunde schickten. Ihr Glaube an Gott war in jedem einzelnen Brief zu spüren."

„Danke für Ihre Gebete. Wir werden wieder gewinnen. Nicht wahr, Sara?"

Lucy schlief ein, während zwei Schwestern ins Zimmer kamen und sie versorgten. Sara schlüpfte leise aus dem Zimmer und ging zur Krankenhauskapelle.

Was hätte sie gesagt, wenn Lucy nicht eingeschlafen wäre und stattdessen auf ihre Antwort gewartet hätte?

***

Hanna zögerte, bevor sie an Michaels Wohnungstür klopfte. Wenn sie ihm ihre Entschuldigung vortrug und ihm die Situation erklärte, bliebe das nicht ohne Folgen für ihre Beziehung.

Aber sie brauchte einen sicheren Ort, an dem sie weinen konnte, an dem sie ihre Gefühle zulassen konnte. Allein zu sein machte ihr Angst.

Die Sorge wegen Clints Krankenhauseinweisung, das Entsetzen in den Augen seiner Kinder und die Erinnerung an den Tod ihrer eigenen Mutter trieben sie an. Vielleicht würde es helfen, die stichelnden, höhnischen Stimmen aus ihrer Vergangenheit zum Schweigen zu bringen, wenn sie heute Abend mit Michael sprechen konnte. Sie wollte ihren zweiundzwanzigsten Geburtstag nicht erneut durchleben, den ersten Geburtstag ohne ihre Mutter, als sie sich gefragt hatte, ob eine Überdosis Tabletten ein guter Ausweg wäre.

In den ganzen neun Jahren, seit ihre Mutter tot war, hatten sie und Steven gemeinsam getrauert. Jetzt hatte Steven Gracie. Und Dad würde sich nur verantwortlich fühlen, wenn er sähe, wie nahe Hanna der Tod ihrer Mutter noch immer ging. Und Clint und Sara hatten ihre eigenen Probleme.

An wen sonst könnte sie sich wenden als an Michael?

Sie zitterte und zwang ihre Finger, auf den Klingelknopf zu drücken.

Michael öffnete die Tür. Sein Blick war überrascht und erfreut, wurde aber im nächsten Moment schon reserviert. „Hanna …“

Alles in ihr wollte sich in seine Arme werfen und ihm beweisen, dass sie ihn nicht absichtlich versetzt hatte. Aber sie blieb wie angewurzelt stehen. „Ich nehme an, du weißt inzwischen, warum ich es am Freitag nicht geschafft habe, ins Restaurant zu kommen.“

Dass ihn das verletzt hatte, stand ihm trotz seiner stoischen Miene deutlich ins Gesicht geschrieben. „Steven hat mir deine Entschuldigung ausgerichtet.“

„Es tut mir ehrlich leid, Michael. Ich wollte dir nicht den Abend verderben. Ich wollte kommen. Aber als Clint das Bewusstsein verlor und ins Krankenhaus eingeliefert wurde, musste ich helfen.“ Sie schluckte die Tränen hinunter, die sich Bahn brechen wollten. „Erica war für das Wochenende weggefahren, Steven holte Saras Eltern vom Flughafen ab, und Susannah und Jonathan brauchten mich.“

„Du hättest ans Telefon gehen können.“

Sie ließ den Kopf hängen. „Ich habe versucht, Susannah und Jonathan zu helfen. Ihr Vater ist vor ihren Augen zusammengebrochen und auf eine Trage geschnallt worden. Sie dachten, er wäre tot." Sie konnte die Tränen nicht länger zurückhalten. „Clint ist für mich wie ein Bruder. Als ich seine Kinder so leiden sah, da habe ich mich zu dem Tag zurückversetzt gefühlt, an dem ich mit ansehen musste, wie meine Mutter starb. Es ... es tut mir wirklich leid, dass ich dich nicht angerufen habe."

Michael nahm sie in die Arme, und sie weinte noch heftiger. Er führte sie in die Wohnung und schloss die Tür. „Wann ist deine Mutter gestorben?"

„Im März. Vor neun Jahren."

„Das tut mir leid."

Sie löste sich aus Michaels Armen und legte die Hände auf seine kräftige Brust. Bevor ihr etwas einfiel, was sie sagen konnte, nickte er in Richtung Wohnzimmer und führte sie zu seinem beigefarbenen Ledersofa.

Seine Wohnung ähnelte einer europäischen Atelierwohnung, die sie einmal in einer Zeitschrift gesehen hatte. Bambusskulpturen, kräftige erdfarbene Töne, Chrom. Die Küche hinter der Frühstückstheke sah makellos und sehr männlich aus. Keine süßen Topflappen oder schönen Bilder an der Wand, nichts als Schwarz, Grün und glänzende Armaturen.

„Dir gefällt meine Wohnung nicht?"

Konnte sie denn in der Gegenwart dieses Mannes überhaupt nichts richtig machen? „Nein. Ich meine, nein, das habe ich nicht gedacht. Mir gefällt deine Wohnung."

„Aber ..."

„Sie ist einfach sehr männlich. Das ist alles."

Er grinste. „Und ist das etwas Schlimmes?"

„Ist es nicht." Ihr Blick blieb an den Muskeln unter seinem weißen T-Shirt hängen. Sie schluckte schwer. „Vergibst du mir, dass ich dich versetzt habe und nicht anrief, um dir die Sache zu erklären? Es tut mir wirklich leid."

Er rutschte näher.

Ihre Muskeln spannten sich an, aber sie blieb wie angewurzelt auf ihrem Platz sitzen.

„Ich vergebe dir." Er deutete mit dem Kinn zur Tür. „Und ich entschuldige mich für den eisigen Empfang vorhin. Das hast du nicht verdient."

„Danke." Seine Freundlichkeit löste eine weitere Tränenflut aus. Als er sie näher in seine Arme zog, schrie ihr Verstand: „Flieh." Ihr Körper gehorchte nicht. Und auch nicht ihr Herz.

„Hanna." Sein Atem wärmte ihr Haar. „Ich will nicht, dass du heute Abend allein bist, aber hier können wir nicht bleiben."

Tränen liefen ihr übers Gesicht. Niemand außer ihrem Vater und ihrem Bruder hatte ihr je das Gefühl gegeben, so geborgen und wertgeachtet zu sein.

Michael löste seine Umarmung und half ihr, aufzustehen.

„Ich rufe Gracie an. Steven ist wahrscheinlich bei ihr und quält sich mit den gleichen Gefühlen wie du." Er holte das schnurlose Telefon aus der Küche. „Es tut euch bestimmt gut, wenn ihr zusammen seid."

Auf diese Idee hätte sie selbst kommen können. Wenn in ihrem Herz Platz für drei wichtige Männer war, dann musste Steven in seinem Herzen auch Platz für sie und Gracie haben.

Nach einem kurzen Telefongespräch nahm Michael sie bei der Hand. „Steven sagte, dass sie in zwanzig Minuten hier sind. Er will nicht, dass du in dieser Verfassung Auto fährst." Er führte sie zur Tür. „Komm, wir gehen ein wenig spazieren. Das wird uns beiden guttun." Nachdem er in ein Paar teure Laufschuhe geschlüpft war, nahm er seine Schlüssel und seinen Revolvergurt.

Hanna schaute die Waffe mit gerümpfter Nase an. „Wir sind hier doch nicht in einer Gegend mit hoher Kriminalitätsrate!"

„Nein, das sind wir nicht." Michael zuckte die Achseln. „Aber so bin ich nun einmal. Und ich denke, das alte Pfadfindermotto gilt immer."

„Allzeit bereit?"

Er nickte.

Als sie ins Freie traten, schaute sie zum Nachthimmel hinauf. War sie auf das vorbereitet, was vor ihr lag?

Wahrscheinlich nicht. Aber vielleicht würde sie es mit Michael dieses Mal richtig machen.

Kapitel 26

„Clint hat heute die nächste Chemo, oder?"

Steven beantwortete Lees Frage mit einem kurzen Nicken und konzentrierte sich auf den Verkehr. Er wollte nicht über Krebs sprechen. Und schon gar nicht über Clints Krebs. Er wünschte sich immer noch, Hanna hätte ihn gestern mit diesem Thema nicht so überfallen.

Clint war wegen der Gehirnerschütterung, der Lungenentzündung und der Chemo mindestens bis zum Ende der nächsten Woche außer Gefecht gesetzt. Wahrscheinlich länger. Das bedeutete: Keine normale Fachsimpelei. Keine Chance, seinen Partner in einem Anzug statt in diesen furchtbaren Krankenhaussachen zu sehen. Keine Flucht vor der Zerstörungswut des Krebses.

Trotz Clints eigensinniger Erklärung, dass es ihm gut gehe, waren die letzten Besuche im Krankenhaus sehr deprimierend gewesen. Besonders weil Clint so felsenfest darauf beharrte, dass Ed Standish ihn im Krankenhaus besucht hätte.

Niemand, der am Samstag Dienst hatte, hatte irgendeinen Besucher auf der Station gesehen, geschweige denn Standish.

Lee klappte die Akte zu, die er durchgeblättert hatte. „Chief Dickson ist nicht begeistert, dass du seine Freundin befragen willst, oder?"

„Nein."

„Warum tun wir es dann?"

„Weil Standish in seiner alten Wohngegend in Bolton Hill gesehen wurde. Die Polizei von Baltimore hat alle Spuren verfolgt, aber überhaupt nichts gefunden. Ich brauche mehr. Vielleicht bekommen wir von Gloria Standish, was wir brauchen."

„Gut, dass Standishs kleiner Bruder immer noch im Gefängnis sitzt."

„Ja." Steven manövrierte den Dienstwagen in eine Parklücke am Straßenrand.

Als er das schmucke, zweistöckige, braune Haus mit den alten Bäumen und dem niedrigen, weißen Palisadenzaun sah, schüttelte er angesichts dieser Ironie den Kopf.

Alles sah so normal aus.

Aber Wes Standish hatte eine Hölle durchgemacht, die kein Kind je ertragen sollte: Er war betäubt, entführt und fast erschossen worden. Völlig fremde Menschen hatten ihn umgeben, als er im Krankenhaus aufwachte. Dazu kam, dass sein eigener Vater seine Entführung initiiert hatte und in verschiedenen Bundesstaaten wegen Verbrechen gesucht wurde, die noch nicht einmal alle erfasst worden waren.

Aber sie hatten Wes nach Hause gebracht. Lebend. Das bedeutete, dass der Junge immer noch eine Chance hatte, sich von diesem furchtbaren Erlebnis zu erholen.

Steven schaute auf seine Uhr. Zehn Minuten zu früh. Er war gern pünktlich.

„Kommt Chief Dickson und passt auf, was wir machen?“ Lee stieg aus dem Dienstwagen und streckte sich.

„Nein. Er hat zu viel Arbeit im Büro.“

Lee schnaubte. „Willkommen im Club.“

Wes’ Mutter öffnete ihnen die Tür. Über ihrem dunkelbraunen Hosenanzug trug sie eine große Schürze. „Guten Tag, Agent Kessler. Agent Branson. Ben hat mir gesagt, dass Sie kommen.“ Sie wischte sich braunen Ton von ihren manikürten Fingernägeln. „Ich bereite gerade etwas vor, was ich einer Gruppe Grundschüler morgen beibringen will. Eine neue Töpfertechnik.“

Sie hielt ihnen die Tür auf.

„Ich muss noch für einen kurzen Moment in mein Atelier. Bitte machen Sie es sich im Wohnzimmer bequem.“ Sie verschwand auf dem Gang.

Steven und Lee traten in das Zimmer rechts neben dem Gang. Lee pfiff leise. „Ich war schon in einigen schönen Häusern, aber diese Dame hat wirklich einige teure Kunstwerke.“

Marmorskulpturen von Delfinen und einige kunstvoll geschmückte Kerzen zierten die Tische neben dem weißen Ledersessel und dem Sofa. An den beigefarbenen Wänden hingen impressionistische Gemälde mit Strandmotiven von einem Künstler, den Steven nicht kannte.

Er setzte sich neben Lee aufs Sofa. „An Geld mangelt es in diesem Haus anscheinend nicht.“

Gloria Standish hatte an der Virginia-Tech-Universität Kunst studiert, wo sie auch ihren Mann kennengelernt hatte, und sie betrieb eine lukrative Kunstgalerie in Baltimores Innenstadt. Sie musste ihr Haus schon lange vor ihrer Scheidung so eingerichtet haben. Vielleicht teilten Gloria und Chief Dickson aber auch eine Leidenschaft für teure Kunstwerke. Bis jetzt war der Polizeichef jedoch weder bei ihr eingezogen noch hatte er ihr einen Verlobungsring angesteckt.

„Es freut mich, dass Ihnen mein Haus gefällt." Gloria warf ihre blonden, mit schwarzen Strähnen durchzogenen Haare nach hinten und setzte sich auf das kleine Doppelsofa, das Steven und Lee am nächsten stand. Sie schlug ihre langen Beine elegant übereinander. Von der Töpferschürze oder dem Ton war nichts mehr zu sehen. „Sie fragen sich sicher, wie ich mir das alles leisten kann."

Die Freundschaft mit einem Polizisten hatte offensichtlich ihre Beobachtungsgabe sensibilisiert. „Ja, das stimmt."

„Meine Eltern besaßen eine Kunstgalerie in der Nähe von Bolton Hill. Sie haben ihr Geld weise investiert und das Haus, das seit Generationen der Familie meines Vaters gehört, hervorragend gepflegt. Ich habe alles geerbt, nachdem mein Vater an einem Herzinfarkt starb und meine Mutter ihm sehr bald danach ins Grab folgte. Einige sagen, sie sei an einem gebrochenen Herzen gestorben." Sie zuckte die Achseln und machte eine abfällige Handbewegung. „Das ist in meinen Augen ein wenig zu sentimental."

Interessant.

„Fakt ist, dass ich keine Hilfe von Ed brauche. Das ist auch gut so, denn ich habe seit der Trennung keinen Cent von ihm bekommen. Aber Wes und ich kommen auch ohne ihn gut zurecht."

„Wie geht es Wes?"

Gloria schaute zur goldenen Uhr auf dem Ecktisch und biss sich auf die Lippe, bevor sie sich Steven und Lee wieder zuwandte. „Mein Sohn wird damit fertig. Die Gespräche mit dem Psychologen helfen ihm sehr." Sie berührte ihren leeren linken Ringfinger. „Noch mehr würde es helfen, wenn Sie meinen Exmann hinter Gitter bringen."

Lee beugte sich vor. „Deshalb sind wir hier. Wir hoffen, dass Sie uns vielleicht ein wenig mehr dazu sagen können, dass er vor Kurzem hier in der Nähe gesehen wurde."

„Ich habe ihn selbst nicht gesehen und weiß nicht mehr als Sie. Jeder Polizist in Baltimore ist angewiesen, ihn festzunehmen, wenn er sich in Wes' Nähe blicken lässt. Eine Nachbarin behauptet, sie hätte ihn gesehen, und hat die Polizei verständigt, bevor sie mit mir sprach."

„Sie glauben nicht, dass Ihre Nachbarin Ed tatsächlich gesehen hat?"

Gloria atmete scharf aus. „Ich hoffe ehrlich, dass sie sich getäuscht hat. Wenn ich ihn vor seiner Beerdigung noch einmal sehe, ist das …"

„Mama!" Die Hintertür fiel mit einem lauten Knall ins Schloss, und Wes Standish lief mit erhitztem Gesicht und einem abgewetzten Fußball unter dem Arm ins Zimmer. „Hallo, Mama. Agent Kessler!" Er sah Lee fragend an.

Lee lächelte. „Lee Branson."

„Hallo, Agent Branson. Mama, ich habe heute gegen Devon ein Tor geschossen! Das heißt etwas, denn er ist der beste Torhüter, den es gibt." Er wischte sich mit der Hand über seine schwitzende Stirn. „Nach dem Training hat uns Stuarts Mama noch zu einem Eis eingeladen."

„Ich muss Stuarts Mutter sagen, dass sie so etwas nicht ohne Absprache mit mir machen sollte." Glorias Gesicht wirkte noch angespannter. „Gehst du jetzt bitte duschen und fängst dann mit deinen Hausaufgaben an? Ich komme in ein paar Minuten und helfe dir. Ben wird gegen sieben hier sein und uns zum Essen abholen."

„Kommt Agent Kessler auch mit?"

„Nein, Wes." Ihre Stimme wurde hart. „Agent Kessler muss sehr bald wieder gehen. Jetzt … geh duschen."

„Ja, Mama." Wes lief die Treppe hinauf.

Steven wartete, bis Gloria den Blick von der Treppe abwandte. „Ich habe ein paar Fragen zur Vergangenheit Ihres Exmannes."

„Ich muss Ihnen vorneweg sagen, dass ich keine Ahnung hatte, dass mein Exmann ein so abscheulicher, perverser Mann ist. Er hat Wes nie angerührt. Sonst hätte ich ihn schon längst hinausgeworfen."

„Das wissen Sie sicher?"

Sie schloss die Augen und ballte die Fäuste. „Ich versichere Ihnen, wenn Ed irgendetwas mit Wes versucht hätte, hätte ich das herausgefunden. Und der Psychologe bestätigt, dass Wes keine Anzeichen davon zeigt, dass er von Ed … auf diese Weise missbraucht worden wäre."

„Ich weiß, dass diese ganze Angelegenheit für Sie sehr unangenehm ist." Steven faltete die Hände über seinen Knien und beugte sich vor. „Aber jede Information, die Sie uns geben können, könnte uns vielleicht weiterhelfen."

„Bitte stellen Sie Ihre Fragen, damit wir fertig werden."

„War Ihr Exmann viel auf Reisen?"

„Er verbrachte mehrere lange Wochenenden auf verschiedenen Pferderennbahnen. Als Professor genießt man den Vorteil, dass man eine sehr flexible Arbeitszeit hat. Aber wie Sie wissen, missbrauchte er dieses Privileg und deshalb wurde ihm gekündigt."

„Er ist nur verreist, um in Kasinos und zu Pferderennen zu fahren?"

„Nein. Als er noch an der Universität war, besuchte er so viele Konferenzen, wie ihm von der Fakultät bezahlt wurden. Er schrieb eine Reihe von Abhandlungen über das Wachstum und die Entwicklung des Menschen. Er war Spezialist für die frühe Kindheit."

Das war kein angenehmer Gedanke angesichts der widerlichen Bilder auf Ed Standishs Computer.

„Fanden die Konferenzen gewöhnlich im Januar statt?"

„Einige. Aber ich habe keine Ahnung, was er im Januar immer machte. Nach unserem Hochzeitstag im Dezember verschwand er immer für ein bis zwei Wochen. Die Feiertage waren für uns nie eine gute Zeit. Aber es war von Anfang an keine besonders gute Ehe." Gloria stand auf und sah aus dem Fenster. „Wenn ich jetzt zurückblicke und Bens Theorien über meinen Exmann höre, ist es kein Wunder, dass Weihnachten immer furchtbar war." Sie erschauderte.

„Können Sie uns etwas über Eds Computergewohnheiten erzählen?"

„Ich weiß nur, dass er von der Technik besessen war. Wenn Wes wach war und Ed nicht arbeitete oder verreist war, spielten sie miteinander Computerspiele. Sie zerlegten sogar alte Computer. Manchmal verbrachte er die ganze Nacht in seinem Büro. Ich dachte, er wollte mir aus dem Weg gehen."

„Und jetzt?"

„Jetzt sieht es so aus, als hätte Ed den Computer benutzt, um seine Gedanken mit allen möglichen Perversionen zu füttern."

Die Fragen würden nur noch schlimmer werden. „Wussten Sie von den Affären Ihres Mannes?"

Sie schnaubte. „Natürlich wusste ich davon. Er machte sich nie die Mühe, ein Geheimnis daraus zu machen. Aber ich konnte nicht verstehen, was er woanders suchte, wenn er mit mir so wenig zu tun haben wollte. Jetzt, da ich weiß, dass Eds Freundinnen alle einen Sohn hatten, ergibt das Ganze einen traurigen Sinn."

Lee räusperte sich. „Gab es irgendwelche anonymen Anrufe und Kontakte zu Wes an der Schule?"

„Nein. Die Streifenwagen um die Schule herum und in unserer

Wohngegend wurden verstärkt. Die Schule ist über die Situation informiert und meldet es sofort der Polizei, falls Ed gesehen werden sollte. Unsere Fahrgemeinschaft wurde angewiesen, mich zu informieren, wenn jemand irgendetwas Verdächtiges bemerkt oder etwas Außerplanmäßiges geschieht." Sie drehte sich wieder zu ihnen um. Ihr Gesicht wirkte angespannt und ihre Lippen zogen sich zu einer dünnen Linie zusammen. „So ist es jedenfalls abgesprochen."

„Und hier zu Hause?"

„Ich habe die Alarmanlage auf den neuesten Stand bringen lassen." Ihre Augen wurden schmal. „Und ich kann mit der Waffe umgehen, die ich auf Bens Anraten hin gekauft habe."

Standish wäre ein Narr, wenn er hier im Haus etwas versuchen sollte. Es sei denn, er wusste nicht, dass seine Exfrau schießen gelernt hatte.

Steven hoffte, Gloria bekäme nie einen Grund, ihre Waffe einzusetzen.

„Können wir noch einmal zur Meldung Ihrer Nachbarin zurückkommen, dass sie Ed angeblich eine Straße von ihrem Haus entfernt gesehen hat?"

Gloria setzte sich, nun eine Spur weniger arrogant, auf ihr Sofa zurück. Sie spielte nervös mit ihrem Halsband aus Leder und Silber. Offenbar hatte sie Angst. „Ich habe Ihnen bereits erklärt, dass ich nichts gesehen habe."

„Warum stört Sie diese Frage mehr als all die anderen, die ich Ihnen gestellt habe?"

„Agent Kessler, mein Sohn wurde entführt und betäubt. Fast wäre er ein zweites Mal entführt worden. Wenn Ed Standish eines ist, dann ist er hartnäckig. Wenn er sich etwas in den Kopf gesetzt hat, dann hat er es immer zu Ende geführt. An der Schule, bei seinen Forschungen und bei jedem Hobby, das er je versucht hat, hat er nie nachgegeben, bis er es beherrschte. Ed wird nicht aufgeben." Sie atmete zitternd ein. „Schon allein darüber zu sprechen und zu wissen, dass er irgendwo in unserer Nähe ist und uns beobachtet, macht mich verständlicherweise unruhig."

„Das verstehe ich, Madam."

Gloria wartete einen Moment, dann stand sie auf. „Ich denke, es ist Zeit für Sie, zu gehen." Ihre hohen Absätze klapperten auf dem glänzenden Holzboden, während sie zur Tür ging. „Wenn Sie noch mehr

Fragen zu den Ermittlungen haben, rufen Sie bitte Ben an. Sie haben bestimmt seine Nummer." Sie hielt die Tür weit auf.

„Danke, dass Sie mit uns gesprochen haben." Steven und Lee blieben vor Gloria stehen. „Danke, dass Sie sich die Zeit genommen haben."

Gloria nickte, blieb aber schweigend an der Tür stehen.

„Bitte grüßen Sie Wes von uns. Er ist ein wunderbarer Junge. Ich hoffe, die Therapiegespräche helfen ihm, die Sache gut zu verarbeiten." Steven lächelte. „Und wir wünschen ihm viel Glück bei seinem nächsten Fußballspiel."

Sie erwiderte sein Lächeln nicht. „Danke, dass Sie mir meinen Sohn zurückgebracht haben." Sie umklammerte den Türgriff so fest, dass ihre Fingerknöchel weiß hervortraten. „Und jetzt helfen Sie bitte Ben und seinen Leuten und sorgen dafür, dass Wes nichts mehr geschieht. Bringen Sie seinen Vater für den Rest seines Lebens hinter Gitter."

Kapitel 27

Michael stützte sich am Donnerstagmorgen auf den Schreibtisch seines Chefs. „Standish wurde wieder gesehen."

Kessler tippte weiter, ohne ihn auch nur anzuschauen. Michael richtete sich auf, räusperte sich und schob Steven seine handgeschriebenen Notizen hin.

Dem Koordinator der Abteilung *Gewaltverbrechen gegen Kinder* stieg die Zornesröte in die Wangen. Worte, die nie über seine Lippen kämen, schossen ihm durch den Kopf.

„Warum wird Standish nie erwischt? Und warum hat Mattie seit über einem Monat niemand mehr gesehen?" Kessler stand auf und warf dabei fast seinen Stuhl um. „Spar dir eine Antwort."

„Geht es nur um Standish, oder sind es noch andere Fälle, die dich so zum Rasen bringen?"

Steven sank auf seinen Stuhl zurück. „Ich hatte vor ein paar Minuten ein Gespräch mit der Abteilung Kinderpornografie wegen einer Entführung durch Familienangehörige. Der Vater hat Videoaufnahmen von sich mit seiner Tochter gemacht und sie ins Internet gestellt. Außerdem habe ich hier einen Autopsiebericht zu einem anderen Entführungsfall."

Michaels Magen zog sich zusammen. Die Fälle und Bilder der Nachbarabteilung gingen selbst den abgehärtetesten Agenten an die Nieren.

„Wo wurde Standish dieses Mal gesichtet?" Steven tippte weiter.

„Er wurde nicht direkt gesichtet. Eine der Frauen, mit denen er sich getroffen hatte, während er noch an der Universität arbeitete, hat sich bei der Polizei gemeldet und gesagt, dass er sie heute Morgen angerufen habe."

„Dickson und seine Leute sind an der Sache dran?"

„Ja." Michael verlagerte sein Gewicht von einem Fuß auf den anderen. „Soll ich hinfahren und schauen, was ich sonst noch in Erfahrung bringen kann?"

„Nein. Du hast andere Fälle, um die du dich kümmern musst. Solange die Polizei von Baltimore uns keinen Grund gibt, zu glauben, dass es nicht wieder nur eine Sackgasse oder eine Jagd nach dem Phantom ist, brauche ich dich hier."

Steven brauchte Michael, weil er Clints Arbeit noch mit erledigen musste.

Michael kehrte zu seinem Schreibtisch zurück. Seine Schultern waren angespannt wie ein Gummiband kurz vor dem Zerreißen. Wenn Steven glauben würde, dass Mattie noch am Leben wäre, wären sie schon längst zur Tür hinaus.

* * *

„Ich gehe morgen wieder zur Arbeit."

Sara ignorierte die lächerliche Bemerkung ihres Mannes und schaute sich im Behandlungsraum des Benefield-Zentrums für ambulante Chemotherapie um. Eine Reihe von Patienten warteten in der Abteilung, die der Lounge eines Hotels ähnelte, auf ihre Behandlung. In dem Raum, in dem Clint saß, bekamen die Patienten gerade ihre Spritzen oder ihre Chemomedikamente durch Schläuche verabreicht. Sara begrüßte einige, mit denen sie früher zu tun gehabt hatte. Aber viele kannte sie nicht mehr.

Sie war erst seit einem Monat weg, doch so vieles hatte sich schon verändert. Das Leben ging weiter.

Und der Tod ließ sich nicht aufhalten.

Clint wäre fast zum zweiten Mal in diesem Jahr gestorben. Auch wenn er das natürlich nicht zugeben würde. Er behauptete, dass er nur ein paar leichte Gehirnerschütterungen und einen „Kratzer" von einer Kugel gehabt habe.

Sie wusste, dass das nicht stimmte.

„Hast du mich gehört?", fragte er.

Sara sah zur Schwester hinüber, die mit Gummihandschuhen Clints Chemoinjektion zusammenmischte, und sprang auf. „Ich bin bald wieder da", erklärte sie Clint. „Ich sollte bei den ganzen Chemikalien nicht hier drinnen sein. Das könnte dem Baby schaden."

Sara verließ schnell das Zimmer. Sie sehnte sich danach, mit ihrer Mutter zu sprechen und vor dem Behandlungszentrum, dem Krebs und Clints Eigensinn fliehen. Aber ihre Mutter war mit Susannah und Jonathan im Zoo. Sie könnten später miteinander sprechen.

Saras Weg führte sie wieder in die Krankenhauskapelle. Sie setzte sich und betrachtete die bunten Glasfenster. Vor Clints Diagnose hatte sie jeden Tag, an dem sie gearbeitet hatte, eine gewisse Zeit hier in der Kapelle verbracht und für ihre Patienten und um Weisheit bei ihrer Arbeit gebetet.

„Es ist gut, dich hier zu finden."

Beim Klang von Marilynns Stimme drehte sich Sara um. Ihre beste Freundin war ihr während Clints Krankenhausaufenthalt eine große Stütze gewesen. Marilynn sah Sara besorgt an.

„Stimmt etwas mit Clint nicht?" Die Galle, die in Saras Magen brodelte, stieg beißend in ihre Kehle auf. Sie versuchte mühsam, Halt zu finden.

Marilynn nahm ihre Hand und zog sie sanft in den vorderen Teil der Kapelle. „Nein. Clint geht es gut."

Marilynns Kleid mit dem leuchtenden Muster reichte nur bis zu ihren Knöcheln. Dank ihrer schönen, mokkafarbenen Haut und ihrer guten Figur sah jedes ihrer Kleider umwerfend an ihr aus. Sara schüttelte den Kopf. Warum achtete sie auf so unwichtige Details?

„Es geht um Lucy Cohen."

Die Worte trafen Sara wie ein Schlag in den Magen.

„Komm. Setz dich, bevor du mir umkippst."

Sara sank auf die Holzbank und versuchte, ihre zittrigen Hände zu beruhigen. „Was ist passiert?" Als ob sie sich das nicht denken könnte!

„Lucy bekommt Morphium und wird intravenös ernährt. Sie konnte wegen der offenen Stellen in ihrem Mund und Hals nicht schlucken."

Tränen liefen aus Saras müden Augen. Wie viele Tränen konnte sie noch weinen? Aber sie hatte gewusst, dass Lucys Chancen, ohne Komplikationen gesund zu werden, sehr gering waren. „Ist sie überhaupt nach Hause gekommen?"

„Nein."

Sara lehnte den Kopf an die Sitzbank zurück.

„Lass die Gedanken, die ich in deinem Gesicht sehe, nicht zu."

„Es ist nicht richtig, Marilynn. Lucy hat die Krankheit schon einmal besiegt. Drei Jahre lang. Sie hatte es fast geschafft und ihr Leben ging weiter. Sie hat kleine Kinder, die sie brauchen, und einen Mann, der sie liebt. Sie darf nicht sterben."

Marilynn nahm sie in die Arme. „Geht es um Lucy oder um Clint?"

Sie wusste es nicht. Um beide. Um keinen. Marilynn reichte ihr ein Taschentuch. Sie schnäuzte sich und wischte sich die Tränen ab.

„Es geht um Gott. Ich verstehe nicht, wie er das alles zulassen kann. Und es fällt mir schwer, ihm zu vertrauen, wenn ich nicht einmal mit ihm sprechen will."

Marilynn schwieg eine Weile. „Hast du schon einmal überlegt, dass es dir guttun würde, Gott zu loben, statt ihn zu ignorieren?"

Es gab Tage, an denen Sara nichts anderes beten konnte als Martin Luthers Gebet: „Jesus, ich bin dein. Erlöse mich." An anderen Tagen wusste sie einfach nicht, was sie sagen sollte.

Jetzt sollte sie Gott loben? Ihr war nicht nach Singen oder leeren Worthülsen zumute.

„Gott wohnt im Lobpreis seines Volkes."

„Ich weiß. Aber Hoffnung tut weh. Und auch Lobpreis." Sie konnte allerdings nicht behaupten, dass sie das in letzter Zeit versucht hätte.

Marilynn zog die Brauen in die Höhe.

„Das kann ich nicht, Marilynn. Es ist unmöglich, Gott für das zu danken, was passiert ist."

Marilynn antwortete ihr nicht, sondern steckte die Hand in die Tasche ihres Kleides und reichte Sara einen weißen MP3-Player mit zwei Ohrstöpseln. „Als ich heute Morgen betete, hat Gott mich ermutigt, dir das zu geben. Da sind ein paar Lieder drauf, die dir vielleicht helfen können. Ein Lied von Matt Redman spricht meiner Meinung nach genau das an, was du empfindest. Vielleicht magst du es dir anhören?"

„Wie heißt das Lied?" Sara starrte das kleine Metallgerät an.

„Blessed be your name – dir gehört mein Lob." Marilynn nahm ihre Hand. „Es geht darum, Gott in guten wie in schlechten Zeiten zu loben. Wenn der Herr gibt und wenn er nimmt."

„Aber was ist, wenn Clint …? Ich will ihn nicht verlieren!"

„Ich weiß." Ihre Freundin zog sie an sich und wiegte sie leicht in den Armen, wie eine Mutter, die ein kleines Baby hält.

Sara genoss die Geborgenheit in den Armen ihrer Freundin und wartete auf Trost von Gott. Aber es kam nichts.

„Wie lobe ich Gott, wenn das Leben so wehtut?" Die Frage war nur ein leises Flüstern.

Marilynn lehnte sich zurück. „Rede mit Gott über deinen Schmerz. Und lobe ihn mitten im Leid. So kommst du ihm näher und findest bei ihm Geborgenheit." In Marilynns Augen glänzten Tränen. „Jesus versteht deinen Schmerz. Er steht ihm nicht gleichgültig gegenüber. Er geht mit dir in diesen Schmerz hinein."

Sara schluchzte. Sie sollte Gott loben, wenn ihre Gefühle wie ein zerrissenes Tuch im Wind flatterten?

Marilynn stand auf und strich ihr Kleid glatt. „Bete für Lucy. Aber besuch sie heute nicht. Ich sage ihr, dass du hier für sie gebetet hast."

Sara nickte stumm. Lucy heute zu besuchen würde es ihr nicht leichter machen, zu Clint zu gehen. Darüber hinaus hatte sie immer noch keine Ahnung, wie sie mit seinem idiotischen Beharren, viel zu früh wieder zu arbeiten, umgehen sollte. Er würde wahrscheinlich Dr. Silvermans Anweisung, dass er noch eine Woche zu Hause bleiben sollte, einfach ignorieren. Am liebsten würde sie einen Vorschlaghammer nehmen und damit auf seinen Dickschädel schlagen, um ihn zur Vernunft zu bringen. Aber das würde nicht helfen.

Was dann?

Marilynns Worte gingen ihr wieder durch den Kopf.

„Es geht darum, Gott in guten wie in schlechten Zeiten zu loben. Wenn der Herr gibt und wenn er nimmt."

Konnte sie das wirklich?

* * *

Clint zwang seinen Magen, nicht mehr zu rebellieren, als er sein Hemd zuknöpfte.

„Du gehst heute nicht zur Arbeit!" Sara verschränkte die Arme vor ihrer Brust.

Der Streit von gestern ging unvermindert weiter. Clint zog seine Schuhe an und kämpfte gegen die Müdigkeit, die ihm jede Bewegung zur Qual machte. „Ich schaffe das. Ich gehe nur ein paar Stunden hin und komme dann nach Hause. Ich muss Standish finden."

Seine Kollegen brauchten jede verfügbare Unterstützung.

Gott und seine Wunder waren in letzter Zeit viel zu langsam.

Außerdem hatte Standish die Sache für Clint ganz persönlich gemacht, auch wenn ihm nach wie vor niemand glaubte, dass dieser Mann im Krankenhaus aufgetaucht war und ihn verhöhnt hatte. Clint hatte genug Bilder von Standish gesehen, um diesen Mann zu erkennen.

„Du bist gerade erst aus dem Krankenhaus entlassen worden!" Sara kam von der anderen Seite des Schlafzimmers her auf ihn zu und nahm das schnurlose Telefon. „Ich rufe Steven an und erzähle ihm genau, was die Ärzte über dein Infektionsrisiko gesagt haben und wie wichtig es ist, sich nach mehreren Gehirnerschütterungen richtig zu erholen."

Du bist schwach und für alle wertlos. Dieser Gedanke kam Clint seit seinem letzten Krankenhausaufenthalt immer häufiger.

Zornig ballte er die Fäuste. Sein Verstand schrie seinen Füßen zu, aus dem Haus zu laufen, bevor er etwas sagte oder tat, was er später bereuen würde.

Jonathan kam den Gang entlanggelaufen und blieb an der Tür zum Schlafzimmer seiner Eltern stehen. „Warum ist Daddy böse?"

„Komm her, Schatz." Sara streckte die Arme aus. „Daddy macht sich nur Sorgen wegen seiner Arbeit."

Als Clint die Angst sah, die aus ihren Augen und dieser beschützenden Geste sprach, stürmte er aus dem Zimmer, die Treppe hinunter und durch die Haustür hinaus.

Er musste sich in sein Auto setzen und zur Arbeit fahren. Sein Kopf pochte.

Er griff in die Taschen seiner schwarzen Hose. Kein Schlüssel. Nichts. Er probierte es in der Anzugjacke. Nichts. Als er sich wieder zum Haus umdrehte, fiel ihm ein, dass seine Schwiegereltern im Gästezimmer neben dem Wohnzimmer schliefen. Sie würden bald aufwachen, und wenn er jetzt wieder ins Haus polterte, würde es vielleicht eine Szene geben.

Er wollte sie nicht in ihren Ehestreit mit hineinziehen.

Aber hier in der Kälte konnte er auch nicht stehen bleiben. Er versuchte es an der Seitentür der Garage. Verschlossen. Wütend trat er dagegen. Dieser Tritt tat seinem Ego genauso weh wie seinem Fuß.

Vor Schmerz und vor Müdigkeit konnte er sich kaum auf den Beinen halten. Jetzt hätte er am liebsten laut geflucht. Aber seine Nachbarn würden ihn höchstwahrscheinlich hören und wären entsetzt von dem Bild, das er abgeben würde. Der FBI-Agent aus ihrer Straße stand in seinem dunklen Anzug im Garten und fluchte wie ein Drogendealer.

Die Tür hinter dem Haus ging mit einem leisen Klicken auf.

„Hast du deinen Schlüssel vergessen, mein Junge?"

Saras Vater stand vor ihm und schaute ihn forschend an. Mit diesem

Mann wollte Clint sich heute nicht anlegen. Und auch an keinem anderen Tag. Sie waren ungefähr gleich groß und ähnlich gebaut. Patrick O'Toole hatte so viel Glauben und Kraft, dass er ihn jederzeit in die Tasche stecken könnte.

„Ja. Ich habe meinen Schlüssel vergessen."

Patrick trat zur Seite. „Erinnerst du dich noch daran, wie wir das erste Mal miteinander gesprochen haben?" Sein Schwiegervater deutete zu den Verandamöbeln mit dem Blumenmuster, die Sara und ihre Mutter vor ein paar Tagen sauber gemacht hatten.

„Ja." Wenigstens teilweise.

Sie setzten sich.

„Ich erinnere mich, dass ich genau wusste, dass du der richtige Mann für mein Mädchen bist."

„Das hast du aber nicht verraten."

Patrick lachte. „Nein. Das habe ich erst mal schön für mich behalten, nicht wahr?"

Es wäre bestimmt nett, mit seinem Schwiegervater in schönen Erinnerungen zu schwelgen, aber auf Clint wartete viel Arbeit und er hatte nur Energie für ein paar Stunden. Er musste sofort ins Büro und sich auf den neuesten Stand in Matties Fall bringen. Er musste Michael helfen, die Hoffnung nicht zu verlieren, dass das Kind noch am Leben war. Denn Standish war ein Lügner. Egal, was der Mann im Krankenhaus gesagt hatte, Clint glaubte, dass sie Mattie immer noch retten konnten.

„Ich will dir keine Vorträge halten. Aber eines muss ich dir sagen." Patrick beugte sich vor und es war, als sähe er Clint direkt ins Herz. „Deine Arbeit ist wichtig. Sehr wichtig. Darin sind wir uns alle einig. Aber mein Mädchen und deine Kinder – alle drei – brauchen ihren Mann und ihren Vater. Sie brauchen ihn gesund, nicht in einem frühen Grab, weil er sich nicht geschont hat."

Clints Kampflust versiegte. „Ich weiß, Patrick."

Sein Schwiegervater stand auf und legte seine starke Hand auf Clints Schulter. „Du bist ein guter Mann, Clint Rollins. Du wirst das Richtige tun. Das weiß ich."

Einige Minuten später starrte Clint immer noch in seinen leeren Garten. Die Bäume, die allmählich grün wurden, schaukelten im Morgenwind. Der Geruch von nasser Erde und Gras stieg ihm in die Nase.

Überall zeigte der Frühling Spuren von neuem Leben.

Er atmete langsam aus. Seine Augenlider fühlten sich wie Bleigewichte an, als er schließlich aufstand und durch die unverschlossene Kellertür und das noch stille Haus in sein Arbeitszimmer im ersten Stock ging. Er würde heute von zu Hause aus arbeiten. Von hier aus im Internet recherchieren. Und er würde sich bei Sara entschuldigen und auch bei seinem Schwiegervater.

Aber zuerst musste er schlafen. Seine sandfarbene Couch zog ihn an wie ein Magnet.

Unter der ganzen Müdigkeit brodelten immer noch die Gefühle, saß immer noch die Angst, wütete immer noch der Zorn wegen all der Dinge, die er wegen des Krebses und der Chemo nicht machen konnte. Er konnte nicht zu normalen Zeiten schlafen. Er konnte nicht zur Arbeit gehen, obwohl im Moment jede Minute und jeder Mitarbeiter zählte.

Darüber müsste er mit Gott sprechen. Wieder einmal.

Aber jetzt musste er sich erst einmal ausruhen.

Eine andere Wahl blieb ihm sowieso nicht.

* * *

„Hier ist Crystal Hernandez vom Nationalen Zentrum für vermisste und missbrauchte Kinder."

Michael speicherte die Datei, die er gerade aktualisiert hatte. Die hübsche, dunkelhaarige Analystin rief normalerweise nicht an, um mit ihm zu plaudern. Diese Zeiten waren vorbei, seit er ihre Einladung zum Essen abgelehnt hatte. „Haben Sie etwas für mich?"

„Ich habe gerade einen Bericht zu einem Hinweis aus dem Internet abgeschlossen, der Sie interessieren könnte. Er ist in Kürze verfügbar, aber ich nahm an, dass Sie sofort Bescheid wissen wollen."

„Unbedingt."

„Die Polizei in Baltimore wurde ebenfalls informiert. Ein anonymer Zeuge meldete einen Mann, auf den Edward Standishs Beschreibung zutrifft. Er hat in der neuen Bibliothek im Zentrum von Baltimore eine Kinderpornoseite besucht. Der Zeuge glaubt, unseren Mann aufgrund der ganzen Bilder, die er in der Stadt gesehen hat, mit Sicherheit identifizieren zu können."

Michael tastete nach seinem Revolver und stand sofort auf. Das konnte die entscheidende Spur sein. „Danke, Crystal. Ich gebe Kessler Bescheid. Wir kümmern uns sofort darum."

Er packte seinen Laptop ein, nahm seinen Mantel und beeilte sich, Steven zu suchen. Den Bericht könnten sie auf dem Weg nach Baltimore lesen. Aber jetzt war es ein Wettlauf gegen die Zeit. Sie müssten schnell handeln und beten, dass die Ortspolizei Standish schon verhaftet hätte, wenn sie ankamen.

Kapitel 28

Der Karfreitag kam früh in diesem Jahr. Die Zeit schritt schnell voran. Ihre Ermittlungen leider nicht. Standish war immer noch auf freiem Fuß.

Steven warf seine Schlüssel auf den Tisch neben der Haustür und lockerte auf dem Weg zur Küche seine Krawatte mit dem Basketballmuster. Wenigstens war ein weiterer perverser Pädophiler aus dem Verkehr gezogen worden. Es war nur schade, dass der Kerl, den sie in der Bibliothek in Baltimore verhaftet hatten, nicht der Mann war, der ihnen verraten konnte, wo Mattie war. Oder der sie zu den anderen Kindern führen würde. Ob tot oder lebendig.

Höchstwahrscheinlich tot.

Während Steven sich eine Cola aus dem Kühlschrank holte, fiel sein Blick auf die Schulbilder seines Sohnes, die die Tür zierten. Es waren Collagen mit Aprilszenen aus der Natur und Maiblumen aus Papierbasketbällen in Muffinförmchen. Gracies Kunstprojekte für die Grundschüler entlockten ihm ein Lächeln und lenkten ihn auf angenehme Weise von den Gedanken ab, die ihn quälten.

Er warf einen Blick auf die Uhr über der Spüle. James und Dad wären jeden Moment hier, und Gracie käme auch bald. Dann würden er und Gracie sich mit Sara und Clint in einem Restaurant zum Essen treffen.

Er trank seine Cola schnell leer und lief die Treppe hinauf. Der März hatte es weder in Bezug auf die Arbeit noch auf Clints Gesundheit und nicht einmal in Bezug auf die Spiele der Louisville Cardinals gut gemeint. Eine Hochzeit mit einem Trauzeugen zu planen, der von seiner Krankheit gezeichnet war, wäre auch nicht leicht. Er verdrängte diese düsteren Gedanken und zog sein Jackett aus. Dann trat er in seinen begehbaren Kleiderschrank.

Ein Abend mit Gracie würde ihm helfen, auf Gott zu schauen statt auf den Kampf seines besten Freundes gegen einen Feind, der ihm schon so viel gestohlen hatte. Er zog eine braune Hose und ein weißes Hemd von den Kleiderbügeln.

„Wie lang brauchst du noch?“

Seine Sinne erwachten zum Leben, als er die Frauenstimme vernahm ... und die schöne Frau sah, die im Türrahmen stand und ihn mit einem gewinnenden Lächeln anschaute.

„Ich kenne diesen Blick." Gracie blieb auf dem Gang stehen.

„Warum ergreifst du dann nicht die Flucht?" Er warf seine Sachen aufs Bett, ging zu ihr und küsste ihre weichen, kastanienbraunen Haare. Sie roch nach Honig und Erdbeeren.

„Weil es bis zum siebten Juli nur noch drei Monate sind und weil ich weiß, dass du das Richtige tun wirst."

„Nicht, wenn du hierbleibst." Er nahm ihr Gesicht in seine Hände und küsste sie mit einer jahrelang aufgestauten Sehnsucht.

Gracie legte ihre ausgestreckten Handflächen auf seine Brust und rang nach Luft. „Steven Kessler."

Ihre jetzt zittrige Stimme riss ihn aus seinen sehnsüchtigen Gedanken. Ein Blick in ihre tiefen, braunen Augen bestärkte ihn in seinem Entschluss.

„Tut mir leid."

Sie lächelte wieder. „Mir nicht. Aber es gibt eine Hochzeit, die wir heute Abend planen müssen. Und auf die wir warten wollen."

„Deshalb musst du jetzt nach unten gehen. Schnell." Als ihr geblümtes Kleid hinter seiner Schlafzimmertür verschwand, atmete er aus und ging zur Kommode.

Sie steckte noch einmal den Kopf durch die weit offen stehende Tür. „Ich wusste, dass du das Richtige tun würdest." Mit einem Zwinkern verschwand sie wieder, und ihr leises Lachen schwebte die Treppe hinab.

Sie hatte mehr Vertrauen in ihn als er.

Eine Viertelstunde später war er geduscht und angezogen und richtete seine Gedanken wieder auf ungefährlichere Dinge. Wie etwa das bevorstehende Abendessen mit Clint und Sara. Heute Abend wollten Gracie und Sara über das Essen, die Musik und den Blumenschmuck sprechen. Er und Clint würden lächeln und nicken und sich über Sport unterhalten. Belanglosigkeiten im Vergleich zur Arbeit, aber weitaus angenehmere Themen.

Steven steckte seine Brieftasche ein. Hochzeitsvorbereitungen zog er den deprimierenden Schatten von Krebs und Serientätern, die seine Alpträume beherrschten, jederzeit vor.

Er unterhielt sich, wenn es sein musste, sogar über die Farbe von Blumen, obwohl ihm diese Farbe völlig egal war.

Es sei denn, Gracie schmückte sich damit in ihren Flitterwochen … ohne das Hochzeitskleid.

* * *

„Gehst du heute Abend noch in die Kirche?"

Clint ignorierte Stevens Frage. Sie rührte eine offene Wunde an.

Er konnte seit seinem letzten Krankenhausaufenthalt noch immer nicht zur Arbeit gehen. In seiner gegenwärtigen Verfassung war ein einfacher Abend mit Freunden in einem Restaurant schon ein größeres Unterfangen. Wo blieb die Erhörung seiner Gebete?

„Bist du noch da, Partner?"

Sara schürzte die Lippen. Und Stevens Miene verriet, dass Gracie ihn unter dem Tisch getreten hatte.

Clint schmunzelte. Dieses Mal verletzte es sein Ego nicht, dass die Frauen ihn schonen wollten. Offenbar machte er doch ein paar kleine Fortschritte. „Es geht doch nichts über Mutterhennen und ihre Beschützerinstinkte, was?"

Steven rieb sich das Schienbein. „Richtig! Sie sind nicht zu überbieten."

Sara und Gracie schnaubten. Dann lachten sie alle vier.

„Ihr braucht mich heute Abend nicht mit Glacéhandschuhen anfassen, okay?" Clint sprach leise weiter. „Es war eine harte Woche. Ich denke, ich werde den Gottesdienst heute Abend ausfallen lassen. Ich will am Sonntag fit sein und Ostern feiern."

Sara drückte seine Hand, und neue Zuversicht erfüllte ihn. Sie würden diesen Kampf gewinnen. Gemeinsam. Von seinen Mitpatienten, die er an den Chemotagen traf, und auch von Sara selbst wusste er, dass viele die Krankheit zwar überlebten, aber trotzdem ihre Ehen daran zerbrachen.

Bei ihnen sollte es nicht so sein. Er würde Sara nie wieder von ihren Freunden isolieren und sie zwingen, sich zu verstecken, nur weil er so eigensinnig und stolz war. Durch Frank und dann auch durch Saras Vater hatte Gott ihn gelehrt, wie dumm sein anfängliches Verhalten gewesen war.

Jetzt bräuchte sich nur noch Gott mit seinen Wundern etwas mehr zu beeilen, dann wäre die Welt wieder in Ordnung.

„Ich würde vorschlagen, dass wir erst bestellen und dann über die Hochzeit reden." Sara nahm die elegant wirkende Speisekarte. „Weißt du, Gracie, ihr könntet eure Pläne immer noch ändern und gleich hier und jetzt im Morrison House Hotel heiraten."

Das Funkeln in Saras Augen verriet den Rest ihrer Gedanken, den sie nicht aussprach.

Als Antwort auf Saras Stichelei errötete Gracie.

„Ich glaube, eine *Mahlzeit* im The Grille ist alles, was ich mir leisten kann." Stevens Magen knurrte, als ein Kellner dampfende Teller mit Lachs und Steaks an einen Nachbartisch brachte.

Die junge Kellnerin nahm ihre Bestellung mit mühsam aufrechterhaltener Professionalität entgegen. Sie sah aus, als wolle sie genauso dringend nach Hause gehen wie Clint wieder an die Arbeit.

Bald. Er würde weitertrainieren und auf sein Ziel hinarbeiten. Er würde die Müdigkeit bekämpfen, in sein altes Leben zurückkehren und Standish hinter Gitter bringen ... und vielleicht sogar ein paar vermisste Kinder sicher nach Hause bringen.

Stevens Handy summte. „Das ist Lee. Ich bin gleich wieder da."

Clint folgte ihm, als sein Partner vor die Tür ging und das Telefon aufklappte.

„Kessler." Er verfolgte Stevens Seite des Gesprächs mit wachsendem Interesse. „Irgendwelche Angaben zum Alter des Opfers?"

Eine Leiche? Clint gefiel diese Möglichkeit nicht, aber wenn es bedeutete, dass sie dadurch in diesem festgefahrenen Fall weiterkämen, wäre das nicht schlecht. Wenn sie Standish erwischten, könnten sie verhindern, dass ihm noch weitere Kinder in die Hände fielen. Was geschehen war, konnten sie nicht mehr ändern. Aber sie könnten für die Zukunft etwas Positives bewirken.

„Bleib an der Sache dran und halte mich auf dem Laufenden. Das könnte eine lange Nacht werden." Steven klappte das Telefon zu. „Die Polizei gräbt heute Nacht im Rock Creek Park. Ein alter Mann und sein Hund haben den Oberschenkelknochen eines Menschen gefunden, und die Spurensicherung gräbt alles um. Lee war noch im Büro und hat den Anruf entgegengenommen."

„Müssen wir gleich hin?"

„Noch nicht. Gehen wir lieber wieder hinein und essen.“ Aber Steven blieb einfach stehen und starrte in die zunehmende Dämmerung hinein.

„Du denkst an Olivia.“

Das war keine Frage. Keiner von ihnen konnte vergessen, wie sie im letzten Sommer zum Memorial Hill Park gerufen worden waren. Der Anblick der verwesenden Leiche einer britischen Jugendlichen, von der sie gehofft hatten, sie würden sie lebend finden, hatte unauslöschliche Spuren bei ihnen hinterlassen.

Als Steven später Olivias Mörder erschoss, hatte er dadurch ein anderes Kind gerettet. Er hatte nur seine Arbeit gemacht. Aber ihre Arbeit forderte einen hohen Preis. Der Einsatz von tödlicher Gewalt erschütterte das Leben jedes FBI-Agenten, egal, wie unumgänglich der Schuss war.

„Willst du darüber sprechen?“

„Nein.“ Steven schaute ihm nicht in die Augen.

Clint trat näher. „Ich kenne diesen Blick. Ich habe ihn im Laufe der Jahre oft gesehen. Du frisst es in dich hinein, um die Menschen, die du liebst, zu schützen. Aber das macht die Sache nur schlimmer.“

„Ich will einfach nicht darüber sprechen.“

„Wenn du nicht mit mir darüber sprechen willst, dann erzähl wenigstens Gracie, was los ist. Sie kann damit umgehen, auch wenn es Dinge aus der Vergangenheit wieder aufwärmt.“ Clint unterdrückte ein Gähnen. „Über deine Träume und deine Alpträume zu sprechen ist wichtig für eine gute Ehe. Eine solche Ehe kann es mit den Stürmen der Zeit aufnehmen.“

„Befolgst du diesen Rat auch selbst?“

„Ich versuche es.“ Clint betrachtete die grauen Stufen vor dem Restaurant. „Ich hätte meine Krankheit nicht vor dir verheimlichen sollen. Und ich hätte mich durch meinen Stolz nicht davon abhalten lassen dürfen, mit Sara über meine Ängste zu sprechen. Aber das ist jetzt vorbei.“ Er legte seinem Freund die Hand auf die Schulter. „Komm. Gehen wir hinein.“

Sie kehrten schweigend ins Restaurant zurück. Sara schaute Clint fragend an. „Ich dachte, nur Frauen bräuchten so lange auf der Toilette.“ Ihre lockere Bemerkung konnte nicht die Frage in ihren Augen verbergen.

„Wir müssen nicht weg. Noch nicht." Steven setzte sich.

Saras Miene entspannte sich, als Clint wieder neben ihr Platz nahm. Er drückte ihre Hand und war dankbar, dass sie und Steven darauf verzichteten, das Offensichtliche auszusprechen: Wenn Steven gehen müsste, würde Clint nicht mitkommen. Solange er die körperlichen Anforderungen nicht erfüllte, bekam er seine Dienstwaffe nicht zurück. Ohne Waffe kein Einsatz im Außendienst. Egal, wie sehr sie ihn brauchten.

Die Kellnerin stellte eine Zwiebelsuppe mit geschmolzenem Käse vor Gracie und einen Spinatsalat vor Steven. Als sie Clint einen gemischten Salat mit Speck und Croutons und Sara dagegen eine dampfende Suppe brachte, war seine Neugier größer als seine Manieren. „Sag mir, dass sie da etwas verwechselt haben."

„Nein." Sara beugte sich vor und atmete den würzigen Zwiebel- und Käsegeruch ein. „Wir fanden, dass ihr beide mehr Vitamine braucht. Ich kann deinen Salat auch essen, wenn du nicht willst." Sie grinste. „Schließlich muss ich für zwei essen."

Gracie kicherte. „Ich nicht. Aber du sagst immer, dass ich wie ein Pferd essen kann, ohne zuzunehmen. Also stelle ich deine Theorie heute Abend auf die Probe."

„Der Witz geht auf unsere Kosten, Partner." Clint neigte den Kopf und betete laut.

Dann machten sich alle über das Essen her. Alle bis auf Steven. Gracie legte den Kopf zur Seite und stieß Steven leicht an der Schulter. „Alles okay?"

„Es ist nur die Arbeit. Aber ich komme schon klar."

„Indem du mit Gracie darüber sprichst, nicht wahr?"

„Danke, Clint. Ja, wir sprechen später darüber. Aber heute Abend wollen wir uns auf die Zukunft konzentrieren." Steven deutete auf Clints leeren Salatteller. „Außerdem muss ich mich jetzt beeilen, um dich einzuholen. Sonst isst du womöglich meine Vorspeise auch noch."

Während des Essens plauderten sie gemütlich über Basketball, Blumen und Menüvorschläge. Clint genoss das lockere Zusammensein. Es war fast wie in alten Zeiten.

„Sara, du siehst aus, als wolltest du unbedingt etwas sagen." Steven trank einen Schluck Wasser und wartete.

Sara kniff ihre funkelnden, grünen Augen zusammen. „Angeblich haben doch nur Frauen eine solche Intuitionsgabe." Sie sah Steven forschend an. „Andererseits seid ihr zwei große FBI-Agenten. Es sollte mich also nicht überraschen, wenn du meine Gedanken lesen kannst."

„Wenn du meine Gedanken lesen könntest, Schatz ..." Clint zwinkerte seiner Frau zu und sprach mit übertriebenem Südstaatenakzent, sodass sich alle an Clark Gable aus „Vom Winde verweht" erinnert fühlten. „... säßen wir nicht mehr hier in diesem Restaurant."

Sara schlug ihn auf den Arm.

Sie lachten alle.

„Was wolltest du denn nun eigentlich sagen, Sara?" Gracie wischte sich ein wenig Ahornsirupeis aus dem Mundwinkel.

„Es ist eigentlich eher eine Frage." Sara rutschte auf dem Stuhl vor. „Aber vielleicht geht es mich auch nichts an."

Gracie und Steven schauten sich an. „Wenn du nicht fragst, werden wir das nie erfahren."

„Also ... gut." Sara schaute Clint an.

Er hatte keine Ahnung, was seine Frau wissen wollte. Deshalb konnte er nur die Achseln zucken.

„Ich ... nun, ich habe mich gefragt, ob ihr zwei darüber gesprochen habt, ob ihr noch mehr Kinder haben wollt." Sara strich die Stoffserviette auf ihrem Schoß glatt.

Gracies Augen wurden traurig. Sie atmete lange und tief ein. „Wir haben in unseren Ehevorbereitungsgesprächen mit unserem Pastor ein wenig darüber gesprochen. Ich vermisse meine Kinder wirklich."

Clint wand sich innerlich. Er konnte sich nicht vorstellen, seine Kinder unter kalten, weißen Tüchern zu sehen, so wie Gracie ihre Kinder hatte sehen müssen. Gracie biss sich auf die Unterlippe. „Ich kann mich noch immer an ihre ersten Schreie als Neugeborene erinnern und daran, wie ich sie in den Armen hielt. Nachts weine ich oft, weil ich sie so vermisse."

„Gracie, das tut mir leid." Sara sah aus, als würde sie auch gleich weinen. „Ich hätte das nicht fragen sollen."

„Nein. Ich bin froh, dass du gefragt hast. Steven und ich müssen noch mehr darüber sprechen."

„Das kann warten, Schatz."

Gracie schaute ihn mit einem etwas unsicheren, verschmitzten Lächeln an. „Wenn ich bedenke, dass Kinder das natürliche Ergebnis der

Leidenschaft sind, die ich in letzter Zeit in deinen Augen sehe, bin ich nicht sicher, ob wir bis zu unserem nächsten Termin mit dem Pastor warten sollten."

Clint hustete in seine Serviette, um sein Lachen zu verstecken. „Du hast deinen Meister gefunden, Steven Kessler."

Sie beendeten das Essen mit einigen albernen Witzen, die die kleine Susannah an diesem Tag erzählt hatte. Die anderen stöhnten, aber Gracie fand, sie könnte diese Witze ruhig ihren Schülern erzählen. „Erstklässler lieben so etwas."

Kurze Zeit später half Clint Sara in ihren Mantel, und alle vier gingen zu ihren Autos.

Auf dem Weg zum Parkplatz überprüfte Steven sein Handy auf neue Nachrichten.

„Wissen wir schon etwas Neues?" Sie blieben bei Stevens Ford Explorer stehen.

„Noch nicht. Beten wir, dass das der große Durchbruch ist, auf den wir alle warten."

Clint nickte, aber die Frustration dämpfte seine Aufregung ein wenig.

Doch selbst wenn er nicht mitmischen durfte, konnte er immer noch beten. Vielleicht würde das etwas bewirken.

Kapitel 29

Der Freitag der dreizehnte beruhigte Sara mehr, als sie zugeben wollte. Clint strengte sich ungeheuer an, um wieder in Form zu kommen, doch der nächste Chemotag, der ihn wieder umwerfen würde, rückte unaufhaltsam näher. Auch die Suche nach Ed Standish verlief nicht sehr vielversprechend.

Der grausige Fund, der ihr Essen letzte Woche unterbrochen hatte, hatte sich als das Skelett einer Studentin herausgestellt, das mit ihrem Fall nichts zu tun hatte. Sara litt mit der Familie des toten Mädchens und hatte dennoch Schuldgefühle, weil sie ein wenig erleichtert war, dass es sich nicht wieder um einen kleinen Jungen gehandelt hatte. Sie verdrängte diese Gedanken und gab dem schlafenden Clint einen Abschiedskuss, bevor sie an diesem Morgen zur Garage hinausging.

Während sie den silbernen Range Rover zur Stadtautobahn und zum Benefield-Krebszentrum lenkte, um sich mit Marilynn zum Mittagessen zu treffen, war sie dankbar, dass ihre Eltern bei Jonathan bleiben konnten. Morgen würden ihre Eltern wieder nach Texas zurückkehren. Sara würde sie schmerzlich vermissen.

Ihre Mutter und ihr Vater gaben ihr in dieser Zeit, in der so viel Chaos herrschte, die nötige Stabilität. Sie waren für Susannah und Jonathan da, und ihre Anwesenheit und ihr Rat halfen Clint, seine Gefühle ein bisschen besser in den Griff zu bekommen.

Marilynn hatte vorgeschlagen, dass sie Gott im Guten wie im Schlechten loben sollte. Für die Unterstützung durch ihre Freunde und Familie konnte sie Gott von ganzem Herzen dankbar sein.

Aber für den Krebs, die Müdigkeit und die unsichere Zukunft? Ihn dafür zu loben fiel ihr schwer.

Etwas regte sich in ihrem Bauch. Sie strich liebevoll mit der Hand darüber. Diese Schwangerschaft war jedenfalls etwas, für das sie Gott von Herzen loben konnte. Sie lächelte voller Vorfreude auf die nächsten Ultraschallbilder. Bald würden sie wissen, ob ihr Baby ein Mädchen oder ein Junge war, und sie könnten anfangen, es bei dem Namen zu nennen, den sie miteinander ausgesucht hatten.

Über die Namen hatte es im Hause Rollins eine interessante Familiendiskussion gegeben.

Jonathan war für Elmo gewesen.

Susannah, die vor kurzem C. S. Lewis' Narnia-Bücher kennengelernt hatte, votierte für Lucy.

Clints Namensvorschläge hatten ihren Eltern am besten gefallen. Es waren zwei irische Namen: Kathleen und Conor. Ihr Mann hatte sogar die Bedeutung der Namen im Internet recherchiert. Kathleen bedeutete „rein" und Conor bedeutete „weise Hilfe."

Jonathan und Susannah hatten sich mit beiden Namen anfreunden können, und Sara gefielen sie auch. Ihre Eltern hatten vor Begeisterung gestrahlt.

Sara lächelte bei dieser Erinnerung. Immer wieder gab ihr diese Schwangerschaft Grund zur Freude.

Aber leider verschwand dieses Gefühl jedes Mal, wenn Clint mitten in der Nacht unruhig im Schlafzimmer auf und ab ging oder einschlief, bevor sie sich aneinanderkuscheln konnten. Beides machte sie müde und gereizt.

Der Radiosprecher klagte über die trüben Wetteraussichten. Es erwartete sie also ein weiterer düsterer Tag, der zu ihrer Stimmung passte.

Sie könnte sich immer noch ohrfeigen, weil sie Gracie auf das Thema Babys angesprochen hatte. Ihre Freundin hatte schon so viel durchgemacht. Jetzt würde sie einen FBI-Agenten heiraten, und das würde ihr ganz neue Sorgen bescheren. Stevens Schwester, Hanna, hatte es ihnen nachgemacht und sich mit Michael angefreundet, auch wenn Steven davon nicht begeistert war.

Das alles war nicht viel Grund, Gott zu loben.

Manchmal fragte sie sich, warum Gott sich ihr pessimistisches Jammern eigentlich gefallen ließ. So war sie nicht immer gewesen. Realistisch, ja. Aber früher hatte sie sich nie davor gefürchtet, zu hoffen. Auch auf diesem Gebiet hatte sie also versagt.

„Für mich ergibt so vieles keinen Sinn mehr, Vater." Sara seufzte. Es war lange her, seit sie sich ein paar stille Momente genommen hatte, um laut zu beten. „Ich versuche, Marilynns Rat zu befolgen und dich zu loben. Aber es ist so schwer, zu hoffen, wenn so vieles immer noch schieflaufen könnte."

Sie wollte verzweifelt den Worten ihrer Mutter, dass sie an Gott im Gebet festhalten sollte, vertrauen. *„Gott sagt oft: ‚Warte.' Oder er sagt:*

‚Ich habe etwas noch Besseres für dich.' Denn sein Ziel für uns ist es, dass wir im Glauben wachsen und uns immer mehr auf ihn verlassen."

In den ganzen Jahren, die sie als Ärztin arbeitete, machte ihr dieses „etwas noch Besseres" immer wieder schwer zu schaffen. Wie konnte Lucy Cohens zweiter Kampf mit dem Krebs in die Kategorie „etwas Besseres" fallen? Oder Franks Tod. Oder der Schmerz, den jeder Kampf gegen den Krebs mit sich brachte?

Warum ließ Gott seine Kinder solche Schmerzen leiden, wenn ein einziges Wort von ihm den Krebs für immer beseitigen könnte? Was könnte „besser" sein als das?

Dann erinnerte sie sich an Lucys Briefe an ihre Verwandten und Freunde während ihres ersten Kampfes mit der Leukämie. Lucy hatte so persönlich davon gesprochen, dass Gott sie festhielt und sie in ihrer Angst und in ihren Schmerzen begleitete. Sie hatte die tiefen Glaubenslektionen bezeugt, die ihre Krankheit sie gelehrt hatte.

In vielerlei Hinsicht beschämten Franks und Lucys Art, sich auf Gott zu verlassen, Sara sehr. Clints starker Glaube beschämte sie ebenfalls. Auch wenn sich seit seinem letzten Krankenhausaufenthalt etwas in ihm verändert hatte. Die Anspannung in seinem Gesicht und die Leere in seinen Gebeten belasteten sie mehr, als sie zugeben wollte.

Aber vielleicht gehörte zu Gottes „besserem" Plan für sie, dass die Tentakel des Krebses sie so lange festhielten und schüttelten, bis sie ihre Abhängigkeit von anderen Menschen verlor. Vielleicht war das Gottes Art, sie zu lehren, dass sie ihre Hoffnung allein auf ihn setzen sollte.

Sie wünschte, es gäbe einen anderen Weg.

Nachdem sie auf einen Besucherparkplatz gefahren war, nahm sie sich eine Minute Zeit, um vor dem Spiegel ihr Lächeln einzuüben. Aber es wäre mehr nötig, um Marilynn davon zu überzeugen, dass alles in Ordnung war. Ihre beste Freundin würde sie sowieso durchschauen. Deshalb gab sie es auf und ging zu den Eingangstüren. Kühle Luft und der Duft von Pinien und Blumen begrüßten sie am Eingang.

„Hallo, Frau Dr. Rollins", lächelte Laurie Denny, die die meisten Patienten und Familienangehörigen im Foyer um Haupteslänge überragte.

„Wir waren doch schon bei ‚Sara' angelangt, Laurie."

Laurie nickte und gab der neuen Mitarbeiterin am Empfang Anweisungen, bevor sie zu den Bürotüren ging. „Sie können gleich mit in Dr.

Richards' Büro kommen, wenn Sie möchten. Oder ich funke sie an und gebe ihr Bescheid, dass Sie hier sind."

„Ich komme gleich mit, wenn es Ihnen recht ist." Sie betraten gemeinsam den Flur zu den Büros.

„Das ist mir sehr recht. Sie erwartet Sie schon."

Sie kamen an Saras altem Büro vorbei, das immer noch unbenutzt war. „Warum steht dieser Raum leer?"

„Im Ärztezimmer erzählt man sich, dass Sie wiederkommen."

Sie blieb stehen. „Marilynn hat das gesagt?"

„Nein." Lauries Stimme wurde ganz leise. „Sie weiß es wahrscheinlich besser, nicht wahr?"

Sara nickte.

„Alle anderen denken, sobald Ihr Mann wieder den ganzen Tag zur Arbeit geht, werden Sie Ihrer Fotoalben und Windeln bald überdrüssig sein und gern wieder zurückkommen."

„Das halte ich für sehr unwahrscheinlich." Wie konnte jemand das Glucksen eines Neugeborenen und die nassen Küsse eines kleinen Jungen langweilig finden? Ganz zu schweigen von der fröhlichen Begrüßung ihrer Tochter nach der Schule, das jetzt ihr galt und nicht einer Babysitterin. Da zuerst ihre Schwiegereltern und jetzt ihre Eltern hier gewesen waren und geholfen hatten, hatten sie Erica in letzter Zeit nicht oft gesehen, und Sara empfand es als große Freude, mehr Zeit mit ihren Kindern zu verbringen. Wenn sie es finanziell verkraften konnten, wollte sie zu Hause bleiben, wenigstens bis ihr kleinstes Kind in die Schule kam.

Laurie deutete durch den Gang zu Marilynns Büro. „Viel Spaß beim Mittagessen. Bis bald."

Sara wäre wirklich bald wieder hier. Schon nächste Woche zu Clints vorletzter Chemobehandlung. Das Ende war in erreichbare Nähe gerückt. Sie musste nur noch Clint überreden, es langsam anzugehen und für seinen körperlichen Eignungstest erst zu trainieren, *nachdem* die Behandlung abgeschlossen war.

Als ob er sich je darauf einlassen würde!

Sie klopfte an Marilynns Tür.

„Sara? Komm herein."

Sara blieb an der Tür stehen, als sie June Wells neben Marilynns Schreibtisch sitzen sah. „Oh. June, ich wusste nicht, dass Sie hier sind.

Es ist schön, Sie zu sehen." Sie wandte sich zum Gehen. „Ich will nicht stören. Ich warte vorne beim Eingang."

June stand auf und strich ihr lavendelfarbenes Kleid glatt. „Ich habe den Patienten einen Kuchen gebracht, aber ich hatte, ehrlich gesagt, gehofft, ich könnte auch kurz mit Ihnen und Marilynn sprechen. Es ist eine Weile her, seit ich das letzte Mal hier war, und ich wollte alle wissen lassen, dass es mir gut geht."

Sara konnte sich nicht vorstellen, wie June es schaffte, an einen Ort zurückzukommen, der mit so vielen schmerzlichen Erinnerungen verbunden war.

June reichte ihr ein kleines, in Leder gebundenes Notizbuch. „Außerdem wollte ich das für Sie hierlassen, wenn ich Sie nicht getroffen hätte."

„Was ist das?" Sara war sich nicht sicher, ob sie für Junes Geschenk bereit wäre.

„Es ist mein Krebstagebuch. Ein Freund riet Frank, ein solches Tagebuch zu führen, als bei ihm das erste Mal Krebs diagnostiziert wurde. Ich hatte gehofft, wenn ich meine Gedanken ebenfalls aufschreibe, würde mir das auch irgendwie helfen."

„Hat es Ihnen geholfen?"

Marilynn stand auf und schaute auf ihre Uhr. „Es tut mir leid, aber ich habe um halb zwei einen Termin und muss vorher noch einige Dinge erledigen. Deshalb muss ich jetzt essen gehen. Hättet ihr beide Lust, mit mir ein nettes Restaurant zu suchen, in dem wir dieses Gespräch fortsetzen können?"

„Ich will nicht stören." June berührte ihren Ehering. „Ich kann das Tagebuch hierlassen und Sie können mich später anrufen, wenn Sie darüber sprechen wollen."

„Wir würden uns freuen, wenn Sie uns begleiten." Marilynn deutete zur Tür, und Sara nickte. Einige Minuten später saßen sie zu dritt in dem nahe gelegenen Steakhaus, in dem viele Ärzte des Krebszentrums Stammgäste waren. Ein Kellner nahm ihre Bestellungen entgegen und ließ sie dann allein.

„Wie kommen Sie mit der Situation zurecht, June?" Sara war nicht sicher, ob sie die Antwort hören wollte. Das würde ihr nur erneut vor Augen führen, wie schwach sie selbst war.

„Wollen Sie die Antwort hören, die ich besorgten Leuten aus meiner Gemeinde gebe? Oder wollen Sie die Wahrheit hören?"

Vielleicht lieber die erste Antwort. Sara zögerte. „Die Wahrheit."

„Die Leute in unserer Gemeinde sind wunderbar. Der Assistenzpastor hat Franks Aufgaben übernommen, und niemand drängt mich, aus dem Pfarrhaus auszuziehen. Die Leute weinen nicht mehr, wenn sie mich sehen. Und unsere Frauengruppe hat einen schönen, ermutigenden Abend mit einem wunderbaren Redner organisiert, der uns allen half, über das Leben zu lachen und zu weinen. Kein einziges Mal wurde das Wort Krebs erwähnt."

Marilynn schaute June forschend an, während sie ihr zuhörte. „Aber?"

Der Kellner kam mit ihren Getränken.

June wartete, bis er wieder gegangen war, und lächelte dann traurig. „Aber es ist trotzdem hart. Manchmal ist es einfach nur schrecklich. Ich vermisse Frank jeden Tag, und in vielen Nächten weine ich mich in den Schlaf." Sie trank einen Schluck. „Was mir Kraft gibt weiterzumachen, ist die Erinnerung an das Leben, das wir miteinander führten. Wir haben uns geliebt und wir haben miteinander geträumt. Einige dieser Träume tauchen jetzt wieder auf. Ich bin nicht mit Frank gestorben, also darf ich nicht so leben, als wäre ich gestorben."

„Was haben Sie vor?"

„Ich führe in der Gemeinde einen Patchwork-Quiltkurs durch. Und ich spiele mit dem Gedanken, wieder zur Uni zu gehen und Psychotherapie zu studieren. Gott hat mich in den letzten vier Jahren so vieles gelehrt, was ich nicht für mich behalten möchte. Ich will anderen helfen, deren Leben vom Krebs betroffen sind."

Das passte zu allem, was Sara in Franks und Junes Leben gesehen hatte. Das war eine gute Aufgabe für June. Sie könnte anderen, die das durchmachten, was sie selbst erlebt hatte, wunderbar helfen.

Sara seufzte. Sie käme sicher nicht so gut damit klar, wenn sie an Junes Stelle wäre.

Der Kellner brachte ihre knusprigen Steaks und füllte ihre Gläser wieder auf. Nach einem schnellen Gebet holte June das Buch heraus, das sie Sara gezeigt hatte, und blätterte ein wenig darin.

„Dieses Zitat wurde mir sehr wichtig. Es ist von einem Mann namens Samuel Rutherford. ‚Christus fordert mich heraus, auch mitten in der Nacht an das Tageslicht zu glauben.'"

Sara wollte nicht an noch mehr Tage in dunkelster Nacht denken. Gott würde den letzten Monat, in dem Clint seine Chemo bekam, hoffentlich vergehen lassen, ohne dass noch mehr unangenehme Überraschungen auf sie warteten. Sie hatten schon so viel durchgemacht.

June las ihre Gedanken. „Sara, die Worte hier drinnen sind nicht alle so. Vieles in dem Tagebuch beschreibt meinen Ärger und meine Frustration und wie ich mit Gott feilschen wollte, dass er Frank wieder gesund machen solle. Unser Weg war nicht so leicht, wie er vielleicht aus der Sicht des behandelnden Arztes ausgesehen haben mag."

Sara konnte das gut nachvollziehen. Seitdem sie mit dem Thema Krebs sowohl als Ärztin als auch als Betroffene zu tun gehabt hatte, wusste sie, dass es auf keiner Seite leicht war.

„Auch wenn der Weg auf eine Weise endet, um die Sie nicht gebetet haben, ist Gott immer noch da. Auf jedem Schritt des Weges. Sie können das glauben, Sara. Stützen Sie sich auf ihn, er hält Sie! Er wird Ihnen helfen, sagen zu können, was Hiob sagte: ‚Der Herr hat's gegeben, der Herr hat's genommen; der Name des Herrn sei gelobt!'"

Da waren diese Worte wieder, die Sara daran erinnerten, dass sie sich nicht auf die Umstände, sondern allein auf den Herrn verlassen sollte. Dass sie ihn loben sollte, egal, was kam.

„Die Angst muss nicht gewinnen. Es ist Ihre Entscheidung. Schauen Sie auf Gott, Sara."

Marilynn wischte sich mit ihrer Serviette den Mund ab. „Blessed be your name – Dir gehört mein Lob. Hast du das schon einmal irgendwo gehört? Vielleicht in einem Lied?"

Sara musste lächeln. Dezente Andeutungen waren nicht Marilynns Art.

Oder Gottes Art. Er sprach durch so viele Stimmen zu ihr. Es wurde Zeit, ihm zuzuhören und sich auf ihn zu verlassen.

Es wurde Zeit, ohne die Fesseln des Zweifels und der Schuldgefühle zu leben.

Er wurde Zeit, die Angst loszulassen und die Hoffnung zu umarmen.

Okay, ich versuche es auf deine Weise, Vater. In guten wie in bösen Tagen … und dann wieder in guten.

So Gott will.

* * *

Endlose Papierarbeit und Paragraphenreiterei raubten Michael die letzte Geduld, die er noch hatte.

Sobald die Rechte von Privatpersonen und öffentliche Sicherheitsbedenken kollidierten, lähmte das den ganzen Ermittlungsprozess und weckte in ihm den Wunsch, auf den Boxsack im Kraftraum einzuschlagen. Das hatte er heute schon getan. Ausgerechnet mit Clint. Sein älterer Kollege war vor Tagesanbruch aufgetaucht, bevor Michael mit seinem morgendlichen Training fertig gewesen war. Clint hatte jedoch nicht lange durchgehalten. Ein paar Übungen mit leichten Gewichten und ein paar Recherchen in ihrem Fall hatten ihn schnell ermüdet.

Außerdem musste er aufpassen, dass er sich nicht von Kessler oder Maxwell erwischen ließe. Im Kraftraum aufzutauchen, wenn sein Onkologe ihm noch nicht einmal grünes Licht für Schreibtischtätigkeit gegeben hatte, würde Clint bei keinem seiner beiden Vorgesetzten Pluspunkte einbringen. Geschweige denn bei seiner Frau.

Michael konnte nicht verstehen, warum Clint es so eilig hatte, wieder zum Dienst zu gehen. Er konnte sich kaum wachhalten, hatte keine Waffe, und es fiel ihm schwer, sich die einfachsten Details zu merken. Warum blieb er nicht lieber bei seiner Familie, statt seine Gesundheit aufs Spiel zu setzen? Besonders da man ihn nichts anderes tun lassen konnte, als Akten zu wälzen, während immer mehr Kinder entführt und getötet wurden.

Kinder wie Mattie.

Der Standishfall verfolgte Michael pausenlos, sobald er sich an seinen Schreibtisch setzte.

Wenn sie nur zehn Minuten früher zu dieser Hütte gekommen wären!

Oder in den Hafen, bevor Standish hatte verschwinden können.

Er drückte ein paar Tasten auf seinem PC und wandte sich von der Fallzusammenfassung ab, die er gerade eingegeben hatte. Die Leiche eines vermissten Kindes war im Haus seines Nachbarn gefunden worden, in der Wohnung eines verurteilten Sexualtriebtäters, der sich bei den Behörden nicht mehr gemeldet hatte. Und das war leider nur ein Opfer von vielen.

Selbst ihre „Erfolge“ der letzten Zeit hinterließen einen bitteren Nachgeschmack. Auf einen „Benutzer“, den die Abteilung gegen Kinderpornografie im Internet ausschaltete, kamen hundert neue Leute mit sexuellen Perversionen, die in Chatrooms auftauchten und Kinder verführten, sich persönlich mit ihnen zu treffen. Aber diese Kinder und Jugendlichen fanden nicht den Seelenverwandten, den sie erwarteten, sondern landeten oft in der Hölle auf Erden.

Und viele Kinder, die sie erfolgreich wieder nach Hause brachten, waren von perversen Tätern so tief verletzt und in ihrer Psyche beschädigt worden, dass es für sie nur wenig Hoffnung auf ein normales Leben gab.

So viel also zu seinen idealistischen Zielen, Kinder zu retten und Gerechtigkeit wieder herzustellen!

Vielleicht war es an der Zeit, seine CIA-Ambitionen in die Tat umzusetzen, bevor ein weiteres Jahr in dieser FBI-Abteilung ihn genauso zynisch werden ließ wie viele seiner älteren Kollegen.

Michael verschränkte die Hände hinter dem Kopf und dachte an seinen Jugendtraum, ein Superspion zu werden.

Spionage war auf jeden Fall besser, als Kindermörder zu jagen.

Aber das könnte bedeuten, dass er sich von der Frau verabschieden müsste, mit der er vielleicht den Rest seines Lebens verbringen wollte.

Die nötigen und oft langen Trennungen, die Geheimnisse und die vielen Gefahren waren für eine Ehefrau nicht gerade verlockend. Ganz zu schweigen davon, dass sie nie wüsste, wann oder ob er wieder nach Hause käme. Oder ob er einfach als „Vermisst" gemeldet würde und sie nie wieder etwas von ihm hören würde.

Er konnte von Hanna nicht verlangen, mit einer solchen Belastung zu leben.

Machte er sich wirklich jetzt schon solche weitreichenden Gedanken?

Wenn das keine Hundertachtzig-Grad-Wende war! Aber er genoss das Leben als Single nicht mehr. Dafür hatte er zu viel Zeit mit Hannas Familie verbracht und die gegenseitige Unterstützung und Gemeinschaft zu sehr genossen. Er hatte ihre Liebe zu ihrem Neffen und ihr Mitgefühl für Clints Kinder gesehen. Sie wäre eines Tages eine wunderbare Mutter.

Wäre er ein guter Vater? Wenn er an seine eigene Geschichte dachte …

Gott, ich könnte hier ein wenig Hilfe gebrauchen.

„Ich mache Feierabend, Parker. Vielleicht hörst auf zu träumen und machst deine Arbeit fertig, damit du auch gehen kannst." Lee schlenderte zu ihm herüber und setzte sich auf Michaels Schreibtisch. „Ich möchte wetten, du hast heute Abend große Pläne mit Kesslers Schwester, was?"

„Hanna und ich sind verabredet, ja."

„Was? Kino und leidenschaftliche Küsse?"

Michael verzog das Gesicht. „Geh heim zu deiner Frau, Lee. Und hör auf, dein Liebesleben auf meines zu projizieren. Ich bin viel langweiliger, als du dir vorstellen kannst."

„Der Playboy hat also die Frau fürs Leben gefunden?"

Einen Ziegelstein nach Lee zu werfen, das wäre noch zu freundlich gewesen. Michael zielte knurrend mit einem Spielzeug-Football auf Lees Kopf.

Lee behielt den Football und ging lachend davon. „Bis Montag, Parker. Aber denk daran, dass der große Bruder genau aufpasst, ob du an diesem Wochenende auch wirklich ‚langweilig' bist."

Egal.

Michael schob den Laptop in seine Tasche und räumte seinen Schreibtisch auf. Er könnte morgen lesen, was es Neues zu den Fällen gab.

In Windeseile hatte er das Hoover-Gebäude verlassen. Die meisten Verwaltungsangestellten waren inzwischen sowieso schon nach Hause gefahren. Aber es dauerte eine Weile, bis er seinen Ford Mustang durch die Straßen manövriert hatte, in denen sich die Pendler und Touristen stauten, und bis er an den ganzen Trendlokalen und schicken Kneipen vorbei war, die er noch vor einem Jahr regelmäßig besucht hatte. Auf dem George Washington Parkway kroch der Verkehr im Schneckentempo dahin.

Das Vakuum, das ihn früher in diese ganzen Clubs gezogen hatte, ließ ihm immer noch keine Ruhe. Er würde vieles dafür geben, wenn Hanna ihn an der Tür begrüßen und ihm helfen würde, die Mühen dieses Tages zu vergessen. So aber stellte er sein Auto ab und stieg die Treppe in seine leere, einsame Wohnung hinauf.

Er warf sein Jackett und seine Unterlagen auf das Sofa im Wohnzimmer und trat auf den Balkon hinaus. Nachdenklich betrachtete er den dunkler werdenden Abendhimmel.

Wie schaffte es Hanna, nach einem anstrengenden Tag abzuschalten? Hinter ihren faszinierenden, blauen Augen und ihrer hübschen Stirn lag eine ganze Welt verborgen, und er sehnte sich danach, sie zu entdecken. Ihre schönsten Kindheitserinnerungen. Warum sie Fotografieren so sehr liebte. Wie sie so gut darin geworden war.

Warum sie in einer Minute offen und verletzlich war und sich in der nächsten schon wieder in ihrem Schneckenhaus verkroch.

Sie hatten über ihre Familie, ihr Studium und ihre Arbeit gesprochen, aber er wollte mehr wissen.

Er wollte *sie* kennenlernen.

Dass sein Interesse an Hanna weit über Sex hinausging, überraschte ihn. Er hatte offenbar einen weiten Weg zurückgelegt und war nicht mehr der Mann, der mit seinen Kumpels ein Bier trank oder sich aus Langeweile auf einen One-Night-Stand einließ.

Wahrscheinlich führst du mich, Gott. Wenn du jetzt noch dafür sorgen könntest, dass Steven das auch erkennt …

Michael ging schnell unter die Dusche und zog sich eine Jeans und ein weißes Polohemd an. In den letzten zwei Wochen hatte er sich hin und wieder einen Abend frei geschaufelt und Hanna in das eine oder andere vornehme Restaurant eingeladen. Aber heute Abend wollte er etwas Zwangloses unternehmen. Vielleicht lud er sie in die altmodische Eisdiele in Old Town Alexandria ein, wo sie draußen sitzen und das rege Treiben in der Altstadt beobachten konnten.

Als es an seiner Tür klopfte, blickte er überrascht auf. Er kämmte sich schnell die Haare und ging nachsehen, wer ihn an einem Freitagabend belästigte. Lee oder Steven hätten angerufen.

Mit einem Stirnrunzeln öffnete er die Tür. Vor ihm stand Hanna. Dieses Mal weinte sie nicht, aber er verstand trotzdem nicht, was sie hier machte. „Was ist los? Ich wollte gerade losfahren und dich abholen."

Ihr strahlendes Lächeln verschwand. „Ich habe dich angerufen und eine Nachricht hinterlassen, dass ich dir eine Überraschung bringen will. Als du nicht ans Telefon gingst, ließ ich es darauf ankommen und hoffte, dass ich dich zu Hause erwische." Sie trat zurück. „Ich wollte dich nicht verärgern."

„Das hast du nicht. Hanna, komm herein. Entschuldige." Er hielt ihr die Hand hin und zog sie schnell in seine Arme. „Wenn du mich weiterhin jedes Mal anknurrst, wenn ich etwas spontan mache, dann werde ich es das nächste Mal bleiben lassen und dich nicht mehr überraschen." Ihr Lächeln kehrte zurück.

Er liebte es, wie sie mit seinen Launen umgehen konnte. Bei mehr als einer Gelegenheit hatte er auch am Telefon schon schlecht gelaunt reagiert, aber sie hatte es stets geschafft, ihn zum Lachen zu bringen, bevor sie sich verabschiedeten. Diese Frau war wirklich etwas Besonderes.

„Verhindert deine Überraschung einen Ausflug in die Eisdiele?"

„Hm, vielleicht. Das kommt darauf an."

„Worauf?"

„Darauf, ob du Hundegesellschaft zu deinem Schokoladenbecher magst."

„Wie bitte?"

Sie nahm ihn an der Hand und zog ihn die Treppe hinab, bevor er begriff, was sie mit ihren Worten gemeint hatte. Auf dem Beifahrersitz ihres blauen Chevy Equinox wurde er von einem leisen Jaulen und einem riesigen Hundeschwanz begrüßt.

Die Hunde seines Nachbarn antworteten.

„Du hast einen Hund gekauft?"

„Nicht direkt." Hanna beugte sich ins Auto und zog einen zappeligen, hellen Labradorwelpen heraus. Der Hund schleckte ihr das Gesicht ab. „Er heißt Champ." Sie deutete zu den Hundesachen auf dem Rücksitz. „Er ist stubenrein. Und ich habe ihm ein Bettchen und genug Futter für die nächsten Tage gekauft."

„Warum?"

Sie drückte Champ fest an sich. „Er hätte entweder ins Tierheim gemusst, oder wir teilen uns die Aufgabe und werden seine neue Familie. Eine Angestellte im Café hatte einen Notfall. Ihre Mutter bekam einen Schlaganfall, und sie muss wieder nach Hause ziehen und sich um sie kümmern. Sie wollte Champ heute Abend ins Tierheim bringen, weil sie nicht wusste, was sie sonst so kurzfristig mit ihm machen sollte."

„Hast du gerade gesagt, dass wir seine neue Familie werden?"

„Wenn du mir hilfst, mich um ihn zu kümmern."

Champ schaute ihn an und leckte seine ausgestreckte Hand ab. Wie könnte er Nein sagen, wenn der Hund genauso aussah wie der Freund aus seinen Kindheitsfantasien?

„Heißt das, dass du auch bei mir einziehst?" Michael bereute seine Worte, sobald sie ihm herausgerutscht waren. Die ganze Situation warf ihn ein wenig aus der Bahn. Aber Hanna sagte nichts darauf. Er legte den Arm um sie, während sie in seine Wohnung hinaufgingen.

Champ knurrte.

„Das ist eine Art zu sagen, dass sein Frauchen nirgends einzieht, solange wir nicht verheiratet sind", kommentierte Hanna.

Als er Hanna zuschaute, wie sie mit Champ auf dem Küchenboden spielte, musste er laut lachen. Ihr war offenbar nicht bewusst, was sie gerade gesagt hatte, sonst würde sie verlegen reagieren. Immerhin hatte sie mehr oder weniger erklärt, dass sie in naher Zukunft eine Familie werden würden.

Michael hatte es gehört.

Und ihm gefiel die Szene, die sich in seiner Wohnung abspielte, sehr gut. Eine schöne Frau und ein verspieltes Hündchen. Familie.

Vielleicht könnte sein Traumjob doch noch ein Jahrzehnt warten.

Oder für immer.

Kapitel 30

Wieder ein totes Kind.

Es würden noch mehr sterben, wenn sich bei seinem eigenen Kind nicht schnell etwas änderte.

Es war Mittwochabend. Er wischte sich die Erde von den Händen und schaute sich in dem dunklen, bewaldeten Park um. Er brauchte die Leiche dieses Mal nicht zwei Meter tief zu vergraben. Er musste schnell zurück. Und seit über drei Jahren hatte niemand seinen Platz entdeckt.

Das FBI hatte sicher noch keine Ahnung. Das hatten seine jüngsten Kontakte bewiesen. Sie tappten völlig im Dunkeln. Und die Polizei in Charlottesville auch.

Er musste nur dafür sorgen, dass niemand sein Geheimnis entdeckte. Und er musste endlich einen anderen Weg finden, um die Stimmen zum Schweigen zu bringen. Und den Druck zu beenden.

Er stapfte zu seinem Mietwagen zurück und verließ unbemerkt den Park. Als er die Schaufel in einer kleinen Seitenstraße aus dem Fenster warf, schlug sein Puls höher. Würden sie die Schaufel finden? Würden Sie DNA-Spuren herunterkratzen und eine Verbindung zwischen den vermissten Jungen aus Richmond oder Charlottesville und ihm herstellen?

Das war sehr unwahrscheinlich. Aber wer wusste schon, wozu ihre Spurensicherung in der Lage war. Der beängstigende Gedanke, gefasst zu werden, quälte ihn jeden Tag mehr.

Er tadelte sich wegen dieser paranoiden Gedanken, ließ aber seinen Rückspiegel nicht aus dem Blick.

Er sah sich häufig *America's Most Wanted* an, eine Sendung, in der die am dringendsten gesuchten Verbrecher des Landes gezeigt wurden. Und er las regelmäßig die Liste auf der FBI-Seite mit den zehn meistgesuchten Verbrechern. Nirgends wurde er erwähnt. Nichts. Und Dummheiten, die den meisten Verbrechern zum Verhängnis wurden, würden ihm nicht unterlaufen. Nein, ihm nicht. Er war klüger.

Hirnlosen Studenten beizubringen, wie sie in der wirklichen Welt überleben konnten, hatte ihm reichlich Anregungen für Alibis und neue Gegenden, die man erforschen konnte, gegeben. Er kannte die besten Verstecke auf dem Land und in der Stadt. Und er wusste, wie kleine Jungen tickten.

Nichts konnte ihn aufhalten.
Nichts außer dem Tod.

* * *

„Komm ins Bett, Schatz."

Clint schaute von seinem Computer hoch und hörte auf zu tippen. Saras schläfrige Augen, ihr verführerischer rosa Schlafanzug und die klare Einladung schwächten seine Entschlossenheit, seine Arbeit fertig zu bringen.

„Ich arbeite an einem Fahndungsfoto von John Miller. Ich habe mich in meinem letzten Traum an mehr Details erinnert, und ich bin ziemlich sicher, dass er der Mann war, den ich bei der Benefizveranstaltung am St. Patrick's Day gesehen habe. Vielleicht kann Michael es im Krankenhaus herumzeigen. Irgendjemand muss Miller doch auf meiner Skizze erkennen."

Sara sank auf das braune Sofa. „Morgen ist die nächste Chemo. Letztes Mal hat sie dir schwer zu schaffen gemacht. Vielleicht kannst du nächste Woche nicht zur Arbeit gehen, wie du hoffst."

Er atmete schnell und tief ein. Der Zorn loderte in seiner Brust auf, aber er wollte diese Gedanken nicht zulassen. Sara wollte, dass er gesund würde, und sie wollte auch, dass er wieder zur Arbeit ginge. Nur nicht zu früh. Er versuchte, das zu akzeptieren.

Aber er konnte nicht ewig warten, wenn bereits sechs vermisste Jungen genau in das Profil ihres Serientäters passten. Oder waren es sieben? Ja, sie hatten heute die Vermisstenmeldung von einem weiteren Kind bekommen. Der Junge war heute Morgen in Charlottesville, Virginia, verschwunden.

Sieben Kinder, alle höchstwahrscheinlich tot. Michael, Lee und Steven brachen unter der ganzen Arbeitslast fast zusammen. Diesem Täter musste das Handwerk gelegt werden. Beiden Tätern, wenn er mit seiner Vermutung richtig lag. Je früher er zur Arbeit gehen konnte, umso mehr Chancen hätte sein Team, diese Kerle endlich zu finden.

„Hat dein Kontaktmann vom Verteidigungsministerium dich heute zurückgerufen?"

„Ja. Aber er konnte mir auch nicht mehr Informationen geben als das, was Steven schon herausgefunden hatte."

Er begann wieder, sich mit der Software zu beschäftigen, mit der man Gesichter erstellen konnte. Der forensische Zeichner, mit dem sie in früheren Fällen zusammengearbeitet hatten, war gern bereit gewesen, Clint ein paar Tipps zu geben.

„Könnte John Miller eine andere Identität benutzen?"

Er schmunzelte. „Du schaust zu viel CIA-Sendungen im Fernsehen."

Sara setzte sich auf seinen Schoß und schmiegte sich an seine Brust.

„Aber deine Frage ist durchaus berechtigt. Miller musste eine Möglichkeit finden, nach seiner unehrenhaften Entlassung zu überleben. Wenn er also nicht in einem anderen Land lebt oder tot ist, müssen wir davon ausgehen, dass er eine neue Identität angenommen hat."

„Wie willst du ihn dann aufspüren?"

„Michael hilft mir dabei. Im Moment gehen wir Informationen über seine nächsten Angehörigen nach, die wir vom Verteidigungsministerium geschickt bekamen. Bei der Überprüfung stellte sich schnell heraus, dass Millers Eltern schon tot sind. Alle anderen Verwandten haben längst den Wohnort gewechselt. Aber irgendwo in den Akten des Verteidigungsministeriums muss es eine Spur geben. Ich brauche nur einen kleinen Hinweis. Dann finde ich ihn und hole ihn zum Verhör."

„Kannst du das machen?"

Clint wurde steif. „Ich persönlich? Solange ich den körperlichen Eignungstest nicht bestanden habe, nicht."

„Es ist bald so weit." Sie küsste seinen Nacken. „Ich weiß, dass du das bald wieder schaffst, Cowboy."

Sein Handy vibrierte und hüpfte auf dem Schreibtisch. Er hätte daran denken sollen, es ganz auszuschalten.

Sara verzog den Mund zu einem Schmollen. Clint nahm das Telefon und zwinkerte ihr zu. „Ich bin bald im Bett."

„Weck mich, falls ich schon schlafe, ja?" Sie schlenderte durch das Zimmer, blieb im Türrahmen stehen und blickte zurück.

Er wollte schon fast den Anrufbeantworter drangehen lassen. „Das mache ich. Versprochen."

Sie blies ihm einen Handkuss zu und huschte aus dem Zimmer.

Er drückte das Telefon an sein Ohr. „Michael, was hast du für mich?"

„Partner, du solltest lieber auf deine Nummernanzeige schauen", antwortete Stevens Stimme.

Clint brauchte jetzt keinen Vortrag von Steven, dass er mit seiner

Theorie von zwei Tätern nur seine und Michaels Zeit vergeudete, und das auch noch mit einer Vermutung, die nur durch Clints Träume gestützt wurde. Steven war überzeugt, dass die ganze Sache nur eine Halluzination war, die der Krebs ausgelöst hatte.

„Würdest du mir verraten, warum Parker dich an einem Mittwochabend um zehn Uhr anrufen sollte?"

„Nein."

„Das gefällt mir nicht." Steven atmete scharf aus. „Ich habe dich gewarnt, dass du wegen dieser Theorie nicht bis spät in die Nacht arbeiten sollst. Aber im Moment suche ich Parker."

„Ruf ihn doch auf seinem Handy an."

„Als ob ich das nicht schon versucht hätte! Er geht nicht ans Telefon, und Hanna kann ich auch nicht erreichen. Ich glaube nicht, dass diese Beziehung eine gute Idee ist."

Clint lehnte sich auf seinem Schreibtischstuhl zurück. „Hanna ist eine erwachsene Frau. Wenn sie und Michael überhaupt eine Chance haben sollen, musst du aufhören, den großen Bruder zu spielen, der jeden ihrer Schritte überwacht."

„Ich will nicht, dass sie verletzt wird."

„Michael wird ihr nichts tun."

„Aber sie würde vielleicht auch nicht Nein sagen."

„Das ist ihre Entscheidung."

Ein dumpfer Schlag hallte durchs Telefon. Zweifellos Steven, der seinen Boxsack malträtierte. „Das würde sie nicht tun."

„Sie sind seit fast einem Monat befreundet. Warum regst du dich ausgerechnet heute so auf und willst sie unbedingt finden?"

„Ich wusste nicht, dass sie sich jeden Abend bei ihr oder bei ihm in der Wohnung um einen kleinen Hund kümmern. Das habe ich erst erfahren, als Lee heute im Büro eine Bemerkung dazu fallen ließ. Wusstest du davon?"

Clint schickte ein schnelles Gebet um Weisheit zum Himmel. „Michael hat es mir erzählt und mich gebeten, ihn an die Grenzen zu erinnern, die er sich mit Hanna gesteckt hat. Sie hatten sich ursprünglich darauf geeinigt, nicht zu zweit allein in ihrer oder in seiner Wohnung zu sein, aber mit einem gemeinsamen Hund ist das ein wenig schwer. Deshalb haben sie neue Regeln aufgestellt." Er gähnte und hoffte, Michael wäre ihm nicht böse, weil er Steven das erzählte. „Sie mögen sich wirklich, Steven. Und Michael ist ein anderer Mensch als damals, als er bei uns anfing. Ich glaube nicht, dass du dir Sorgen machen musst, er könnte ihr wehtun."

„Er ist auch nur ein Mensch."

„Sind wir das nicht alle?"

„Das ist nicht komisch."

Als er aufstand, um sich zu strecken, spürte Clint seine wackeligen Beine und ein Kribbeln, das ihn immer noch plagte, wenn er länger gesessen hatte. „Ich sage doch nur, dass sie beide versuchen, mit Gott zu leben und einen gesunden Menschenverstand haben."

„Das reicht bei aufgestauten Gefühlen und einer günstigen Gelegenheit nicht immer."

Nein. Sein Partner hatte recht. Und ein gemeinsamer Hund klang eindeutig nach dem Beginn einer engeren Beziehung. Michael hatte zwar zugegeben, dass es Versuchungen gab, aber er hatte auch gezeigt, dass er entschlossen war, seine Vergangenheit nicht zu wiederholen. Clint glaubte ihm.

„Warum bist du so ein Kontrollfreak? Was du machst, geht weit über brüderliches Beschützen hinaus. Nur weil Hanna nach Alexandria gezogen ist, gibt dir das noch lange nicht das Recht, dich zu benehmen, als wäre sie noch ein Schulmädchen und du wärst ihr Vater."

Steven schwieg einen Moment. „Ich glaube, in Louisville hat jemand Hanna vergewaltigt."

Clint fühlte sich, als hätte ihn ein Baseballschläger in den Rücken getroffen. *„Was?"*

„Ich habe mit ihren Freundinnen gesprochen, und keine von ihnen hat etwas Gutes über ihren letzten Freund gesagt."

„Steven, sie ist erwachsen! Du kannst doch nicht einfach in ihrer Vergangenheit herumschnüffeln."

„Wenn du eine Schwester hättest, würdest du das verstehen."

„Ich habe eine Tochter."

„Sie ist noch klein."

Darüber war Clint froh. Vielleicht hatte Steven recht. „Wie viel Zeit hast du damit verbracht, in Hannas Privatleben herumzuschnüffeln?"

Steven knurrte fast.

„Hast du schon mit Hanna darüber gesprochen?"

Die Hintergrundgeräusche verrieten, dass Steven auf seine Dachterrasse hinausgegangen war. Er schwieg.

„Steven?"

„Wir haben viel über unsere Mutter gesprochen. Aber jedes Mal, wenn ich Hanna frage, warum sie Louisville so schnell verlassen wollte, bricht sie das Gespräch ab. Und jetzt geht sie nicht einmal mehr ans Telefon."

Clints Augen fielen zu. Er gähnte wieder.

„Entschuldige, dass ich dich vom Schlafen abhalte. Das ist nicht dein Problem."

„Doch, ist es schon. Du bist mein bester Freund. Und Hanna ist wie eine Schwester für mich." Die Wärme, die sein Handy ausstrahlte, war für sein Ohr unangenehm. „Soll ich mit beiden reden? Danach können wir uns alle zusammensetzen und ein paar Dinge klären."

„Davon wäre Hanna bestimmt begeistert."

„Sie wusste, worauf sie sich einlässt, als sie in unsere Nähe zog."

Steven schmunzelte. „Ja, das stimmt."

„Ruf Gracie an. Das wird dir guttun."

Sein Partner atmete langsam aus. „Vielleicht hätte ich beten sollen, bevor ich mit Hannas Freundinnen sprach. Aber etwas stimmt nicht, und Hanna will mir einfach nicht sagen, was in Louisville vorgefallen ist. Ich meine es doch nur gut mit ihr."

„Gibst du damit zu, dass du nicht perfekt bist?"

„Meinetwegen. Aber musst du nicht ins Bett gehen oder so etwas?"

Ja. Und es war das „oder so etwas", das er beabsichtigte, sobald er mit dem Telefonieren fertig wäre.

Einige Minuten später schlich er an den Zimmern der Kinder vorbei in sein Schlafzimmer. Er stieg aus seiner Jeans und zog sein T-Shirt aus, rutschte unter die Bettdecke und legte den Arm um Sara. Ihre weiche Haut und ihr kleiner Bauch entzündeten ein Feuer in ihm.

„Hey, Cowboy." Sie drehte sich langsam zu ihm um und fuhr mit der Hand über seine Brust.

Dann sprintete sie ins Badezimmer.

Die Schwangerschaft hatte auch ihre Schattenseiten.

Seine Augen fielen gegen seinen Willen zu. Er musste wach bleiben. Nur noch ein paar Minuten, und Saras Nähe würde seine lästige Müdigkeit vertreiben.

Oder auch nicht.

Kapitel 31

„Wegen gestern Nacht ...“

Sara schaute auf ihre Uhr und lenkte den Range Rover über den Richmond Highway. „Du brauchst mir nichts zu erklären. Ehrlich. Es war schon mal wieder nett, überhaupt gleichzeitig mit dir im Bett zu sein.“

Er schüttelte den Kopf und schnaubte.

„Wir haben es bald geschafft, Clint. Nicht einmal mehr einen Monat.“

Er lehnte den Kopf auf dem Sitz zurück und schloss die Augen. „Ich hasse den Krebs und alles, was er uns in den letzten vier Monaten geraubt hat.“

Sie hasste diese Krankheit auch. Mehr, als sie laut zugeben wollte. Aber die Chemo am heutigen Donnerstag wäre die vorletzte. Am zweiten Samstag im Mai würden sie feiern, dass Clint den Krebs überlebt hatte, und dass Gracie dreiunddreißig wurde. Einen Tag vor dem Muttertag.

Und bald würde sie ihr Neugeborenes an sich drücken und seinen süßen Babyduft einatmen.

Während sie an der Ampel vor dem Krebszentrum wartete, stellte sie sich vor, wie ihr Baby aussehen würde. Sie konnte es schon fast in ihren Armen zappeln fühlen.

Das süße kleine Schmatzen hören.

Die Freude über das neugeborene Leben spüren.

Und Clint sehen, wie er ein Baby in seinen starken Armen wiegte. Dieses wunderschöne Bild wollte sie nie vergessen.

„Du scheinst dich auf das Gespräch mit Dr. Silverman zu freuen. Es könnte auch schlechte Neuigkeiten geben.“ Clints Worte zerstörten ihren schönen Traum.

„Er wird gute Nachrichten für uns haben. Du wirst schon sehen.“

„Wie du meinst, du unverbesserlicher Optimist.“ Er schaute durch das Fenster zu, wie der Nieselregen in dünnen Rinnsalen über die Scheibe lief.

Sie ein unverbesserlicher Optimist? Bestimmt nicht. Aber seit ihrem Gespräch mit June und Marilynn letzte Woche hatte sie wieder mehr

Hoffnung. Doch warum ging es jetzt, wo sie endlich anfing, die Dinge positiver zu sehen, mit Clints Zuversicht bergab?

Vielleicht war das auch ein Geschenk von Gott. So konnten sie sich gegenseitig helfen, wenn einer von ihnen vergaß, auf Christus zu schauen.

Aber an diesem Morgen wusste sie nicht, wie sie für Clint stark sein konnte. Auch wenn der gestrige Abend vielleicht nicht so verlaufen war, wie sie es sich erhofft hatten, konnte seine melancholische Stimmung nicht nur daran liegen. In den letzten drei Monaten hatten sie viel Schlimmeres durchgemacht.

„Aus welchem Grund bist du heute so mürrisch?"

Clint schaute ihr fest in die Augen. „Weil ich es satt habe, dass ich so viel vergesse. Weil ich es satt habe, dass ich nicht fähig bin, meine Arbeit zu machen. Weil ich es satt habe, dass ich nicht fähig bin, mit meiner Frau zu schlafen."

Ihre Wangen begannen zu glühen. Obwohl sie selbst nicht der Typ war, der um den heißen Brei herumredete, errötete sie immer noch, wenn Clint so direkt war. „Warum ärgerst du dich ausgerechnet heute so sehr darüber?" Sie bog auf den Parkplatz vor dem Krebszentrum ein und stellte den Motor ab.

„Weil die Fahrt hierher mich sehr unangenehm an das armselige Bild in meinem Spiegel erinnert." Clint knallte die Autotür zu und stapfte in Richtung Krebszentrum, ohne auf sie zu warten.

Seine Worte trafen Sara wie ein Schlag ins Gesicht. Sie hatte ihnen nichts entgegenzusetzen außer einigen Bibelversen und Ratschlägen, die ihr guttaten, wenn sie sie las oder hörte, die aber im Treibsand ihres Lebens schnell untergingen.

Die Wahrheit zu wissen und sie zu glauben waren zwei völlig unterschiedliche Dinge.

Clint kam zurück. Er öffnete ihr die Tür und reichte ihr seine Hand. „Entschuldige. Der gestrige Abend hat mich mehr getroffen, als ich zugeben will." Er zog sie an sich heran. „Ich liebe dich, Sara. Und ich will deine Hoffnung mit dir teilen."

Sie brachte ein schwaches Lächeln zustande und nickte zu den großen Glastüren hinüber. „Komm, hören wir uns an, was Dr. Silverman zu sagen hat."

Eine halbe Stunde später saßen sie auf Pauls Sofa und sahen zu, wie er in Clints Krankenakte blätterte. Wie viele Jahre hatte Sara an der Stelle ihres Kollegen gesessen, ohne wirklich zu verstehen, welche tiefen emotionalen Wunden der Krebs schlug? Falls sie je wieder ins Krebszentrum zurückkehrte, würde sie hoffentlich nie vergessen, wie man sich auf der Patientenseite fühlte.

Damit sie das nie vergäße, hatte sie angefangen, wie June ein Krebstagebuch zu führen. Es half ihr, einen sicheren Ort zu haben, an dem sie ihren Gefühlen freien Lauf lassen konnte, ohne sich Sorgen machen zu müssen, sie könnte jemanden verletzen.

Sie musterte Paul von seinem kahlen Kopf bis hinüber zu seinen albernen Bugs-Bunny-Socken. Nichts in seiner Miene ließ einen Rückschluss auf die Informationen zu, die er ihnen hoffentlich endlich mitteilen würde.

„Wie spannend wollen Sie es denn noch machen, Dr. Silverman?" Clint zupfte an seiner khakifarbenen Hose und legte seine langen Beine übereinander.

Paul schaute überrascht auf. „Oh. Entschuldigung, Clint. Sara. Ich gehe nur im Kopf noch einmal die Zahlen durch." Er lächelte. „Die Anzahl der weißen Blutkörperchen liegt bei 1671,39. Ausgezeichnet. Ich würde sagen, die blutbildenden Neulasta-Injektionen zeigen Wirkung!"

Ein gutes Blutbild.

Sara wartete, was noch käme, das große Aber, auf das sie schon seit dem ersten Tag, an dem Clints Krebs diagnostiziert wurde, wartete. Jede Untersuchung, jede Chemo, jede Kleinigkeit fühlte sich wie ein Schlag in den Magen an, und sie wartete auf die nächste niederschmetternde Botschaft.

„Das CT zeigt, dass die geschwollenen Lymphknoten deutlich geschrumpft sind, und Ihre Lunge ist sauber." Paul strahlte ihn an.

Clint lächelte. „Das ist eine gute Nachricht, oder? Ich habe es bald geschafft! Der Krebs ist fast ganz weg." Er nahm Saras Hand. „Das ist eine wunderbare Nachricht!"

Sie nickte, wandte aber den Blick nicht von Paul ab. Das war noch nicht alles. Sie spürte es, auch wenn sie es nicht sah. „Was haben Sie *nicht* gesagt, Paul?"

Ihr Kollege lächelte. „Es ist nicht leicht, den Mann einer Onkologin als Patienten zu haben."

„Versuchen Sie einmal, eine Onkologin zur Frau zu haben!" Clint grinste.

Pauls Lächeln wurde breiter.

„Paul?" Saras Hände wurden feucht.

Dr. Silverman strich seine Tweety-Krawatte glatt und beugte sich vor. „Sie sollten diese Nachricht heute wirklich feiern. Es ist eine gute Nachricht." Seine tiefen, blauen Augen blickten sie direkt an.

„Aber?" Sara kannte sich gut genug aus, um sich jetzt nicht zu verabschieden und die Sektkorken knallen zu lassen.

Paul legte die Fingerspitzen aneinander. „Sie kennen die Statistiken, Sara. Clint, ich bin sicher, dass auch Sie sie kennen. Sie dürfen nicht vergessen, dass der Krebs zwar auf die Behandlung reagiert und teilweise – wenn auch noch nicht ganz – zurückgegangen ist. Es lässt sich jedoch nicht leugnen, dass solche Lymphome aggressiv sind und in der Hälfte der Fälle wieder auftauchen können."

„Wie bald?" Clint setzte sich aufrechter in seinen Stuhl.

„Innerhalb von zwei Jahren."

Sara holte tief Luft. Sie kannte die Statistiken. Clints Blutbild sah gut aus, aber sie hatte bei vielen Patienten ähnliche Zahlen gesehen, deren Krebs später zurückgekehrt war. Wie bei Lucy. Ihr ANC war ausgezeichnet gewesen, genauso wie bei Clint. Und jetzt, drei Jahre später, war sie wieder im Krankenhaus.

Aber gerade als ihre Gedanken begannen, sie nach unten zu ziehen, erinnerte Sara sich an Lucys Augen, als sie das letzte Mal miteinander gesprochen hatten. Ihre frühere Patientin näherte sich der Einmonatsmarke nach ihrer Knochenmarkstransplantation, und ihr ganzes Gesicht strahlte Hoffnung aus. Die junge Mutter war sicher, dass sie die dreißig Tage nach der Transplantation überstehen würde, ohne dass ihr Körper das Transplantat abstieß.

Sara betete, dass Lucys Hoffnung sich als wahr erweisen würde. Sie kannte mindestens eine Patientin, deren Körper auch noch nach der Einmonatsmarke das Transplantat hatte abstoßen wollen. Aber Renee hatte es damals geschafft, obwohl ihre Chancen sehr schlecht gestanden hatten. Sie überlebte mit einem strahlenden Lächeln und einer unbesiegbaren Entschlossenheit.

„Sara." Pauls Stimme holte sie in die Gegenwart zurück. „Trotz dieses zweifelnden Blicks in Ihren Augen glaube ich wirklich, dass der Krebs fast ganz besiegt ist. Ich würde sogar sagen, mit dieser Chemo und der guten Reaktion von Clints Körper auf die Behandlung können wir den Sieg schon fast feiern."

Fast.

Dieses eine niederdrückende Wort drängte die gute Nachricht dieses Tages in den Hintergrund. Clints Melancholie an diesem Morgen hatte nun auch sie ergriffen.

Sie lächelten jedoch alle drei höflich, und kurz danach trennten sich ihre Wege. Clint musste zu seiner Chemo und Dr. Silverman zu seinem nächsten Patienten. Sara stieg ins Auto, um sich mit Einkaufen abzulenken, bevor sie die Kinder abholen würde.

Nicht einmal die Bewegungen des Babys in ihrem Bauch konnten das einzige entmutigende Wort vertreiben, das Dr. Silverman gesagt hatte.

Fast.

Sie holte tief Luft, als sie ins Freie trat und unter dem Himmel, an dem sich erst langsam die Wolken verzogen, zu ihrem Auto ging.

Sie hatte immer noch Hoffnung, aber diese versteckte sich im Augenblick wie die Sonne hinter den Wolken. Sara wartete darauf, dass ihr Glaube den Zweifel vertrieb.

Gott sitzt immer noch auf dem Thron. Und er ist gut. Immer.

Die Wahrheit, die Frank oft zitiert und die June immer wieder in ihr Tagebuch geschrieben hatte, ging ihr durch den Kopf.

Immer. Das klang viel besser als *Fast.*

Die Erinnerung an Franks Erklärung motivierte sie, das zu tun, was er getan hatte, und sich nicht von den Umständen abhängig zu machen. Sie würde Marilynns weisen Rat befolgen und die Hoffnung nicht aufgeben und Gott loben, egal, was kam.

Sie war fast so weit.

Fast.

* * *

Hanna ging unruhig in ihrer Küche auf und ab. Auf dem Tisch wartete das einfache Abendessen, das sie vorbereitet hatte. Steven hatte vor einer Stunde angerufen und in seiner kurzen, knappen Art praktisch angeordnet, dass sie auf ihn warten solle.

Hanna hatte kurz überlegt, absichtlich nicht zu Hause zu sein, wenn er kam. Immerhin musste sie nicht gleich springen, wenn ihr großer Bruder ihr Befehle erteilen wollte.

Aber Steven weiterhin aus dem Weg zu gehen, würde die Sache nur noch schlimmer machen.

Sie wich ihm schon die ganze Woche aus, seit dem Abend, an dem sie Champ zu Michael gebracht hatte. Das war eine gute Entscheidung gewesen. Michael und sie genossen seitdem jeden Abend miteinander. Aber da es immer ziemlich spät wurde und sie sich einige Male gefährlich nahe gekommen waren …

Vielleicht sollten sie zu ihren ursprünglichen Grundregeln zurückkehren.

Ein lautes Klopfen an der Haustür ließ sie zusammenzucken. Voller Angst wich sie zurück.

Dann klirrte die Sicherheitskette an der Tür.

Ihr Puls überschlug sich fast, kalter Schweiß trat ihr auf die Stirn, aber sie blieb wie angewurzelt in ihrer warmen Küche stehen.

„Hanna?“ Eine Männerstimme drang in ihr Haus. „Was ist los?“

Steven. Ihr Bruder. Nicht irgendein verrückter Mörder. Oder ein früherer Freund.

Sie zwang ihre Füße, sich zu bewegen, und löste die Metallkette von der Tür.

Mit angestrengt arbeitenden Kinnmuskeln trat ihr Bruder ins Haus und warf die Tür ins Schloss. „Du musst auch den Schlüssel umdrehen. Die Sicherheitskette allein genügt nicht.“

„Ich freue mich auch, dich zu sehen!“

Steven ignorierte ihre sarkastische Bemerkung. „Ich habe dir in dieser Woche zig Nachrichten hinterlassen. Warum hast du mich nicht zurückgerufen?“

„Ich hatte zu tun.“ Sie schob das Kinn genauso energisch vor wie er, warf die Schultern zurück und richtete sich zu ihrer vollen Größe auf. Verglichen mit ihrem Bruder genügte das jedoch nicht, um ihr Selbstvertrauen zu erhöhen. „Ich bin erwachsen. Ich bin dir keine Rechenschaft schuldig.“

Steven fuhr sich mit der Hand durch seine dichten, braunen Haare. „Du rufst die ganze Woche kein einziges Mal zurück, und jetzt finde ich heraus, dass du zusammen mit Parker einen Hund hast.“

Hanna ging in die Küche. Sie würde das Spaghettispezialrezept ihrer

Mutter trotzdem genießen, auch wenn ihr großer Bruder sich so aufregte. „Noch sind die Spaghetti warm. Du hast gesagt, dass du pünktlich um sechs essen willst." Sie sah nach der Digitaluhr an ihrem Herd. „Es ist sechs. *Ich* esse jetzt."

Sie neigten beide die Köpfe und beteten. Steven ließ den Kopf noch eine Weile gebeugt, als Hanna schon wieder aufschaute.

Sie aßen einige Minuten schweigend, aber dieses Spiel konnte sie nicht gewinnen. Nicht mit Steven. Sie strich ihren rosa Pullover glatt und sah ihrem Bruder direkt in die Augen. „Sag mir, was dich so sehr daran stört, dass ich Michael einen Hund gebracht habe."

„Mich stört, dass du nicht vor Mitternacht zu Hause bist. Mich stört, dass du nicht ans Telefon gehst, und ..."

„Werde ich beschattet? Was geht es dich an, um wie viel Uhr ich nach Hause komme?"

Er legte seine Gabel weg. „Du *kommst* doch nach Hause, oder?"

Das reichte. Sie ließ sich nicht verhören und beschuldigen wie ein Teenager, der zu spät nach Hause kam. Nicht in ihrem eigenen Haus. Nicht von ihrem großen Bruder. Sie stand auf und deutete zur Tür. „Verschwinde, Steven."

„Nein."

Ihr Körper zitterte vor Wut. Eine Träne lief ihr über die Wange. Sie versuchte, sie wegzuwischen.

„Komm her." Steven nahm sie in seine starken Arme. „Ich habe dich lieb, Hanna. Sprich mit mir. Sag mir, was los ist. Ich habe einfach immer noch das Gefühl, dass Craig dich mehr verletzt hat, als du es bisher erzählt hast."

Etwas in Hanna zerbrach. Ihre Trotzhaltung verflog, als sie die Liebe hinter dem Eigensinn ihres Bruders erkannte. Es war eine Liebe, die nur das Beste für sie wollte, die sie beschützen und nicht ausbeuten wollte.

Aber Steven wollte sie vor Michael beschützen. Dabei schien Michael der erste Mann zu sein, der ihrem Vater und ihrem Bruder sehr ähnlich war.

Wenigstens sah es bis jetzt so aus.

Sie durchnässte die Vorderseite von Stevens Anzugjacke mit ihren Tränen. Schließlich hörte sie auf zu weinen. „Ich ... ich weiß nicht, wo ich anfangen soll."

Er führte sie ins Wohnzimmer, an dessen Wänden einige vergrößerte Landschaftsaufnahmen hingen. Michael hatte vorgeschlagen, dass sie einen Bildband mit den Fotos herausgeben könne.

Steven und sie setzten sich auf das gemütliche marineblaue Doppelsofa.

„Fang bitte von vorne an."

Sie wischte sich ihre nassen Wangen ab und schloss die Augen. Auf keinen Fall wollte sie die ganze Vergangenheit hervorholen und ihrem FBI-Bruder alles verraten, was sie ihm bisher erfolgreich verschwiegen hatte. „Es gibt nicht viel zu erzählen."

„Hat Craig dich vergewaltigt?"

Seine ruhige Frage drückte ihr die Luft ab. Es wäre leichter gewesen zu lügen und Ja zu sagen.

„Nein."

„Was ist dann los, Hanna? Sprich mit mir." Er rutschte ein kleines Stück von ihr weg. „Du hast Louisville überstürzt verlassen und dich dann kopfüber in eine neue Beziehung gestürzt."

Ihr Gesicht glühte vor Beschämung. „Ich habe mich nicht kopfüber in eine Beziehung gestürzt. Michael hat mich eingeladen, mit ihm auszugehen. Ich dachte, bei ihm könne mir nichts passieren, da er mit dir zusammenarbeitet. Ich wusste, du würdest ihn nicht aus den Augen lassen."

„Das tue ich auch nicht."

„Ich weiß."

„Warum erzählst du mir dann nicht, was in Louisville passiert ist?" Die tiefen, blauen Augen ihres Bruders sahen sie fragend an. Er betrachtete sie lange, ohne ein Wort zu sagen.

Hanna wartete, bis sich Stevens Schultern entspannten. Es würde ihr guttun, sich auszusprechen. Oder wenigstens teilweise. „Ich habe freiwillig mit Craig geschlafen. Darauf bin ich nicht stolz, und ich wollte auch nicht, dass du das je erfährst. Aber du lässt nicht locker, solange du es nicht weißt, und wenn du es schon erfährst, sollst du es wenigstens von mir erfahren."

„Sprich weiter." Sie konnte die tonlose Bemerkung ihres Bruders nicht deuten.

„Ich schäme mich, weil ich so leicht nachgegeben habe, aber ich dachte wirklich, er würde mir noch vor Weihnachten einen Heiratsantrag machen. Ich dachte, er wäre der Richtige. Ich glaubte, wenn ich ihm gebe, was er will, könnte ich ihn halten. Aber er hat die Feiertage mit einer anderen verbracht und unseren gemeinsamen Freunden erzählt, dass es ihm nie besonders ernst mit mir war."

„Das tut mir so leid." Steven zog sie in die Arme. „Dieser Kerl ist ein Schuft. Warum hast du mir das nicht viel früher erzählt? Oder ist da noch etwas?"

Sie antwortete nicht. Natürlich gab es noch etwas, aber darüber wollte sie nicht sprechen. Das Bild, das Steven von ihr hatte, geriet bereits ins Wanken.

Auf keinen Fall würde sie zugeben, dass Craig nicht der Einzige gewesen war.

„Es war falsch von mir, dass ich vorhin so hereingepoltert bin." Er fuhr sich wieder mit der Hand durch die Haare. „Es tut mir leid. Mein Bauchgefühl sagte mir, dass etwas nicht stimmte, und als ich dich nicht erreichen konnte ... da ist es mit mir durchgegangen."

Hanna umarmte ihren Bruder, gab ihm aber keine Antwort auf seine letzte Frage. „Du versuchst immer noch, Mamas Bitte zu erfüllen, nicht wahr?"

Steven stand auf und ging auf ihren Balkon. „Es geht hier nicht um Mama."

„Bist du da sicher?" Sie trat neben ihn und stieß ihn mit ihrem Arm an.

„Ich weiß nicht. Ich hatte diese verrückte Idee, dass du vergewaltigt worden wärst, und dass ich dich nicht beschützen konnte, obwohl ich es Mama vor ihrem Tod versprochen habe. Das hat mir in der letzten Woche keine Ruhe gelassen. Und dann muss ich mir noch jeden Tag anschauen, was die Chemo aus Clint gemacht hat."

„Ganz zu schweigen davon, dass du eine Hochzeit planst und wegen zu vieler kniffliger Fälle stark unter Druck stehst."

„Ja."

Sie blickten schweigend auf die Gewitterwolken hinaus, die sich am Himmel zusammenzogen. Hanna war froh, dass Stevens Aufmerksamkeit jetzt wieder auf etwas anderes gerichtet war als auf ihre Erfahrungen in Louisville. Sie liebte ihren Bruder und vertraute ihm. Aber alles musste er trotzdem nicht wissen.

„Sei mein Freund und mein Bruder, aber misch dich nicht mehr so sehr in mein Leben ein. Ich bin alt genug und kann auf mich selbst aufpassen. Okay?“

„Ich versuche es.“

Für Steven war das ein guter Anfang.

Kapitel 32

Michael hätte auf diesen Anruf am späten Freitagnachmittag gern verzichtet. „Würdest du das bitte noch einmal wiederholen, Clint?"

„Ich habe die Skizze von Millers Gesicht fertig, und ich habe eine Ahnung, wo er stecken könnte."

Michael kritzelte einige Notizen auf einen gelben Block und bemühte sich, ruhig und gefasst zu sagen: „Wieder etwas aus deinen Träumen?"

„Fängst du jetzt auch noch damit an? Stevens Zweifel reichen mir schon! Hier geht es nicht um irgendwelche Halluzinationen durch den Krebs. Außerdem dachte ich, wir wären uns einig, dass es sich lohnen könnte, diese Spur zu verfolgen."

„Das stimmt. Aber ich habe nicht viel Zeit, um Spuren zu verfolgen, für die es keine stichhaltigen Anhaltspunkte gibt. Wir haben inzwischen sieben vermisste Kinder, die in das Täterprofil unseres Serientäters passen. Der Kerl scheint stündlich mehr die Kontrolle zu verlieren und immer gefährlicher zu werden. Zwei Fälle in den letzten Wochen." Michael holte tief Luft und sprach weiter. Er musste Clint die Augen öffnen und ihm begreiflich machen, was los war. „Unsere Agenten von der Außenstelle in Virginia tun in Charlottesville alles, was sie können, um den kleinen Thomas Lee zu finden. Auch wir lassen unsererseits nichts unversucht. Und das ist nur die Spitze des Eisberges."

„Ich habe schon verstanden. Du erstickst in Arbeit."

Die Härte in der Stimme seines Mentors traf Michael sehr. Vielleicht sollte er ihm doch noch einmal zuhören, und dann würde Clint die Sache endlich auf sich beruhen lassen. „Erzähl mir bitte noch einmal, was du im Krebszentrum gehört hast."

„Gestern unterhielten sich die Schwestern über eine Krebspatientin, die vor kurzem entlassen wurde, ein kleines Mädchen mit einem Neuroblastom. Sie bekam im März eine Stammzellentransplantation und lag mehrere Wochen im Krankenhaus. Die Ärzte haben getan, was sie konnten, aber der Körper des Kindes hat das Transplantat nicht angenommen. Sie wurde am Montag entlassen, da man nichts mehr für sie tun kann. Die Ärzte bezweifeln, dass sie das Wochenende überleben wird."

„Was hat das mit John Miller zu tun?"

Clints Stimme wurde lauter. „Die Details über den Vater des Kindes und der Zeitpunkt der Diagnosestellung lassen vermuten, dass er unser Täter sein könnte."

„Ich soll also was tun?"

„Sprich mit der Ärztin. Sie heißt Marilynn Richards. Finde heraus, ob der Vater des Mädchens Ähnlichkeit mit meiner Skizze von John Miller hat. Ich würde es selbst machen, aber die Chemo legt mich lahm."

„Und der Umstand, dass das nicht unbedingt als Schreibtischarbeit eingestuft würde."

„Ja, das auch. Hilfst du mir? Wenn dieser Mann unser Täter ist und sein Kind stirbt, kann niemand sagen, was er tun wird."

Michael wog die Kosten und den Nutzen dieses Freundschaftsdienstes gegeneinander ab. Clint wollte unbedingt an dem Fall mitarbeiten und würde nicht lockerlassen, egal, was Michael tat. Vielleicht könnte er auf dem Heimweg mit einem kurzen Besuch im Krankenhaus Clints Verdacht ausräumen. Wenn dieser Kerl nicht Clints John Miller war, würde er damit keinen Schaden anrichten. Aber falls Clint tatsächlich recht haben sollte ...

„Ich sehe, was ich in dieser Sache tun kann."

Nachdem er sich von Clint verabschiedet hatte, vereinbarte Michael einen Termin mit Dr. Marilynn Richards und räumte seinen Schreibtisch auf. Wenn er sich beeilte, könnte er seine gute Tat für heute tun und trotzdem noch rechtzeitig zu Hause sein, um sich für seine Verabredung mit Hanna fertig zu machen. Wenige Minuten später rutschte er hinter das Lenkrad seines schwarzen Ford Mustang und ließ den Motor laut aufheulen.

Das war ein stolzes Überbleibsel aus seinen wilderen Jahren, und es war immer noch ein gutes Gefühl, die Motorstärke seines Sportwagens zu fühlen. Und im Moment tat ihm jedes Gefühl von Stärke gut.

Die Arbeitslast wuchs immer weiter. Clint war immer noch nicht in der Lage, auch nur ein Mindestmaß an Arbeit zu schaffen. Er hatte sich auf eine Spur fixiert, die wahrscheinlich nirgendwohin führte, und hatte Michael in seine Privatermittlungen mit hineingezogen. Steven hatte von der Suche nach dem geheimnisvollen John Miller allmählich die Nase voll.

Damit saß Michael zwischen allen Stühlen. Dazu kam, dass er wegen der ganzen zusätzlichen Arbeit völlig erschöpft war. Aber er hatte Clint versprochen, ihm diesen Gefallen zu tun. Deshalb steuerte er mit seinem Mustang auf das Benefield-Krebszentrum zu.

Während er auf der I-395 in Richtung Süden fuhr und sich in den Verkehrsfluss einreihte, ging er die Informationen, die Clint ihm gefaxt hatte, noch einmal im Geiste durch. Er trommelte mit den Fingern zu der Musik, die er gestern Abend auf seinen neuen iPod geladen hatte. Einige christliche Lieder und Rock aus den 90er Jahren. Clint konnte seine Countrymusik haben und Steven seinen James Taylor, aber er mochte Musik, bei der es einem in den Fingern juckte, Luftgitarre zu spielen.

Der Scheibenwischer bewegte sich im Rhythmus seiner Lieblingslieder von U2.

Vielleicht förderte der Regen der letzten Zeit im Rock Creek Park einen neuen Hinweis ans Licht. Oder vielleicht würden sich die Planeten in einer Linie aufreihen, oder vielleicht würde Gott die Antwort in die Wolken schreiben.

Irgendetwas.

Drei Jahre hintereinander hatte es jedes Jahr ein vermisstes Kind gegeben, das in dasselbe Schema passte. Männlich, braune Haare, blaue Augen, entführt Mitte Januar in einem belebten Stadtpark. Luke, John und Niles. In diesem Januar waren drei Jungen verschwunden. Chuck, Wes und Mattie. Dann im März Danny und in dieser Woche Thomas Lee.

Warum hatte Standish seine Gewohnheiten geändert? Wegen der Scheidung? Weil er seinen Sohn nicht sehen konnte?

Und was hatte Standish mit ihnen allen gemacht?

Michael weigerte sich, das Szenario, das am wahrscheinlichsten war, zu akzeptieren. Er brauchte das nicht auch noch, „einen dieser Fälle", die einen jahrelang verfolgten, wie es so viele seiner Kollegen beim FBI erlebt hatten.

Er war so in seine düsteren Spekulationen vertieft, dass er die Einfahrt zum Alexandria Community Hospital fast verpasste. Er warf einen Blick auf seine Uhr und fuhr eilig zum Krebszentrum. Es war nur gut, dass die Empfangsdame ihn gleich zu Dr. Richards' Büro begleitete, sonst wäre er im Wartezimmer wahrscheinlich die Wände hochgegangen.

„Kommen Sie herein, Agent Parker. Es freut mich, Sie kennenzulernen." Dr. Richards reichte ihm ihre manikürte Hand. Das farbenfrohe afrikanische Kleid passte zu ihrem herzlichen Lächeln und dem gemütlichen Büro. Er betete, dass ihr entspanntes Auftreten seinen verrückten Besuch so schmerzfrei wie möglich gestalten würde.

„Danke, dass Sie so kurzfristig Zeit für mich haben." Als sie sich setzten, reichte Michael ihr die Skizze und die Liste mit den Hintergrundinformationen, die Clint in vielen mühsamen Stunden zusammengestellt hatte. „Besteht die Möglichkeit, dass dieses Bild dem Vater einer Patientin ähnlich sieht, die vor kurzem nach einer Stammzellentransplantation entlassen wurde? Ein kleines Mädchen mit einem Neuroblastom?"

Marilynn betrachtete die Papiere mit einem tiefen Stirnrunzeln. „Das ist möglich, aber mit hundertprozentiger Sicherheit kann ich es nicht sagen. Megans Vater ist Timothy Kramer. Er ist um einiges älter und hat keine Glatze. Er hat sehr kurze, blonde Haare. Und ich kann mich nicht erinnern, dass er beim Militär gewesen wäre." Sie öffnete ein Dokument auf ihrem Bildschirm. „Laufen Ermittlungen gegen diesen Mann?"

„Ja, Frau Dr. Richards. Wenn Sie mir Kramers Adresse geben könnten, wäre ich Ihnen sehr dankbar."

„Ich bin gesetzlich verpflichtet, Ihnen diese Daten zu geben, aber ich hoffe sehr, dass Mr Kramer nicht der Mann ist, den Sie suchen. Er hat in letzter Zeit schon genug durchgemacht." Sie schrieb eine Adresse in Annandale und eine Telefonnummer auf ein Blatt Papier. „Mr Kramer ist Softwareberater, der Personalabteilungen großer Firmen in neue Computerprogramme einarbeitet. Er ist viel unterwegs. Sie werden ihn also wahrscheinlich nicht zu Hause antreffen."

Michael nahm den Zettel entgegen. „Was können Sie mir sonst noch über Mr Kramer sagen?"

„Nicht viel. Seine Reaktion auf Megans Behandlung kam mir allerdings sehr seltsam vor. Er bestand darauf, jedes kleine Detail des Behandlungsprotokolls zu wissen. Aber nach Megans Transplantation besuchte er das Kind nur noch sehr selten. Ich hatte erwartet, dass er weniger Dienstreisen machen würde, um bei ihr zu sein."

Langsam begannen sich die Puzzlestücke aneinanderzufügen. „Wann haben Sie Mr Kramer das letzte Mal gesehen?"

„Ich glaube, Ende März war er einmal hier. Und dann wieder an dem Tag, an dem Megan entlassen wurde." Ihre braunen Augen wurden traurig. „Leider ist Megan heute Morgen gestorben."

„Es tut mir leid, das zu hören." Sie nickte und atmete zitternd ein. Michael wusste nicht, was er sonst noch sagen sollte. Deshalb stand er auf und wandte sich zum Gehen. „Nochmals vielen Dank für Ihre Hilfe."

Im Hinausgehen spielte Michael nachdenklich mit dem Zettel, auf dem Tim Kramers Daten standen.

Vielleicht hatte Clint mit seiner Vermutung doch recht.

Falls dem so war, hatte er noch einen wichtigen Besuch zu machen.

* * *

Der graue Himmel an diesem Freitag passte zu diesem traurigen Tag. Heute war ein kleines Mädchen gestorben.

Michael bog in die Einfahrt des zweistöckigen Hauses in Annandale, das fünfzehn Autominuten vom Krankenhaus in Alexandria entfernt war. Es wirkte von außen völlig normal. Aber in diesen Wänden wohnte vielleicht ein Mörder.

An der Haustür strich er sein Jackett glatt.

Eine zierliche, blonde Frau öffnete ihm die dunkelgrüne Haustür. „Ja?"

„Guten Abend, ich bin Michael Parker. Wir haben vor kurzem miteinander telefoniert."

Ihre Augen waren verweint und leer. Aber sie trat zurück und bedeutete ihm einzutreten. Die Haustür fiel hinter ihm ins Schloss. Das Geräusch hallte in dem stillen Haus wider.

„Früher erfüllte Megans Lachen das Haus." Sie setzte sich auf ein eintöniges, khakifarbenes Sofa. Ihr Rücken blieb aufrecht und steif, ihre Hände waren in ihrem Schoß gefaltet.

Michael setzte sich ihr gegenüber auf ein Doppelsofa in derselben Farbe. Für solche Möbel würde er sein Geld nicht ausgeben, aber über Geschmack ließ sich bekanntlich streiten.

„Sie sagten am Telefon, dass Sie vom FBI sind. Ich würde unser Gespräch gern kurzhalten." Sie schaute an ihm vorbei zur Haustür. „Ich habe für die Vorbereitung der Beerdigung noch einiges zu tun."

„Es tut mir sehr leid, dass Sie Ihre Tochter verloren haben, Mrs Carter. Megans Ärztin sagte, dass sie ein wunderbares, kleines Mädchen war."

„Das stimmt." Donna Carters Blick blieb auf die Haustür gerichtet.

„Erwarten Sie jemanden?"

Ihr Blick kehrte auf ihren Schoß zurück, und sie betrachtete ihren abgeblätterten Nagellack. „Ich habe hier keine Familie. Deshalb helfen mir meine Nachbarn bei den Vorbereitungen. Sie wollen heute Abend kommen."

Michaels Blick wanderte durch das makellose Wohnzimmer und blieb an einem Bild auf dem Kaminsims hängen. „Ist das Megan mit ihrem Vater?"

Mrs Carters Augen füllten sich mit Tränen, als sie das Foto im silbernen Rahmen anschaute. „Ja. Es wurde aufgenommen, als Megan zwanzig Monate alt war, kurz vor ihrer Krebsdiagnose." Sie schaute wieder auf ihre Fingernägel. „Es war Oktober, und wir waren zum ersten Mal gemeinsam im Memorial Hill Park. Danach waren wir nie wieder dort. Wenigstens nicht als Familie."

Diese Zeitangabe passte zu dem, was Dr. Richards gesagt hatte. Bei Megan Carter war im Dezember vor vier Jahren ein Neuroblastom diagnostiziert worden. Der Krebs war erneut aufgetaucht, und Ende Februar diesen Jahres hatte sie wieder ins Krankenhaus eingewiesen werden müssen. Mehr Puzzleteile fügten sich in das Bild. „Wann kommt John nach Hause?"

„Wer?" Donna schluchzte. „Sie haben mir immer noch nicht gesagt, warum Sie mich heute sprechen müssen."

„Ich habe einige Fragen an Megans Vater, John."

„Sie meinen Tim? John ist sein erster Vorname, aber er benutzt ihn nicht. Soweit ich weiß, hat er ihn nie benutzt." Ihre müden Augen zogen sich misstrauisch zusammen. „Warum müssen Sie mit ihm sprechen?"

„Ich glaube, er hat Informationen, die in einer aktuellen Ermittlung sehr hilfreich sein könnten." Er rückte auf die Sofakante vor und beobachtete ihre Reaktion.

Donna zupfte am Saum ihrer weißen Bluse. „Ich … ich habe Tim nicht mehr gesehen, seit Meg am Montag entlassen wurde. Er brachte uns aus dem Krankenhaus nach Hause und fuhr dann weg. Seitdem habe ich nichts mehr von ihm gehört. Er hat sie so sehr geliebt. Ich schätze, er konnte es nicht ertragen, mit anzusehen, wie sie …" Sie warf sich die Hände vors Gesicht und schluchzte.

Michael reichte ihr ein Papiertuch aus der Tissue-Box auf dem Wohnzimmertisch.

„Danke." Sie wischte sich die Tränen ab und sah auf. „Entschuldigen Sie. Ich habe wirklich noch einiges zu tun, bevor meine Nachbarn kommen."

„Wir sind gleich fertig. Ich habe nur noch ein paar Fragen. Ich beeile mich. Wohnt Tim hier?"

„Ja. Er wohnt hier. Aber er ist beruflich viel unterwegs. Steckt er in irgendwelchen Schwierigkeiten?"

„Mrs Carter, wenn ich mit Tim sprechen könnte, haben wir die Dinge bestimmt schnell geklärt."

„Was für Ermittlungen sind das, in denen Sie Tims Hilfe brauchen? Er zahlt immer pünktlich seine Steuern und hat noch nicht einmal einen Strafzettel wegen zu schnellen Fahrens bekommen. Er ist ein anständiger Bürger. Er hat seinem Land vor Jahren sogar in der Armee gedient."

Volltreffer. „Kennen Sie jemanden mit dem Nachnamen Miller?"

„Miller?" Sie runzelte die Stirn, aber dann entspannten sich die Falten in ihrem Gesicht ein wenig. „Ich kenne keine Millers." Sie stand auf. „Ich denke, Sie haben sich in der Person geirrt, Agent Parker." Sie ging mit etwas weniger angespannten Schultern zur Tür.

„Das könnte sein. Aber ich würde trotzdem gern mit Tim sprechen."

Sie öffnete die Haustür und sah Michael nicht an. „Wenn Sie mir eine Telefonnummer dalassen, unter der er Sie erreichen kann, gebe ich sie Tim, wenn er nach Hause kommt. Aber ich denke wirklich, dass Sie sich in der Person irren. Es tut mir leid, dass ich Ihnen nicht weiterhelfen konnte."

„Danke, dass Sie sich die Zeit für mich genommen haben." Er reichte ihr seine Visitenkarte. „Haben Sie eine Ahnung, wohin Tim mit seiner Trauer gehen könnte? Ich kann mir vorstellen, dass er sehr unter dem Tod seiner Tochter leidet."

„Ja, er leidet wirklich sehr. Als Meg gesund war, war sie sein ganzes Leben. Sie gingen immer in den Memorial Hill Park, um Drachen steigen zu lassen. Sie liebten diesen Park. Vielleicht ist er dort und versucht, sich an die guten Zeiten zu erinnern …"

„Danke, Mrs Carter." Michael entfernte sich von der Haustür. „Mein herzliches Beileid wegen Megan."

„Danke." Sie schloss schnell die Tür.

Er hatte großes Mitleid mit Donna Carter. Sie hatte ihre Tochter verloren und würde bald herausfinden, dass ihr Freund nicht der Mann war, für den sie ihn immer gehalten hatte. Denn Michael war sich nun ziemlich sicher, dass sie Miller gefunden hatten. Und wenn dieser Tim Kramer der John Miller war, den Clint vor dreizehn Jahren verhaftet hatte, dann hatte dieser Mann erstens ein Motiv, zweitens war er viel in anderen Städten unterwegs und drittens war er früher schon wegen seiner Gewalttätigkeit aufgefallen. Außerdem stand er unter großem emotionalen Stress, was die Änderung im Verhalten des Serientäters in den letzten Monaten erklären würde. Diese neuen Informationen passten genau in das Täterprofil ihres Falles.

Jetzt müssten sie nur noch Kramer in die Finger bekommen.

Während er aus Mrs Carters Einfahrt bog, rief er Steven an und informierte ihn über das Gespräch. „Es sieht alles so aus, als könnte das die Spur sein, die wir die ganze Zeit gesucht haben."

Steven war alles andere als überzeugt. „Das klingt für mich nach einer neuen Sackgasse. Wir wissen, dass Standish eine Entführung organisiert hat. Wir haben Beweise, die ihn mit einem anderen Fall in Verbindung bringen, und Spuren, die belegen, dass er bei zwei weiteren Fällen in der Nähe war."

„Aber das, was ich über Kramer herausgefunden habe, passt haargenau." Michael lenkte seinen Ford Mustang nach Hause. „Das können wir nicht einfach ignorieren."

„Ich gebe zu, dass Clints Vermutung jetzt glaubhafter ist. Aber wir haben trotzdem nicht viel mehr als Mutmaßungen und Hörensagen. Solange du mir keine greifbaren Beweise bringst, kann ich keine Steuergelder für eine Überwachung freigeben oder auch nur einen Durchsuchungsbefehl erwirken."

Na, großartig, seine gute Tat für heute hatte ihm gerade ein langes Wochenende voll mühsamer Arbeit beschert. Aber falls Clint recht hatte, könnten sie der Serie von vermissten braunhaarigen Jungen ein Ende setzen. Und falls Standish einen weiteren Versuch unternahm, Wes zu entführen, hätten sie ihn auch bald.

Aber würden sie, wenn sie Kramer und Standish fanden, auch Mattie lebend finden?

Michael wollte die Hoffnung nicht aufgeben.

Kapitel 33

Sara saß in der Praxis ihrer Frauenärztin und schwitzte, als wäre es August und nicht der letzte Montagnachmittag im April. Clint, Jonathan und Susannah spielten in der Spielecke mit Bausteinen.

Angst und Vorfreude rangen in Sara miteinander, begleitet von den kleinen Tritten ihres Babys, die sie in ihrem Bauch wahrnehmen konnte.

Heute war es so weit. Bald würden sie wissen, ob ihr Baby Conor oder Kathleen heißen würde.

Bibelverse, die sie heute Morgen im Buch Jesaja gelesen hatte, kamen ihr wieder in den Sinn.

„Fürchte dich nicht, denn ich habe dich erlöst; ich habe dich bei deinem Namen gerufen; du bist mein! Wenn du durch Wasser gehst, will ich bei dir sein, dass dich die Ströme nicht ersäufen sollen; und wenn du ins Feuer gehst, sollst du nicht brennen, und die Flamme soll dich nicht versengen.“

Diese Verheißung wäre tröstlich gewesen, wenn sie nur den ersten Vers gelesen hätte. Aber auf die Erinnerung, dass zum Leben auch ersäufende Wasserströme und brennende Flammen gehörten, hätte sie gern verzichtet. Natürlich wollte sie gerettet werden. Aber sie hätte es einfach lieber gehabt, wenn es keine Wasserströme und brennenden Flammen gäbe, aus denen sie gerettet werden musste.

Doch der heutige Tag versprach Hoffnung auf ein wenig Frieden.

Nach der Ultraschalluntersuchung würde Clint seinen ersten Arbeitstag in diesem Monat beginnen. Eine Woche später, als er gehofft hatte. Trotzdem hatte er nach dem Krankenhausaufenthalt und zwei schweren Chemotagen diese Zwangspause ziemlich gut weggesteckt. Besser als am Anfang.

Auch sie hatte heute einen vollen Tag vor sich. Nachmittags würde sie in Susannahs Klasse in Hope Ridge aushelfen. Gracie wartete gespannt auf Neuigkeiten von dem Baby.

„Mama, ich muss auf die Toilette.“ Die Panik in Susannahs grünen Augen unterstrich die Dringlichkeit.

Sara stand mit geübter Langsamkeit auf und führte Susannah an den Wartezimmertüren vorbei zur ersten freien Toilette.

Susannah war schnell fertig und wusch sich die Hände. „Heute sehen wir das Baby, nicht wahr?“

„Ja, wir müssen nur noch warten, bis man uns ins Behandlungszimmer ruft."

Noch bevor Sara sich wieder auf das weiche, blaue Sofa im Wartezimmer setzen konnte, ging die Tür auf. „Sara, sind Sie so weit, sich das Baby anzuschauen?"

Tess, ihre Lieblingsarzthelferin, breitete ihre großmütterlichen Arme aus und begrüßte Susannah und Jonathan. „Ihr schwänzt heute die Schule und den Kindergarten, um euer kleines Geschwisterchen zu sehen, was?"

„Ja." Susannah hüpfte zur Tür hinaus.

Jonathan legte den Arm um Clints Bein, als sie durch die Tür gingen. Er steckte den Daumen in den Mund und schaute fragend zu Clint hinauf. „Geht's dem Baby gut?"

Sein kleines, in sorgenvolle Falten gezogenes Gesicht entlockte Sara ein Lächeln. „Ja, Schatz. Dem Baby geht es gut. Wir wollen heute nur sehen, ob es ein Junge oder ein Mädchen ist." Sara massierte beruhigend seinen Rücken, bis er seinen Daumen aus dem Mund nahm.

Als sie zur Waage trat, bedachte sie Clint mit einem strengen Blick. „Nicht hinsehen!" Sie erhob mahnend den Zeigefinger. Clint betrachtete schmunzelnd die Zimmerdecke.

Danach gingen sie in Untersuchungszimmer drei, und Tess reichte jedem der Kinder einen Becher mit Stiften und ein kleines Malbuch.

„Danke!", sagten Susannah und Jonathan gleichzeitig.

Nachdem ihre Vitalwerte gemessen waren, half Tess Sara dabei, wieder vom Untersuchungsbett aufzustehen. „Der Papa und die Kinder warten ein paar Minuten hier. Ich hole euch dann gleich, wenn wir eure Mama für die große Aufführung vorbereitet haben."

Sara folgte Tess ins Ultraschallzimmer auf der anderen Seite des Ganges. Ihre Nerven spannten sich mit jedem Schritt mehr an. War mit dem Baby alles in Ordnung? Bekäme Jonathan bei den ganzen medizinischen Geräten Angst? Wollte sie einen Jungen oder ein Mädchen?

Obwohl sie darauf natürlich keinen Einfluss hatte. Das war schon vor siebzehn Wochen entschieden worden.

„Ich hole Dawn. Sie will Sie untersuchen, bevor wir die Familie hineinbitten und das große Geheimnis lüften." Mit diesen Worten war Tess zur Tür hinaus.

* * *

Clint hielt sich das Telefon ans Ohr und bemühte sich, vor seinen fröhlich malenden Kindern nichts Beunruhigendes zu sagen. „Er war nicht bei der Beerdigung?“ Sein erster Arbeitstag kam womöglich eine Woche zu spät. „Irgendein Hinweis, wo er sich verstecken könnte?“

„Nein.“ Michael gähnte zwischen seinen Worten. „Ich tue, was ich kann, aber ich habe noch ein paar andere Dinge abzuarbeiten.“ Keiner von ihnen hatte in den letzten Wochen viel geschlafen. Bei ihm selbst war die Chemo daran schuld. Und Lee, Steven und Michael konnten Clint die Schuld dafür geben, dass sie zu wenig Schlaf bekamen.

Er würde es irgendwie wieder gutmachen.

„Ich arbeite immer noch daran, seine Kreditkartentransaktionen und die Telefongespräche zu verfolgen, aber das sind Berge von Informationen. Mehrere Telefone und zig Firmenkonten. Die Behauptung, dieser Kerl wäre viel unterwegs, ist die Untertreibung des Jahres. Nach allem, was ich bereits gesehen habe, wird Kramer, falls er unser Mann ist, wahrscheinlich nicht irgendwo tatenlos herumsitzen und auf uns warten. Er ist wieder spurlos untergetaucht.“

Wenn es nach Clint ginge, bekäme Michael einen Orden für besonderes Engagement und dazu einen schönen, langen Urlaub. Er erledigte schon viel zu lange die Arbeit von zwei Leuten.

„Hey, Clint, bleib eine Sekunde dran.“ Im Hintergrund konnte er laute Stimmen und hektische Bewegungen hören. „Wir fahren nach Baltimore. Ein Mann, auf den Standishs Beschreibung passt, wurde in Middle River, Maryland, in einem Baumarkt gesehen, wo er ein Seil und ein Klebeband kaufte. Überwachungskameras haben sein Auto und das Nummernschild festgehalten. Die Polizei ist schon unterwegs. Hoffen wir, dass sie ihn fangen und wir Mattie finden. Bete bitte.“

Beten und warten. Daraus bestand sein Leben zurzeit. Sein pochender Puls und das Bild, wie Standish Handschellen angelegt wurden, weckten in Clint den Wunsch, in sein Auto zu springen und so schnell wie möglich nach Baltimore zu fahren.

Andererseits konnte keiner sagen, welche schrecklichen Bilder Michael und Steven möglicherweise erwarteten, wenn sie Standishs Versteck fanden.

* * *

Sara holte tief Luft und schaute Clint in die Augen. „Bist du so weit?"

Das Deckenlicht im Ultraschallraum spiegelte sich auf Clints kahlem Kopf. Ein Anflug von Traurigkeit erfüllte Sara bei dieser unangenehmen Erinnerung, dass es heute anders war als bei Susannahs und Jonathans Ultraschalluntersuchungen. Aber Clint war hier. Er war sogar wach. Und ihre Kinder waren vor Aufregung ganz aus dem Häuschen.

Es war zwar nicht wie beim letzten Mal, aber es war trotzdem gut.

„Ich bin bereit."

Sie drehte den Kopf zu Dawn, der medizinisch-technischen Assistentin: „Und, was ist es?"

Dawn bewegte das Ultraschallgerät über Saras Bauch. „Das Kleine hat sich ein wenig gedreht und gibt uns einen guten Blick auf seinen … oder ihren … Po."

Sara hielt den Atem an. „Komm schon, kleiner Gummibär, zeig uns, ob du Kathleen oder Conor bist."

Das Baby bewegte sich und steckte den Daumen in seinen winzigen Mund. Susannah und Jonathan starrten wie gebannt auf den kleinen Bildschirm. Auch Clint ließ das Baby nicht aus den Augen.

Dawn zeigte ihnen die Körperteile des Babys auf dem Monitor. „Da ist ein Fuß. Hier ist die Wirbelsäule des Babys."

Sara traten Tränen in die Augen. Bei den Ultraschalluntersuchungen ging es ihr immer so. Ihr Baby gesund zu sehen, tat so gut und ließ sie die Wochen der Übelkeit und Müdigkeit vergessen.

„Mit dem Baby ist alles in Ordnung, ja?" Clints Stimme klang angespannt.

„Dem Baby geht es bestens. Es ist gesund und munter." Dawn betrachtete den Bildschirm. „Ich denke … ja." Sie drehte sich um und lächelte sie an. „Jetzt können wir es gut sehen. Seid ihr bereit?"

Sie nickten alle.

„Ihr bekommt ein gesundes kleines …" Dawn machte eine Pause, um die Spannung zu steigern. Aber weder Sara noch Clint konnten erkennen, was sie auf dem Bildschirm sahen.

„Schwesterchen?" Susannah biss sich aufgeregt auf den Zeigefinger.

Jonathan zog angestrengt die Stirn in Falten. „Brüderchen. Es ist ein Brüderchen. Oder?"

„Ich dachte, du wolltest noch eine Schwester, mein Großer?“ Clint kitzelte Jonathan und zwinkerte Sara zu.

Sie sah mit zusammengekniffenen Augen auf den Bildschirm und war froh, dass die Entscheidung nicht bei ihr lag. „Dawn, sagen Sie es uns doch endlich. Machen Sie es nicht so spannend. Ich kann absolut nichts erkennen.“

Dawn schmunzelte. „Ihr bekommt ein kleines Brüderchen.“

Jonathan stieß einen Freudenschrei aus.

Susannah schob die Unterlippe vor und schaute dann wieder auf den Bildschirm. „Ich denke, noch ein Bruder ist okay.“ Sie umarmte Jonathan und Clint.

Clint drückte Susannah einen Kuss auf die Stirn. Dann beugte er sich herüber und küsste Sara.

„Hallo, kleiner Conor.“ Sara beobachtete das Baby, das sich auf dem Schwarzweißbildschirm bewegte. „Willkommen in unserer Familie.“

Sara hoffte, er würde groß und stark werden wie ihr Mann und vielleicht ihre lockigen Haare und Clints faszinierende braune Augen erben.

„Noch ein Junge“, flüsterte Clint leise. Sein angespanntes Gesicht verriet, dass er an die entführten Jungen dachte.

Nein, Clint. Nicht jetzt.

Die Erinnerung an Clints Telefongespräche mit Steven und Michael, dass es möglicherweise einen Durchbruch gab, drängte sich in ihre Gedanken. Sie zog Jonathan näher an sich heran und versuchte, diese Bilder auszusperren. Schwangerschaftshormone und die Ängste jeder Mutter waren eine gefährliche Kombination. Aber sie wollte sich davon jetzt nicht die Freude trüben lassen.

Sie richtete den Blick auf den Monitor. Ihr Sohn! Conor.

Bitte, Gott, beschütze meine Kinder.

Das Lied, das Marilynn ihr gegeben hatte, ging ihr durch den Kopf. *„Dir gehört mein Lob.“*

Gott hatte ihnen einen zweiten Sohn geschenkt.

Heute konnte sie ihn von ganzem Herzen loben.

* * *

Michael hatte das Funkgerät im Dienstwagen bis zum Anschlag aufgedreht und fuhr um einiges schneller, als es die Geschwindigkeitsbegrenzung erlaubte. Standish war nirgends im Umkreis von Wes' Haus gesehen worden. Deshalb fuhren sie jetzt zur Grundschule des Jungen.

Die Polizei war benachrichtigt worden.

„Wir suchen einen grauen, viertürigen Honda Civic“, rief ihm Steven durch den Lärm hindurch zu, während sie sich dem dreistöckigen Schulgebäude näherten. Polizeifahrzeuge umkreisten bereits das Gebiet.

„Warum glaubt die Polizei, dass Standish ausgerechnet heute Wes entführen will?“

„Der Verkäufer in dem Baumarkt sagte, der Mann habe ständig davon geredet, dass er endlich seinen Sohn holen wolle und was sie dann alles miteinander unternehmen würden. Der Verkäufer dachte zuerst, der Kerl sei betrunken, aber dann fiel ihm ein, dass er im Frühstücksraum ein Fahndungsbild von Standish und Mattie gesehen hatte.“

„War Mattie bei ihm?“

„Nein.“

„Auto des Verdächtigen auf der Nordseite der Schule gesichtet.“ Das Funkgerät rauschte bei jedem Wort.

Steven deutete zu einer Straße hin. „Bieg dort rechts ab.“

Michael fuhr langsam und ruhig an der Schule vorbei. Schüler liefen über den Gehweg, Eltern holten ihre Kinder ab. Alles wirkte so normal.

Aber heute war kein normaler Tag. Er hatte bis jetzt drei Streifenwagen gesehen, aber keinen grauen Civic. Alle hatten das Blaulicht ausgeschaltet und hielten die Augen offen.

„Da. Vor uns.“ Steven gab die genaue Position per Funk weiter, während sie vor einem Schülerlotsen zum Halten kamen. Ein Streifenwagen hängte sich an den Civic.

Reifen quietschten, und die Kinder brachten sich ängstlich auf dem Gehweg in Sicherheit. Bevor Michael ihm den Weg abschneiden konnte, bog Standish in eine Straße ein, die in ein Wohnviertel führte.

Als er sah, wie der Streifenwagen Standish verfolgte, verkrampften sich Michaels Hände um das Lenkrad. Sobald die Straße frei war, folgte er den beiden Fahrzeugen und versuchte, in dem Gewirr aus unbekannten Straßen die Orientierung nicht zu verlieren.

„Da ist er.“ Standish raste direkt vor ihnen vorbei. „Bieg hier links ab.“

Michael verfehlte knapp die Stoßstange des Civics. Standish kam schlingernd zum Stehen und flüchtete aus dem Auto.

„Verdächtiger flieht zu Fuß. Wir nehmen die Verfolgung auf."

Michael schob die Automatik-Gangschaltung auf Parken und rannte los, Steven folgte dicht hinter ihm. Zwei Polizisten versperrten Standish weiter vorne den Weg. Zwischen ihnen und den Polizisten gab es für Standish keinen Ausweg.

Standish blieb keuchend stehen und sah sich wie wild nach einer Fluchtmöglichkeit um. Dann hob er resigniert die Hände. „Okay. Ihr habt gewonnen!" Michael und Steven richteten ihre Dienstwaffen auf ihn. „Ich bin unbewaffnet. Ich ergebe mich. Nicht schießen."

Die zwei Polizisten kamen mit schussbereiten Waffen auf ihn zu.

Standish bewegte sich keinen Millimeter.

Ein junger Polizist drehte Standish die Hände auf den Rücken und legte ihm Handschellen an. „Sie haben das Recht zu schweigen. Alles, was Sie sagen, kann vor Gericht gegen Sie verwendet werden ..."

Michael steckte seine Waffe wieder ein, marschierte auf den Mann zu, den er am liebsten bewusstlos geschlagen hätte, und blieb dicht vor ihm stehen. „Wo ist Mattie? Was haben Sie mit ihm gemacht?"

„Er ist zu Hause." Standish blinzelte schnell. „Er wartet auf uns."

Stevens Augen zogen sich zornig zusammen. „Wo sind die anderen?"

„Welche anderen?" Der Polizist schüttelte Standish an den Armen. „Ich ... ich verstehe nicht, was Sie von mir wollen. Ich habe nur Mattie gefragt, ob er mit mir kommen will. Sonst niemand. Er ... er freut sich darauf, Wes kennenzulernen, und dann fahren wir ..."

„Wo ist er?" Es war keine Zeit, sich Standishs wirres Geplapper anzuhören. Sie mussten wissen, ob Mattie wirklich am Leben war. Keiner konnte sagen, was von dem, was dieser Wahnsinnige hier von sich gab, der Wahrheit entsprach.

„In meiner Wohnung in Middle River. Mattie ist dort und spielt Videospiele und bereitet das Essen vor."

Während die Polizisten Standish zu ihrem Streifenwagen abführten, brachte Michael die Adresse in Erfahrung. Standish erging sich in Unschuldsbeteuerungen. Er habe Wes nie wehtun wollen. Er habe Mattie nichts Schlimmes getan. Alles sei ein großes Missverständnis.

Na klar.

Michael und Steven liefen zu ihrem Dienstwagen zurück. Ihre Lunge brannte immer noch ein wenig von ihrem letzten Sprint.

Mattie war die ganze Zeit so nahe gewesen.

Standish hatte ihn direkt vor ihrer Nase versteckt gehabt.

Eine halbe Stunde später bog Michael in eine Wohngegend mit kleinen Reihenhäusern ein und parkte das Auto vor dem Haus, auf das Standishs Beschreibung passte.

Steven klopfte an die Tür.

Keine Antwort.

Ein Vorhang wurde kaum merklich zur Seite geschoben. Michael bemühte sich um eine normale, ungezwungene Stimme. „Mattie? Hier ist das FBI. Wir kommen, um dich nach Hause zu bringen."

Schweigen.

„Mattie, bitte mach die Tür auf."

„Papa hat gesagt, dass ich Fremden nicht die Tür aufmachen darf. Sonst schimpft er, wenn er nach Hause kommt."

Michael knirschte mit den Zähnen. „Er kommt nicht nach Hause, Mattie. Wir sind hier, um dich zu deiner Mama nach Charleston zu bringen. Sie vermisst dich sehr."

„Er hat gesagt, dass meine Mama will, dass ich bei ihm bleibe." Matties weinerliche Stimme kam näher zur Tür.

Steven atmete mit geschlossenen Augen tief durch.

Ein Schlüssel wurde gedreht und die Tür ging langsam auf. Mattie Reynolds lebte. Er sah genauso aus wie auf Samanthas letztem Bild von ihm. Er stand in schmutziger, verknitterter Kleidung vor ihnen und blinzelte vorsichtig ins Tageslicht.

Er lebte. Mattie lebte. *Danke, Gott!*

Michael kniete vor ihm nieder. „Danke, dass du die Tür aufgemacht hast. Ich heiße Michael, und das ist mein Freund Steven."

„Wo ist meine Mama?"

Steven zog sein Handy heraus. „Du kannst gleich mit ihr telefonieren."

Mattie schaute die beiden mit ausdruckslosen, blauen Augen an und zeigte keine Gefühlsregung. Was hatte dieses Kind durchgemacht?

„Kessler. Stellt mich zu Samantha Reynolds durch. Ich warte." Wenige Sekunden später ging Steven neben dem Jungen in die Hocke. „Ja. Ich bin direkt neben ihm. Hier ist er."

Mattie nahm das Telefon. „Mami? Kann ich jetzt nach Hause kommen?"

Samanthas Weinen drang durch das Telefon bis an ihre Ohren. Mattie konnte endlich nach Hause.

Kapitel 34

„Gute Arbeit, ihr beiden!“ Clint liebte es, die Heimkehr eines Kindes zu feiern. Das Lächeln in Michaels und Stevens Gesicht verriet, dass es ihnen genauso ging.

Steven klopfte mit einem Stift auf Clints Schreibtisch. „Du hast dir auch ein dickes Lob verdient, Clint. Du bist deinen Instinkten gefolgt und hast die Theorie, die du von Anfang an hattest, nicht aus den Augen verloren.“

Es war nur schade, dass der Krebs ihn außer Gefecht gesetzt hatte, sonst hätte er seine Kollegen schon früher auf Kramer hinweisen können. Aber dadurch, dass Michael hartnäckig und mühsam die Kreditkartendaten zurückverfolgt hatte, besaßen sie jetzt genügend Anhaltspunkte, um ihre Ermittlungen auf Timothy Kramer zu konzentrieren. Doch von Kramer selbst fehlte immer noch jede Spur. Ihn zu finden könnte sich als ziemlich schwierig erweisen.

Kramers Kreditkartenspur war abgerissen, nachdem er bei seiner Bank eine große Summe in bar abgehoben hatte. Das bedeutete, dass er zu jener Zeit in der Gegend von Washington gewesen war. Aber in den elf Tagen, die seitdem vergangen waren, hatte es keine neue Spur von ihm gegeben.

Steven gab etwas in seinen Computer ein. „Aufgrund von Michaels Gesprächen mit Kramers Lebensgefährtin haben wir Ermittlungen zusammen mit der Ortspolizei eingeleitet. Wir sind dabei, den Memorial Hill Park zu durchsuchen. Bis jetzt haben wir aber nichts gefunden.“

„Bei einer Waldfläche von fast vierhundert Hektar könnte das eine Weile dauern.“ Michael lehnte sich an Stevens Schreibtisch. „Mrs Carters Haus wird weiterhin beschattet?“

„Unsere Männer haben sich dort häuslich eingerichtet.“

Jan, eine ihrer Lieblingssekretärinnen, gesellte sich zu ihnen und verteilte unaufgefordert Kaffee und Ratschläge. „Werdet ihr die Leichenspürhunde einsetzen, um die Suche im Memorial Hill Park schneller voranzubringen?“

Steven nickte. „Höchstwahrscheinlich. Das Team da draußen ist darauf eingestellt, die ganze Nacht durchzuarbeiten.“

Clint konnte kaum die Augen offen halten. Normalerweise ging es ihm in der zweiten Woche nach der Chemo schon besser. Aber die langen Nächte, in denen er Michael von zu Hause aus geholfen hatte, hatten ihren Tribut gefordert. Doch er musste durchhalten und weiterarbeiten. Wenn sie bald auf Leichen stießen, könnten sie vielleicht immer noch DNA-Spuren oder Fasern finden, die Kramer eindeutig mit den sechs fehlenden Kindern in Verbindung bringen würden.

Nachdem sie Wes, Mattie und die Bilder auf Standishs Computer aus dem Ermittlungsraster entfernt hatten, blieb das klare Profil eines Serientäters übrig. Die Hoffnung, sie könnten es mit einem Mann zu tun haben, der seine Opfer eine Weile am Leben ließ, hatten sie längst aufgegeben.

Clint trank einen Schluck und hob dann sein Wasserglas: „Auf Kramers verheerenden Fehler, bei der Benefizveranstaltung im Krebszentrum aufzutauchen!"

Es war nur schade, dass ihm nicht schon früher klar geworden war, dass es Kramer und nicht Standish gewesen war, der ihn im März in seinem Krankenzimmer verhöhnt hatte.

Michael verschränkte die Arme vor seiner Brust. „Hoffen wir, dass er sehr bald den nächsten Fehler begeht."

„Einverstanden." Clint konnte es nicht erwarten, wieder voll diensttauglich zu sein und den Mann zur Strecke zu bringen.

Dazu musste er beim körperlichen Eignungstest jedoch mindestens zwölf Punkte schaffen. Das hatte er damals in Quantico mit links geschafft. Aber jetzt? Als er es im März versucht hatte, hatte er wahrscheinlich den Rekord für die schlechteste Leistung aufgestellt.

Das würde ihm nicht wieder passieren. Er würde weiterhin viel trainieren und mehr Zeit auf dem Schießplatz verbringen. Und sich Timothy Kramers arrogantes Gesicht vor Augen halten. Und die Fotos der vermissten Kinder.

Dass der Mann, den er für Standish gehalten hatte, ihn im Krankenhaus so arrogant verhöhnt hatte, brachte Clint immer noch in Rage. Diese Beschreibung von toten, kleinen Jungen, die alle aussahen wie Stevens Sohn …

Zornig ballte er die Faust.

Er musste schnell wieder fit werden, damit er das Ende dieses Falls mit eigenen Augen erleben könnte.

***

Der Memorial Hill Park sah wie eine archäologische Ausgrabungsstätte aus.

Am frühesten Mittwochmorgen nahm Steven einen Schluck von seinem doppelten Espresso und verfolgte die mühsame Arbeit des Spurensicherungsteams. Der Frühlingsregen, der die Laubbäume ausschlagen und den Nadelwald frisch duften ließ, machte dem Team die Arbeit nicht leicht. Sie stapften seit Mitternacht unter grellem Scheinwerferlicht und starkem Zeitdruck durch den Matsch.

Vielleicht war Schreibtischarbeit doch nicht so schlecht.

Philip Walters, sein langjähriger, befreundeter Kollege und Leiter der Spurensicherung, gesellte sich am südlichen Rand des Parks zu ihm. „Du hast meinen Mokka vergessen. Du lässt nach auf deine alten Tage, was?"

„Philip, wenn du es schaffst, dass sich dieser Fall für die Geschworenen genauso hieb- und stichfest darstellt wie damals der Kensingtonfall, kaufe ich dir ein ganzes Jahr lang deinen Mokka." Steven deutete mit dem Becher den steilen Hang hinab, auf den nun das erste Tageslicht fiel. „Was kannst du mir sagen?"

„Ich nehme dich beim Wort, was den Mokka angeht!" Walters grinste. Dann wandte er sich der Ausgrabungsstelle zu und seine Miene wurde ernst. „Das da unten ist ein trauriger Anblick, Steven. Ich werde allmählich zu alt dafür, mir immer wieder kleine Kinder anzusehen, die in der Erde vergraben wurden."

„Wie viele?"

„Wir haben eine ziemlich frische Leiche gefunden, nicht älter als zwei Wochen, schätze ich, und zwei Skelette in der Nähe." Walters rieb seinen kahlen Schädel. „Beim letzten Kind wurde euer Täter nachlässig. Er hat den Jungen nicht tief genug vergraben. Dadurch konnten die Hunde ihn leicht aufspüren. Und jetzt graben wir alle aus, die da unten liegen, egal, wie viele es sind."

„Es müssten mindestens sechs sein. Vielleicht auch mehr."

Walters schaute ihm traurig in die Augen. „Weniger wäre mir lieber."

„Ich wünschte, es gäbe überhaupt keine. Aber wenn das die Kinder aus meinen ungeklärten Fällen sind, bekommen die Familien wenigstens endlich eine Antwort auf ihre quälenden Fragen, so schrecklich diese Antwort auch ist."

„Wir nehmen alles mit, was wir finden, und analysieren es." Philip gähnte. „Und wir machen so viele Überstunden, wie wir schaffen. Nur für dich, mein Freund."

Steven klopfte Walters anerkennend auf die Schulter. „Danke, Philip. Ich bin dir wirklich sehr dankbar. Du bist der Beste! Wenn du an dem Fall arbeitest, können wir dem Gericht die nötigen hieb- und stichfesten Beweise vorlegen." Sie stiegen den Hang hinab.

„Ich hoffe, du hast daran gedacht, keine Eukalyptusbonbons zu benutzen."

„Nein, kein Menthol, das meine Nebenhöhlen öffnen würde. Ich befolge deinen weisen Rat." Trotzdem traf Steven der Verwesungsgeruch mit voller Wucht, und sein Kaffee schmeckte ihm plötzlich nicht mehr. „Hast du etwas Konkretes, das mir helfen könnte, diesen Kerl zu finden?"

„Aus den zwei Skeletten schließe ich, dass er immer nach demselben Schema vorging. Aber aufgrund der letzten Leiche würde ich sagen, dass er verzweifelt und desorganisiert wird. Das bedeutet, dass er uns wahrscheinlich einige brauchbare Spuren hinterlassen hat. Hoffentlich Faserspuren." Walters nickte zu einigen Technikern, die die Leiche fotografierten und skizzierten. „Natürlich könnte er auch zu denen gehören, die mit uns spielen und alle Spuren verwischen. Aber ich hoffe es nicht."

„Wie lang wird es dauern, bis ich einen Bericht von dir bekomme?"

„Ich rufe dich an und lasse dich alles wissen, was dir hilft, diesem Kerl das Handwerk zu legen und ihn hinter Gitter zu bringen." Philip blieb stehen und schaute ihn an. „Umarme deinen Jungen ein wenig länger, wenn du heute Abend nach Hause kommst."

„Das mache ich." Steven versuchte, nicht auf den beißenden Geruch zu achten, der in seinen Lungen brannte. „Wir haben einen Fahndungsbericht mit allen Informationen, die wir über Timothy Kramer haben, herausgegeben. Es dürfte nicht mehr lange dauern, bis wir ihn finden."

„Ich möchte wetten, dass dieser Kerl sich irgendwo in der Nähe aufhält und beobachtet, wie sein Machwerk entdeckt wird. Das ist ein Vorteil für dich." Philip deutete mit dem Kinn zur Leiche. „So wie es aussieht, hat er dem Jungen das Genick gebrochen."

„Wir erwischen ihn."

„Beeil dich, Steven. Ich will die Handschrift dieses Mannes nicht noch einmal sehen."

Kapitel 35

Die Termiten vom FBI hatten also seinen Lieblingsplatz gefunden.

Gelbe Absperrbänder und dunkle FBI-Jacken, dazu die örtlichen Polizisten in blauer Uniform zierten Tims Lieblingspark. Sie hatten auch die Hunde mitgebracht, zogen also alle Register. Stolz und Freude erfüllten ihn und waren stärker als die Angst.

Sie würden ihn nicht finden, egal, wie viel sie ausgruben. Er war Teil des Waldes, und sie sahen den Wald vor lauter Bäumen nicht.

Er lächelte und lehnte sich an eine feuchte Tanne, auf der der Tau in der frühen Morgensonne glitzerte. Er hatte sich unter die neugierig gaffenden Nachbarn und besorgten Stadtbewohner auf der anderen Straßenseite gemischt und war sicher, dass ihn niemand erkennen würde. Dadurch, dass er sein Aussehen verändert hatte, hatten sie überhaupt keine Chance mehr.

Jetzt sah er aus wie Meg.

Sein Kind. Seine einzige Tochter.

Wut und Trauer hatten längst jede Reue, die er am Anfang verspürt hatte, erstickt. Meg war tot, und mit ihr jeder Grund, das zu beenden, was Clint Rollins vor dreizehn Jahren in Gang gesetzt hatte.

Rollins war für den Tod seines Stiefsohns verantwortlich. Er hätte den Jungen nicht getötet, wenn Rollins sich nicht eingemischt hätte.

Und jetzt war Dr. Sara Rollins mit ihrer erbärmlichen Krebsdiagnose und ihren leeren Versprechen, dass die Transplantation Megs Leben retten würde, schuld am Tod seiner Tochter.

Sie hatten ihn dazu gezwungen. Sie hatten ihn so weit gebracht. Sie hatten ihm zu viel gestohlen.

„Ich habe gehört, dass da unten am Bach zwanzig Leichen sind." Ein älterer Mann deutete mit seinem dunklen Gehstock auf das Gewimmel im Wald.

Zwanzig? Sein Ruhm wuchs mit jeder Übertreibung durch irgendwelche Idioten.

Ein leichter Wind trieb die Wolken am Himmel über ihnen vor sich her. Es war der zweite Mai. Die Vögel sammelten sich am Himmel und Menschen jeden Alters kamen an die frische Luft, um den milden

Frühlingstag zu genieeßen. Und frische Gerüchte aufzuschnappen und weiterzuerzählen.

„Es wird immer unheimlicher, in dieser Gegend hier zu wohnen." Eine Hausfrau mit einem streng nach hinten gebundenen Pferdeschwanz hielt ein Baby auf ihrer Hüfte. „Das ist das zweite Mal in einem Jahr, dass in diesem Park eine Leiche gefunden wird. Vor einem Dreivierteljahr war es ein britisches Mädchen." Die Frau erschauderte.

„Angesichts der landesweiten Verbrechensrate würde ich sagen, das ist nicht viel." Tim lächelte der Frau zu. „Denken Sie nur an die vielen Stellen im Rock Creek Park, die noch nicht durchsucht wurden."

Sie schaute ihn von Kopf bis Fuß, von seiner Glatze bis zu seinen teuren Schuhen, die er sich erst vor kurzem gekauft hatte, an. „Und wer sind Sie? Ein Reporter, der die Reaktion der Bewohner beobachtet?"

„Nein, Madam. Nur ein besorgter Hausbesitzer, der sichergehen will, dass meine Steuergelder nicht verschwendet werden."

Der alte Mann mit dem Stock nickte kräftig.

Er ein Reporter? Das war wirklich lachhaft. Besser hätte es ihm gefallen, wenn sie ihn für einen Polizisten gehalten hätte. Sie hatte offensichtlich viel zu viele Bonbons gelutscht und viel zu viele Krimis gesehen. Vielleicht machten sie aber auch die täglichen Krimishows so verwirrt. Diese Leute kapierten es sowieso nie. Das war alles nur Hollywoodtamtam. Agent Walters würde ihm sicher zustimmen.

Es war furchtbar, dass Rollins und Kessler sich überall einmischen mussten. Aber sie wollten ihn ja unbedingt weitersuchen. Mit ihrer lästigen Schnüffelei hatten sie ihn sogar daran gehindert, zu Megs Beerdigung zu gehen.

Megs blonde Locken tauchten vor seinem geistigen Auge auf. Er sah sie vor sich, wie sie vor der Chemo ausgesehen hatte. Seine kleine Prinzessin, das einzige Gute in seinem erbärmlichen Leben. Tot.

Das FBI hatte Donna wahrscheinlich gegen ihn aufgehetzt. Aber da sie unbedingt sein Haus beobachten mussten, würde er das nie mit Sicherheit erfahren. Das Risiko war zu groß, er konnte nicht zu ihr gehen.

Er hatte niemanden mehr.

Die Leute, die um ihn herumstanden, plapperten wild durcheinander. Ein Polizist in Uniform kam auf sie zu.

„Gehen Sie jetzt bitte nach Hause. Wir haben alles unter Kontrolle."

„Wie viele Leichen wurden gefunden, Officer?" Der ältere Mann stützte sich auf seinen Stock und wich nicht von der Stelle. Er wartete auf einige interessante Details, die er beim Kaffeekränzchen im Altenheim zum Besten geben könnte.

„Es wird bald eine Presseerklärung geben. Sie sollten nach Hause gehen und die Nachrichten verfolgen. Dort erfahren Sie alles." Der Polizist trieb die Menge wie ein altmodischer Cowboy sein Vieh vor sich her.

Diese Szene war irgendwie surreal.

„Warum können wir nicht von hier aus zuschauen, wenn sogar die Fernsehteams in den Park dürfen?" Das Baby der Hausfrau begann, laut zu weinen. Die Männer in der Menge, alte wie junge, schraken zusammen. Wie er dieses Geräusch hasste! Ältere Kinder waren ihm viel lieber. Obwohl er sie auch am liebsten mochte, wenn sie still waren.

Der junge Polizist verzog das Gesicht. „Wenn ich sie auch einfach so nach Hause schicken könnte, würde ich das sofort tun, Madam."

Und sie daran hindern, in einer ausführlichen Sonderreportage seinen Ruhm zu verkünden?

Es war nur gut, dass die Polizei den Medien nichts zu befehlen hatte. Trotzdem übte sie viel zu viel Macht über sein Leben aus.

Das würde sich bald ändern.

Tim bewegte sich unauffällig mit dem Rest der Herde und verspürte den starken Wunsch, wie ein Herdenvieh zu muhen. Aber er verkniff es sich. Es hatte keinen Sinn, zum jetzigen Zeitpunkt Aufmerksamkeit auf sich zu ziehen.

Auf ihn wartete noch einige Arbeit. Er musste sie beobachten, während sie ihn suchten.

Sie würden ihn erst finden, wenn er auf dieser erbärmlichen Erde seinen letzten Triumph feierte.

Dann würde er es ihnen zeigen.

Megs Bild ging ihm nicht aus dem Kopf, genauso wenig wie der höllische Druck, der einfach nicht von ihm weichen wollte. Er rieb sich die Schläfen und versuchte, das, was sich immer stärker in ihm aufbaute, zu unterdrücken. Er konnte noch nicht handeln. Er brauchte mehr Zeit für seine Planungen.

Wenn nur Meg überlebt hätte!

Sein kleines Mädchen hatte so tapfer gegen den Krebs gekämpft, aber die Krankheit hatte sie am Ende das Leben gekostet. Nein, das war nicht wahr. Die Ärzte hatten sie getötet.

Dafür würden sie bezahlen.

Er löste sich unauffällig aus der Gruppe der Schaulustigen, überquerte die Straße und rutschte in den edlen Mietwagen, den er unter falschem Namen gemietet hatte. Die Polizei konnte seine Kreditkarten haben. Er war dem Gesetz schon einmal entwischt. Das könnte er genauso leicht wieder machen.

Wohin jetzt? Vielleicht würde er nach Mount Vernon oder nach Alexandria fahren. Er hatte die grandiose, hochtrabende Schule schon ausgekundschaftet, in der Kessler und Rollins ihre Kinder hatten.

Er würde seine Rechnung mit dem FBI auf kreative Weise begleichen.

Er würde ihnen zeigen, was für ein Gefühl es war, wenn man zuschauen musste, wie das eigene Kind starb.

Dieses Mal spielte er mit den großen Jungen.

Genauer gesagt, mit ihren kleinen Männern.

Kapitel 36

Auch wenn er noch eine Chemobehandlung vor sich hatte, wollte Clint den körperlichen Eignungstest heute bestehen. Er musste ihn einfach bestehen. Das war die einzige Möglichkeit, um wieder als voll diensttauglich eingestuft zu werden und bei der Festnahme von Timothy Kramer dabei sein zu können.

Als er am frühen Donnerstagmorgen in die Sporthalle marschierte, fühlte er sich um zehn Jahre zurückversetzt.

„Du bist erst ein Agent, wenn du Quantico bestanden hast.“

Damals war sein Kopf voller Träume gewesen und er hatte genug Selbstvertrauen besessen, um zu glauben, er könnte den körperlichen Eignungstest nicht nur bestehen, sondern auch die Höchstmarke von fünfzig Punkten erreichen.

Damals hatte er das wirklich geschafft.

Jetzt verschwamm aufgrund des Chemohirns alles in seinem Kopf, und ihm tat jeder Muskel weh.

„Es ist noch zu früh, Clint. Mach es nicht.“ Steven stand in einer kurzen Trainingshose und einem alten T-Shirt in der Tür zur Umkleidegarderobe.

„Du redest schon wie Sara.“ Clint band seine Laufschuhe fester als nötig.

„Ich habe schon immer gesagt, dass sie eine kluge Frau ist.“

Clint knurrte. Die Erinnerung an die scharfen Worte seiner Frau von heute Morgen half ihm auch nicht weiter. Sie hatte die gleichen Bedenken geäußert, die Steven sicher jeden Augenblick von sich geben würde. Nur dass sie dabei einen Haufen medizinischer Fachausdrücke benutzt hatte. Das war bei Steven nicht zu befürchten.

„Du solltest auf sie hören, Partner.“

„Bist du jetzt auch noch ein Seelenklempner oder was?“

Steven kam zu Clints Bank herüber und setzte sich neben ihn. „Selbst wenn du es körperlich schaffst und den Eignungstest bestehst, ist der Außeneinsatz noch zu anstrengend für dich.“

Clints Nacken versteifte sich. „Sagt das der Chefkoordinator der Abteilung *Gewaltverbrechen gegen Kinder* oder mein bester Freund?“

„Beide.“

„Ich muss es versuchen."

Sie standen auf und gingen schweigend zur Aschenbahn. Im Kraftraum klirrten die Gewichte, und Schweißgeruch lag schon am frühen Morgen in der Luft.

Clint dehnte seine Beine und ging dann zur Startlinie. „Stoppst du meine Zeit?"

„Nein."

Die Entschlossenheit in den Augen seines Partners ließ Clint für einen Moment erstarren. Doch dann konnte er die Wut in seinem Bauch nicht länger zügeln. Er stürmte zurück und baute sich mit geballten Fäusten vor Steven auf. „Warum kannst du nicht verstehen, dass ich das tun muss?"

„Ich verstehe es ja."

„Dann stoppe meine Zeit."

Steven trat zurück. „Wozu? Damit du wieder im Krankenhaus landest?"

„Das werde ich nicht."

„Warum hast du es denn so eilig, deine Waffe zurückzubekommen?"

„Wir müssen Kramer verhaften!" Kramer hatte ihn an einem wunden Punkt getroffen. Clint musste sich selbst und auch Kramer beweisen, dass er mit seinen höhnischen Drohungen nicht ungeschoren davonkäme.

Er wandte sich von Steven ab und starrte in den Kraftraum hinein. Junge und alte Kollegen quälten sich durch ihr Trainingsprogramm, ohne einen Gedanken darauf zu verschwenden, dass sie die Muskeln und Fitness, auf die sie so stolz waren, verlieren könnten.

Als er an seinem immer noch schwachen Körper hinabschaute, wollte er am liebsten auf etwas einschlagen.

Es konnte jederzeit passieren. Eine Krankheit oder eine Schusswunde konnte von einem Tag auf den anderen die Berufslaufbahn beenden, selbst wenn ein Menschenleben gerettet wurde. Schlimme Erlebnisse konnten die Ehe eines FBI-Agenten zerstören oder sein persönliches Leben ins Bodenlose stürzen lassen. Selbst mit starker Unterstützung und psychologischer Betreuung stellten Männer und Frauen, die sich früher für unbesiegbar gehalten hatten, manchmal fest, dass sie ihrem Beruf nicht mehr gewachsen waren.

Aber ihm sollte es nicht so gehen. Kein Krebs und keine Schusswunde würden ihn davon abhalten, wieder in den Außendienst zurückzukehren.

„Du hast für diesen Fall mehr getan, als irgendjemand von dir hätte verlangen können."

Aber es war nicht genug.

Schwach und wertlos. Dieser Gedanke übertönte Stevens Worte. „Ich will dabei sein, wenn er verhaftet wird."

„Du bist persönlich zu sehr in den Fall verwickelt."

Clint richtete sich zu seiner vollen Größe auf und sah Steven finster an. „Ohne mich hättet ihr überhaupt nichts über Kramer. Ich würde sagen, ich war unverzichtbar."

„Das gebe ich ja gern zu. Aber darum geht es jetzt nicht."

„Worum geht es dann?"

„Hast du seit dem Beginn deiner Chemo einen ganzen Tag am Stück gearbeitet?"

Das war ein Schlag unter die Gürtellinie. Clint kniff die Augen zusammen.

„Hast du trainiert oder bist du überhaupt gelaufen?"

„Ein wenig."

„Warum? Weil du den Mann im Spiegel nicht ertragen kannst?"

Clints Zorn verzerrte alles und machte es ihm schwer, klar zu denken. Nein. Hier ging es um Kramer. Deshalb musste er den körperlichen Eignungstest bestehen. Was war falsch daran, wenn er einen Mann verhaften wollte, der Kinder getötet hatte? Das war sein Beruf.

Schnappschüsse von Sara, Susannah und Jonathan tauchten vor seinem geistigen Auge auf, zusammen mit der Ultraschallaufnahme von seinem jüngsten Kind. Conor.

„Heute noch nicht, Clint. Warte noch ein paar Wochen."

„Nein." Er starrte auf die noch leere Aschenbahn. „Stoppst du jetzt meine Zeit?"

Steven nickte, aber aus seinem Blick sprach tiefe Resignation. „Du musst unter dreizehn dreißig auf eineinhalb Meilen bleiben." Er traute ihm überhaupt nichts zu. Aber das war ihm jetzt auch egal.

Clint war oft in zehn Minuten oder darunter ins Ziel gekommen. Er konnte es nicht erwarten, seinem Partner seine heutige Zeit triumphierend vor die Nase zu halten.

Die ersten Runden schaffte er ohne die geringsten Probleme. Er bewegte seine Beine so kräftig und so schnell er konnte, und spürte, wie sie brannten. Er war zuversichtlich, dass seine Muskeln kooperieren würden, und er wusste, dass er in kürzester Zeit wieder in Topform wäre.

Bilder von Kramer an seinem Krankenhausbett entfachten das Feuer in seinem Bauch noch stärker.

In der letzten Runde gab er alles und holte das Letzte aus sich heraus. Der Schweiß lief ihm über den Rücken. Vor Erschöpfung konnte er die Ziellinie nur noch verschwommen sehen.

Aber er überquerte sie.

Stevens Schweigen, während er durch langsames Auslaufen die schmerzenden Krämpfe aus seinen Wadenmuskeln vertreiben wollte, trug nicht dazu bei, sein rasendes Herz zu beruhigen. Sein Partner hatte es noch nie gut vertragen, wenn er zugeben musste, dass er sich geirrt hatte. Pech für ihn! Dieses Mal müsste er die bittere Pille schlucken.

„Wie war das zum Aufwärmen?" Er war nicht sicher, ob er die Strecke öfter als einmal schaffen würde, aber das spielte keine Rolle. Wenn er die erforderliche Zeit heute Morgen schaffte, konnte er sie auch heute Nachmittag schaffen, wenn es ernst wurde. Nach einer heißen Dusche und einem langen Mittagsschlaf.

Steven kam mit der Stoppuhr in der Hand auf ihn zu.

Er starrte auf die Uhr. „Vierzehn Minuten?" Die Worte waren mehr ein Stöhnen als eine Frage.

„Ja."

Clint unterdrückte nur mühsam den Drang, die beleidigende Uhr zu packen und sie an die Wand zu schleudern. In Quantico hatte er die anderthalb Meilen unter neun Minuten geschafft. Wie konnte er jetzt so viel langsamer sein?

Jetzt, wo es am meisten darauf ankam.

Er nahm sein Handtuch und hörte nicht hin, als Steven etwas hinter ihm herrief. Mit seinem Partner könnte er sich später auseinandersetzen. Jetzt musste er erst einmal nach Hause, bevor er zusammenbrach, und seine private Waffe aus dem verschlossenen Waffenschrank im Keller holen und sich vergewissern, dass sie sauber und geladen war.

Er würde Timothy Kramer nicht unbewaffnet gegenübertreten. Denn gegenübertreten würde er ihm.

Und er würde dafür sorgen, dass dieser Mann den Rest seines Lebens in einer Zelle verbrachte, ohne Chance auf Begnadigung.

* * *

Am Freitagnachmittag passierte Hanna mit schwitzenden Handflächen den Metalldetektor der Hope Ridge Academy.

Obwohl sie in den letzten zwei Monaten schon oft hier gewesen war, war ihr dabei immer noch jedes Mal mulmig zumute. Eigentlich hatte sie nichts zu verbergen. Sie besaß nicht einmal eine Waffe. Ihr reichte Stevens Sammlung, die in seinem Waffenschrank im Keller sicher verstaut und verschlossen war.

Während sie durch den langen Flur zu Gracies Klassenzimmer schritt, holte Hanna ein paar Mal tief Luft und strich sich die Falten aus ihrer pfirsichfarbenen Caprihose. Da Steven in den letzten Tagen dienstlich so viel unterwegs war, war James sowieso schon ein wenig durcheinander. Sie wollte nicht, dass der Junge auch noch etwas von den Problemen seiner Tante bemerkte.

Nachdem sie geklopft hatte, öffnete sich die Tür zum Zimmer der Erstklässler. Gracies geblümter Rock und das dazu passende violette Top sahen nach einem ganzen Tag mit ihren kleinen Schützlingen noch unglaublich sauber und ordentlich aus.

„Hallo, Gracie. Wie geht's?"

Die Verlobte ihres Bruders lächelte, aber ihre Augen sahen aus, als würden sie jeden Moment zufallen. „Es war eine lange Woche."

„Wirst du meinen viel zu beschäftigten Bruder heute Abend sehen?"

Gracies Lächeln verschwand. „Das bezweifle ich. Es war schon schwer genug, gestern Abend ein paar Minuten mit ihm zu sprechen. Ich nehme an, ich lerne gerade, wie das Leben als Frau eines FBI-Agenten aussieht."

„Clints Krebserkrankung und seine Hartnäckigkeit, so schnell wie möglich wieder zu arbeiten, machen Steven schwer zu schaffen."

„Das ist die Untertreibung des Jahres." Gracie sah über ihre Schulter ins Klassenzimmer. „Ich gehe und hole unseren kleinen Mann. Er freut sich bestimmt, dich zu sehen."

Kleiner Mann. Stevens Spitzname für James.

Hanna betrachtete die geschlossene Klassenzimmertür. Es gefiel ihr nicht, dass sie Gracie gegenüber oft noch sehr reserviert war. Gracie hatte jedes Recht, sich wie ein Teil der Familie zu benehmen. Das war sie auch. Die Hochzeit im Juli würde es nur offiziell machen. Vielleicht würde nach der Hochzeit endlich auch Stevens und Gracies albernes Grinsen aufhören.

Vielleicht aber auch nicht.

„Hey, Tante Hanna!" James stürmte aus der Tür und sprang in ihre Arme, als sie sich nach unten beugte, um ihn zu begrüßen. „Wir gehen Eis essen, oder? Es ist Freitagabend, und Dad hat gesagt, dass er sich nach der Schule in der Eisdiele mit uns trifft."

Hanna sah in Gracies traurige Augen. „James, Schatz, ich glaube, heute Abend sind wir nur zu zweit."

„Aber ..."

Gracie trat auf den Gang und schloss die Tür hinter sich. „Susannah und Akemi kommen mit Mrs Theresa ein paar Minuten allein zurecht." Sie kniete sich vor James hin. „Ich weiß, dass es manchmal schwer ist, wenn dein Dad so lange arbeiten muss. Würde es dir gefallen, wenn wir deinen Opa und deine Oma anrufen und uns alle in ein paar Minuten in der Eisdiele treffen?"

James strahlte vor Freude und dann umarmte er Gracie stürmisch. Hanna hatte mit der Eifersucht, die sich in ihr breit machte, schwer zu kämpfen. Neben Sue war sie seit James' Geburt die wichtigste Frau in seinem Leben gewesen, und es war schwer, die Zuneigung ihres Neffen nun mit einer neuen Frau zu teilen.

Sie stand auf und versuchte, sich davon zu überzeugen, dass es doch gut wäre, wenn zwei Augen mehr auf James aufpassten ... besonders angesichts der vielen Warnungen in den Nachrichten.

„Kannst du Jake mitbringen?"

Gracie lachte und zerzauste James' braune Haare. „Mein großer alter Golden Retriever ist sicher gern mit uns zusammen." Sie sah Hanna fragend an. „Es sei denn, du hast etwas dagegen?"

„Natürlich nicht. Kein Problem. Und Champ wird Jake lieben!" Ihre Stimme klang alles andere als überzeugend. Das merkte sie selbst.

„Es tut mir leid, Hanna. Ich hätte vorher fragen sollen, bevor ich mich in deine Pläne einmische und mich aufdränge." Gracie biss sich auf die Lippe. „Ich mache mich wahrscheinlich ein bisschen zu schnell in eurer Familie breit."

Hanna hätte sich treten können, weil sie so leicht zu durchschauen war. „Das macht nichts. Du gehörst zu unserer Familie."

Gracie stand auf und lächelte sie dankbar an. „Danke."

„Holst du uns um vier bei Dad und Sue ab?"

James zupfte sie am Bein. „Dir gefällt Gracies Jeep auch, nicht wahr?" Seine lächelnden, blauen Augen gaben ihr das Gefühl, etwas ganz Besonderes zu sein. Und sie bekam große Schuldgefühle wegen ihrer Eifersucht. Sie musste sich keine Sorgen machen. Im Herzen ihres Neffen war genug Raum für Gracie, ohne dass sie ihren besonderen Platz in seinem Herzen verlieren musste.

„James! Hanna!" Jonathan kam durch den Gang gerast. Seine Mutter folgte ihm dicht auf den Fersen. Er prallte gegen Hannas Bein und packte James ungestüm am Arm, dann schaute er zu Gracie hinauf und lächelte noch breiter. „Hallo, Gracie!"

„Hey, Jonathan, schau dir das an!" James zog ein Buch mit Papierfliegern zum Selberfalten aus seinem Rucksack und zeigte es Jonathan. Endlich kam auch Sara bei ihnen an und schnappte nach Luft.

„Es gibt doch nichts Schöneres, als hinter einem fast Dreijährigen herzulaufen, wenn man so dick ist wie ein Wal." Sara zupfte ihr langes, weißes Schwangerschaftstop über ihren hellblauen Shorts zurecht.

„Du bist nicht dick!" Gracie schüttelte den Kopf.

„Ich könnte ein paar Schwangerschaftsbilder von dir machen." Hanna legte nachdenklich den Kopf schief. „Dann würdest du sehen, wie schön du bist."

Sara strahlte. „Das ist eine wunderbare Idee. Clint würde das sehr gefallen. Und wenn *du* die Fotos machst, gefallen sie mir bestimmt auch. Können wir bald einen Termin vereinbaren?"

„Gern. Wird gemacht."

„Hast du nicht Lust, mit den Kindern und uns zu ‚Pop's Eiscreme' in der King Street zu gehen?" Gracies Einladung an Sara gefiel Hanna sehr gut. Sie könnte in der Eisdiele ein paar Übungsschnappschüsse von Sara machen. Das würde ihr gefallen. Und Dad und Michael würden sich freuen, dass sie anfing, sich in Alexandria einen neuen Kundenstamm aufzubauen. „Hanna und ich können Susannah und Jonathan unterhalten, während du dich ein wenig zurücklehnst und entspannst."

„Das klingt sehr verlockend. Schwangerschaft und Eis vertragen sich äußerst gut, wisst ihr!" Sara gähnte und sah aus, als könnte sie dringend einen Mittagsschlaf vertragen. „Und es würde mir guttun, einfach ein wenig mit euch zu plaudern."

Hanna ging es genauso. Im Beisein der Kinder bliebe das Gespräch bestimmt locker und fröhlich. Kein Gespräch über Krebs oder FBI-Ermittlungen. Das war gut. Sie könnten alle eine Pause von den ernsten Themen vertragen.

„Kommt doch mit." Hanna zerzauste Jonathans braune Haare und grinste Sara an. „Wir machen uns einen schönen Nachmittag und ich fange alles mit meiner Kamera ein."

Sara blies sich ihre roten Haarsträhnen aus dem erhitzten Gesicht. „Es sieht so aus, als wäre ich überstimmt."

Gracie öffnete die Klassenzimmertür. „Ich hole Susannah und frage, was sie davon hält."

„Als ob das noch ins Gewicht fallen würde!", lächelte Sara.

„Du weißt, dass du mitkommen willst." Hanna gab ihrer Freundin einen liebevollen Stoß mit dem Ellbogen. „Außerdem habe ich dich kaum ausgehen sehen, seit ich hierhergezogen bin." Da Michael mit Arbeit eingedeckt war, wäre es viel besser, mit Sara und Gracie in die Eisdiele zu gehen, als allein ihren düsteren Gedanken nachzuhängen. Selbst wenn Gracies scheinbare Vollkommenheit sie nervte und in Frage stellte.

Aber immerhin hatte sie endlich eine ernste Beziehung zu einem wunderbaren Mann. Gestern Abend war sie in Michaels Wohnung gefahren, um Champ zu besuchen und Michael nach seinem Tag zu fragen. Doch schon nach wenigen Minuten hatte sie sich gewünscht, er und Steven hätten einen anderen Beruf gewählt. Menschen, die Kinder töteten, gehörten nicht zu ihren Lieblingsgesprächsthemen.

Besonders beängstigend war, dass ihr Neffe genau in das Opferprofil dieses Irren passte. Was für ein Ungeheuer lauerte sechsjährigen Jungen auf und vergrub sie dann im Memorial Hill Park?

Sie verdrängte diese Gedanken schnell und hörte lieber zu, was Sara sagte. „Du hast recht. Die Kinder und ich kommen nicht viel aus dem Haus und ein Eis bei Pop's wird bestimmt lustig. Und wenn du ein paar Fotos für mein Sammelalbum machst, ist das umso schöner."

„Ich unterstütze deine kreativen Neigungen gern. Sie helfen Leuten wie mir, im Geschäft zu bleiben!"

Sara lächelte. „Du bist eine Künstlerin, Hanna. Du wirst bald mehr Fotos machen dürfen, als dir lieb ist."

Solche unerwarteten Komplimente taten ihr gut.

Und selbst wenn sie nicht mit so viel Begleitung gerechnet hatte, würde der Ausflug in die Eisdiele richtig schön werden.

Kapitel 37

Sara war so müde, dass sie sich überlegte, ob sie wirklich einkaufen gehen sollte.

Doch die Vorratsschränke waren leer, also musste sie in den Supermarkt fahren, und Clint brauchte seine neuen, schmaleren Anzüge aus der Reinigung. Wenn er wieder die ganze Zeit arbeiten würde, müssten sie noch mehr Anzüge kaufen

Bald wäre es so weit. Sara hoffte, dass Clint sich nicht von seinen eigenen trüben Gedanken nach unten ziehen ließe. Er war wütend, weil er auf seinen anderthalb Meilen nicht so gut gewesen war, wie er gehofft hatte. Vor dem Ende der Chemobehandlung hätte er nicht so viel von sich erwarten dürfen.

„Willst du mir deine ernsten Gedanken verraten, Sara?"

Hannas besorgte Frage vom Beifahrersitz riss Sara aus der Gedankenspirale, die sie immer weiter in die Tiefe gezogen hatte. „Ich habe in der Eisdiele doch schon genug erzählt."

„Leckeres Eis, Mama! Kann ich mehr haben?" Jonathans herzerwärmende Worte vom Rücksitz entlockten Sara ein Lächeln. Conors Bewegungen in ihrem Bauch ließen dieses Lächeln noch breiter werden. Bald würden sie die Stimmen von zwei kleinen Jungen in ihrem Haus hören.

„Das werden wir sehen, Schatz. Wir müssen jetzt erst viel gutes, gesundes Essen kaufen und dann nach Hause fahren, bevor wir noch mehr Süßes essen."

Susannah stöhnte, steckte aber die Nase wieder in das neue Buch aus der Bibliothek. Genauso wie James. Die beiden liebten Lesen über alles.

„Entschuldige, Hanna. Kinder sind wunderbar. Aber …" Sie schaute in den Rückspiegel. Susannah war in ihr Buch vertieft. „… man wird immer wieder abgelenkt."

„Kein Problem."

„Danke, dass du dich bereit erklärt hast, mir beim Einkaufen zu helfen. Das ist sehr lieb von dir."

Hanna schaute sie grinsend an. „Wie könnte ich mir einen Ausflug in den Supermarkt entgehen lassen?"

Sara gab Hanna einen leichten Rippenstoß. „Sarkasmus passt nicht zu dir."

„Okay. Es gibt vielleicht Schöneres als den Supermarkt, aber ich konnte dir ansehen, dass du zu müde warst, um es allein zu schaffen." Hanna schwieg kurz und stellte die CD mit den Geschichten aus der Sesamstraße leiser. „Gracie hat es dir auch angesehen. Warum hätte sie sonst freiwillig angeboten, für mich auf Champ aufzupassen? Sich um dieses wilde Tier zu kümmern ist wirklich anstrengend."

„Hmm ... vielleicht hat sie es angeboten, weil sie bald deinen Bruder heiratet und deine Freundin sein möchte?"

Hanna zuckte die Achseln. „Deshalb muss sie doch nicht meinen Hund nehmen!"

„So ist Gracie aber. Nett und hilfsbereit und ..."

„Hör bitte auf! Das höre ich von Steven schon die ganze Zeit."

Sie mussten beide kichern. „Ja, das kann ich mir denken."

Sara fand einen Parkplatz nahe beim Eingang zum Supermarkt und seufzte erleichtert. Lange Wege standen heute nicht auf ihrer Wunschliste. Gott sei Dank waren die Supermarktkunden vor ihr so freundlich gewesen, ihr einen guten Platz frei zu halten.

Wenige Minuten später hatte sie einen Einkaufswagen geholt und nahm Jonathan bei der Hand. Kinder, die im Wagen saßen, erleichterten das Einkaufen doch erheblich.

Jonathan wich zurück. „Ich will bei Susannah und James bleiben! Ich bin auch schon groß." Jonathan stemmte die Hände in die Hüften und verzog den Mund zu einem süßen Schmollen.

Er hatte so viel Ähnlichkeit mit ihr. Und mit Clint.

Aber sie durfte Jonathan nicht damit durchkommen lassen. Sie setzte ihn samt seinem Schmollmund in den Einkaufswagen.

„Ich gehe noch einmal zur Feinkosttheke zurück und kaufe etwas zum Abendessen." Hanna nahm einen kleinen Einkaufskorb und fasste James an der Hand. „Wir treffen uns in ein paar Minuten bei der Bäckerei, einverstanden?"

„Ja, bis gleich."

James winkte Susannah nach und hüpfte an Hannas Seite durch den Gang. Susannah und Jonathan waren zu sehr damit beschäftigt zu überlegen, welche Kekse sie sich aussuchen würden, um deshalb ein großes Theater zu veranstalten.

Sie dankte Gott für solche kleinen Wunder.

Aber als sie Hanna nachschaute, wie sie scheinbar unbeschwert und sorglos durch den Gang schlenderte und ihr blonder Pferdeschwanz von einer Seite auf die andere hüpfte, seufzte sie leicht. Wie gemütlich war es doch, nur für eine Person einzukaufen. Oder für zwei, denn Hanna hatte James heute Abend bei sich.

Sara schüttelte den Kopf. Diesen Teil des Singlelebens hatte sie ehrlich gesagt nie wirklich vermisst. Oder irgendeinen anderen Teil außer dem Vorteil, dass man allein ins Badezimmer gehen konnte. Eine große Küche und eine Familie, für die sie kochen konnte, war für sie der Himmel auf Erden … solange Clint nach dem Essen das Geschirr spülte.

Hanna und James verschwanden in der Lebensmittelabteilung.

Susannah zupfte an Saras Hose. „Ich muss auf die Toilette, Mama."

Sara schaute ihren Sohn an, der unglücklich im Einkaufswagen saß, und dann blickte sie wieder zu ihrem kleinen Mädchen hinunter. „Komm, wir suchen Hanna. Vielleicht kann sie auf Jonathan aufpassen, während wir die Toilette suchen."

Sie fanden Hanna bei der Feinkosttheke. „Natürliche passe ich auf den kleinen Mann auf."

„Ich will nicht im Wagen bleiben. Bitte." Jonathans große, braune Augen bettelten um ein wenig Freiheit.

Sara hob ihn aus dem Wagen. „Du bleibst bei Hanna und James."

„Okay."

„Wir kommen schon klar." Hanna nahm Jonathan an der Hand. „Treffen wir uns in ein paar Minuten bei den Telefonzellen?"

Sara nickte.

Die drei wanderten Richtung Backwarenabteilung, um sich Kekse auszusuchen.

Saras Magen zog sich zusammen, als sie ihnen nachschaute. Aus den Nachrichten und von Clints Fall wusste sie, dass zu viele kleine, braunhaarige Jungen in den letzten Monaten verschwunden und später tot in einem Park ganz in ihrer Nähe gefunden worden waren.

Sie schüttelte den Kopf über ihre Paranoia und ging mit Susannah die Toiletten suchen.

Das Leben als Frau eines FBI-Agenten war ohnehin schon oft genug eine Herausforderung.

Es hatte keinen Sinn, sich heute auch noch solchen verrückten Gedanken hinzugeben.

***

Tim stellte seinen Mietwagen in der Gasse hinter dem Supermarkt ab.

Er hatte die Familie Rollins zwei Wochen lang beobachtet, während das FBI sein Haus beschattet hatte, und alles in Erfahrung gebracht, was er wissen musste.

Außerdem hatte er entdeckt, dass der Spätnachmittag die perfekte Zeit war, um unbemerkt durch den Angestellteneingang hinten in den Supermarkt zu gelangen. Er hatte bereits einen sehr erfolgreichen Probelauf hinter sich. Um diese Tageszeit kamen keine neuen Lieferungen und die meisten Angestellten mussten die Kassen im vorderen Bereich des Marktes besetzen. Dazu kam, dass alle das Wochenende kaum erwarten konnten und sich für nicht viel mehr als für die Uhr interessierten.

Der Umstand, dass die Familie Rollins immer am Freitag ihren Wocheneinkauf erledigte, war für seinen Plan sehr hilfreich.

Er schlenderte durch den Lieferanteneingang und begab sich schnurstracks zu der Stelle, an der er das letzte Mal die Arbeitsschürzen gesehen hatte. Er strich seine braune Hose und sein weißes Hemd glatt, entspannte seine Schultern und nahm eine der blauen Verkaufsschürzen.

Es war wirklich schade, dass es in der Eisdiele nicht geklappt hatte. In der King Street hätte er seinen Plan leichter in die Tat umsetzen und dann auf dem George Washington Parkway zum Rock Creek Park fahren können.

Aber er hatte einen guten Blick auf Dr. Rollins erhascht. Er war so nahe gewesen, dass er deutlich gesehen hatte, wie müde sie aufgrund der Schwangerschaft war. Und er hatte sie lang genug beobachtet, um zu wissen, dass sie trotzdem ihren Wocheneinkauf machen würde … mit beiden Kindern.

Bitterkeit stieg in seiner Kehle auf. Die gute Ärztin bekam ein Baby. Allein schon dieser Umstand ließ ihm das Blut in den Adern gefrieren. Wegen der Inkompetenz dieser Frau und ihrer Kollegin war sein eigenes Kind gestorben. Und sie saß hier und konnte weiterhin Kinder bekommen. Mit dem Mann, der vor dreizehn Jahren Tims Leben zerstört hatte.

Heute würde er dem allen ein Ende setzen.

Er verknotete die blaue Schürze hinter seinem Rücken und sah genau in dem Moment auf, als die rothaarige Ärztin mit ihrer Tochter an der Hand auf ihn zukam. Warum war sie hier hinten im Lager? Seine Hände wurden feucht.

Jetzt durfte er die Ruhe nicht verlieren.

Er zwang sich, sich zu konzentrieren. Er würde ihr etwas vorspielen. In ein paar Minuten würden sie sich für immer an ihn erinnern. Die inkompetente Ärztin. Der Mann, der alles in Gang gesetzt hatte. Diese FBI-Agenten, die ihre Nase in alles stecken mussten.

Sie alle.

„Entschuldigung. Können Sie mir sagen, wo die Toiletten sind? Ich muss sie übersehen haben.“ Die Frau sah ihr unruhig an ihrer Hand zappelndes Mädchen an und blieb stehen. „Nur noch eine Sekunde, Susannah. Wir sind fast da.“

Perfekt.

Tim lächelte. „Ähm, tut mir leid. Ich bin neu hier.“ Er zuckte die Achseln und deutete nach rechts zum Lagerbereich. „Vielleicht schauen Sie dort hinten.“

„Danke.“

Sein Körper schaltete auf militärische Selbstbeherrschung um. Langsam, kontrolliert atmen, egal, wie aufgeregt sein Herz schlug. Er musste jetzt nur noch finden, was er suchte, und durch den Hinterausgang verschwinden.

Schnell.

Er verließ den hinteren Bereich und bog nach rechts ab. Er beschloss, zuerst den Außengang abzuklappern. In der Milchabteilung entdeckte er eine attraktive, blonde Frau mit zwei kleinen Jungen, die ihr zwischen den Beinen herumliefen, während sie einen Joghurt auswählte.

Zielobjekt gefunden.

Er nahm einen Armvoll Milchflaschen und füllte das Kühlfach auf.

„Meine Liebe“, sagte eine alte Frau, die in diesem Moment zwischen ihn und die Blondine trat und ihren Arm berührte. „Können Sie mir sagen, was Ihr Lieblingsjoghurt ist? Ich habe gelesen, wie gut Joghurt für die Verdauung ist, und …“

„Ich will meine Mama suchen.“ Rollins' kleiner Junge rannte an dem Gang mit den Wasserflaschen vorbei. Sein Freund lief hinter ihm her.

Ein braunhaariger, blauäugiger Junge.

Genau sein Typ.

Tim folgte ihnen. Er legte dem älteren Jungen die Hand auf die Schulter. „Ihr dürft hier drinnen nicht laufen. Haben eure Eltern euch denn nicht gesagt, dass das verboten ist?"

Kesslers Junge starrte auf seine Schuhe hinunter und hielt seinen Freund fest an der Hand. „Komm, Jonathan, gehen wir zu Tante Hanna zurück."

„Ich habe deine Mami gerade dort drüben bei den Toiletten gesehen. Sie sah aus, als würde sie dich suchen."

„Meine Mama?"

„Komm." Tim hielt ihm die Hand hin. „Ich bringe dich zu ihr." Die drei gingen los.

Perfekt.

„James?" Als er die panische Stimme einer Frau auf dem Nebengang hörte, unterdrückte er nur mühsam ein Fluchen.

Der ältere Junge versuchte, Jonathan zurückzuziehen. „Ich glaube, wir gehen lieber zu meiner Tante."

Tim riss die Hände der Jungen auseinander. Er konnte nur einen von ihnen mitnehmen.

„Geh doch du zu deiner Tante, ja?" Er schob Kesslers Jungen weg und eilte zu den Toiletten. „Schau, hier ist die Toilette."

„Mama!" Der kleine Junge versuchte, sich loszureißen. Aus dem Augenwinkel sah Tim eine Rothaarige, die auf ihn zugelaufen kam.

„Jonathan!"

Er zog den Jungen wie einen Football in seine Arme und drehte sich in dem Augenblick, in dem sie bei ihm ankam, mit erhobener Faust um. Er traf sie am Kinn, fuhr herum und rannte davon. Hinter sich hörte er das kleine Mädchen schreien, während die gute Frau Dr. Rollins schwer auf dem Fußboden aufschlug.

„Mama! Loslassen! Ich will zu meiner Mama!" Jonathan wehrte sich gegen seinen Arm.

Hinter sich konnte er laute Rufe und trampelnde Schritte hören.

Er lief durch den Lagerbereich und an den verblüfften Angestellten vorbei. Niemand stellte sich ihm in den Weg oder versuchte, ihn aufzuhalten.

Er zog die Schlüssel aus seiner Tasche, öffnete die Türen seines Autos durch einen Druck auf die Fernbedienung, schob den Jungen auf den Boden des Beifahrersitzes und stieg ein.

Der Motor erwachte dröhnend zum Leben, während ein dummer Jugendlicher mit der Faust gegen das Seitenfenster auf der Fahrerseite hämmerte.

Tim drückte aufs Gaspedal und warf den Jungen zu Boden.

Mission erfüllt.

Jonathan kauerte auf dem Boden und wimmerte. An der Ampel zog Kramer eine kleine Spritze aus seiner Hosentasche und beugte sich nach unten.

„Nein! Nicht wehtun!"

An den wild um sich schlagenden Händen vorbei stach er dem Jungen die Nadel in den Oberschenkel.

Er warf die Spritze auf den Rücksitz und zählte die Sekunden, bis das jämmerliche Weinen aufhörte.

Endlich wurde es still.

Das gefiel ihm schon besser. Jetzt musste er nur noch zu der Stelle fahren, die er sich vorher ausgesucht hatte, und warten. Das FBI war bestimmt bald da. Dann würde der eigentliche Spaß beginnen.

Kapitel 38

„Langsamer, Hanna. Sag mir zuerst, wo du bist." Steven wechselte auf dem Weg nach Alexandria immer wieder die Fahrspur, um schneller voranzukommen.

Sie waren benachrichtigt worden, dass Sara angegriffen und Jonathan entführt worden war, und fuhren, so schnell sie im Feierabendverkehr konnten, zu dem Supermarkt, in dem Kramer zuletzt gesehen worden war.

Clint umklammerte mit weiß hervortretenden Knöcheln den Türgriff und saß mit versteinerter Miene auf dem Beifahrersitz.

Hannas Schluchzen zerriss ihm fast das Herz. „Wir sind unterwegs ins Krankenhaus." Ihre Stimme zitterte. „Sara blutet. Die Sanitäter sagen, dass sie …"

Das Piepsen seines Telefons übertönte das letzte Wort und meldete, dass er einen neuen Anruf bekam.

„Hanna, du bleibst bei Sara und Susannah und James." Er wechselte die Fahrspur und schob das Headset wieder fester auf sein Ohr. „Kessler."

„Agent Kessler, hier ist die Zentrale. Ich stelle einen Anruf durch, der aufgenommen und zurückverfolgt wird."

„Alles klar."

„Agent Kessler, wie nett von Ihnen, dass Sie meinen Anruf entgegennehmen."

Steven umklammerte das Lenkrad so fest, dass er es fast aus der Verankerung riss. „Wo sind Sie? Was wollen Sie?" Er hatte ein Auge auf Clint und ein Auge auf die Straße gerichtet und hatte große Mühe, mit ruhigem Ton zu sprechen.

„Ich dachte schon, das würden Sie nie fragen." Kramers aalglatte Stimme drang an sein Ohr. „Sagen Sie den Rollins, heute müssen sie dafür bezahlen, dass sie mein Leben gleich zweimal ruiniert haben. Jetzt werden sie sehen, wie sich das anfühlt."

Kramers Stimme wurden mit jeder Silbe lauter. „Da Sie meinen Lieblingspark zerstört haben, finden Sie uns im Rock Creek Park. Auf der Western Ridge, nördlich der Military Road. Gleich dort, wo der Bach mit dem Pinehurst zusammenfließt. Ich bin sicher, dass Sie mich finden werden. Die Frage ist nur, werden Sie rechtzeitig da sein?"

Die Verbindung wurde unterbrochen. Steven wendete mitten auf der Straße und raste nach Norden.

„Lebt Jonathan noch?"

Clints Frage überraschte ihn nicht. „Ich glaube schon. Ich habe keine Zeit, dich beim Krankenhaus abzusetzen. Ich lasse dich bei der Zentrale aussteigen. Du fährst zu deiner Familie und bleibst bei ihnen. Wir finden Jonathan und nehmen Kramer fest."

„Vergiss es. Ich komme mit."

„Das ist genau das, was Kramer will. Er wird dich umbringen und Jonathan auch." Er hasste es, Clint das wahrscheinlichste Szenario so brutal vor Augen zu führen.

„Du verlierst nur Zeit, wenn du mich zur Zentrale fährst. Mein Sohn könnte tot sein, bevor du dort bist."

Das stimmte. Der Zeitverlust könnte tödlich sein. Steven wechselte die Fahrspur und raste an einem langsamen Lincoln vorbei. Sein Verstand arbeitete auf der Suche nach einer praktikablen Lösung auf Hochtouren. Er müsste das Risiko eingehen und Clint mitnehmen. Aber er müsste ihn überreden, sich aus der Sache herauszuhalten.

Sein Telefon summte. „Kessler."

„Ich bin schon fast beim Park, Boss." Michaels Stimme klang hart wie Granit. „Die Polizei ist vor Ort und fährt jetzt auf die Nordseite des Parks. Wann bist du da?"

„In zwanzig Minuten."

„Wo ist Clint?"

„Bei mir."

Michaels leises Knurren sprach Bände. „Willst du ihn mit Handschellen ans Auto fesseln?"

„Das werden wir sehen, wenn wir dort sind."

* * *

Hanna lief wie ein gefangener Tiger im Wartezimmer auf und ab.

Sara und Susannah waren in der Notaufnahme und standen wahrscheinlich Todesängste aus, während sie auf Nachrichten von Conor und Jonathan warteten.

Hanna hatte Steven angerufen, der ihr versicherte, dass sie Jonathan finden und bald zu ihnen ins Krankenhaus kommen würden. Aber wie konnte er wissen, dass sie ihn finden würden?

Das ist alles meine Schuld. Wenn Jonathan nicht mehr nach Hause kommt …

Sie durchlebte zum hundertsten Mal den ganzen Alptraum. Wie die Jungen im anderen Gang verschwanden. James' panische Stimme. Der große, glatzköpfige Mann mit Jonathan in den Armen. Sara, die auf ihn zulief. Wie er sie mit der Faust zu Boden schlug. Susannahs Schreie.

Saras Blut.

Bei jeder neuen Erinnerung glaubte sie, ohnmächtig zu werden.

James legte die Arme um ihre Beine. „Wann können wir Susannah und ihre Mami sehen? Wird Tante Sara wieder gesund? Hat Daddy Jonathan gerettet?"

Sie hob ihren Neffen hoch und drückte ihn fest an sich. Ihr fiel keine ehrliche Antwort ein.

Ein Krankenpfleger räusperte sich. „Miss Kessler? Frau Dr. Rollins fragt nach Ihnen. Wenn Sie bitte mitkommen würden." Er führte sie zum Behandlungsraum, öffnete die Glasschiebetür und schob die Vorhänge zur Seite, als sie eintraten.

„Sara." Ihre Freundin war genauso weiß wie die Laken, auf denen sie lag.

„Hallo, Susannah." James wand sich aus Hannas Armen und lief zu Susannah.

Tränen füllten Saras grüne Augen. Ein feuerroter Abdruck war auf einer Seite ihres Gesichts zu sehen, auf der anderen Seite hatte sie einen dicken, weißen Verband.

Sara hielt ihr zitternd die Hand hin. „Bitte hilf mir. Sie müssen mir sagen, was mit Jonathan passiert ist. Und mit Conor. Sie wollen mir nicht sagen, ob es meinen Jungen gut geht oder nicht. Bitte, Hanna, ich muss wissen, ob es meinen Kindern gut geht."

Wenn sie nur besser auf Jonathan aufgepasst hätte! Die Schuldgefühle erdrückten sie fast.

„Ich sehe nach, was ich tun kann." Hanna verließ den Raum und suchte das Stationszimmer.

Als sie dort ankam, zwang sie sich, ruhig zu klingen. „Wer ist für Sara Rollins zuständig? Ich muss mit ihrem Arzt sprechen."

„Das bin ich", sagte eine kräftige Männerstimme hinter ihr. „Dr. Peter Greer."

Sie drehte sich um. „Geht es dem Baby gut? Sara muss es wissen."

Der Arzt atmete tief ein, aber seine ernsten, graublauen Augen wichen nicht von ihrem Gesicht. „Ich spreche mit Sara. Kommen Sie mit, wir gehen zu ihr."

Sie folgte dem Arzt, wusste aber nicht, was sie sonst noch fragen sollte.

Saras Augen weiteten sich, als der Arzt eintrat. „Peter, sag mir, was passiert ist."

Susannah vergrub ihr Gesicht in Saras Seite. „Wo ist mein Joni, Mama? Ich will meinen Bruder!"

„Sara." Dr. Greer schob Saras Patientenkartei unter seinen Arm und steckte die Hände in seinen weißen Arztkittel. Nach kurzem Zögern holte er sie wieder heraus und ergriff Saras Hand.

Hanna hätte nicht gedacht, dass Sara noch blasser werden könnte, aber sie wurde bleich wie die Wand. „Peter, ich will jetzt wissen, was los ist. Wo ist Jonathan, und was ist mit meinem Baby?"

„Wir haben noch nichts von Jonathan gehört." Er schluckte schwer. „Und die Schwester konnte mit dem Stethoskop keine Herztöne finden."

Hannas Hände zitterten. *Gott, das kannst du nicht zulassen. Nicht Jonathan und auch noch Conor.*

Saras Hände umklammerten ihren Bauch. „Nein. Dem Baby darf nichts passiert sein. Stethoskope sind nicht immer zuverlässig. Du musst einen Ultraschall machen. Conor muss gesund sein."

„Sara, beruhige dich. Wir haben das Ultraschallgerät schon angefordert. Es müsste jeden Moment hier sein." Dr. Greer prüfte die Verbände. „Deine äußeren Blutungen sind unter Kontrolle. Du hast dir nichts gebrochen. Und nur einige Stiche an der Unterlippe."

„Wenn du etwas von Jonathan hörst, sagst du es mir."

Dr. Greer antwortete nicht.

„Peter, ich muss es wissen." Ihre Augen funkelten zornig. „Wenn du etwas gehört hast …"

„Wir haben nichts gehört, Sara." Er trat zur Tür. „Ich sehe nach, wo das Ultraschallgerät bleibt." Dr. Greer verschwand. Sein weißer Kittel war nicht mehr zu sehen.

Hanna suchte verzweifelt nach einer Möglichkeit, wie sie helfen könnte. „Ich rufe Steven noch einmal an." Das war alles, was ihr einfiel.

Das Erste, was sie über das Telefon hörte, waren knackende Äste und laute Männerstimmen, die im Hintergrund etwas riefen. „Mach schnell, Hanna. Was ist los?"

„Sie können Conors Herzschlag nicht hören."

Schweigen.

„Wo bist du, und wo ist Jonathan?"

„Wir sind im Rock Creek Park. Sag Sara, wir haben die Situation unter Kontrolle. Clint und Jonathan ist nichts passiert."

„Wirklich?" Wieder Schweigen. Sie umklammerte ihr Hand. „Steven, ist das die Wahrheit?"

„Mit Gottes Hilfe, ja, bald."

* * *

Michael schaute über seine Schulter auf den Pfad.

Sie befanden sich an einer dicht mit Bäumen bewachsenen Stelle mitten im Rock Creek Park. Dank der guten Arbeit der Washingtoner Polizei waren keine neugierigen Zivilisten in der Nähe. Auf der anderen Seite einer kleinen Lichtung hatte die Spezialeinheit Timothy Kramer ins Visier genommen und ließ ihn nicht aus den Augen.

Aber niemand konnte einen Schuss wagen. Das war nicht möglich, da Kramer Jonathan als Schutzschild vor sich hielt und ein steiler Hang ihn von hinten abschirmte. Er blieb ständig in Bewegung und drückte Jonathan die Waffe an die Schläfe. Das Risiko war zu groß.

Bis jetzt.

Michael war es gelungen, eine Stelle zu finden, an der das Terrain, ein leichter Hang mit dichten Bäumen, ihn so verdeckte, dass Kramer ihn nicht sehen konnte.

Er schaute auf seine Uhr und wischte sich den Schweiß von der Stirn.

Steven stand mit versteinerter Miene neben ihm und wandte den Blick nicht von Kramer und dem regungslosen Jonathan ab. Sie waren nahe genug, um Kramers höhnische Rufe zu verstehen.

Michael zwang sich, sich zu konzentrieren, und zielte mit seiner Waffe unverwandt auf Kramers Stirn. Er würde abdrücken, sobald sich eine Gelegenheit bot.

„Wo ist Ihr FBI-Star, Kessler? Ihr Partner? Ich weiß, dass ihr beide da draußen seid."

Steven knirschte so kräftig mit den Zähnen, dass Michael dachte, sie würden ihm abbrechen. Ihm ging es nicht viel anders als seinem Chef.

„Das ist alles seine Schuld."

„Was quatscht dieser Typ denn für einen Unsinn?", schimpfte der Chef der Spezialeinheit durch den Kopfhörer.

„Er spricht von Clint Rollins."

„Dem Vater des Jungen? Sagen Sie mir, dass Rollins nicht hier in der Nähe ist!"

„Er sitzt in meinem Auto." Stevens Stimme klang stahlhart.

„Schlechte Entscheidung, Agent Kessler."

„Meine Entscheidung, Herr Major."

Michael hätte am liebsten die Köpfe der beiden Streithähne gegeneinander geschlagen. Clint auch nur in die Nähe von Kramer zu lassen, käme einer Katastrophe gleich. Clint hatte keine Dienstwaffe und auch keine Vollmacht, eine andere Waffe einzusetzen. Wenn er unter diesen Umständen dennoch eine Waffe benutzte und den direkten Befehl, in Stevens Auto zu bleiben, missachtete, könnte er seinen Beruf wahrscheinlich für immer vergessen. Und nach dem Zorn in der Stimme des Leiters der Spezialeinheit zu urteilen, könnte er sogar ins Gefängnis kommen.

Das würde Michael nicht zulassen.

Die bangen Minuten des Wartens legten seine Nerven blank. Dann knackte es in seinem Kopfhörer und es folgte die Warnung des Majors an Clint. „Agent Rollins, bleiben Sie im Auto."

Als ob sich Clint dadurch abhalten ließe!

Michael erlaubte sich einen schnellen Blick über die Schulter. Er sah Clint mit seinem Revolver in der Hand auf sie zumarschieren.

Steven sicherte seine Waffe und versperrte Clint mit seinem Körper den Weg. Er hinderte ihn daran, auf die kleine Lichtung zu stürmen, wo Kramer ihn leicht erschießen könnte. „Clint, nein! Du gehst nicht weiter und löst ein Massaker aus."

„Er wird Jonathan umbringen." Clint stieß Steven gegen den nächsten Baum. „Sara hat gesagt, dass er bereits Conor getötet hat."

Steven warf sich gegen Clint erneut in den Weg. Er schleuderte ihn zu Boden und kickte mit seinem Fuß Clints Waffe außer Reichweite.

„Nein, Clint. Er wird dieses Spiel nicht gewinnen. Ich lasse nicht zu, dass du in seine Falle tappst."

„Ich muss etwas tun!" Clints Stimme klang wie Sandpapier, aber er würde nicht aufgeben. Michael konnte es ihm nicht verdenken.

„Kramer hat nichts mehr zu verlieren." Steven ließ Clint nicht los. „Er weiß, dass er nicht lebend aus diesem Park herauskommt. Und er will uns alle mit sich hinunterziehen. Wenn du dort hinausgehst, spielst du ihm geradewegs in die Hände."

Ein leises Geräusch ließ sie alle aufblicken. Jonathan wimmerte und begann, sich zu rühren. Kramer hielt den kleinen Jungen, dessen Hände und Füße mit grauem Klebeband gefesselt waren, in eisernem Griff.

Michael richtete seine ganze Konzentration wieder auf Kramer. Diese Szene sah aus wie eine schlechte Wiederholung der ausweglosen Situation mit Ryans Entführer im vergangenen Jahr.

„Er wacht auf, Rollins", rief Kramer. „Wollen Sie nicht das Letzte sein, was ihr Junge in diesem Leben sieht?"

Clints Knurren hallte durch den Wald.

Steven hielt ihn in Schach. „Nein. Bleib hier!"

„Ach, kommen Sie schon, Rollins! Der Krebs kann Sie doch nicht zu einem solchen Schwächling gemacht haben." Kramer bewegte sich in gebückter Haltung weiter und kauerte mit dem Rücken an einem alten Picknicktisch. „Meg ist tot. Aber das wissen Sie ja schon. Ihre Frau hat gelogen, als sie sagte, sie könne Meg helfen. Statt ihr zu helfen, hat sie sie umgebracht. Aber das habe ich Ihrer Frau heimgezahlt. Und jetzt sind Sie dran."

Michael wollte diesen Wahnsinnigen zum Schweigen bringen. Er bewegte sich leicht nach rechts und nahm ihn erneut ins Visier.

„Ich bin hier, Kramer." Clints Ruf ließ Kramer für einen Moment verstummen. Aber Clint blieb hinter den Bäumen in Deckung.

„Schön, dass Sie uns auch Gesellschaft leisten, Agent Rollins. Erinnern Sie sich an mich? Sie haben vor dreizehn Jahren mein Leben zerstört. Dank der Inkompetenz Ihrer Frau und der lästigen Einmischung des FBIs wurde es jetzt zum zweiten Mal zerstört."

Steven sprach leise in das Mikro vor seinem Mund. „Nicht schießen."

„Bestätigt." Die knappe Antwort des Majors der Spezialeinheit klang hart.

Michaels Zeigefinger lag am Abzug, aber er zwang seine Hände, ruhig zu bleiben. Schweiß lief ihm über den Rücken.

Steven berührte ihn mit dem Schuh leicht am Bein. „Ich spreche mit Kramer und lenke ihn ab. Gib mir nur drei Sekunden."

Michael rührte sich nicht.

„Wir kommen raus, Kramer! Lassen Sie den Jungen los." Steven und Clint traten hinter einer Baumgruppe hervor auf die Lichtung.

„Daddy!" Jonathan zappelte kräftiger und wandte sich, um sich aus Kramers Griff zu befreien.

„Schaut nur, wie die großen …"

Michael drückte den Abzug. Der Schuss hallte durch den Wald.

„… zu Fall kommen", beendete Michael Kramers Satz.

Steven und Clint liefen auf die Lichtung, um Jonathan zu befreien.

Adrenalin strömte durch jede Faser seines Körpers, als Michael seine Waffe sicherte.

Die Anspannung fiel von ihm ab. Ihm wurde übel und er erbrach sich in die Büsche.

„Guter Schuss, Parker. Ich hätte nicht gedacht, dass ein FBI-Frischling wie Sie das Zeug dazu hat." Der Major der Spezialeinheit blieb neben ihm stehen. Gemeinsam sahen sie zu, wie es auf Kramers kleiner Lichtung plötzlich von Polizisten nur so wimmelte.

Michael wischte sich das Gesicht an seinem Ärmel ab und richtete sich mit wackeligen Beinen wieder auf.

Er hatte es getan.

„Ich habe dich lieb, Daddy!", übertönte Jonathans Stimme die anderen Geräusche. „Du hast mich gerettet."

Michael traten Tränen in die Augen. Selbst der abgehärtete Major nickte ernst und bewegt.

Das war das, was wirklich zählte.

Kinder in die Arme ihrer Eltern zurückzubringen.

Den Guten zum Sieg zu verhelfen.

Kapitel 39

Sara wandte den Blick nicht von ihrem Handy ab und wollte ihm am liebsten befehlen zu klingeln.

Vor ein paar Minuten hatte sie Clint von ihrer Angst um Conor erzählt, und er hatte etwas getan, was er noch nie zuvor getan hatte.

„Ich kann nicht glauben, dass Clint einfach aufgelegt hat." Jetzt, wo sie ihn am meisten brauchte.

„Mama, ich habe Hunger." Susannahs verwirrte Augen verrieten, dass sie nicht erfassen konnte, was alles um sie herum geschah. Es musste schon spät sein. Warum hatte sie nicht daran gedacht?

„Kommt, Leute." Hanna zog Susannah und James an ihre Seite. „Wir holen uns etwas zu essen." Sie sah zu Boden, als sie weitersprach. „Dieses Mal passe ich auf, dass den Kindern nichts passiert, Sara."

Hannas traurige Augen verrieten, dass sie sich die Schuld für alles gab. Aber Sara konnte sie nicht trösten. Sie hatte nichts mehr, was sie geben konnte. Und so ließ sie Hanna mit einer Schuld gehen, die sie gar nicht hatte.

Deine Schuld ist es auch nicht.

Dieser ruhige, unerwartete Gedanke überraschte sie. Aber es stimmte. Irgendein Wahnsinniger hatte ihren Sohn entführt. Er hatte sie und Conor verletzt.

Aber wenn sie vielleicht besser aufgepasst hätte oder diesen Mann getreten hätte …

Die Stille in ihrem Bauch, in dem sich nichts rührte, brachte sie fast um den Verstand.

Sie hatte wieder versagt. Sie hatte es nicht geschafft, ihre Kinder zu beschützen.

„Der Herr hat's gegeben, der Herr hat's genommen; der Name des Herrn sei gelobt!"

June Wells hatte ihr diesen Bibelvers gesagt. Und Marilynn hatte ihr dieses Lied gegeben, das ihr immer wieder durch den Kopf ging. Sie hatte es sich in den letzten Wochen wieder und wieder angehört, aber jetzt klangen die Worte grausam. Und unmöglich.

Sie lehnte sich auf dem Bett in der Notaufnahme zurück. So viele Gedanken und Gefühle regten sich in ihr. Nichts ergab einen Sinn. Am allerwenigsten, dass sie Gott loben sollte, der so viele furchtbare Dinge zugelassen hatte.

Sie sollte ihn in allem loben? Wenn ihr Mann Krebs hatte? Wenn sie im Krankenhaus lag? Wenn sie versagt hatte? Wenn Menschen starben? Wenn in der Situation nichts Gutes zu finden war? Wenn ihre Zukunft trostlos aussah?

Denn ich allein weiß, was ich mit dir vorhabe … Ich gebe dir wieder Zukunft und Hoffnung.

Dieser Vers aus dem Buch Jeremia tauchte plötzlich in ihren Gedanken auf. Er sprach direkt in ihr Herz. „Du hast eine Hoffnung und Zukunft für mich, Herr? Was ist mit Jonathan und mit Conor? Wie kann ich deine Verheißungen glauben, wenn nichts so ist, wie es sein sollte?"

Bist du von den Umständen und von Menschen abhängig?

Marilynns Frage überführte Sara. Darauf lief alles hinaus. Wenn sie Gott nur in guten Zeiten loben konnte, dann war sie von den Umständen und anderen Menschen abhängig. Aber was war, wenn sie Gott auch dann lobte, wenn es keinen Sinn ergab, wenn es töricht schien, seine Verheißungen zu glauben? Wenn ihr Baby sterben konnte? Oder ihr Mann?

Was war dann?

Dann war sie wirklich von Gott abhängig. Dem Einzigen, der alle Dinge verstand und der wusste, was am besten war, auch wenn sie es nicht verstand und nicht verstehen wollte.

Konnte sie ihn jetzt loben, egal, was als Nächstes passierte?

„Ja." Tränen liefen ihr über die Wangen. Sie konnte nicht so weitermachen wie bisher. Gott in allem zu loben und zu vertrauen war die einzige richtige Entscheidung.

„Du gibst." Sie legte die Hand auf ihren Bauch, und ihre Tränen flossen in Strömen. „Und manchmal nimmst du auch. Dir gehört mein Lob."

* * *

Clint stand regungslos da und sah zu, wie die Sanitäter Jonathan untersuchten.

Sein Sohn lebte. Und er auch. Nur mit Mühe konnte er die Tränen zurückhalten, als er seinen Sohn beobachtete, wie er am Daumen lutschte. Einer der Sanitäter gab ihm einen Teddybär. Jonathan strahlte.

Gott hatte Clint erhört. Und ihm eines der Wunder geschenkt, um die er vor Monaten gebeten hatte. Er hatte ihm geholfen, einen Mörder zu fassen. Aber er hatte auch ein zweites Wunder geschenkt bekommen: Jonathans stürmische Umarmung und seine lachenden Augen.

Aber er hatte Kramer nicht selbst gefasst.

Und der Krebs war immer noch da.

Und Conor …

„Warum schaust du, als wärst du bei einer Beerdigung?" Steven legte die Hand schwer auf seine Schulter. Er deutete zum Rand der Lichtung, ging hinüber und wartete darauf, dass Clint ihm folgte.

Clint wusste nicht, was er ihm antworten sollte. Jede Antwort auf die Frage seines Partners klänge undankbar, nachdem Steven und Michael Jonathan gerettet und Clint daran gehindert hatten, Kramer ins offene Messer zu laufen.

Jonathan erzählte dem Sanitäter gerade irgendeine Geschichte und hatte die Arme hoch über den Kopf gehoben. Er war bei dem Mann in guten Händen. Clint ging zu Steven an den Rand der Lichtung.

Er holte tief Luft. Aber das half ihm auch nicht weiter. Er zwang sich, seinem Partner in die Augen zu schauen, und sagte dann: „Als du mich in deinem Auto gelassen hast, habe ich Sara angerufen. Sie hat gesagt, als Kramer sie angriff, hätte er Conor getötet."

Steven hob beschwichtigend die Hand. „Moment mal! Hat Sara wirklich gesagt, dass Conor tot ist? Hanna sagte, sie könnten keine Herztöne finden. Das ist etwas anderes als tot."

„Der Arzt hatte noch keinen Ultraschall gemacht, als ich mit ihr sprach. Aber sie konnten mit dem Stethoskop keinen Herzschlag finden, und Sara sagte, sie habe Krämpfe. Das bedeutet, dass mein Sohn höchstwahrscheinlich tot ist." Er rieb seinen kahlen Kopf. „Entschuldige. Du und Michael habt gerade Jonathan und mich gerettet. Ich sollte mich nicht so benehmen."

„Du brauchst dich nicht zu verstellen, Clint."

Stevens leise Worte gaben ihm die Erlaubnis, die er sich selbst bis jetzt verweigert hatte.

Er musste keine Maske tragen. Er musste kein stahlharter Polizist sein, den nichts umwarf. Er durfte er selbst sein.

Er sank auf den Boden und drückte die Stirn an seine Knie.

„Ich könnte dir einen ganzen Haufen Bibelverse zitierten."

„Bitte nicht." Clint blickte auf.

Das schwache Lächeln seines Partners sagte alles. „Du kennst sie sowieso besser als ich."

„Ja." Zu mehr Worten waren seine heiseren Stimmbänder nicht fähig.

„Daddy, ich darf im Krankenwagen mitfahren!" Jonathan strahlte sie an. Er benahm sich wieder ganz wie früher. Aber nach einem solchen Erlebnis trugen auch die widerstandsfähigsten Kinder seelische Narben davon.

Clint winkte. „Ich komme schon, mein Sohn."

Michael trat zu ihnen. „Sie nehmen ihn mit ins Krankenhaus. Dort wartet ein Psychologe auf euch."

Die Augen seines jungen Kollegen waren in den letzten Minuten um Jahre gealtert. Es ging nicht spurlos an einem vorbei, wenn man ein Leben nehmen musste, um ein anderes zu erhalten.

„Wenn du willst, kann ich dein Auto zum Krankenhaus nachbringen, Clint." Michael schluckte schwer.

Steven zog die Brauen in die Höhe. „Und meine Schwester und James abholen?"

Michael schaute auf seine Schuhe hinab. „Daran hatte ich nicht gedacht. Aber ich kann sie gern nach Hause fahren."

Michael hatte nicht an Hanna gedacht? Das war kein gutes Zeichen.

„Agent Rollins?", rief ein Sanitäter hinter ihnen. „Sind Sie so weit?"

Clint stand auf und ging auf die Mitte der Lichtung. Steven blieb neben ihm.

„Nur noch einen Satz, Clint."

„Mehr nicht? Nach den ganzen langen Vorträgen, die ich dir gehalten habe?" Die zwei Sanitäter und Steven mussten schmunzeln.

„Wenn ich schwach bin, bin ich stark."

Darüber wollte Clint jetzt nicht nachdenken.

Steven entfernte sich, dann blieb er stehen und drehte sich noch einmal um. „Sprich mit dem Psychologen. Und sorge dafür, dass deine ganze Familie das auch macht."

Während er seinem Partner nachschaute, der wieder ganz in seiner FBI-Rolle aufging, musste sich Clint schmerzlich dem Satz stellen, den er nicht hatte annehmen wollen.

Wenn ich schwach bin, bin ich stark.

Er hasste Schwäche.

Jonathan umklammerte seine Hand und hielt sich an ihm fest, als sie in den Krankenwagen stiegen und einer Situation entgegenfuhren, der er sich nicht stellen wollte.

„Bete, Daddy. Du musst beten." Jonathans Worte hallten im sterilen Inneren des Krankenwagens wider.

Beten. Jonathans Kleinkinderglaube hielt ihm den Spiegel vor.

Gott war Gott. Und Clint nicht.

Er hatte sich gegen den Krebs gewehrt. Er hatte sich gegen seine Gefühle gewehrt. Er hatte sich gegen die Menschen gewehrt, die ihn liebten.

Und er nahm die Dinge selbst in die Hand, wenn Gott seine Gebete nicht so erhörte, wie er es wollte.

Weil er seine eigene Schwäche hasste.

In diesen ganzen Kämpfen hatte er das Einzige übersehen, an das er sich wirklich klammern konnte.

„Gott ist immer noch auf dem Thron. Und er ist gut. Immer." Franks Worte hallten in seinem Herzen wider. Frank hatte recht.

Clint drückte die Hand seines kleinen Jungen. „Ja, Jonathan. Daddy muss beten." Er schaute den Sanitäter an und erwartete eine höhnische Reaktion. Aber in den Augen des Mannes fand er Hoffnung und ein zustimmendes Nicken, das ihm Mut machte.

„Vater. Vergib mir. Ich bin so eigensinnig und wehre mich bei jedem Schritt gegen dich. Ich wehre mich gegen alle. Aber du hast mich heute gerettet. Du hast meine Gebete auf deine Weise erhört. Ich verstehe nicht alles. Aber ich sehe, dass ich nicht so stark bin, wie ich gedacht habe. In meiner Schwäche bist du stark. Und du bist gut …"

Er konnte nicht weiterbeten, da ihm die Tränen die Kehle zuschnürten. Aber er musste die Worte sagen. Er musste sie hören. „Ich hasse den Krebs. Ich hasse den Tod. Ich hasse es, schwach zu sein. Aber ich bin schwach. Doch du bist nicht schwach. Vergib mir, dass ich nicht geglaubt habe, dass du mir helfen wirst. Bitte …"

Tränen tropften auf das weiße Laken, mit dem Jonathan zugedeckt war. „Das ist okay, Daddy. Jesus liebt uns."

Sein einfacher Glaube war beneidenswert. Es war kein Wunder, dass Jesus die Erwachsenen aufforderte, wie die kleinen Kinder zu ihm zu kommen.

„Bitte mach, dass Steven in Bezug auf Conor recht hatte. Rette unser Baby, Vater. Lass es leben. Und nimm diesen Krebs für immer weg."

„Amen, Daddy." Jonathan lächelte. „Wir fahren jetzt zu Mama und Susannah? Und zu meinem Bruder?"

Clint konnte nicht sprechen.

Der Sanitäter schaute aus dem Fenster. „Wir sind beim Krankenhaus. Wir fahren direkt zur Notaufnahme."

Clint nickte dankbar.

Als er ein paar Minuten später die Notaufnahme betrat, blieb er stehen. Er war noch nicht bereit, Sara unter die Augen zu treten. *Wenn ich schwach bin, bist du stark.* Er wiederholte die Worte wieder und ging einen Schritt weiter.

Dann noch einen.

Er war schwach, aber Gott war stark. Gott war Gott. Gott hatte alles im Griff.

Und genauso wie Frank … genauso wie sein kleiner Jonathan … würde sich Clint entscheiden zu glauben, dass Gott gut war.

Immer.

***

Sara betrachtete die rotbraunen und weißen Ballons, die den Raum im Benefield-Krebszentrum schmückten, und lächelte unter Tränen.

Der zehnte Mai war gekommen.

Heute würden sie nach der letzten Chemo feiern, dass Clint die Behandlung abgeschlossen hatte, und dann würden sie sich auf eine wichtige Hochzeit im Juli freuen können. Bis dahin hätten sie noch zahlreiche Gespräche mit dem Psychologen, um alles zu verarbeiten, was geschehen war.

Sie freuten sich auf die Zukunft, auch wenn sie die schmerzlichen Erlebnisse verarbeiten mussten.

Und sie würden in allem Gott loben.

Conor lebte. Und Clints Krebs war vorerst besiegt.

Aber die letzten fünf Monate hatten Sara sehr erschüttert. Sie musste noch vieles verarbeiten.

Als die Tür hinter ihr leise aufging, riss sie sich von ihren Erinnerungen los.

„Hey, Fremde. Schön, dich zu sehen." Marilynns leuchtend gelbes Sommerkleid raschelte, als sie sich zu Sara setzte. Es war typisch für

Marilynn, sich in der Farbe der Hoffnung zu kleiden. „Versteckst du dich hier drinnen?"

„Nein. Ich denke nur nach. Ich versuche, Gott meine Sorgen abzugeben, damit ich es genießen kann, wenn Clint mit der Chemo fertig ist und alle zu seiner großen Feier kommen."

„Kommen deine Eltern und deine Schwiegereltern auch?"

„Ja." Sara hängte einen letzten Luftballon an die Stelle, an der bald Clints Bild hängen würde. „Sie wohnen dieses Mal alle im Hotel, um uns ein wenig Freiraum zu geben."

Marilynn nickte. „Du weißt, dass es nicht deine Schuld war, nicht wahr?"

„Ich weiß, dass ein böser Mensch etwas Schreckliches getan hat. Es ist aber trotzdem schwer, nicht auf das zu schauen, was ich vielleicht hätte anders machen sollen. Es ist schwer, mich nicht einfach im Haus zu verschanzen und meine Familie vor allem Bösen beschützen zu wollen."

„Dann würdest du wie in einem Käfig leben und ersticken. Das richtige Leben sieht anders aus. Du würdest dadurch nichts an der Realität ändern, dass wir in einer gefallenen Welt leben."

„Ich weiß. Trotzdem ..." Marilynn hatte natürlich recht. Aber das änderte nichts an Saras Gefühlen.

„Gott hat sie beschützt, vergiss das nicht." Die Worte ihrer besten Freundin rührten eine sensible Stelle in ihr an.

„Jonathan und Conor, ja. Aber nicht ..." Sie zwang sich, weiterzusprechen. „Aber nicht die sechs anderen kleinen Jungen."

Marilynn streichelte ihre Arme. „Das ist eine Frage, mit der du und Clint und wir alle kämpfen werden, bis wir die Dinge eines Tages klar sehen. Nicht dunkel durch den trüben Spiegel unseres menschlichen Verstehens, sondern von Angesicht zu Angesicht."

„Du meinst, im Himmel."

„Ja." Ihre beste Freundin umarmte sie liebevoll. Ihre Umarmung war voll Leben und Hoffnung. Marilynn deutete zu der Wandtafel mit den Bildern von Patienten, die die Behandlung abgeschlossen hatten, und fügte hinzu: „Ihr habt es geschafft. Überlebende. Jeder Einzelne von euch."

Sara betrachtete die Gesichter. Namen, an die sie sich nicht erinnerte, und Bilder von Leuten, die sie nie gesehen hatte, bedeckten die große Korkwand. Daneben hing die Quiltdecke, die June Wells zu Franks Ehren genäht und gespendet hatte. Ein farbenfroher Strahlenkranz mit auf Stoff gedruckten Fotos derer, die es nicht geschafft hatten und verstorben waren, ähnlich wie der „Ground-Zero-Quilt".

Doch keiner von ihnen war vergessen. Sie wurden nur anders gefeiert.

„Wenn ich nur Franks Worte schon früher geglaubt hätte!" Sara wischte sich mit dem Taschentuch, das Marilynn ihr in die Hand drückte, die Tränen aus dem Gesicht, dann sank sie in die starken Arme ihrer Freundin.

„Manchmal müssen wir durchs Feuer gehen, bevor wir lernen, dass wir Gott vertrauen können. Wir müssen etwas selbst erleben, damit das, was wir im Kopf wissen, auch bis in unser Herz rutscht."

„Das passiert nur, wenn wir uns an Gott festhalten."

„Aber das tust du ja. Und Clint auch. Ihr lernt gerade, dass ihr Gott in allen Lebenssituationen loben könnt." Marilynn berührte Saras leicht gerundeten Bauch. „Und das wird unser kleiner Conor hier ab Oktober auch machen."

Erneut liefen Sara Tränen übers Gesicht. „Aber der Krebs könnte zurückkommen. Wir beide wissen das besser als jeder andere." Sie hob beschwichtigend die Hand, um Marilynns Protest abzuwehren. „Und Conor könnte immer noch sterben. Sein Herzschlag war kaum zu hören und viel zu langsam, als sie im Krankenhaus den Ultraschall gemacht haben."

„Was war Franks letzter Wunsch für dich und Clint, Sara?"

Sie seufzte. „Dass wir uns an die Wahrheit klammern, in guten wie in schlechten Tagen. Dass wir nicht vergessen, Gott in jeder Lebenslage zu loben, weil er gut ist. Das war Franks Vermächtnis."

„Er wollte, dass ihr das nicht nur mit dem Kopf wisst, sondern auch mit dem Herzen glaubt."

Sara brachte kein Wort über die Lippen und schloss die Augen.

„Du und Clint, ihr habt überlebt, Sara. Frank auch. Nur auf andere Weise."

Marilynn drückte sie ein letztes Mal und ließ sie dann allein.

Sara schaute noch einmal Junes Quilt an. „Dir gehört mein Lob. Mitten in Tod und Leiden. Mitten im Leben und in der Hoffnung. Du gibst und du nimmst. Dir gehört mein Lob."

Kapitel 40

Steven hatte das lange Warten bis zum siebten Juli überlebt.

Clint lächelte und rieb sich über den militärisch kurz geschnittenen, weichen Flaum auf seinem Kopf. Er hatte sogar schon wieder so viel zugenommen, dass ihm sein Smoking passte.

Sein Lächeln wuchs zu einem lauten Lachen an, als er beobachtete, wie Steven vor dem Altar der Kapelle der Hope Ridge Academy auf und ab ging. Die vier Marmorstufen hinauf und dann wieder hinab und in den kleinen Raum, in dem sie ihre Smokings angezogen hatten. Wieder hinaus und durch den Mittelgang zur Eingangstür.

„Vergiss es, Steven Kessler." Clint verscheuchte den Bräutigam von der Doppeltür. „Du gehst da jetzt nicht hinaus und suchst Gracie."

„Ich hätte mit ihr durchbrennen sollen!"

„Dann würdest du ja diesen ganzen Spaß hier verpassen."

Steven marschierte weiter auf und ab. Aber als er einen Besen aus der Kammer holte und anfing, die Marmorstufen zu fegen, musste Clint eingreifen. Er riss ihm den Besen aus der Hand und brachte ihn vor dem nervösen Bräutigam in Sicherheit, bevor dieser mit seinen zwei linken Händen noch den Stiel durch eine Buntglasscheibe jagte.

„Ist es schon elf? Bitte sag, dass es schon elf Uhr ist."

Clint schaute wieder auf seine Uhr und schüttelte den Kopf. „Noch lange nicht, Partner." FBI-Agenten waren immer pünktlich. Sie kamen immer mindestens zehn Minuten zu früh. Aber heute müssten sie noch viel länger warten.

Clint ging zur vorderen Bankreihe und nahm einen Zettel mit dem Gottesdienstablauf in die Hand. Steven hatte auf einer kurzen Trauungszeremonie bestanden. *„Weil die Kinder nicht so lange still sitzen können."*

Das stimmte zwar, aber es sah eher so aus, als könne Steven selbst nicht länger warten und würde platzen, wenn er und seine Braut nicht bald die Hochzeitsreise antreten könnten.

Michael kam mit einem jungen Mann, der eine Videoausrüstung trug, durch eine Seitentür in die Kapelle.

„Ist Hanna da?" Steven blieb stehen. „Sie sorgt dafür, dass alles läuft, ja?"

„Sie macht Fotos von den Damen und gibt dem Hochzeitsfotografen wahrscheinlich noch ein paar Tipps.“ Michael sah auf seine glänzenden, schwarzen Schuhe hinab.

Der Kameramann begann, seine Videokamera aufzubauen, während die Klavierspielerin anfing, die Lieder auf ihrer Liste durchzuspielen.

In der Hoffnung, dass ein Ortswechsel Steven ablenken könnte, schob Clint beide Männer durch die Seitentür in einen kleinen Garten hinaus, in dem die Floristen und der Catering Service ihre Blumenarrangements und ihr Essen aufbauten. Sein Magen knurrte. Er wartete sehnsüchtig auf diesen Tag, seit er wieder etwas schmecken konnte.

Michaels Hand legte sich schwer auf Clints Schulter. „Du hast wieder Appetit und hast bestimmt auch deinen Revolver dabei, oder?“

„Heute ausnahmsweise nicht.“ Sara hatte es früher immer gehasst, wenn er sich für die Arbeit anzog und seine Waffe umschnallte. Aber nachdem er endlich den körperlichen Eignungstest bestanden hatte und wieder für voll diensttauglich erklärt worden war, hatte sie sich mit ihm gefreut, als er stolz mit der Waffe im Gurt zur Arbeit ging. Dennoch war seine Waffe heute zu Hause geblieben. Er wollte Sara einen Gefallen tun, auch wenn er sich ohne seine Pistole irgendwie nackt fühlte.

Michael tat es nun Steven gleich und marschierte ungeduldig auf dem kleinen Gehweg neben der Kapelle auf und ab.

Clint lehnte sich an die graue Steinmauer der Kapelle. „Dadurch, dass ihr hin und her lauft, vergeht die Zeit auch nicht schneller.“

Michael warf ihm einen Blick zu. „Warst du auch so nervös, als du geheiratet hast?“

„Nervös ist gar kein Ausdruck!“ Er grinste. „Aber die Flitterwochen und die bisher neun Jahre mit Sara waren es wert, die Hochzeitsfeier und den Empfang auszuhalten.“

„Wenn wir die Sache endlich über die Bühne bringen könnten, würde ich gerne mit den Flitterwochen starten.“ Steven blieb stehen und verzog das Gesicht zu einem vielsagenden Grinsen, bei dem Gracie sicher knallrot angelaufen wäre.

„Nur noch ein paar Stunden, dann seid ihr uns endlich los.“

„Stunden?“ Steven rückte seinen Kummerbund zurecht und begann wieder, hin und her zu laufen.

Clint lachte und stieß Michael, der nachdenklich auf die Erde schaute, mit dem Ellbogen an. „Und was ist mit dir? Bist du schon nervös, weil du Hanna auch einen Heiratsantrag machen willst?"

Stevens Gesicht verfinsterte sich.

Aber Michael bemerkte es nicht. Er lehnte sich an die Wand. „Hanna kommt nicht darüber hinweg, was im Mai passiert ist. Sie will nicht darüber sprechen und auch nicht ausgehen, es sei denn für die Hochzeitsvorbereitungen oder mit Champ. Was kann ich machen?"

„Vielleicht tut es ihr gut zu sehen, wie Steven die Liebe seines Lebens heiratet. Dann sieht sie, dass das Leben wieder besser wird. Wir haben alle noch mit dieser Sache zu kämpfen."

Der jüngere FBI-Agent schüttelte den Kopf. „Ich glaube nicht, dass ihr die Hochzeit helfen wird. Wenn sie Steven nicht hätte versprechen müssen, heute hier zu sein, wäre sie wahrscheinlich schon nach Louisville geflohen und käme nie wieder zurück."

Ein tiefer Schmerz sprach aus Michaels Augen. Und eine große Angst. Und Liebe.

Clint schaute dem Catering-Service zu. Er überlegte angestrengt, wie er helfen könnte. „Wie wäre es, wenn Sara und ich nochmal mit ihr sprechen? Als wir ihr sagten, dass wir ihr nie irgendeine Schuld gegeben haben, hat sie vor Erleichterung geweint."

„Aber jetzt weint sie ständig."

„Du weißt selbst ganz genau, wie schwer die Situation war." Clint sah Michael an. „Aber wir wurden in unserer Ausbildung darauf vorbereitet. Wir haben in Quantico gelernt, wie wir mit solchen Situationen umgehen können. Und wir haben Psychologen, die uns helfen, sie zu überleben, ohne den Verstand zu verlieren."

„Hanna war darauf nicht vorbereitet."

„Nein. Die Schwester eines FBI-Agenten zu sein ist nicht das Gleiche wie selbst ein Agent zu sein oder mit einem Agenten verheiratet zu sein."

Michaels Kopf fuhr in die Höhe. „Wir haben noch nicht über Heiraten gesprochen. Vielleicht werden wir das auch nie."

„Ihr habt Champ. Das ist ein Anfang."

„Champ ist ein großartiger Hund, aber zusammen einen Hund zu haben ist etwas ganz anderes, als ein gemeinsames Kind zu haben. Es gibt nichts, was Hanna wirklich hierhält. Sie glaubt, alles würde besser werden, wenn sie davonläuft."

„Dann musst du warten. Und beten." Clint packte energisch Michaels Oberarm, ließ ihn aber schnell wieder los. „Wir beten auch für euch!"

„Danke."

Die Hochzeitsplanerin, die Gracie engagiert hatte, steckte grinsend den Kopf zur Seitentür heraus. „Okay, ihr harten FBI-Männer, nehmt euren Mut zusammen. Die Party kann beginnen."

„Endlich." Steven schaute zum strahlend blauen Himmel hinauf. „Danke, Gott!"

Michael schmunzelte.

Er würde es auch lernen. Genauso wie Clint und Steven es gelernt hatten: Gott war immer noch auf dem Thron. Und Liebe deckte nicht nur viele Sünden zu, sie hörte auch nie auf.

Niemals.

* * *

Die Türen der Kapelle gingen auf, und die bekannten Melodien des Hochzeitsmarsches erfüllten den Raum.

Gracie schwebte am Arm ihres Vaters durch den Mittelgang. Ihre rosa Wangen unterstrichen ihr schönes Lächeln. Sara hatte Gracies Kleid als „elegantes, naturweißes, bodenlanges Futteralkleid mit einem ärmellosen, eng anliegenden Mieder" beschrieben.

Für Clint war das Chinesisch gewesen. Er wusste nur, dass sie eine wunderschöne Braut war. Steven stand völlig fasziniert und wie gebannt vor dem Altar und wartete auf sie.

Mit ihm wartete die ganze Hochzeitsgesellschaft. Hanna, Leah und Gracies Schwester Beth standen neben Sara, tupften sich die Augen und lächelten wie Honigkuchenpferde. Sogar Stevens Vater, Michael und Lee waren gerührt.

Das Flüstern und leise Schluchzen von Angehörigen und Freunden erfüllte die Kapelle. Gracies Schüler waren alle gekommen und benahmen sich brav. Susannah war die stolzeste von ihnen. Gleich nach James natürlich. Stevens kleiner Junge trug stolz das Ringkissen. Und Susannah war ein entzückendes Blumenmädchen und streute gelbe und weiße Rosenblüten auf den Gang und bereitete die Kapelle auf Gracies großen Einzug vor.

Clint lächelte seiner Frau zu, die gerade einmal vor neun Jahren seine Braut gewesen war. Die Schwangerschaft war ihr in dem pastellblauen Kleid deutlich anzusehen. Sie sah heute sogar noch schöner aus als an ihrem Hochzeitstag. Und das wollte etwas heißen, denn sie war damals die schönste Braut gewesen, die er je gesehen hatte.

Gracie küsste ihren Vater und flüsterte so laut, dass Clint es hören konnte: „Ich liebe dich, Daddy. Ich werde immer dein Mädchen bleiben."

Ihr Vater wischte sich eine Träne aus dem Auge. Clint ging es ebenso.

So ging es jedem Vater, der eine Tochter hatte. Er würde um nichts auf der Welt auf diese Liebe verzichten wollen. Selbst wenn das bedeutete, dass er sie eines Tages zum Altar führen und einem anderen Mann anvertrauen müsste.

Im Moment aber freute er sich, dass er die Kleinigkeiten hören konnte, die nie auf dem Hochzeitsvideo auftauchen würden. Wie die lieben Worte von Gracie an ihren Vater. Worte, die Susannah ihm an ihrem großen Tag hoffentlich auch ins Ohr flüstern würde.

Ein Tag, der noch in weiter, weiter Ferne lag.

Der Kameramann ging in Position und der Fotograf machte Fotos, als Robert Thompson die Hand seiner Tochter in die von Steven legte.

Clints Lächeln wurde breiter. Auf diesen Tag warteten sie schon so lange, und er und Sara hatten kräftig dafür gebetet.

Mit einem schnellen Blick auf die Hochzeitsgäste vergewisserte er sich, dass Jonathan bei seiner Mutter gut aufgehoben war. Hier brauchte er sich keine Sorgen zu machen. Sein kleiner Junge saß strahlend zwischen seinen beiden Großmüttern und freute sich über so viel Aufmerksamkeit.

Sogar die Anwesenheit von Stevens Exfrau war eine Erinnerung, dass Wunden heilen konnten. Steven und Gracie hatten beschlossen, Angela und ihren Mann einzuladen. Das war ein mutiger Schritt, um die Vergangenheit und die Gegenwart miteinander zu versöhnen.

Beth sang ein Lied, das Gracie geschrieben hatte. Während die Braut und der Bräutigam ihre große, weiße Hochzeitskerze anzündeten, interpretierte Beths klare Sopranstimme den Blick aus Gracies leuchtenden Augen: „Dir gehört mein ganzes Herz. Meine Liebe gebe ich dir. Gott ist in unserer Mitte, und zusammen mit ihm sind wir eins."

Pastor Bowden stand vor Gracie und Steven und betete für ihre gemeinsame Zukunft und dass ihre Treue, Hoffnung und Liebe nie aufhören würden.

Auf das Zeichen der Hochzeitsplanerin hin trat Clint mit James vor. Clint legte die Eheringe auf das Kissen, das James stolz in der Hand hielt.

Pastor Bowden lächelte und räusperte sich.

Jetzt kam der Moment, den alle gespannt erwarteten.

„Willst du, Steven Andrew Kessler, die hier anwesende Gracie Ann Lang als deine Frau annehmen, sie lieben und ehren, wie Christus die Gemeinde liebt und sich für sie hingegeben hat? Willst du ihr die Treue halten in guten wie in bösen Tagen, in Armut und in Reichtum, in Krankheit und Gesundheit, bis dass der Tod euch scheidet?"

„Ja, ich will."

Wäre dieser Augenblick nicht so feierlich gewesen, dann hätte Clint einen Luftsprung gemacht und einen lauten Freudenschrei ausgestoßen. Das „Ich will" war sein Lieblingsteil bei jeder Hochzeit. Außer dem Kuss natürlich. In diesen zwei kleinen Worten lag ein lebenslanges Versprechen und lebenslange Hoffnung.

Als Gracie und Steven sich gegenseitig die Ringe ansteckten und mit belegter Stimme flüsterten: „Mit diesem Ring nehme ich dich zu meiner Frau" und „Mit diesem Ring nehme ich dich zu meinem Mann", konnte Clint die Tränen nicht mehr zurückhalten.

Sie hatten es geschafft.

Vor fünf Monaten hatte er nicht gedacht, dass er diesen Tag gesund erleben würde und dass er heute neu bereit wäre, die Versprechen, die in dem „Ich will" steckten, zu erfüllen.

Die tiefe und feierliche Stimme des Pastors lenkte seine Aufmerksamkeit wieder auf die Braut und den Bräutigam. „Was Gott zusammengefügt hat, das soll der Mensch nicht scheiden. Hiermit erkläre ich euch kraft des mir verliehenen Amtes zu Mann und Frau."

Der Pastor schwieg einen Moment. Als Gracie die Brauen hochzog, schmunzelte er, bevor er weitersprach.

„*Jetzt* dürfen Sie die Braut küssen."

Das ließ Steven sich nicht zweimal sagen. Er lächelte seine errötende Braut an und beugte sich dann zu ihr, um sie mit beherrschter Leidenschaft vor Gott und der ganzen Welt zu küssen.

Als er Gracie schier nicht mehr loslassen wollte, breitete sich Lachen in der Kapelle aus.

Sara blinzelte Clint von ihrem Platz auf der zweiten Marmorstufe aus zu. Er erwiderte ihr Lächeln. Dann formten die vollen, pfirsichfarbenen Lippen seiner Frau die Worte, die sich tief in seiner Seele festsetzten.

„Ich liebe dich."

Er schluckte schwer und hatte vor Rührung Probleme, ein Wort über die Lippen zu bringen. Doch dann flüsterte er zurück: „Ich liebe dich auch. Für immer."

So der Herr wollte, würden sie jeden Tag ihres Lebens als Geschenk annehmen und erleben.

Steven und Gracie drehten sich zu ihren Hochzeitsgästen um. Sie waren beide außer Atem, und Gracies Wangen glühten.

Pastor Bowden grinste über das ganze Gesicht. „Es ist mir eine Ehre und Freude, Ihnen Mr und Mrs Kessler vorzustellen."

Clint schmunzelte, als die Frischvermählten unter Beifall schleunigst durch den Mittelgang hindurch den Rückzug antraten.

Er konnte es ihnen nicht verdenken.

Sie hatten es geschafft. Sie alle. In guten und in bösen Tagen und dann wieder in guten Tagen.

Und genauso wie Steven und Gracie würden er und Sara wieder ins Leben zurückkehren. Hinein in die offenen Arme, die ihnen eine Zukunft versprachen. Hin zu neuem Vertrauen und Glauben.

Einen kleinen Schritt nach dem anderen.